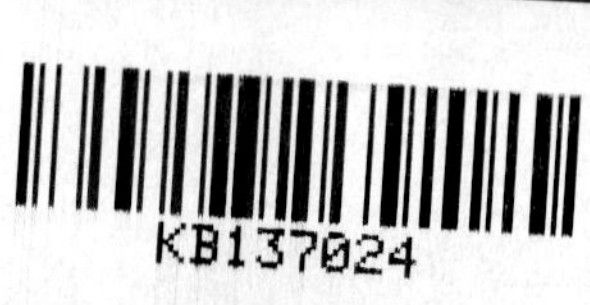

1950년대 공포와 죽음의 시학

- 고석규 론 -

국립중앙도서관 출판예정도서목록(CIP)

1950년대 공포와 죽음의 시학 : 고석규 론 / 지은이: 정원숙
. -- 고양 : 시지시, 2016 p. ; cm. -- (시지시평선 ; 2)

ISBN 978-89-91029-54-5 03800 : ₩15000

한국 현대시[韓國現代詩] 시 평론[詩評論]

811.6209-KDC6
895.71409-DDC23 CIP2016012083

시지시평선 2

1950년대 공포와 죽음의 시학

- 고석규 론 -

정 원 숙 평론집

시지시

작가의 말

이 글은 50년대 전후 모더니즘의 한 부분을 차지하고 있는 고석규 시에 나타나는 공포와 불안, 죽음의 세계의 특성과 그 본질을 밝힌 박사논문을 다시 엮은 것이다. 고석규는 30년대 김기림의 모더니즘을 적극 부정하면서 동시에 50년대 전후세대의 모더니즘인 <후반기> 동인과도 어느 정도 거리를 두고 자신만의 시세계를 유지하였다. 고석규는 전통적인 서정시를 탈피하여 실존주의 사상과 '여백'의 사상이라는 주체론을 중심으로 하여, 전쟁으로 인하여 발생하는 인간의 폭력성과 휴머니즘의 상실감을 핵심 주제로 배치하는 실존적 자세를 유지하였다. 이러한 실존적 사유는 고석규로 하여금 전쟁이 가져다준 정치·사회의 변혁과 기존 질서체계의 붕괴로 인한 인간 존재 이유에 대한 실존적 물음을 불러일으켰으며, 또한 그것은 고석규의 문학에서 '나는 왜 살아 있는가'라는 물음으로 표출되었기 때문이다.

고석규의 연구는 비평을 위주로 이루어져 왔으며, 시에 대한 연구는 전쟁체험과 그로테스크라는 보다 협소한 차원에서 이루어진 경향이 없지 않았다. 이러한 연구의 관점을 보다 확대·재생산 한다는 관점에서, 전쟁체험과 그로테스크 경향을 더욱 세분화하여 들여다봄으로써, 고석규의 실존적 사유인 인간의 존재 이유에 대한 근원적인 사유가 무엇이며,

전쟁체험과 공포체험을 통해 구축하고 있는 그의 시세계의 특성과 이를 통해 그가 보여준 시의식의 핵심이 무엇인지 밝히고자 하였으며, 또한 이러한 것들을 통해 그가 추구하고자 했던 '여백'의 사상은 어떠한 이미지로 나타나는가를 밝혀내고자 하였다.

이를 통해 고석규는 죽음이 아무 것도 없는 무無가 아니라 침묵으로 존재하는 여백, 부재로 존재하는 여백으로 파악함을 알 수 있었다. 이 여백으로 인하여 그는 그 여백을 채울 수 있는 존재의 가능성을 획득할 수 있었기 때문이다. 따라서 '여백'의 사상을 바탕으로 한 그의 글쓰기는 공포와 불안과 부조리를 초월하고 죽음을 초월할 수 있는 하나의 가능성이었다.

2016년 5월

정원숙

차 례

Ⅰ. 들어가며

1. 문제제기와 연구목적

고석규[1)]가 차지하는 전후 시문학사의 위치는 변방의 시인, 즉 아웃사이더였다고 할 수 있다. 그는 월남越南을 한 이후부터 스물여섯의 젊은 나이로 요절하기 전까지 줄곧 부산이라는 지역적 문학성을 탈피하지 못하였기 때문이다. 그는 시단의 중심에서 자신을 스스로 소외시킨 채 자신만의 시세계를 구축하였으며, 시작 기간이 그다지 길지 않음에도 불구하고 적지 않은 시편과 비중 있는 비평을 사후에 남겼다. 고석규 시의 특징은 6·25 전쟁과 공포 체험으로부터 비롯되는 타자의 죽음의 내면화, 산문시의 장중한 묘사와 불구화된 육체의 모습과 섬뜩함에 대한 묘사[2)]를 들 수

1) 고석규는 1932년 9월 7일 함경남도 함흥에서 태어나 1958년 4월 19일 심장마비로 스물여섯의 나이에 세상을 떠났다. 부산대학교 국문과와 대학원을 졸업했고, 대학 재학 시 『新作品』, 『詩湖』, 『詩硏究』 등의 동인지를 펴냈다. 1957년 김재섭 씨와 함께 2인 사화집 『초극』을 간행하였고, 그 해 『文學藝術』에 평론 「시인의 역설」을, 1958년 『현대문학』에 「시적 상상력」을 발표하였다. 저서로는 유고시집 『청동의 관』(1992, 지평), 『여백의 존재성』(1990, 지평) 등이 있고, 2012년 『고석규 문학전집 1-5』이 출간되었다.

2) 조영복, 「공포 체험의 시적 변용과 그로테스크의 시」, 『한국현대문학연구』 3집, 한국현대문학연구회, 1994, p.207.

있다. 전쟁의 현실은 자연과 대립·억압하는 기제[3])로 상징되며, '피', '불', '바람', '꽃' 등의 이미지들은 시의 다의성을 의미화하며, 고백체의 어조는 전쟁 현실 속의 황폐한 시인의 내면세계를 더욱 구체화하고 있다.

1950년대 시단은 정통 서정시와 모더니즘 시가 양립하고 있었다. 한쪽은 전통의 유산을, 한쪽은 전통의 부정성을 강조하면서 해방 공간의 새로운 문학의 가능성을 추구하였다. 전후 시인들은 주로 전쟁체험의 시적 형상화를 추구하였다. 박인환의 경우, 종군기자로서 전쟁에 간접 참여하면서 겪은 표피적인 전쟁 현실에 대한 인식과 묘사를 통해서 감상적 센티멘털리즘[4])을 드러내는 반면, 전봉건의 경우는 고석규와 마찬가지로 군인으로서 전쟁에 참전한 체험을 바탕으로 한 전쟁의 이면에 작동하는 동일성의 원리를 명확히 꿰뚫는[5]) 사실적 묘사를 추구하였지만, 그의 시는 후기로 갈수록 타자의 관심으로 발현된 생명의식과 민족의식을 적극적으로 추구하였다. 또한 조향의 경우는 초현실주의 기법을 차용하여 전후의 상실의식을 드러내지만 그것을 극복하기보다는 그것에 함몰하여 후기로 갈수록 탐미적 시세계를 드러내었다.

그러나 고석규의 경우는 전봉건처럼 전쟁에 직접 참전한 군인으로서 체험한 전쟁 현실의 사실적인 묘사와 근대인의 '내면성'에 집중한 시적 형상화를 추구하였으며, 이러한 과정을 통하여 그는 죽음이라는 유한성의 벽과 맞서 싸우는 죽음의 가능성으로서의 실존적 의지를 보여주었다. 따라서 본 논문의 문제의식은 고석규의 공포와 불안, 그리고 죄의식으로부터 발현된 죽음에 대한 사유와 그의 비평에 나타나는 '여백'의 사상에 대한 연구의 미진함에 주목하면서, 이를 어떻게 확대·재생산할 것인가에서 출발한다.

---

3) 박슬기, 「한국 전후시의 그로테스크 시학연구: 박인환 · 고석규 · 전봉건을 중심으로」, 서울대학교 석사학위논문, 2004, p.24.

4) 이영섭, 「50년대 남한의 현실인식과 시적현상」, 『1950년대 남북한 문학』, 평민사, 1991. 참조. '센티멘털(sentimental)'은 '정서적인, 감상적인'이라는 뜻이다. 센티멘털리즘은 18세기 후반 유럽의 교양 사회에서 유행했는데, 지나친 감정과잉으로 이성을 잃어버리는 부작용을 낳기도 했다. 우리말로 옮기면 '감상주의'라고 한다.

5) 박슬기, 위의 논문, p.56.

고석규 시인의 전기적 사실[6]을 살펴보면, 그는 1932년 9월 27일 함경남도 함흥시에서 고원식 씨의 장남으로 태어났다. 그는 유년시절부터 「유년 그룹」, 「고학년 친구」 등의 잡지를 구독하였고, 서울의 경성일보에도 작품을 투고하면서 문학에 눈을 뜨기 시작하였다. 그의 부친은 아들이 자신과 같은 의사가 되길 바라는 희망으로 함흥중학교를 졸업한 고석규를 함흥의전에 시험을 치르게 하였다. 고석규는 중학교 6년간 반장과 1등을 놓치지 않았을 만큼 명민했지만, 사상이 불온하여 내무소에 자주 불려 다녔다는 생활기록부 기재사항 때문에 입학을 거부당하고 말았다. 그러자 그의 부친은 지인의 힘을 빌려 평양사범대학에 그를 입학시켰지만 그는 한 학기도 마치지 못한 채 집으로 돌아오게 되었다.

그 이후로 고석규는 사상이 불온한 자가 되어 문제의 인물로 늘 주목을 받게 되었고 내무소로부터 쫓기는 신세가 되었다. 그가 문제인물이 된 주된 이유는 공산주의 사상에 대한 근본적인 거부감 때문이었다. 해방이 되자, 그의 고향에 공산주의 사상이 밀려들어왔고, 어린 그는 공산주의 사회에 대한 적대적인 인식과 반항감에 적극적으로 항거하였다. 6·25 전쟁이 발발하자, 그는 사상적 기질로 인하여 고향을 떠날 수밖에 없는 상황에 처해졌다. 당시 그의 부친은 군의관으로 발탁되어 전장으로 향한 상태였고, 그 또한 고향집과 어머니, 동생, 연인 '영領'을 북에 남겨 두고 단신으로 월남하였다. 그 뒤 그는 국군이 모병하는 군대에 입대하여 동족상잔이라는 처참하고 피폐한 전쟁터에서 생사의 경계를 넘나들었다. 원래부터 병약하였던 그는 전쟁에 참전하면서 심신이 점점 허약해져 부산의 후방병원으로 후송되어 마침내 부친과 극적인 상봉을 하고 그 뒤 부친과 함께 피난지인 부산에 정착하였다.

고석규는 부친의 풍요로운 경제력으로 인하여 수많은 책을 사들여 다양한 문학과 사상들을 접하였다. 그리고 1952년 부산대학교 국문학과에 입학하였고, 1952년에 '부산문학회'와 「부대문학」을 발간하였다. 고석규

---

6) 남송우, 「짧은 삶과 미완의 시학」, 고석규, 남송우 엮음, 『고석규 문학전집 1』, 마을, 2012. 참조.

의 실존주의에 대한 관심은 시와 비평에 대한 열정으로 이어졌다. 고석규의 글쓰기는 삶과 죽음의 처절한 싸움이었으며, 부조리한 현실을 월경하고자 하는 부정의식의 토대였다.

고석규는 1953년 10월에 동인지 「시조時調」를 발간하였고, 1954년에는 동인지 「산호珊瑚」를 간행하였으며, 「신작품」에도 가입하여 시 쓰기에 몰두하면서, 마침내 1955년 김재섭 시인과 함께 시집 『초극』을 발간하였다. 그는 부산대학교를 졸업하면서 곧바로 동인지 「시연구」를 간행하였고, 「한국 현대평론가협회」, 「부산 예술 비평회」 등을 통하여 본격적으로 비평을 발표하기 시작하였다. 그의 비평은 '역설의 비평가', '자외선의 글쓰기'[7]라는 평자들의 주목을 받기 시작하였다. 그는 대학원에 입학하여 다음해 4월 추영수 시인과 결혼을 하였고, 부산대학교 강사를 하던 중이던 1958년 4월 19일 심장병으로 갑작스런 죽음을 맞이하였다. 고석규는 전쟁과 민족분단으로 인한 고향상실감의 천형을 잊기 위하여 늘 동분서주하면서 많은 문학의 일을 담당하였다. 그는 항상 "나는 왜 살아 있는가?"라는 질문을 되새기며 '역설'의 정신을 자신의 글쓰기의 핵심으로 삼았다. 그는 '역설'[8]을 시적 기법으로서의 역설이 아닌 '역설의 가능성'에 중점을 두면서, 시인의 역설, 삶의 역설, 상상력의 역설, 실존의 역설을 탐구하였다.

고석규는 30년대 모더니즘을 자신이 극복해야 할 대상으로 삼았고, 그 중에서도 김기림을 중요한 비판의 대상으로 삼았다. 그는, 김기림이 모더니즘과 과학의 명랑성을 동일시하는 것은 감상에 불과하며, 현대는 과학이 가져온 명랑성이 아닌 비극성에 눈을 떠야 한다[9]고 비판하였다. 이러

---

7) 김윤식, 「'청동의 계절'에서 '청동의 관'까지-고석규의 정신적 소묘」, 『외국문학』, 1992. 가을호, p.206.

8) 고석규에게 '역설'은 문학개념 'Paradox'를 넘어서 실존의 상황까지 지칭한다. 현존재와 그를 둘러싼 상황이 모순의 상황에 처했을 때 실존은 그 자체가 역설적이라는 것이다. 인간은 '나는 죽는다'라는 유한성 앞에서 절대와 영원으로의 길을 차단당하기 때문이다. 구모룡, 「고석규 혹은 역설의 비평가」, 『현대시학』, 1991, 3. 『고석규 문학전집 5』, p.118.

9) 문혜원, 『한국 현대시와 모더니즘』, 신구문화사, 1996, p.33.

한 비판은 새로운 현대시에 대한 그의 인식을 첨예하게 드러내는 것이었다. 그는 현대시를 "모더니티의 인식을 개변하는 것이며, 엑스타시적 사치에서 떠나 전체적이며 세계적이며 생명적이며 존재적인 것인 것으로 전기轉機된 필연성을 약속하는 것"[10]이라고 말하면서, "오늘날 인간에게 있어서 영원적인 것에 대하여 시는 실존적 인간을 모더니티에 더 강경히 충전시킬 수 있는 것이며, 인간의 극한적 신앙으로 비약할 수 있는 가능성을 또한 점령하는 것이 될 것"[11]이라고 강조하였다. 따라서 그는 "모더니티란 자아를 버릴 것이 아니라 자아적 연소와 아울러 무의식적 현실을 의식적 현실로 귀환시킬 수 있는 것"[12]이라고 역설하였다. 그러나 고석규는 이상李箱에 대해서는 김기림과는 다른 인식을 피력하였다. 그는 30년대 모더니즘을 강력하게 부정하면서도 이상의 지식인으로서의 자의식과 심미적 글쓰기에 대해서는 극찬을 아끼지 않았다.

특히 고석규는 비평가로서 더 주목을 받았다. 그 이유는 그가 대학원 진학 이후부터 비평에만 매진했기 때문이다. 그러므로 그의 시작 활동은 부산대학교 재학 시절인 4년 동안 거의 집중적으로 이루어졌다고 보아야 할 것이다. 이처럼 그의 시 쓰기는 매우 짧은 기간에 이루어졌고, 또한 그의 삶의 터전인 부산의 지역적 특성으로 인하여 그의 시에 대한 문단의 인지도는 그다지 높지 않았다.

6·25 전쟁은 우리 민족에게 하나의 커다란 원체험으로서, 우리 민족을 새로운 근대의 소용돌이 속으로 침몰하도록 만들었다. 니체의 '신은 죽었다'라는 명제는 허무와 공허감에 부유하던 한국 근대인의 자화상을 여실히 증명하는 것이었으며, 이러한 자화상을 통하여 고석규는 부조리와 반항, 선과 악, 삶과 죽음의 근대를 각성하였다. 박슬기는 고석규의 문학이 그동안 전통적으로 이어져 내려오던 '서정'의 논의를 '주체'의 차원으로 돌려놓았다[13]고 말한다. 이러한 논의는 고석규 문학의 '내면성의 발견'

10) 고석규, 「모더니티에 관하여」, 『고석규 문학전집 2』, p.71.
11) 위의 책, p.71.
12) 위의 책, p.71.
13) 박슬기, 「1950년대 시론에서 '서정' 개념의 논의와 '새로운 서정'의 가능성-고석규의 부정성의 시학을 중심으로」, 『한국현대문학연구』 제 28집, 한국현대

이라는 근대인의 정신세계를 자신의 것으로 주체화하고 있다는 사실을 증명한다.

본 연구의 목적은 첫째, 전쟁 속에서 고석규가 직면한 타자의 죽음으로 인한 공포와 불안의식의 발현과 그것이 내면화된 죽음의 세계를 어떻게 사유하고 있으며 이러한 사유가 어떠한 방법을 통하여 시로 형상되고 있는지를 읽어내고자 하는 데 있다. 둘째, 시대적 불안으로 야기된 웃음과 울음의 양가적 이미지와 그로테스크 기법을 통한 육체의 불구성의 시적 형상화의 양상을 살펴보고, 셋째, 죽음의 유한성으로부터 파생되는 허무의식과 자기소외 양상을 밝히고자 한다. 넷째, 그의 비평의 바탕이 되는 '청동시대'의 반항의식과 '여백'의 사상이 어떠한 방식으로 전개되고 있는지 살펴보는 데 있다. 본 연구를 통하여 그동안 심도 있게 다루지 않았던 공포와 불안을 동반한 고석규의 죽음의 세계와 그의 비평에 나타나는 '여백'의 사상에 대한 미미한 논의를 보충할 수 있는 계기를 마련할 수 있을 것이며, 고석규의 시가 전후 시문학사에 기여한 또 다른 면모를 밝혀낼 수 있으리라 판단된다.

문학연구회, 2009, p.336.

2. 연구사 검토 및 연구 방법

1950년대의 한국 문학은 6·25 전쟁의 폐허 속에서 일구어낸 절망과 죽음의식으로 굴절된 문학이라고 할 수 있다. 그것은 삶과 죽음의 경계에 선 공포와 불안의 서사 그 자체였다. 따라서 50년대 전후 문학은 전쟁체험을 통과하면서 어쩔 수 없이 겪어야 했던 공포와 불안의식으로부터 발아[14]되었다는 논의는 일면 타당하다고 볼 수 있다.

1950년대 모더니즘 문학의 양상을 밝히는 데 있어서 중요한 키워드는 원체험으로서의 '전쟁체험'[15]이다. 6·25 전쟁의 '내적 체험'[16]은 50년대 모더니스트들에게 물질적·정신적 상처를 안겨주었다는 점에서 문제적[17]이라 할 수 있다. 50년대 모더니즘은 폭력과 살육이 자행된 전쟁체험으로부터 비롯된 것으로서, 기존의 질서를 일순간에 무너뜨리는 인간의 폭

14) 손자영, 「1950년대 한국 모더니즘 문학론 연구」, 이화여자대학교 박사학위논문, 2012.

15) 조영복, 「1950년대 모더니즘 시에 있어서 '내적 체험'의 기호화 연구」, 서울대학교 석사학위논문, 1992.

16) 조영복, 『한국 현대시와 언어의 풍경』, 태학사, 1999, p.193.

17) 위의 책, p.184.

력성과 휴머니즘 상실이라는 비극 속에서 50년대 모더니스트들은 전쟁 속에 내던져진 인간의 피폐하고 허무한 모습을 형상화하였기 때문이다. 이러한 형상화는 고석규의 시에서의 주체의 변형과 환상성의 공간을 마련해주는 동시에 전쟁의 공포를 그로테스크의 시학[18]이라는 문학사적 위상으로까지 나아가게 하였다.

특히 50년대 모더니즘 시에서의 '내면성'은 근대 주체의 분열의식의 근간을 이루는 것으로서, 그 독자적인 영역을 확보하였다. 고석규 시에 대한 최초의 논의를 시작한 김윤식은 고석규의 유고시집 『청동의 관』을 전후문학의 원점[19]이라고 규정한다. 그는 6·25와 릴케, 로댕, 윤동주, 고석규의 시대의식을 '청동시대'[20]라 이름 붙이고 고석규의 시학을 '청동시대'의 시학이라고 명명한다. '청동시대' 의식이란 릴케가 로댕의 대표작인 <청동시대>에서 묘사한 '최초의 사나이'의 모습을 은유하는 것으로서, 김윤식은, 임시수도 항도 부산에서 대학생으로 살아가던 고석규에게 벽처럼 둘러싸인 4천여 권의 책은 그의 성채였으며, 그는 그곳의 성주였다고 말한다. 이 성채의 계절이 바로 '청동시대'이며, 고석규는 이 성채 속에서 인류 최초의 사나이를 꿈꾼 것이다. 따라서 '청동시대'란 전쟁으로 폐허가 된 전후 현실을 의미하며, 이 폐허의 자리에서 고석규는 본질적인 미美를 추구하였다고 주장한다.

특히 고석규의 '내면성'의 투사가 '파아란 상화'를 통하여 죽음에의 초극의지를 피워 올리도록[21] 하였다는 논의와, 전쟁의 현장에서 체득한 죽음의식이 내면화된 극심한 상실의식과 유폐의식은 역설적인 죽음의식과 '나는 무엇인가?'라는 시원에 대한 실존적 물음을 던지게 하였다[22]는 논

---

18) 박슬기, 「한국 전후시의 그로테스크 시학연구: 박인환 · 고석규 · 전봉건을 중심으로」, 참조.

19) 김윤식, 「전후문학의 원점」, 『문학사상』, 1992. 7월호, 『고석규 문학전집 1』, 참조.

20) 위의 글, p.237.

21) 김윤식, 「고석규의 정신적 소묘-50년대 비평 감수성의 기원」, 『시와 시학』, 1991-2, 겨울호, 봄호.

22) 하상일, 「고석규 문학의 근대성 연구」, 부산대학교 석사학위논문, 1999.

의는 고석규의 전쟁체험의 시적 형상화가 자폐와 영혼의 상실을 통과한 심연에서의 빛 찾기[23]와 절망과 부조리를 동반한 실존의 고백[24]이라고 보는 견해와 일맥상통한다고 할 수 있다.

특히 본고에서는 조영복과 박슬기의 논의에 주목하고자 한다. 왜냐하면 고석규의 문학을 논의하는 데 있어서 중요한 키워드는 전쟁체험[25]과 공포, 그로테스크[26]인데, 이 중에서도 고석규 시의 특징을 구체적으로 살펴볼 수 있는 키워드는 공포와 그로테스크이기 때문이다. 이러한 맥락에서 조영복과 박슬기는 고석규 시의 공포와 그로테스크의 시적 형상화에 주목한다.

조영복[27]은 고석규의 공포체험에 대한 논의에서, 고석규의 전쟁으로 인한 공포체험의 시적 변용과 그로테스크 시에 대하여 고찰한다. 조영복은 전쟁의 공포체험을 단순한 전쟁의 비극으로 보지 않고 이성과 지배 권력의 어떤 공모 관계로 보고 있으며, 이러한 인식에는 이성의 비합리적인 근원을 천착하려는 통찰력[28]이 깔려 있다. 특히 조영복은 고석규 시의 장중하고 극적인 산문시와 그로테스크 이미지, 그리고 초현실주의적 요소는 전쟁의 공포를 더욱 부각시키며, 이러한 시적 형상화를 통해 나타나는 절망의식은 결국 그로 하여금 유폐의식으로 나아가게 하였다고 주장한다. 특히 고석규의 무의식과 내면에 대한 집착은 50년대 시사에서 독특한 위치를 차지한다고 말한다.

같은 맥락에서 박슬기[29]는 한국 전후 시의 그로테스크 시학을 박인환·

---

23) 김경복, 「자폐와 심연에서의 빛 찾기」, 『오늘의 문예비평』, 1993, 겨울호, p.242.-257.

24) 박태일, 「전쟁 속에 얼어붙은 꽃봉오리」, 『고석규 문학전집 1』, p.258-263.

25) 김경복, 앞의 글, 참조.
박태일, 앞의 글, 참조.
하상일, 「1950년대 고석규 시 연구」, 『한국문학이론과 비평』 제23집, 한국문학이론과 비평학회, 2004.

26) 조영복, 「공포 체험의 시적 변용과 그로테스크의 시」, 참조.
박슬기, 앞의 논문, 참조.

27) 조영복, 위의 논문, 참조.

28) 박슬기, 위의 논문, p.4.

고석규·전봉건의 시를 중심으로 고찰하면서, 박인환의 주체는 박제화 된 주체로서, 고석규의 주체는 내면의 치열한 갈등으로 인해 변환되는 주체로서, 전봉건의 주체는 주로 외적 갈등으로 인한 분열된 주체로서의 현실인식을 보여준다고 말한다. 특히 박슬기는 고석규의 전쟁체험으로 인한 절망의식을 동물화 된 주체의 불구성과 내면화된 음울한 웃음, 그리고 육체의 파편화와 불구성의 세계로 파악한다. 이러한 조영복과 박슬기의 논의는 기존의 고석규 시 연구에서의 전쟁의 공포체험을 더욱 구체화하고 있으며, 그로테스크와 초현실주의의 세계까지 접근함으로써 고석규 시의 모더니티의 특징을 더욱 세분화하여 논의하고 있다는 점에서 매우 중요한 의미와 가치를 지닌다고 판단된다. 그러나 조영복과 박슬기의 논의 이후에는 주목할 만한 연구가 더 이상 진전되지 않고 있으며, 특히 본고에서 핵심적으로 논의할 고석규의 죽음의식에 대한 연구는 아주 미미한 실정이다.

고석규의 시에 관한 연구가 미미한 실정인 반면 그의 평론에 대한 연구는 많은 평자들의 관심을 끌었다. 그의 평론에 대한 연구는 김윤식의 평론으로부터 비롯된다. 김윤식은 「1950년대 한국문예비평의 3가지 양상」[30]에서 50년대 대표적인 비평가를 이어령, 유종호, 고석규로 규정짓는다. 특히 그는 고석규의 평론 「여백의 존재성」을 전쟁으로 인한 근대성의 파산의식과 죽음의 형이상학적 갈등 속에서 예술과 현실 사이의 양가적 인식을 보여준다고 파악하면서, 이를 '내성內省의 비평'이라고 명명한다. 특히 그는 고석규의 시 「침윤」에 주목하면서, 「침윤」의 동굴은 바로 플라톤의 동굴에 해당되며, 이 동굴 벽에 비치는 외부세계의 그림자가 '파란 상화'이고, 릴케를 통해 동굴 속 수인囚人이 된 고석규를 동굴 밖으로 나오도록 한 '자유'의 개념을 귀 뜸 해준 것이 바로 사르트르였다[31]고 밝힌다.

29) 박슬기, 앞의 논문, 참조.
30) 김윤식, 「1950년대 한국문예비평의 3가지 양상-고석규의 정신적 소묘」, 『고석규 문학전집 5』, p.13-20.
31) 김윤식, 「한국 전후문학과 실존주의」, 『오늘의 문예비평』, 1993, 겨울호. 『고석규 문학전집 5』, p.39.

한편으로, 고석규의 비평에는 그의 시에 드러나는 전쟁의 공포와 죽음의식이 전혀 나타나지 않으며, 특히 전쟁체험을 통한 죽음의 부조리성이 고석규로 하여금 실존에 대한 문제와 직면하게 했으며, 고석규 비평의 고유성은 책읽기와 글쓰기라는 내면화를 통한 실존적 성찰[32]이었다는 논의는 고석규 비평이 전쟁체험을 통한 내면세계의 기록이자, 그의 문학의 핵심임을 적확하게 파악하고 있다. 또 다른 맥락에서, 고석규의 비평적 감수성의 근원은 '죽음'에서부터 시작되며, 전쟁에서의 산 자의 공포체험은 고석규의 비평 속에서 죽음의 극복 내지는 초월을 문제 삼을 때 변증법적 '부정성'의 인식으로 나타나며, 이는 죽음과 삶의 변증법이 고석규의 내적 규범으로 자리 잡고 있기 때문이라는 논의[33]는 고석규의 시에 나타나는 죽음의식을 비평에서 찾아내는 성과를 보여주고 있다.

이러한 맥락에서, 고석규가 『초극』에서는 여백의 심연을 보기 위해 불길 속으로 자신의 몸을 던지는 '엠페토클레스의 충동'의 '무無' 개념을 드러내고 있다면, 「시인의 역설」에서는 고석규의 비평적 관심이 점점 내면→텍스트 내內→텍스트 외外로 확장되면서 구체적인 무 개념의 이론화 과정의 변모양상을 보여주고[34] 있다는 논의는 고석규의 핵심적인 사상이 바로 '죽음'과 '여백'의 사상임을 증명한다. 반대의 논의로서, 고석규의 무 개념은 상황에서의 도피이며 개인적인 비평으로, 지적 유희 혹은 자아도취형의 비평[35]이라는 논의는 고석규가 『여백의 존재성』에서 밝히고 있는 '역설'이 절대적 반항과 초월적 반항의 의식현상이며, 그가 역설의 기능보다는 역설의 가능성, 역설의 정신에 관심을 가졌다[36]는 논의에 비해 논의의 구체성이 다소 빈약함을 보인다고 파악된다. 왜냐하면 고석규

---

32) 강경화, 「실존적 기획의 존재론적 지평과 에세이적 비평」, 『한국문학비평의 인식과 담론의 실현화 연구』, 태학사, 1999, 참조.

33) 임태우, 「고석규 문학 비평연구」, 서울대학교 석사학위논문, 1993.

34) 심동수, 「무無 개념에 기반한 고석규 비평의 변모 양상과 그 의미」, 『한국문화연구』 제11집, 한국문화연구회, 2006.

35) 김동환, 「이분법적 사유구조와 영웅 지향성-고석규론」, 구인환 외, 『한국전후문학연구』, 삼지원, 1995.

36) 구모룡, 앞의 글, 참조.

의 전쟁을 통한 실존적 체험이 얼마나 컸으며, 상징적 미의 창조로서의 릴케의 '여백'이 고석규에게 얼마나 큰 영향을 주었는지, 혹은 실존적 차원으로서의 부재를 통한 존재의 확인37)이 고석규로 하여금 얼마나 깊은 신념을 안겨 주었는지에 대해 구체적으로 파악하지 않았기 때문이라 판단되기 때문이다.

위에서 살펴본 바와 같이 고석규 문학에 대한 연구들은 고석규 문학이 전쟁으로 인한 근대성의 파산과 절망, 유폐의 극복태도를 보여준다는 점에서 의의가 있다고 판단되지만, 전쟁에 대한 절망과 유폐로 한정된 논의의 협소함이 아쉬운 점으로 다가온다. 이러한 논의들은 전쟁체험의 일반적인 정조인 폐허와 유폐, 절망 등의 세계를 고찰함으로써 일반적인 논의의 수준을 넘어서지 못하고 있다고 판단되기 때문이다.

따라서 본고의 문제의식은 고석규의 전쟁체험과 공포의 내면화의 구체적인 양상은 어떠한 것이며, 그것들이 어떻게 죽음의식으로 전이되어 나타나게 되고, 그 죽음의식의 이미지는 어떻게 구체화되어 시로써 완성되고 있는지 로부터 시작된다. 왜냐하면 그동안 고석규에 대한 논의는 전쟁에 대한 일반적인 차원에서의 공포와 불안과 죄의식의 세계를 기계적으로 반복하고 있기 때문이다. 또한 고석규 비평에 나타나는 '죽음의 역설'과 '여백'의 사상은 무無의 개념이라는 관념적인 논의로서 치부되고 있으므로, 고석규의 '여백'이 말하는 사상을 구체적으로 드러내고 있지 못하기 때문이다. 따라서 본 연구를 통하여 고석규의 실존의 가능성으로서의 죽음에 대한 시 의식과 '여백'의 사상에 대한 연구의 미진함을 확대·재생산할 수 있을 것이라 확신한다.

고석규는 자신이 선택할 수 있는 유일한 방법으로서의 실존은 하나의 속성을 의미하는 것이 아니라 모든 속성을 포함 한다38)고 말한다. 이러한 맥락에서 그의 시에 나타나는 공포, 불안, 죄의식, 절망, 허무 등의 정조들은 실존주의 개념과도 맞닿아 있다고 볼 수 있다. 세계에 내던져진 인간이 느끼는 불안과 부조리, 절망과 죽음에 대한 물음을 근원으로 하는

37) 남송우, 「고석규, 그 역설의 진원지를 찾아서」, 『오늘의 문예비평』, 1993, 겨울호.
38) 고석규, 「실존주의 철학」, 『고석규 문학전집 4』, p.61-65.

실존주의는 데카르트의 '코기토cogit'의 이성과 정신, 과학과 합리성 일변도의 과거 철학에 대한 반성으로부터 비롯된 것이다. 두 번의 세계전쟁을 치른 서구 철학자들은 인간의 이성으로 이룩한 과학이 전쟁을 발발시켰다는 회의와 절망에 빠진 것을 계기로 인간 실존에 주목하게 된다. 실존주의는 '인간에 대한 철학적 물음'이며 인간의 태어남과 죽음으로 각인된 시간적·역사적 실존[39]에 대한 각성이라고 볼 수 있다. 따라서 실존주의는 한국 근대의 시대인식에 가장 적절하게 대입할 수 있는 개념이다. '실존은 본질에 선행 한다'는 사르트르의 명제처럼 한국의 근대사는 암울한 시대 속에서 실존을 본질에 선행하도록 만들었고, 이러한 시대 상황 속에서 실존주의는 피폐하고 억압받는 한국인의 정서에 깊이 파고들게 되었기 때문이다. 그러므로 실존주의는 6·25 전쟁을 체험한 고석규 시인의 시적 형상화에 주요한 요인으로 작용하고 있다. 특히 이 논문의 핵심 키워드인 공포와 불안과 죄의식의 세계는 고석규를 '죽음'의 세계로 이끌고 있는데 이러한 죽음에 대한 고석규의 사유는 세 가지로 나눌 수 있다. 첫째, 타자의 죽음을 어떻게 정의할 수 있느냐 하는 것이며, 둘째, 타자의 죽음은 '나'에게 어떠한 사유를 불러일으키는가 하는 것이고, 셋째, '나'는 왜 살아 있으며, 왜 살아야 하는가 이다.

'죽음'은 20세기에 접어들면서 중요한 철학적 주제가 되었다. 인간은 더 이상 하나님의 은총에 매달리지 않게 되었고, 게다가 전쟁의 참화를 겪으면서 인간은 그 어느 때보다도 죽음에 대하여 깊이 반성을 하게 되었다.[40] 먼저 주목되는 죽음의 개념은, 퀴블러-로스가 구분한 죽음의 단계이다. 그 단계는 '죽음을 인정하지 않으려는 의지'→'분노'→'타협'→'우울'→'죽음의 승복'의 단계[41]로 나타나는데, 이러한 죽음의 단계는 고석규가 전쟁에서 타자의 죽음에 직면하면서 느꼈던 죽음의식을 일정 부분 반영하고 있다. 왜냐하면 고석규는 전쟁에서 죽어가는 타자의 죽음을 바라보면서 처음엔 그 죽음을 인정하지 않으려 하고, 그래서 분노하면서 그

39) 조가경, 『실존철학』, 서광사, 1987, p.5.
40) J. P. 사르트르 외, 정동호 · 이인석 · 김광윤 편, 『죽음의 철학』, 청람, 2004, p.6.
41) W. 슐츠, 「죽음의 문제에 대하여」, 위의 책, p.40-42.

죽음을 가로막기 위하여 타협하지만 결국 타자의 죽음이 기정사실화 되자 우울감에 휩싸이고 전후의 일상생활 속에서도 그 우울을 떨쳐버리지 못하기 때문이다. 그러나 그는 후기로 갈수록 죽음을 수용하는 죽음의 역설적 인식으로 나아간다. 이러한 과정의 양상을 살펴볼 때 퀴블러-로스의 죽음의 단계는 고석규의 죽음에 대한 사유를 정확히 집어내고 있다고 판단된다. 그러나 퀴블러-로스의 죽음의 단계는 호스피스 병동에서의 임상 결과를 바탕으로 한 것이므로 본 연구에는 적합하지 않을 수 있다고 판단된다. 고석규의 죽음의식은 질병이나 병적 징후보다는 정신적·육체적 고통과 극한의 긴장감으로부터 비롯된 것이기 때문이다.

그렇다면 서구 철학사에서 죽음에 대한 논의를 살펴볼 필요가 있다. 그것은 세 가지 유형[42]으로 분류되는데, 본 연구와 관련된 논의는 실존철학에서의 '죽음'에 대한 논의가 적절하다고 판단된다. 고석규 문학에 나타나는 죽음의식은 공포와 불안으로서의 죽음의 초기 단계와 죽음의 자각과 수용을 통한 죽음의 가능성의 후기의 단계로 나누어지기 때문이다. 이러한 죽음의식의 변이 과정을 통해 알 수 있듯이 고석규의 죽음의식은 하이데거의 실존주의 개념과 긴밀히 연결되고 있다. 하이데거의 시간성은 고석규의 문학에서 인간은 죽을 수밖에 없다는 유한성을 깨닫게 하는 전쟁과 긴밀한 관련성을 맺는다. 이러한 전쟁의 현장에서 고석규가 느낀 '죽음'은 인간에게 있어서 극한의 유한한 시간성을 의미하며, 또한 그것은 릴케가 말한 낯설은 죽음, 즉 돌연사를 말하는 것이다. 고석규는 이러한 낯설은 죽음을 두려워하며 불안과 죄의식에 빠진다. 그리고 죽는다는

---

42) 서구 철학사에서 죽음에 대한 논의는 세 가지 유형으로 분류된다. 첫째, '영혼의 출구'로서의 '죽음'이 있다. 플라톤의 『파이돈』에 나오는, 소크라테스가 독배를 마시지 직전 제자들과의 대화에서, 소크라테스는 '죽음이란 한 번 해볼 만한 모험'이며, '죽음'은 철학자가 지향하는 '형상의 하늘'에 접근하게 해주는 것이라고 말한다. 플라톤 또한 '철학하는 것은 죽음을 배우는 것'이라고 보았다. 둘째, 무익한 것으로서의 '죽음'이 있다. 에피쿠로스는 '우리가 살아 있는 한 죽음은 존재하지 않으며, 우리가 죽으면 우리는 더 이상 살지 않기 때문에 죽음에 대한 논의는 무익한 것'이라고 보았다. 셋째, 실존철학자들이 말하는 삶의 지평으로서의 '죽음'이 있다. 윤선인, 「하이데거의 존재론에서 죽음의 의미와 교육적 함의」, 고려대학교 석사학위논문, 2009, p.1. 참조.

것에 대해, 실존하는 것에 대해, 스스로에게 끊임없이 물음을 던진다. 그 물음은 '나는 왜 살아 있는가?'라는 해답을 찾을 수 없는 그런 물음이다. 이 물음은 바로 하이데거가 인간을 시간성에 바탕을 두고 죽음을 향한 과정으로서의 실존자로 살아가고 있다는 것과 같은 맥락에서 솟아오르는 물음이다. 하이데거가 강조한 시간성은 바로 이러한 인간 삶의 한계성을 지적하는 것이며 이 한계성은 인간 삶의 최종적 완결이 '죽음'이라는 의미를 함축하기 때문이다.

하이데거에 따르면, '죽음'은 인간의 고유한 본래적 가능성의 하나로서 존재한다. 하이데거가 인간은 '죽음에 이르는 존재'라고 규정했듯이, 인간은 태어나는 순간부터 죽음의 가능성으로 향해 가고 있는 존재이다. 이러한 '죽음'은 언제나 인간에게로 향하고 있으며, 인간을 본래적인 가능성으로서 되돌아가게 하는 고유한 가능성으로 존재한다. 따라서 현존하면서 항상 죽음을 인식하며 살아가는 인간은 현실 속에서 '긴장'이라는 인식을 가지게 되며 스스로 결단하고 스스로를 기획투사하게 되는 것이다.

이러한 하이데거의 '죽음'의 개념은 고석규가 전쟁을 통하여 삶을 추구하면서 지향하고자 하는 가능성과 자유의 개념과 같은 맥락으로 이해할 수 있다. 고석규에게 있어서 '죽음'은 인간의 유한성을 분명히 알고 받아들이는 일이었으며, 자신을 '죽음으로 운명 지어진 존재'로서 완수하고 이 죽음을 이해함으로써 그는 전체적인 존재가 되고자 했기 때문이다. 즉 그는 죽음을 그의 내면에 완전히 내면화한 것[43]이다. 결론적으로 고석규는 하이데거가 죽음을 항상 현존하는 것으로서 생명의 모든 순간 인간은 종결에로 귀결 된다[44]라고 말한 것을 자신의 죽음의 개념에 통합하여, '죽음에의 선구先驅(Vorlaufen, anticipate)' 즉 죽음보다 앞서 달려가 죽음의 실체를 파악하고 자각하면서 그것이 다가오기 전에 매순간마다 성실히 살아야 할 것을 결단하고 마침내 죽음이 찾아오더라도 그것을 영원한 종말로 여길 것이 아니라 죽음 뒤의 하나의 가능성, 부재 속의 여백으로 인식하겠다는 것을 수용한 것이다. 또한 하이데거의 '존재의 집'이라

---

43) 윤선인, 앞의 논문, p.66.
44) 위의 논문, p.67.

는 언어 개념은 고석규가 타자와 소통 하면서 타자와의 사랑을 추구하는 과정 속에서 중요한 요소가 된다. 하이데거에게 있어서 '언어'는 존재자를 존재 가능성으로서 개시하게 하는 것이며, 이때의 '언어'는 의사 전달이나 추상적 의미로서의 '언어'가 아니라, 주체와 타자와의 관계 속에서 양해되는 '실존'의 근원이 되기 때문이다.

한편 본 연구에서 고찰할 허무의식은 신에 대한 부정과 죽음의 부조리로부터 비롯되기 때문에 이 부분에 대한 논의는 니체의 '신의 부정'에 대한 개념을 이론적 근거로 삼고자 한다. 니체의 '신은 죽었다'라는 명제는 과거의 절대적 가치인 형이상학적 세계를 모두 부인하는 것이다. 니체에 의하면, 신에게 복종하던 세계는 허구이며, 인간은 이 허구성을 직시하면서 고통과 절망을 온몸으로 살아내야만 하는 존재가 된다. 따라서 니힐리즘[45]은 필연적으로 인간 삶에 따라붙는 그 무엇이 된다. 그러나 니힐리즘은 인간이 넘어설 수 없는 것이 아니라 오히려 긍정적인 삶에의 의지, 즉 힘에의 의지가 되는 것이다. 그러므로 니체의 실존은 인간을 초극하려는 실존이다. 니체는 신이 죽었다는 선언을 내림으로써 인간의 본질적 실존을 '초인'에서 찾는다. 초인은 육체를 지닌 구체적인 존재이면서 현존재를 뛰어넘는 초월적인 존재인 것이다. 이러한 니체의 초인 사상은 고석규의 글쓰기의 지향점인 여백의 사상을 바탕으로 한 '초극'과 같은 맥락의 개념이다. 고석규의 '초극'과 니체의 '초인' 사상은 시간성을 초월하고 인간의 유한성을 초월한다는 점에서 서로 긴밀한 관련을 맺기 때문이다.

니체가 인간 정신의 마지막 단계[46]로 든 어린 아이의 정신은 창조의 정신이다. 이 정신은 현실의 인간 존재를 뛰어넘어 어린 아이처럼 자기

---

45) 니힐리즘은 목표가 결여되어 있으며, '왜'라는 물음에 대한 대답이 결여되어 있으며, 최고의 가치들이 탈가치화되는 것이다. F. 니체, 김정현 역, 『유고(1887년 가을~1888년 3월)』, 책세상, 2003, p.343.

46) 니체는 참된 주체를 인식하는 높은 정신의 단계를 세 가지로 규정한다. 첫째는 자기를 버리고 타자에 철저히 복종하는 '낙타의 정신'이고, 둘째는 낙타의 정신에 철저히 복종하는 자기 자신과 타자에 대해 철저히 부정하는 '사자의 정신'이고, 셋째는 정신과 육체가 참된 주체로 통합되는 최후의 단계인 '어린 아이의 정신'이다. F. 니체, 사순옥 옮김, 『짜라투스트라는 이렇게 말했다』, 홍신문화사, 1993, p.29.-32.

극복을 이루어 내고 끊임없는 파괴와 생성을 통해 새로운 가치와 의미를 만들어내고 창조적으로 자신의 삶을 생성시켜나가고 유희하고 긍정하는 디오니소스적 긍정의 자세를 지닌 정신이다. 니체는 신이 죽은 자리에 초인을 세우고 인간의 유한성을 인간 스스로 스스럼없이 받아들이며, 몰락과 상승을 반복하는 구체적인 인간 실존을 디오니소스적인 긍정적이고 창조적인 인간상으로 바꾸어나가자고 주장한다. 이러한 니체의 초인 사상은 바로 고석규가 추구하고자 하는 초극과 동일한 것이다.

반면 사르트르의 '실존'은 '휴머니즘'과 동일시되는 사상으로서, 고석규의 시에 나타나는 휴머니즘과 타자의 사랑이라는 인식과 일정 부분 공유하는 부분이 있다고 판단된다. 또한 키에르케고르는 신神 앞에 선 '단독자' 개념을 확립하였는데, 이러한 단독자 개념은 고석규의 유폐의식을 고찰할 수 있는 중요한 키워드이다. 고석규의 유폐는 스스로 선택한 것이기도 하지만 그가 신을 부정하고 신을 떠나면서부터 시작된 것이기도 하기 때문에 이 단독자 개념은 고석규의 유폐의식과 고아의식을 분석할 수 있는 적절한 이론적 방법론이 될 수 있을 것이다. 키에르케고르가 신을 버렸을 때 느끼는 인간의 감정을 절망이라는 개념으로 설명하는 것은 고석규의 절망의식과 서로 변증법적 관련성을 보여준다. 그것은 '심미적 실존' 단계를 뛰어넘어 윤리적 실존 단계에 다다르기 위한 고석규의 '실존'의 과정을 자기완성이라는 변증법적 과정으로 보여주기 때문이다. 고석규가 신을 부정하고 '단독자'로 선 채 '죽음에 이르는 병'인 절망에 빠져 스스로이기를 포기하는 절망의 단계는 키에르케고르의 종교적 '실존'과는 정반대의 의미를 지니지만 그럼에도 불구하고 고석규 문학에서의 절망의식을 고찰하는 데 있어서 키에르케고르의 실존주의 개념은 상당히 유용하다고 판단된다. 카뮈는 인간의 삶 속에서 부조리[47]를 강조하는데, 그것은 스스로가 낯선 세계 던져져 있다고 느끼는 것이며, 타자와의 단절감을 느끼는 것이다. 이러한 '부조리'의 감정은 고석규의 문학 속에 자주 나타나는 것으로서, 고석규가 폭력과 살육이 수없이 자행되는 전쟁에서

---

47) A. 힌클리프, 황동규 역, 『부조리문학』, 서울대학교출판부, 1978, p.44.

체험한 삶과 죽음의 공존 상태 속에서 느끼는 감정과 거의 같은 맥락을 이루고 있다. 카뮈의 현실에 대한 부조리와 부정의식은 '반항'의식으로 전환되어 표출되는데, 이 또한 고석규 시에서 죽음을 극복하기 위한 하나의 방법론으로서 표출되는 인식이다.

본 연구의 방법은 하이데거, 사르트르, 키에르케고르, 카뮈, 니체의 이론서를 적용하여 고석규의 '공포'와 '죽음'의 세계에 대한 논의를 진행하고자 한다. 본고에서는 그동안 심도 있게 다루지 않았던, 공포와 불안을 동반한 고석규의 죽음의 세계와 그의 비평에 나타나는 '여백의 사상'을 중심으로 고찰하고, 고석규의 시가 전후 시문학사에 기여한 또 다른 면모를 살펴보고자 한다. 고석규는 단 한 권의 시집을 남기고 세상을 떠났으므로, 그의 유고 시집 『청동의 관』과 오늘의 문예비평 동인이 간행한 고석규 전집 5권(책 읽는 사람, 1993.), 2012년에 간행된 『고석규 문학전집 1-5』(마을, 2012.)를 연구 범위로 삼아 심도 있는 논의를 추구하고자 한다.

Ⅱ. 전쟁체험으로 인한 공포와 불안, 죄의식의 세계

1950년대 문학 담론은 '전쟁'으로 인한 '불안'과 '공포'였다. 6·25 전쟁은 일반적인 전쟁의 의미를 넘어서는 미·소라는 냉전의 이데올로기로서의 대리전이었고, 또한 민족상잔이라는 민족적·역사적 '전쟁'이었다는 점에서 더욱 극심한 '불안'을 야기하였다. 더불어 한국전쟁 발발의 근원적 토대는 일제의 식민지배에서 해방되어 미·소 양 진영이 한반도를 신탁통치하게 되면서, 북한 지역은 공산주의 이데올로기의 진원지가 되어버렸고, 남한 지역은 자유 민주주의 이데올로기의 진원지가 되었다는 점이다. 이러한 양 진영의 이데올로기 대립 양상은 전쟁을 일으킬 수밖에 없는 운명적인 상황을 가져왔다. 이러한 전쟁은 이성적인 인간을 도구화하였으며, 약한 자는 죽임을 당하였고 강한 자는 살육을 감행했던 부조리한 '실존'의 상황을 전개시켰다.

따라서 전후 세대의 문학인들은 전 세대의 전통과 단절하고 새로운 문학 담론을 세우려는 의지[48]가 충만하였다. 전후 문학의 전개 과정은 6·25 전쟁의 의미가 문학 전반에 어떻게 인식되었고 수용되었는가의 문제[49]로 집중되었다. 그러므로 전후 세대의 문학인들의 전쟁의 '불안'과 '공포'에 대한 관심은 50년대 전체 문학의 핵심 테마로 형성되어 갔다. 따라서 '불안'과 '공포'는 전후 세대의 현실의식을 대표하였으며, 이러한 의식은 문학 작품으로 전이되어, 합리적이고 조리에 맞는 인간 '실존'보다는 비합리적이고 부조리한 '실존'에 천착하게 되었다. 그것은 사느냐 죽느냐의 선택에 대한 자유마저 박탈당한 채 '불안'과 '공포'에 포획당한 '실존' 그 자체였다.

---

48) 박슬기, 「1950년대 시론에서 '서정' 개념의 논의와 '새로운 서정'의 가능성」, p.335.

49) 하상일, 「1950년대 고석규 시와 시론의 '근대성' 연구」, 『국어국문학』제33집, 국어국문학회, 1996, p.309.

고석규가 활동하던 전후 부산은 '근대의 파산'이라는 총체적 황폐함을 드러내고 있었다. 전후 문학인들은 피난지 부산의 허름한 다방에 모여 앉아 인생의 '비애'와 '죽음'의 문제를 토론하였고, 사르트르의 '로캉탱'이나 카뮈의 '뫼르소'처럼 소외된 자아를 체험하면서 시니컬한 표정을 통해[50] 실존주의를 연기하였다. 고석규는 이러한 근대적 파산에 처한 임시 항도 부산에서 자신의 문학의 장을 열었고, 그리고 얼마 되지 않아 그 문학의 장을 닫고 말았다. 따라서 이 장에서는 한국전쟁의 과정 속에서 '군인'이라는 주체로서 직접 전쟁을 체험한 고석규의 '공포'와 '불안', 그리고 '죄의식'의 세계를 살펴보고자 한다.

50) 전기철, 『한국 전후 문예비평 연구』, 국학자료원, 1994, p.12.

1. 전쟁체험으로 인한 공포의식

6·25 전쟁은 한국인들을 혼돈과 '공포'의 상황으로 몰아넣었다. 홉즈는 『리바이던』(1651) 서장序章에서, 인간이 지각하는 대상은 그 감각기관에 충격을 주어서, 인간의 정신 속에 이미지를 만들어낸다[51]고 말한다. 한국전쟁 또한 한국인들의 감각기관에 충격을 가해 한국인들의 정신 속에 깊이 각인되어 '공포'의 정조를 발생시킨 것이라고 볼 수 있다.

'공포'는 인간뿐만 아니라 모든 동물들이 체험하는 보편적이고 기본적인 정조로서, 생명의 위협이나 위험을 느꼈을 때 발생하는 일종의 도피로서의 반응이다. '공포'는 주로 유아기에 형성되는데, '공포'는 '불안'과는 다른 기분을 말한다. '공포'는 인간 자신에 대한 반성뿐만 아니라 '공포'의 대상에게 무릎을 꿇는 '굴복'을 의미한다고 할 수 있다.

알랭 투렌은 근대적 주체는 보편적인 것이 아니라 한편으로는 성적 욕망으로 차 있고 다른 한편으로는 사회적 역할로 차 있다는 것을 망각하지 않고[52] 노력하는 '주체'라고 말한다. 고석규의 경우, '공포'의 정조는 이

51) R. L. 브레트, 심명호 역, 『공상과 상상력』, 서울대학교 출판부, 1979, p.12.
52) A. 투렌, 정수복 · 이기현 옮김, 『현대성 비판』, 문예출판사, 1995,p.265-266.

두 역할 중에서 특히 사회적 역할로서의 주체의식에서 파생된 피할 수 없는 것이라고 할 수 있다. '불안'의 정조가 인간이 태생적으로 지닌 근본적인 기분이라면 '공포'는 외부 환경의 급격한 변화나 위험 인자로 인하여 주체를 낯설음과 두려움의 정서 속에 함몰하게 하고, 강력한 두려움의 감정을 표출하는 것이라고 볼 수 있기 때문이다.

1) 타자의 죽음을 통한 공포의 내면화

'공포'는 대상이 불확실한 '불안'과는 달리 그 대상이 뚜렷하게 존재하는 정조이다. 공포는 일차적으로는 타자의 상황이 주체에게 전염된 것이며, 특히 전쟁의 상황 속에서 인간은 '타자의 죽음'으로 인해 자신 역시 비슷한 처지에 있다고 느끼게 된다.[53] 고석규의 전쟁체험은 군인으로서 직접 참전한 '공포체험'으로부터 비롯된다.

1.

그날 대피待避에 시달린 너의 몸으로 짜작짜작 학질균이 유황불처럼 괴로웠다 지옥으로 떠맡기며 서러워 아끼는 웃음 속의 이빨은 곱게 희였는데, 어쩌다 흙 묻은 손을 얹으면 철창에 든 슬픈 짐승처럼 너는 긴 하품만 토하였다

마구 우거진 기나幾那의 밀림 속으로 흔들어 자빠진 눈물 어린 살결에 부비며 그 멀어져가는 번락蕃樂의 자취를 듣는 것이나 너는 나에게 쑥빛 같은 입술을 사양하는 것이며 열기에 운 너와 나는 그림자 없는 벽과 수렴의 대조 속에 차차 살아 있는 또 다른 너와 나를 믿는 것이었다

2.

53) 장재건, 「50년대 전후 시의 내면의식 연구」, 건국대학교 석사학위논문, 1997, p.74.

수만 리 지역에서 너를 업고 달려온 내 허벅살에 보이지 않는 피며 넝마의 깃을 꾸며보는 내 수척한 동작이 사실은 어둠 속에서 우는 것이었다

온 하늘이 자주색 피를 널릴 무렵, 영악한 모기 울음에 눈을 뜨면 투탄 목표가 아직도 먼 잠잠한 굴 속에서 나는 한 대의 촛불을 푸른 지하수를 훔쳐선 너의 입가에 몇 번이나 흘리는 것이었다

한 서너 알! 그 약藥도 우리에겐 바랄 수 없었다 너의 숨소리! 부슬 내리는 모래소리! 그리고 물방울소리! 암야暗夜의 지층에서 나는 피 흘리는 당신의 시종이었다

3.

또다시 눈을 떠 새벽이 밀려오는 하늘소리, 가까워오는 소리가 아닌가. 아 아, 그러나 우리들 머리 위에 떠 바람처럼 스쳐간 것은 기총소사와 시한폭탄의 진동이었을 뿐 내 곁에 열 식은 너의 머리채가 유난히 부드러운 것이었다

마지막 남은 질병의 벌꿀을 드릴 때 빛 누런 액체를 가쁘게 가슴으로 흘리고선 그 가늘어 취한 눈을 내게로 열던 너의 선한 눈빛! 그리고 밤바람처럼 굴러가는 수없는 지진을 눈으로 듣다 말며 문득 시들어 웃었다

꿀물에 번질거리는 당신의 입가는 꽃처럼 피어 녹아, 젊은 목숨의 불을 바라보는 새벽 어둠 속에 내가 당신의 '현재'를, 그리고 당신이 나의 '현재'에 기대어 혼곤히 잠든 것이었다.

— 「1950년」 전문

이 시는 고석규가 군인으로서 직접 체험한 전쟁의 현실을 시적으로 형상화한 그의 대표작이다. 1연에서 화자는 부상당한 전우와 함께 동굴 속에 대피해 있다. 화자는 피를 흘리며 긴 하품만 토해내는 전우를 바라보며 전쟁의 공포를 절감한다. 그리고 동굴 벽에 어른거리는 화자와 전우의

그림자를 통하여 자신들이 아직 살아 있음을 느낀다. 2연에서 화자는 폭격을 피해 부상당한 전우를 업고 달려올 때 느꼈던 절박했던 상황을 떠올린다. 그리고 동굴의 어둠 속에서 공포의 울음을 터뜨린다. 화자는 흔들리는 촛불 아래에서 신음하는 전우의 입 속으로 지하수를 흘려 넣어주고 약을 넣어준다. 그리고 화자는 자신이 피 흘리며 죽어가는 전우의 시종이라고 고백한다. 이때 들려오는 모래 소리와 물방울 소리는 공포와 죽음의 상황을 더욱 극대화시킨다.

3연에서는 동굴 속으로 새벽이 당도하자 멀리서 기총소사와 폭탄의 진동이 밀려오는 정황을 형상화하고 있다. 화자는 다시금 전쟁에 대한 공포를 느끼며 전우의 머리채를 어루만진다. 그리고 점점 가쁘게 숨을 쉬며 죽어가고 있는 전우의 선한 눈빛을 바라보며 시든 웃음을 흘린다. 전우는 화자의 몸에 기대어 마지막 목숨의 불을 꺼뜨리며 죽어가고 있다. 화자는 그 죽어가는 전우를 통해 전우의 목숨이 꽃처럼 피어 녹아내리는 어둠 속 죽음의 공포를 내면화한다. 이러한 내면화는 죽어가는 전우의 '현재'를 화자 자신의 '현재'로 동일시하는 것으로 구체화되어 나타난다.

이 시는 전쟁의 현실을 아주 구체적이고 사실적으로 묘사하고 있다. 특히 이 시는 전봉건의 「그리고 오른쪽 눈을 감았다」와 박인환의 「검은 신이여」를 동시에 생각나게 하는데[54], 이 시는 곳곳에 흩어져 있는 고통의 신음소리와 극도의 공포 속에서 처참하게 죽어가는 인간의 실존적 고통을 사실적으로 제시하고[55] 있기 때문이다. 또한 화자인 '나'와 전우인 '너'에 대한 인물의 형상화는 "너와 나", "우리"라는 공동체적 연대감을 드러낸다. 특히 이 시에서 주로 사용하는 직유법은 시적 묘사를 더욱 단단하게 해주는 기능을 하고 있다. 예를 들어, "유황불", "짐승"과 같은 직유는 전쟁의 비참함과 공포감을 동물이나 사물로 치환시킴으로써 자연과 인간이 동시에 겪는 전쟁의 참상을 공감각적으로 형상화한다. 이 시에 나타나는 '공포'의 상황은 부정적 인식인 '죽음의식'과 긍정적 인식인 '생명

54) 조영복, 앞의 논문, p.270.
55) 졸고, 「고석규의 죽음의 세계와 여백의 사상」, 『한국문학논총』 제71집, 한국문학회, 2015, p.220

의식'으로 대조를 이룬다. 전자는 "대피待避에 시달린 너의 몸", "짜작짜작 학질균", "열 식은 너의 머리채", "빛 누런 액체" 등의 시구로 형상화되고 있으며, 후자는 "촛불", "푸른 지하수", "당신의 입가는 꽃처럼 피어", "젊은 목숨의 불" 등의 시구로 형상화되고56) 있다. 또한 이 시의 상징성은 다양하게 변주되고 있다. "촛불", "푸른 지하수", "꽃", "꿀물", "새벽" 등과 같은 시어는 절대 공포 속에서도 새롭게 피어나는 '희망의식'과 미래에의 '지향의식'을 동시에 표출한다.

이 시의 마지막 부분 "나는 시들어 웃었다"에서의 웃음은 악마적이고 비인간적인 전쟁의 폭력 속에서 죽어가는 전우를 바라보면서 인간 삶의 유한성에 대한 자각을 드러낸다. 이 자각 속에서 화자는 자신도 곧 죽어갈 것이라는 자기를 포기한 상태의 상황을 '시든' 울음으로 표출하고 있는 것이다. 이러한 역설적 인식은 "나는 피 흘리는 당신의 시종이었다.", "내가 당신의 '현재'를, 그리고 당신이 나의 '현재'에 기대어 혼곤히 잠든 것이었다."라는 역설적 시구로 구체화된다. 이는 '타자의 죽음'으로 발현된 죽음에 대한 '공포' 속에서도 삶의 끈을 놓지 않으려는 화자의 실존의식을 드러낸다.

고석규에게 있어서 전쟁은 처음이자 끝이요, 공포이자 죽음의 시작이다. 인간은 자신의 죽음을 직접 체험할 수 없다.57) 그것은 다만 타자의 죽음을 통해서 간접 체험할 뿐이다. 살육과 폭력의 전쟁 현실 속에서 목도한 타자의 죽음은 그로 하여금 '공포'를 불러일으키고 이러한 '공포'의 현재화는 '공포'를 야기하는 위협적인 대상을 그의 시야 속에 개시하게 된다. 하이데거는, 이러한 '공포'를 현재화된 '공포'로 규정한다. 따라서 그의 공포는 죽어가는 전우, 즉 '타자의 죽음'으로부터 촉발된 것이다. 그리고 '타자의 죽음'은 곧 자신의 죽음으로 전이되어, 그는 '공포의 현재화' 속에서 "시든 웃음"을 흘리며, 반이성적인 짐승 같은 현실 속에서 짐승이 다 된, 살아 있는 자의 허망한 웃음을 짓고 있는 것이다. 이러한 이미지는 부정/긍정, 회의/반항, 비극/희극 등의 대립적 방법론을 통해 전쟁의 '공

56) 졸고, 앞의 논문, p.220.
57) O. F. 블로우, 최동희 옮김, 『실존철학 입문』, 자작아카데미, 2000, p.155.

포'와 '불안'이 뒤섞인 '공포체험'으로 '내면화'되고 있다.

1950년대의 삶의 문제는 크게 보아, 첫째, 생존 자체의 문제, 둘째, 전후 복구와 앞으로의 민족적 지향, 이 두 가지로 나눌 수 있다. 이에 따라 우리 문학도 전후 현실의 절박한 상황으로 인해 주로 비탄과 격렬한 외침, 자조와 넋두리, 죽음 등의 인간이 갖는 가장 비참한 정신적 파탄에 이르고 말았다. 그러나 우리 문학은 폐허화된 산업 시설과 민족상잔의 정신적 불모 속에서도 강한 극복 의지를 드러내었고, 참다운 교훈을 묵시적으로 드러내기도 하였다. 특히 50년대 후반기부터는 문학의 르네상스라 할 만큼 많은 작가들이 배출되었다. 이러한 전후 작가들을 유형별로 묶으면, 첫째, 전쟁 이데올로기 편향의 시, 둘째, 휴머니즘적 인식의 시, 셋째, 모더니즘 지향의 시, 넷째, 전통 서정 지향의 시로 구분[58]할 수 있다. 첫 번째 경향은 <전선문학>시인들로서, '전쟁체험의 육화', '조국애', '반공의식 고취'의식을 지향하는 시인들로 분류된다. 두 번째 경향은 '자연관조와 인간애', '생명애', '분단 인식', '이념에 대한 새로운 인식', '내부갈등 비판'을 추구하는 시인들로 나뉜다. 세 번째 경향은 '실존적 삶과 지적 형상화의 추구', '이상적 삶의 추구', '비극의 초극의지', '소시민적 자아비판'을 중심으로 하는 시인들로, 네 번째 경향은 '언어적 실재의 탐구', '내면의 좌절', '존재의 탐구', '한限의 추구'를 중심으로 하는 시인으로 나눌 수 있다.

고석규는 이러한 경향 중에서 세 번째와 네 번째 경향이 혼합된 '내면의 좌절'과 '존재의 탐구'를 추구하는 시인으로 분류할 수 있다. 고석규의 시적 경향은 전쟁을 통한 '공포체험'을 중심으로 하는 내면의 절망과 그로 인해 발현된 휴머니즘을 근거로 하는 실존에 대한 탐구와 비극적 주체를 초극하고자 하는 의지가 강하게 드러나기 때문이다. 특히 고석규 시에 나타나는 전쟁의 폐허 속에서 발현되는 황폐한 정신세계는 공포의식이 주를 이루고 있다.

---

58) 최진송, 「1950년대 전후 한국 현대시의 전개 양상」, 동아대학교 박사학위논문, 1994, p.18-19.

L이여! 무엇이 우리에게 남을 것입니까. 나는 전장에서 공포를 제압하던 침묵의 기간을 지금 생각할 수가 있습니다. 그것은 생사 직전에 있었던 우리를 굴복시키던 위대한 강요였습니다. 그것은 평온한 대기 기간에도 우리들의 피로와 권태를 사정없이 박탈한 것이었습니다.

나는 전쟁보다 이 여백의 지배를 사실 불가피하였던 것입니다. 진실로 진실로 하늘에 대한 우리들의 전망이란 무엇입니까. 남과 같이 피살되지 않은 경우가 어찌하여 나에게 그다지 신랄한 것이었던지. 죽음보다 더 어려운 목숨 체험이란…[59]

위의 글은 고석규의 「여백의 존재성」에 실린 글이다. 'L'은 무인칭의 대상[60], 혹은 고석규의 연인 '영羚'을 가리키는 것으로서, 이 글은 전쟁으로 인해 어쩔 수 없이 헤어진 자신의 연인에게 전쟁의 참상과 공포에 대해 토로하는 내용이다. 1950년대 시인에게 있어서 '전쟁 체험'의 문제는 '공포 체험'의 시적 형상화에 다름 아니다. 이러한 공포 체험은 전후 세대 시인들에게 미적 실존을 가늠하는 한 가지 방식으로 인식되었다[61] 고석규는 포성이 멎은 침묵 속에서도 공포에서 벗어나지 못하고, 전쟁에서 목격한 인간적인 박탈감과 피살되지 못하고 살아 돌아온 죄의식에 괴로워한다. 그는 전장에서의 침묵의 시간과 자신을 전쟁으로 내몰던 위대한 강요의 힘을 인식하면서 타자처럼 죽지 못하고 살아 돌아온 자신에겐 이젠 아무런 전망도 보이지 않는다고 말한다. 그리고 그는 전쟁보다 그 전쟁의 여백이 지배하던 불가피한 목숨 체험을 통하여 우리에겐 아무 것도 남지 않았다는 역설적인 물음을 던진다. 그 물음은 "무엇이 우리에게 남을 것입니까"라는 언술로 나타나는데, 이는 죽은 전우를 다시 만날 수도, 미래를 기약할 수도 없는 암울한 실존적 상황에 대한 통한의 정조가 스며들어 있다. 타자는 세계 내에 함께 존재하는 존재자이며, 타자는 주체와 분리된 존재가 아니라 세계 내에서 교섭하고 소통하면서 미래에의 가능성을

---

59) 고석규, 「여백의 존재성」, 『고석규 문학전집 2』, p.14.
60) 하상일, 「1950년대 고석규 비평의 근대성 연구」, p.344
61) 조영복, 앞의 논문, p.200.

실현할 수 있도록 도와주는 존재이기 때문이다.

부어라
흑석黑夕의 달빛을 부어라

서천강西川江 머리에선 줄 매는 소리
피 비린 문인文人들의 줄 매는 소리

너는 나에게 있으라
환한 혼열魂熱에 안기며 너는 있으라

바람을 적시는 건
별도 하늘도 아니란다

막다른 새벽이 막다른 새벽이
이렇게 멀구나

너야!
흑석의 달빛을 부어라

피가 굳어지면
소리도 잊혀 끊으리라

저리 부풀어간 사막과
부풀어오는 사막의 그림자와
또 눈먼 시간 길을

빈센트 반 고흐의 자살같이
혹은 그 무한추도無限追悼의 응혈과 같이

오늘 어두운 철문이여
싸늘한 돌 속에도

꽃들은 빠알갛게 피었겠습니다

—「도가니」 전문

이 시에서 의미하는 "도가니"는 전쟁의 소용돌이와 그로 인한 공포의 상황을 은유한다. 이 시는 전체 10연으로 구성되어 있는 단순한 작품이지만, 도드라지는 시적 장치인 긴장감은 '인간'과 '전쟁'의 대립, 그 대립 사이에서 발생하는 두려움과 공포를 감각하는 화자의 반응을 효과적으로 표출한다. 이 시는 전쟁으로 인하여 임시수도인 항도 부산으로 피난 내려온 문인들의 자살 사건을 모티프로 하여 파산된 한국의 근대 상황을 적나라하게 드러낸다. "흑석黑夕/환한 혼열魂熱", "사막/꽃"의 대립적 이미지는 화자가 아직도 폭력과 살육이 자행되는 전쟁의 현실 속에서 빠져나오지 못하고 있음을 의미화 하며, 피 비린내와 이비규환의 비명들이 그의 내면에서 계속 터져 나오는 것을 의미화 한다. 화자는 전쟁이 끝난 뒤의 일상 속에서도 전쟁은 여전히 계속되고 있다는 인식을 구체화하고 있는 것이다.

이러한 현실인식은 전쟁의 현실이나 평화로운 일상이나 매한가지로 삶과 죽음이 공존하는 실존은 어디에서나 계속되고 있으며, 피난지 부산에서 "고흐"처럼 자살한 몇몇 시인들의 죽음 또한 전쟁에서 목격한 '타자의 죽음'과 다를 바 없다는 것을 의미한다. 당시의 임시수도 부산을 중심으로 형성된 전후문학은 50년대 문학의 중심부를 이루고 있었다. 김동리가 소설 「밀다원」에서 부산을 '땅의 끝', 또는 '막다른 끝'[62]이라 말했듯이 부산은 막다른 절망의 공간으로서, 그곳에서 전봉래는 "마음 드디어/견딜/수 없는가?"라는 유서를 남기고 음독자살을 하였다.[63] 이처럼 고석규는 인간의 감각이나 언어로는 도저히 묘사할 수 없는 전쟁의 공포와 죽음의 도가니 속에서 타자의 죽음을 자신의 내면으로 투사하고 있다.

죽음은 항상 타자의 것이다. 특히 전쟁의 현실 속에서 죽음은 낯설은

---

62) 김윤식, 「1950년대 한국문예비평의 3가지 양상-고석규의 정신적 소묘」, 『고석규 문학전집 5』, p.23.
63) 김경복, 앞의 글, p.242.

죽음으로 다가온다. 이 낯설은 죽음이 주체의 내면에 자꾸 각인될 때마다 섬뜩함의 자극 또한 계속해서 반복된다. 이러한 섬뜩한 자극의 반복으로 인하여 주체는 무력감을 느낀다. 이 무력감은 실존의 불가능성으로서의 죽음을 의미하며, 이 무력감은 고석규로 하여금 죽음을 인간의 영원한 종말로 인식하도록 만들었다.

> 밤에 나는 몽환이 떠다니는 어린 아우들의 서글픈 환상들에 심히 괴로운 고통을 받았다. 그들은 나와 영원히 만날 수 없는 운명이 아닐까 하는 두려움이 나를 놀라게 하고 정신의 자멸에로 일시 인도하는 것 같았다.
>
> 세상은 넓고 많은 갈래의 변천이 우리를 노리는 것 같았으나 구속 없는 고뇌를 바라는 나를 누가 알아볼 수 있겠느냐? 셀프(self)라 하면 부정당한 기쁨의 일면이며 모체인 것을 깨치기도 하였다.
>
> 식은 창에는 가을바람이 사뿐히 와 앉는다. 낙엽이 우수수 그리고 아직도 남아 있는 감나무가 마지막 것을 붙잡고 통곡하는 것 같다. 넓은 나뭇가지에 이제는 진정 붉은 누더기처럼 단풍이 맺혔다. 죽어버리는 색빛은 역시 붉은 색빛이기로서니 저와 같이도 아름다운 빛깔은 되지 못할 것이다.
>
> (……)나는 막상 깊은 감회에 잠긴 대로 여전히 엄습하는 충동을 물리치기에 긴장된다. 나약한 '혼의 버림'을 제일 두려워하는 것이다.64)

위의 글은 한 여름에 시작된 전쟁이 가을로 접어드는 상황을 묘사한 글이다. 이 글은 고석규의 환상과 고뇌와 통곡의 이미지로 이루어져 있다. 밤늦도록 잠을 이루지 못하는 고석규는 영원히 만날 수 없는 북녘의 어린 아우들의 서글픈 모습을 환상으로 만난다. 그리고 이산離散으로 인한 두려움과 정신의 자멸에 이르고 있는 자신의 운명을 고통스러워한다. 세차게 불어오는 가을바람에도 감나무 가지에 간신히 매달려 있는 마지막 감의

64) 고석규, 「청동일기 I」, 『고석규 문학전집 3』, p.49.

필사의 사투를 바라보며 자신의 고통스러운 감정을 그것에 투사시킨다.

프로이트는 전쟁에서 살아온 병사들이 밤마다 악몽에 시달리는 것을 보면서 인간의 내면에 지속적으로 작용하는 '죽음충동'[65]이 있으며 그것이 악몽과 환상을 만들어내며 은밀한 파괴 욕망을 충족시킨다[66]고 말한다. 전쟁 직후에 문단의 전면에 부각된 실존주의 사조가 불안, 한계상황, 절망 등 개인적 인식론의 세계로 빠져들게 한 것도 전쟁의 상처로 인한 정신적 황폐화라는 배경에서 비롯된 것이라고 할 수 있다. 이러한 의미에서 '죽음'과 '공포'는 고석규의 시에서 가장 압도적인 심상이라고 파악된다.

그러므로 고석규가 바라보는 자연의 풍경은 아름다운 생명을 모두 잃어가는 죽음의 색조를 띠게 되는 것이다. 이러한 환상은 순간순간 엄습하는 죽음충동의 긴장감을 물리치게 하지만 그럼에도 불구하고 그는 나약한 자신의 존재감에 두려움을 느낀다. 이러한 환상과 현실의 병치는 고석규의 의식의 흐름을 나타내며, 이 의식의 흐름은 '공포'와 '죽음'의 이미지로 가득 차 있다. 이러한 이미지는 "몽환"과 "밤"이라는 이미지와 시점을 통하여 시적 긴장감을 유발하면서 동시에 전쟁에 대한 '공포'를 환기한다. 또한 이 글은 어린 아우들을 영원히 만날 수 없는 고석규의 죽음충동의 심리적 흐름을 읽을 수 있게 한다. 이러한 죽음충동은 고향으로 돌아갈 수 없는 고석규의 고통과 자신의 "혼"마저 버려야 할 공포에 대한 파토스로 채워져 있다. 이처럼 고석규가 전쟁의 현실 속에서 제일 두려워했던 것은 전쟁이라는 '공포' 속에서 자신의 주체성을 잃는 상황, 즉 "나약한 혼의 버림"이었다.

하이데거는 '공포의 시간성'을 '기대하면서-현재화하는-망각'이라고 규정하였다. 여기서 '공포 속에서의 기대함'은 위협적인 어떤 것이 자기

65) 죽음 충동death drive: 프로이트는 생명체를 보존하며, 리비도를 응집시키는 삶의 충동인 에로스와 반대방향으로 작용하는 파괴적 본능을 죽음 충동으로 규정했다. 라캉은 죽음 충동을 정신분석의 핵심 개념으로 재확인하면서, 그것을 상징계의 작용인 반복과 연결시킨다. 죽음 충동은 상징계를 뛰어넘어 쾌락이 고통으로 체험되는 주이상스의 영역으로 들어가려는 시도를 말한다. 김 석, 『무의식에로의 초대』, 김영사, 2010, Epilogue 참조.

66) 위의 책, p.20.

자신에게로 다가오리라고 예감되는 기분을 말한다. 이 위협에 대한 예감은 '아직 일어나지 않은 일'이고 가까운 미래에 일어날 것만 같은 어떤 '공포스러운 일'67)을 의미한다. 고석규와 같은 전후 세대들은, 태어날 때부터 세계는 싸움터라는 풍문을 들었고 세계는 싸움터라는 것을 믿게 되었다. 그리고 해방이 되고 얼마 되지 않아 전쟁이 발발하자, 고석규는 끊임없이 밀려드는 전쟁의 공포와 몽환, 아비규환의 환상 속에 예속된 채 매순간마다 '정신의 자멸'에 이르고 말았다.

연붉은 무희舞姬의 발목들이
줄지어 흐르고

그리고 열 손가락 사이로
실명한 응시의 원圓이
자꾸만 커졌다.

—「창막窓莫·1」 전문

이 시에서 화자는 창이 막혀 있는 상태에 내던져진 자신의 실존을 공포의 상황 속에 갇혀 있는 암울한 존재자로 자각한다. "연붉은 무희舞姬의 발목들"과 "실명한 응시의 원圓"이 상징하는 것은 전우의 죽음에 대한 환영幻影과 미래의 희망이 단절된 상태를 은유하며, 그 공포와 두려움 속에서 나타나는 환각상태를 함축한다. "자꾸만 커졌"다 작아졌다 하는 무희들, 즉 죽은 시체들의 모습은 화자의 "응시" 속에서 공포를 더욱 극대화시키고 있으며, 그것은 세계로 열린 "창窓"을 더욱 단단하게 막도록 만들고 있다. 여기서 "무희舞姬"와 "열 손가락", "원圓"이라는 세 가지의 형상은 죽은 자의 모습을 환영幻影으로 불러들여 타자의 죽음으로 인한 전쟁의 공포를 은유적으로 표출하는 역할을 한다. 특히 이 시는 '응시'라는 시각적 이미지를 차용하여 화자의 공포감을 구체화하고 있다.

이러한 맥락에서 이 시의 긴장감은 공포로 인하여 미래의 출구가 닫혀

---

67) 구연상, 『공포와 두려움 그리고 불안』, 청계, 2002, p.64-65.

있는 현실 속에서 전쟁으로 발목이 잘려나간 타자의 시체들의 피 흐름과 눈 먼 자의 헛된 응시를 바라보는 환영幻影 속에서 더욱 돌출되고 있다. 이 환영은 현실을 뛰어넘어 미구未久에 닥쳐올지 모를 공포의 긴장감을 더욱 극대화시킨다. 이처럼 타자의 죽음은 화자의 내면세계에 무의식의 상태로 깊이 잔존해 있음을 보여준다.

이처럼 고석규에게 있어서 전쟁 속 죽음의 간접 체험은 타자의 죽음으로부터 비롯된 것이다. 이러한 죽음 체험은 그로 하여금 자신은 '왜 살아 있는가?'라는 실존에 대학 자각을 하게 한다. 그리고 자신은 자신의 의사와 상관없이 전쟁의 현실 속에 내던져졌으며, 이러한 인식은 인간 삶의 유한성을 절감하게 한다. 죽음을 간접 체험하면서 그는 자신 또한 죽음의 종말을 맞게 되고 말 것이라는 인생에 대한 무상함과 유한한 실존을 자각하기 때문이다.

> 부상병들이 수백 명 줄쳐 오는데 그들이 옆을 지날 때마다 피비린내와 후줄근한 땀 냄새 같은 무언지 모를 탐탁치 못한 취기가 코를 찌르는 것이었다. 그들은 피곤에 지쳐 비명을 치면서 걷고 있었다.
>
> 지금쯤 나는 그들의 살아 있는 운명을 도무지 믿을 수 없다. 나의 마지막 그들과의 결별이었고 내가 살아온 그 저주받을 세계와의 깨끗한 하직이었다고 생각한다.
>
> 오, 그러나 어찌할 것인가. 나는 이날 밤 내가 맑게 다시 살아나는 기쁨을 누리는 마지막 공포와 환희에 끓는 억제할 수 없는 흥분의 길에서 나의 또 하나 생명의 지표였고, 나의 아득한 인생에 다시는 꽃필 수 없는 영혼의 벗인 영羚을 버린 밤이 되었다.[68]

이 글에서 나타나는 두 가지의 정황은, 전장에서 느낀 "무언지 모를" '불안'과 '공포'의 정황과 전쟁이 끝난 뒤 "부상병들"을 반추하면서 느끼는 타자와의 결별, 그리고 고석규 자신에게도 도래할 미래의 죽음의 세계를 다시금 곱씹는 정황으로 이루어져 있다. 이러한 정황은 이미 죽음의

---

68) 고석규, 「청동일기 I」, 앞의 책, p.21.

세계로 향했을 그 "부상병들"의 행렬과 자신의 살아 있음에 대한 자각, 즉 삶과 죽음의 공존 상황 속에서 느끼는 공포의식을 드러낸다.

부상병들에게서 뿜어져 나오는 죽음의 징후인 "피비린내"와 "땀 냄새", 그리고 "비명" 소리는 고석규로 하여금 그들이 이미 죽었을 것이라는 부정의식에 빠지게 한다. 이는 그들의 운명이 인간의 유한성인 죽음에 이미 이르렀음을 자각하고 있는 것을 의미한다. 따라서 그는 자신은 살아 남았지만, 그들은 이미 죽었을 것이라는 예감으로 인하여 자신의 내면에서 들끓는 죽음에 대한 공포를 억제하지 못한다. 그것은 바로 자신도 그들처럼 유한한 죽음의 길로 갈 수밖에 없는 운명에 대한 깨달음이며, "영羚을 버린 밤"처럼 자신의 실존도 죽음에 이르고 있음에 대한 자각이다. 그러므로 부상병들이 걸어간 길은 그에게 '낯설은 죽음'의 "지표"가 되고 있고, "다시 꽃 피울 수 없는 낙화"의 징후가 되고 있다.

릴케는, 죽음의 양상을 '고유한 죽음'과 '낯설은 죽음'으로 나눈다. 돌연사를 의미하는 생물학적 죽음이 '낯설은 죽음'이라면, '고유한 죽음'은 삶의 내재적인 필연성으로부터 오는 죽음을 의미한다.[69] 인간이 '고유한 죽음'을 받아들일 때, 그 죽음은 가장 고유하고 자유로운 존재 가능성으로서의 죽음이 되며, 반면 '낯설은 죽음'을 받아들일 때 그것은 개인적인 불행이자 모든 것의 종말이 되는 것이다. 고석규가 위의 글에서 느끼는 죽음에 대한 인식은 '낯설은 죽음'에 대한 병적 징후를 드러내는 것으로서, 죽어가는 타자의 환영幻影은 끊임없이 그의 현실 속에 불쑥불쑥 튀어나와 그를 고통스럽게 하고, 그로 인하여 그는 그것으로부터 도피하고자 끊임없이 몸부림을 치는 것이다.

> 지금 우리의 공포는 신비적인 공포일 수 없다. 그것은 허망과 격전의 ○○의 총체적인 공포다.
> 무상無償의 병! 죽음의 건강! 이것은 정신성의 합리다.
> 전화 속에 들려오는 빗소리, 커피잔이 두 사람의 침묵을 허락하다.[70]

---

69) O. F. 블로우, 앞의 책, p.135.

위의 글은 전쟁으로부터 비롯된 '공포'를 고석규가 어떻게 인식하고 있는가를 피력한 글이다. 고석규는 전쟁을 허망함과 인간 삶의 총체적인 공포로 인식한다. 그리고 전쟁은 어떠한 보상도 없는 공포라는 질병을 유발하며, 죽음이 바로 건강이라는 역설적 인식을 불러일으키게 하는 것이다. 그리고 그는 역설적으로 이것을 정신성의 합리라고 말한다. 여기서 정신성의 합리란 총체적인 공포 속에 놓인 자신의 정신은 죽음만이 합리적인 것으로 수용할 수밖에 없다는 부정적 실존의식을 내포한다. 따라서 그는 커피 잔을 마주 놓고도 침묵할 수밖에 없는 상황 속에 놓여 있는 것이다. 또한 이러한 상황은 전쟁에서 목격한 수많은 타자의 죽음을 통해 가까스로 살아남은 그에게 깊은 부조리를 느끼게 하고 타자와의 단절감을 느끼게 함을 반증한다.

이처럼 고석규에게 있어서 '공포'는 '타자의 죽음'이 그에게 전이되어 나타난 것이며, 이로 인하여 그는 '공포'의 근원적인 원인인 '생의 종말', 즉 죽음을 간접 체험 한다. 이 체험은 자신 역시 죽음의 종말로 내몰릴 수 있다는 기분을 가져다준다. 이때 그는 극심한 공포감을 느끼는데, 이 '공포'는 구체적인 대상물로써 다가오는 것이 아니라 막연하고 음산한 분위기로 순간순간 스쳐가는 그런 것이다. 이러한 맥락에서 '공포'는 미래와의 갑작스런 단절 가능성과 경악스러운 현재의 지속 가능성, 그리고 무기력한 과거의 무의미한 가능성을 일깨워줌으로써[71] 죽음의 이미지를 만들어낸다.

> 밤마다 찾아간 어둠 속에
> 싸늘한 피 흐르는 가슴과 만난다
>
> 보랏빛 눈이 쏟아지는
> 꽃처럼 환한 유리 앞에

---

70) 고석규, 「청동일기 II」, 앞의 책, p.304.
71) 구연상, 앞의 책, p.6.

나의 다짐한 슬픔은 참고 어리어

부푼 눈에 아롱진
오히려 고운 추억이 익는 것은
속으로만 자라난 비밀이
날아오지 못하는 까닭이다

살풋한 가슴의 입김을 지워
그 하얀 이름을 녹여보아도
너는 나비처럼 얼어서 죽어가던 것을

연한 바람에 흔들리는 소리
귀고리 쟁쟁하듯 아득한 여운에
마지막 불타는 하직을 모으며

마음에 여윈 이 눈동자를
나는 버리고 돌아서야 한다.

—「영상影像」 전문

일반적으로 '밤'은 편안한 휴식을 상징하는 시간대이다. 그러나 화자는 흐르는 가슴과 만나는 공포의 밤을 맞이하고 있다. 1연에서 화자는 매일 밤 칠흑의 어둠 속에서 이미 죽은 타자의 피 흐르는 가슴과 만난다. 이 만남은 환상으로 이루어져 있는데, 2연에서 이 환상은 "보랏빛 눈"으로 치환되어 표출된다. 그리고 유리창엔 꾹꾹 눌러 쓴 슬픔이 어려 있다. 화자의 부푼 눈에는 과거의 아름다운 추억만이 서려 있다. 추억이 무르 익어가도 고향으로 돌아가고자 하는 화자의 비밀한 꿈은 날아오지 못한다. 따라서 화자는 4연에서 유리창에 쓴 그리운 이름들을 자신의 입김으로 되살리고자 안간힘 쓴다. 그러나 유리창은 화자의 죽어가는 의식처럼 꽁꽁 얼어붙어 그리운 이름들마저 죽어가게 하고 있다. 바람은 창밖으로 불어가고 아득한 여운 속에 화자는 슬픔에 겨운 눈동자마저 버리고 돌아서야겠다고 다짐한다. 여기서 날개와 유리 이미지는 화자가 공포를 벗어나 자유를 향해 훨훨 날아가고자 하는 희망을 상징한다. 이처럼 화자는 밤 유리창에 어룽지는 환영幻影을 통해서 전쟁에서 죽어간 사람들과 그 사람들을 떠나보내야 했던 슬픈 다짐과 남몰래 간직했던 과거의 비밀조차 "밤"이라는 전쟁의 현실 속에서 얼어 죽어가는 것을 바라본다. 그러므로 화자는 자신의 희망을 불태워 버리고 자신의 눈동자마저 버리는 행위, 즉 상징적인 죽음의 행위를 취하고 있는 것이다.

'공포'의 시간적 성격은 '아직 닥치지 않았음'으로 규정된다. 여기서 '아직'의 의미는 '이미-닥쳐-있음'의 미완료[72], 즉 아직 다가오지 않은 두려운 현실을 말한다. 화자가 밤마다 찾아간 "어둠" 속에는 피를 흘리며 죽어가는 자와 맞닥뜨리는 '실존'이고 고통과 절망만이 존재할 뿐인 세계이다. 이러한 세계는 자신의 눈동자마저 버리고 돌아서는 화자로 하여금 죽음과 이별에 대한 근원적인 물음을 일깨운다. 이처럼 처참한 '타자의 죽음'에 대한 '영상'은 고석규의 시에서 '바다'의 이미지로 변주되어 나타나기도 한다. 이 '영상'들은 모두 죽은 자들을 위한 '애도'로 바쳐지고 있다.

> 바다를 향한 거리에서 뚫어진 벽마다 흙으로 메우고 있는 문이라곤 죄다 닫혀버린 다음에 불을 끄고 한자리에 돌처럼 앉은 대로 눈을 감으면 무엇이라도 스쳐오는 느낌이 있다. 나는 굶주린 사자! 나는 피라도 보고 싶은 설움을 가지고 높은 바위 위에서 땅으로 떨어지고 싶었다. 그렇게 되어도 어려운 것은 나만 이었고, 어리석은 일은 나의 결단이었다. 나는 어디로 향하는 그 숨죽인 행렬을 바라볼 수 있다. 나는 횃불도 없이 돌부리를 차고 흘러가는 혼의 유랑을 생각하였다. 나의 닫힌 벽에 까맣게 일어오는 물결은 나를 와락 삼켜버릴 만한 용기와 심술을 가졌음을 잘 알고 있다.
>
> 내 사념思念의 척도는 이러한 속에서 완전히 고독하다.
>
> 나는 지탱할 여유도 없이 굳어지는 나의 몸둥이와 넋을 건져볼까 한다. 좀처럼 이러한 일이 다하여질 수 없으리라 느껴진다.
>
> 나는 실망하고 번갯불처럼 번쩍이는 공포에 소름치며 떨고 있

---

72) 구연상, 앞의 책, p.10.

다. 나는 죽음에 졸도한 마지막 생욕生慾을 위하여 일어선다. 창窓을 깬다.[73)]

위의 글은 고석규가 느끼는 '공포'가 그의 내면에 어떻게 내면화되어 가는지를 명확하게 보여준다. 이 글은 두 가지 내용으로 이루어져 있다. 하나는 '공포'가 다가오는 정황이고, 다른 하나는 그 '공포'를 극복하고자 하는 시인의 자세이다. 전자의 경우 '공포'의 형상은 "뚫어진 벽", "굶주린 사자", "숨죽인 행렬", "혼의 유랑" 등의 정황으로 나타나며, 후자의 경우 '공포'의 내면화는 "굳어지는 나의 몸둥이와 넋", "마지막 생욕生慾", "창窓을 깬다" 등과 같은 정황을 통하여 '공포'에 대응하는 실존의식을 보여준다. 이처럼 고석규 시에서의 '공포의 내면화'는 두 가지 이미지로 축약된다. 첫째는 공포 속에서 자신의 과거를 회상하고 추억하는 것이고, 둘째는 공포 속에서 공포에 대항하여 공포를 극복하려는 정신과 죽은 자들에 대한 애도이다.

한국 전쟁에 내던져진 고석규는 세계 내에 함께 공존하던 타자, 즉 동족이면서 적군인 타자를 죽일 수밖에 없는 상황에 처해졌다. 이러한 공동체의 파괴 현상 속에서 그는 고립된 자신에게 스스로 '왜 살아 있는가?'라는 질문을 던지게 된다. 이 질문은 곧 자기 자신의 존재 이유에 대한 사유로 이어진다. 이러한 사유는 전쟁의 공포와 생존의 치열함을 시인의 '내적 체험'으로 전이시켜 '글쓰기'라는 의미화 작업[74)]으로 전환시키게 된다.

전후 한국 문학은 현실 인식을 도외시하고 내면으로의 침잠과 내면의 순수성으로 경사되는 경향을 보였다. 특히 고석규 시에서의 공포의 내면화는 살육과 주검이 흩어진 전쟁의 비이성적이고 비인간적인 상황, 정신적인 상처, 그리고 초토화된 공간을 시 속에 적극 수용하면서 그것을 자신의 의식 속에 내면화하는 것이다. 또한 타자의 죽음으로 다가오는 죽음에 대한 공포감은 자신에게도 불시에 덮쳐올지 모를 죽음에 대한 공포의

73) 고석규, 「청동일기 Ⅰ」, 앞의 책, p.73.
74) 김형효, 『구조주의의 사유체계와 사상』, 인간사랑, 1990, p.239. 조영복, 앞의 책, p.197. 재인용.

식으로 내면화되어 표출된다. 이러한 내면화는 피 흘리는 이미지와 기총 소사와 시한폭탄의 진동, 지진 소리 등의 시·청각적 이미지로 구체화되어 나타난다. 이처럼 고석규는 타자의 죽음을 바라보면서 언젠가는 반드시 자신도 죽음이라는 삶의 유한성에 이르고 말 것이라는 죽음의 유한성을 경험함으로써 자신은 결국 '죽음을 향한 존재'라는 사실을 깨닫게 되는 것[75]이다. 그럼에도 불구하고 그는 공포의 현실로부터 도피하고, 자신의 공포를 언어를 통해 표출하여, '공포'라는 내적 트라우마를 치유하고자 하였다.

2) 전쟁의 폭력성에 대한 절망감

근대의 비극적 '아이러니'는 인간이 그토록 원했던 '이성'과 '과학'의 승리가 결국 아이러니컬하게 인간 스스로의 자유와 평화를 파괴했다는 점이다. 특히 '문명'의 발달로 인한 '전쟁'이라는 심각한 국면은 인간을 '공포'와 '죽음'의 상황으로 내몰고 말았다는 점에서 더욱 아이러니컬하다. '전쟁'은 비이성적이고 비합리적인 온갖 수단과 방법, 그리고 '폭력'과 무자비한 '살육'을 통해 아군을 승리로 이끄는 것을 목표로 한다. 따라서 전쟁은 어쩔 수 없이 인간의 '악마성'과 '폭력성'을 고스란히 드러낼 수밖에 없는 상황이 된다. 이러한 실존의 상황은 인간에게 절망감을 안겨준다.

절망에 빠진 사람이 취하는 행동의 형태는 두 가지로 존재한다. 첫째는 절망하여 자기 자신으로 있기를 바라지 않고 자신으로부터 탈출하려는 형태, 둘째는 절망하여 자기 자신으로 있기를 바라는 형태이다.[76] 고석규의 절망은 전자에 해당한다고 할 수 있다. 고석규는 절망과 폭력이 난무하는 전쟁 속에서 겪는 고통을 '전쟁'과 '일상'이라는 두 가지 대조적인 현실 속에서 동시다발적으로 느끼고 있으며, 고통스러운 주체에서 탈출

---

75) 박성현, 「한국 전후시의 죽음의식연구-김종삼 · 박인환 · 전봉건을 중심으로」, 건국대학교 석사학위논문, 1997, p.15.
76) S. 키에르케고르, 박병덕 옮김, 『죽음에 이르는 병』, 비전북, 2012, p.41.

하려는 시도를 끊임없이 하고 있기 때문이다.

한나 아렌트가 말했듯이, 20세기는 전쟁과 혁명의 시기이자, 폭력의 세기"[77]였다. 즉 20세기는 문명의 발달이 가져온 역설적인 재앙인 '전쟁'이라는 폭력으로 물든 세기였다. 따라서 인간은 그동안 믿어왔던 신神의 존재와 인간의 이성에 대하여 회의하기 시작하였다. 그리고 마침내 과학의 이름으로 주체를 몰아내고, 신神을 거부하고, 과학의 승리를 위해서 이성과 민족의 이름으로 '주체'라는 생각을 포기하는 데까지 이르게 되었다. 즉 인간 이성을 쾌락의 수단으로 파악하고 합리화를 세속화와 관련지음으로써, 합리화를 개인적·집단적 삶의 조직 원리[78]로 삼게 되었던 것이다.

고석규는 「모더니티에 관하여」라는 글에서, '과학의 명랑성'이라는 명제에 반대하면서, 인류에게 가져다주었던 '과학'의 경이로움과 명랑성이 오히려 인간을 도구화하고, 그로 인하여 '전쟁'이라는 인간 삶의 비극성을 초래하게 되었다고 말한다. 그는 "모더니티 이콜 엑스타시"라는 어마어마한 수식을 남긴 김기림이야말로 오늘날의 모더니즘의 모든 착오를 책임져야 할 장본인[79]이라고 말한다. 이는 '과학의 명랑성'이 결국 '전쟁'을 야기하게 되었다는 근대의 비극적인 측면을 정확하게 분석하고 있는 주장이다.

> 그러나 김씨처럼 제트기나 라디오와 같은 기계물질에 대한 경악만으로써 과학은 처리될 수 없다. 그것은 과학이 어느 정도 인간과 친밀해져 있으며 또한 인간이 과학에 어느 정도의 신뢰감을 누리고 있는가 하는 문제들이 상식으로나마 떠오르기 때문이다. 하물며 과학이 전쟁을 지탱한다는 사실은 기억할 만하다.
>
> 과학의 명랑성(?)이라 하여 과학에 대한 인간의 무참한 예속감정을 탄압한다는 것은 사뭇 과학에 대한 우위를 충실히 포기하자는 것이다.(……)정신의 포기양식인 즉물주의를 애써 표방하려 한 김씨의 태도란 바로 외재하는 물질에 대하여 하등의 스

77) H. 아렌트, 김정한 역, 『폭력의 세기』, 이후, 1999, p.24.
78) A. 투렌, 앞의 책, p.28.
79) 고석규, 「모더니즘에 관하여」, 『고석규 문학전집 2』, p.67-68.

폰라니티를 반성함도 없이 거기 집착되고 다시 해이되는 비교적 불건강한 소극성에 유래되는 것임을 두루 한 마디로 판단할 수 있게 되었다.80)

이 글은 고석규가 김규동의 글 「우리 시와 현대의식」을 읽고 「모더니즘의 감상」이라는 비평으로 발표한 글이다. 이 글에서 고석규는, 김규동 글의 목적이 '사회와 문명에 대한 인식을 바로 하자'는 일종의 계몽작업이라고 지적하면서, 이러한 작업은 문명과 계몽의 주체가 불분명하고 감상적인 현대의식으로 인해 완전한 실패로 돌아갔다고 주장한다. 이 글에 나타나는 '과학의 명랑성'이란 김규동이 인간과 과학의 친밀감과 신뢰감을 표시하는 적극적인 주장을 피력한 것을 의미한다. 알렝 투렌은, '모더니티'를 과학적 문화와 질서정연한 사회, 자유로운 인간 사이의 조화를 이룬 '이성의 승리'로 정의하였다. 과학을 활성화시킨 것도 이성이고, 개인과 집단의 사회 적응력을 높인 것도 이성이며, 폭력과 전횡을 법치국가와 시장으로 대체시킨 것도 바로 이성이었기 때문81)이라는 것이다. 이러한 주장은 김규동이 주장하는 '과학의 명랑성'과 '문명의 진보'라는 예찬과 그 맥락을 같이 한다고 할 수 있다.

그러나 고석규는 인간과 밀접하게 관련된 친밀감과 신뢰감으로부터 비롯되는 '과학의 명랑성'에 반기를 든다. 그 이유는 김규동이 '과학의 명랑성' 뒷면에 존재하는 암울한 근대의 일그러진 자화상, 즉 과학이 전쟁을 지탱한다는 사실을 간과하고 있기 때문이라는 것이다. 따라서 고석규는 '과학의 명랑성'의 이중적인 모습에 회의를 표명하면서 '과학의 명랑성'을 옹호하기 이전에 마땅히 그것이 인간에게 가져다주는 비극성에 대해서도 눈을 떠야 한다82)고 주장한다. 이러한 고석규의 과학의 명랑성에 대한 반감과 회의는 다음 시에서 구체적으로 드러나고 있다.

활짝 핀 꽃밭에

80) 고석규, 「모더니즘의 감상」, 앞의 책, p.77.
81) A. 투렌, 앞의 책, p.17.
82) 고석규, 앞의 책, p.80.

얼굴을 비비다 밤이 오면

불비암 여자들
실명失明의 한숨 지껄이고

어둔 연쇄連鎖
욕된 시간의 이별이 헌다

오
이는 나의 참여운 사랑

독 없는 가슴에
다른 태양은 핀다.

—「일식日蝕」 전문

이 시에서 "일식日蝕"은 지구와 태양과의 사이에 달이 들어가서 태양의 전부 또는 일부를 가리는 현상을 가리킨다. 1연은 '낮'의 현상을 "꽃밭"이라는 평화의 이미지로 형상화하며, 2연은 전쟁의 시간을 의미하는 '밤'의 이미지를 "실명失明"이라는 전쟁의 비극적 이미지로 형상화한다. 3연에서는 전쟁에서의 죽음과 그 죽음으로 인한 "욕된 시간"과 "이별"이 반복되고 있음을 암시하며, 4연에서는 죽음으로 인한 이별의 반복이 진정한 사랑을 막고 있다는 인식을 드러내고 있다. 그럼에도 불구하고 화자는 사랑을 꿈꾸기 위하여 인간의 폭력으로 물든 가슴을 맑게 비우고 다른 태양, 즉 전쟁이 없는 세계를 위하여 꽃을 피우겠다는 역설적 희망을 의미화 하고 있다.

또한 이 시에서 "이별"의 또 다른 의미는 고향과 어머니, 그리고 연인을 잃은 상실감을 암시한다고도 할 수 있다. 그것은 4, 5연에서 구체적으로 나타나는데, "사랑"과 "다른 태양"이라는 시어의 심층을 들여다보면, "사랑"은 연인을 은유하며, "다른 태양"은 고향으로의 회귀, 즉 재생의 길을 은유한다고 할 수 있기 때문이다. 이 시에서의 "일식日蝕"은 인간과 자연 사이에 '과학'이라는 문명이 끼어들어 둘 사이에 공존했던 평화 상태를 깨뜨리는 폭력적인 상황[83]을 드러내고 있다고 판단된다. 이러한 폭력적 상황은 화자로 하여금 "일식日蝕"이라는 캄캄한 현실인식을 갖도록[84] 추동하면서 동시에 자신은 자신의 의지와 상관없이 세계 속에 내던져진 존재라는 깨달음에 직면하게 한다. 이러한 깨달음은 전쟁이라는 폭력 속에 내던져진 채 타자를 믿지 못하고 살아가야 하는 인간 존재의 절망감을 구체화한다.

> 진정 우리의 적은 우리 가운데 있는 것이며, 어지러운 흐름은 도대체 어디로 흘러갈 것인가. 누가 이 심각한 답변을 담당할 것이며 교훈은 누가 조작할 것인지, 중상과 모략이 얼마나 엄청난 파괴와 자멸을 재촉할 것이며, 인간사회의 인과율은 누구에게 원망할 수 없는 것이어서, 진정 자멸을 예언하는 뚜렷한 사실 앞에 눈물짓고 바라보는 우리들의 또 하나 본성을 고백 않으리오.[85]

"우리의 적은 우리 가운데 있다"라는 언술에서 "우리의 적"은 명확하게 드러나고 있지 않다. 그러나 위의 글의 전체적인 내용을 유추해 보면, 동족이면서 서로 적敵이 될 수밖에 없었던 한국 전쟁 속에서의 "우리의 적"은 바로 우리 자신이라는 의미를 함축하고 있다고 할 수 있다. 그러므로 고석규는 엄청난 파괴와 자멸을 자초한 한국 사회의 인과율을 누구에게도 원망할 수 없다는 자괴감에 빠져 있는 것이다. 그리고 이러한 자괴감은 고석규로 하여금 전쟁으로부터 비롯되는 불안과 공포의 "어지러운 흐름"을 떠올리게 한다. 그리고 그는 "과학의 명랑성"으로 인한 전쟁의 참상을, 전쟁의 "교훈"을 누가 조작하고 답변할 것인지, 동족끼리의 폭력과 살육의 책임을 누구에게 물어야 할 것인지를 스스로에게 묻고 있는 것이다. 이러한 물음은 바로 문명으로 인한 전쟁에 대한 비판, 즉 '인간의 폭력성'에 대한 비판적 "고백"을 담지하고 있다.

---

83) 졸고, 앞의 논문, p.222
84) 위의 논문, p.222.
85) 고석규, 남송우 엮음, 「청동일기 I」, 앞의 책 , p.53.

눈서리 흘리는
교두보에

누나의 피 저린
머리채가 보이지 않았다

뱃전에 귀를 막은
열아홉 겨울밤이

저 싱싱한 지평선을
이제도 스쳐가는데

누더기처럼 찢어진
우리의 대답이
눈물처럼 다시는 얼 것 같지 않다

—「역송譯送」 전문

이 시는 전체 5연으로 이루어져 있으며, 각 연은 단지 2행으로 구성되어 있을 뿐인 아주 짧은 작품이다. "역송譯送"은 '이별을 번역하다' 혹은 '이별을 통역하다'라는 의미를 지닌다. 그렇다면 '이별을 통역 한다'는 뜻은 무엇을 의미할까? 2연과 4연은 결구의 접미사인 "않았다"와 "않다"의 시어를 통해서 이별에 대한 부정성을 드러내고 있다. 그렇다면 화자가 이별을 부정하는 이유가 무엇인지를 심층적으로 파악해 보자.

이 시에서 말하는 "교두보"는 이별을 부정하기 위한 화자의 의식의 보루, 혹은 의식의 최후의 거점 지역을 의미한다. 즉, 이별을 하기 싫어하는 화자의 내면세계를 말한다. 2연에 나타나는 "누나의 피 저린 머리채"는 전쟁에서의 '인간의 폭력성'에 대한 근원적인 이미지이다. 그리고 그 뒤에 붙은 술어인 "보이지 않았다"는 '보고 싶지 않았다'는 화자의 희망을 드러내지만 그것은 동시에 이미 "누나의 피 저린 머리채"를 보고 말았다는 사실을 내포한다. 그러므로 화자는 이별의 교두보로 상징되는 "뱃전"

에서 떠나보내고 싶지 않은 "누나의 피 저린 머리채"를 바라보며 열아홉 살의 암울하고 추운 겨울밤을 견디고 있는 것이다. 이러한 견딤은 역설적으로 "누나"의 죽음을 계속 지연시키고, "누나"와 '나'와의 이별 또한 계속 지연시키게 되는 동력이 되고 있다.

따라서 화자는 마지막 연에서 "누더기처럼 찢어진/우리의 대답이/눈물처럼 다시는 얼 것 같지 않다."라는 역설적 희망을 진술하고 있는 것이다. 그러나 이러한 화자의 역설적 행동과 진술은 오히려 "누나"와의 이별을 부정적으로 재번역, 재통역하는 역효과를 나타낸다. 그 역효과로 인하여 화자는 더욱 극심한 '인간의 폭력성'에 대한 절망감을 키워나가게 된다. 이 시의 제목인 "역송譯送"이 역설적으로 "역송逆送"으로 읽히는 이유도 이러한 이유에서 연유한다. 따라서 이 시는 고석규의 '과학의 반反명랑성'에 대한 사유를 적극적으로 드러내고 있다고 할 수 있다. 이 시에서 아름다운 지평선을 물들이는 것은 차디찬 눈발과 죽은 누나의 머리채에서 흘러내리던 피와 그리고 죽음의 비명을 듣지 않으려고 귀를 틀어막는 열아홉 살의 겨울밤이다. 전쟁으로 인하여 피폐해진 자연과 인간의 초라한 형상은 "역송譯送" 해야 할 존재로서 화자에게 다가오며, 그것은 전쟁에 내던져진 '실존'이며, '과학'과 '이성'의 승리가 가져다 준 '폭력'의 결과물인 것이다.

> 'Critic'가 비웃는 세계가 계시를 바란다. 길이 나타나면 나는 서슴지 않고 그 길을 찾아 좇아갈 것이다. 영상이 없는 그의 부르짖음을 떠나 운명의 빛을, 이는 터전에서 새 아이디어의 자과自誇는 버리더라도 '말살의 과학'으로 자리 잡을 현대의 사려에서 뛰쳐나와 걸어갈 것이다.
>
> 묵묵히 다만 가버릴 것이다.[86)]

이 글에 나타나는 "계시"와 "운명의 빛"은 '자연'과 조화를 이룬 아름다운 세계를 상징하며, 또한 "'Critic'가 비웃는 세계"와 "새 아이디어의

---

86) 고석규, 「청동일기 I」, 앞의 책, p.34.

자과自誇"가 상징하는 것은 인간성을 말살하는 과학을 의미한다. 따라서 이 글에서 고석규는 '과학의 명랑성'이 아닌 '말살의 과학'의 암울한 세계를 뛰쳐나와 묵묵히 자연과 교감하고 소통하는 길을 가고자 하는 의지를 드러낸다. '과학'은 인간의 이성이 도달한 최고의 진리로서, 인간에게 봉사하고, 인간의 삶을 편리하고 합리적으로 발전시켜 준 고마운 존재이다. 그러나 고석규는 이 글에서 과학을 우상화하고 신봉하는 태도를 지양해야 하며, 과학화된 의식이 발생시킨 '전쟁'이라는 현상 또한 지양하고 경계해야 한다고 말한다. 이것이 바로 '과학의 명랑성'과 '인간의 폭력성'을 부정하는 고석규 시의식의 변별성이고 참신성이다.

> 지금에 있는 나란 개별의 나로 생각된 것이었다. 그리하여 하나의 나는 이 다른 하나의 나와 아주 동떨어진 마당에서 오랫동안 의식과 명상과 살육을 일삼은 인간인 것이었다. 다시 하나의 나는 통상의 나를 추종하는 그림자와 같은 것이면서 통상의 나는 이 하나의 그림자 같던 나를 끝내 배척할 수 없는 상태로 점점 놓이게 되었다.[87]

> "총성은 평화를 갈구하는 천사의 음성이다." 이같이 부르짖으며 빙그레 웃던 어린 학도병이 ○○ 고지 탈환 전투에서 전사당하였다. 또한 전선으로 가는 선상船上에서 자살을 꾀하는 미숙한 농촌 청년의 나약한 의지를 잊을 수 없다.
>
> 전쟁은 모든 '의지에 환멸'을 주고 이것이 잔유하며 사랑의 총량으로 만들어졌다. 이때에 정신이란 석고이며 이미 개방되지 않는 지옥의 힐문으로 허덕이게 된다.
>
> 싸움에 의의는 여기에 대답을 못하여 오히려 자체를 감추어 숨겨버렸다. 무의 사유도 대답할 수 없어 그대로 가버려 남은 것은 저항하지 못하는 육체만이어서 총성이 평화를 갈구하는 천사의 음성이었다고 비명에 보태어 새길는지 나도 모른다.[88]

---

87) 고석규, 「지평선의 전달」, 앞의 책, p.50.
88) 고석규, 「청동일기 I」, 앞의 책, p.31.

먼저 앞의 글에서 고석규는 자신의 주체를 두 개로 분리하여 인식한다. 하나는 한 개별자로서의 자신이며, 다른 하나는 자신과 아주 동떨어진, 즉 살육을 일삼은 자신이 그것이다. 또한 전자는 일상적인 주체를 가리키고, 후자는 일상적인 주체가 살육을 일삼는 주체로 변화하는 것을 막을 수 없는 또 다른 주체를 가리킨다고 할 수 있다. 이러한 주체성에 대한 이중적인 인식은 전쟁의 처참한 현실과 인간의 폭력성에서 오는 인간적 갈등이 그의 내면에 각인되어 있기 때문일 것이다.

또한 두 번째의 글은 전쟁에서의 총성을 평화를 갈구하는 천사의 음성으로 들으면서 죽어간 어린 학도병과 나약한 의지를 지닌 농촌 청년의 자살을 잊지 못하는 고석규의 절망의식을 드러내고 있다. 이러한 절망 속에는 전쟁이 주는 환멸과 정신을 석고처럼 굳게 하는 죽음의 공포, 그리고 인간의 폭력성에 대한 절망이 동시에 내포되어 있다. 이러한 의식 속에는 고석규가 「실존주의 철학」에서 말한 인간이 전쟁이라는 부조리한 실존 속에서 자기 스스로를 발견하게 되어 자살로서 이를 모면하는 것이 현명한 방법인가 아닌가에 대한 의문을 제기[89]하는 것과 동일한 인식이 내재되어 있다고 볼 수 있다.

따라서 고석규는 이러한 상황 속에서는 그 누구도 전쟁의 의의에 대해서, 무無의 사유에 대해서 대답할 수 없으므로 전쟁은 모든 인간에게 환멸을 안겨주고 저항하지 못하는 인간의 육체만이 비명을 내지를 수밖에 없다고 고백하고 있는 것이다. 그러므로 그는 "싸움의 의의"에 대한 대답을 결코 얻을 수 없을 뿐만 아니라, 오히려 과학과 문명이라는 "천사의 음성" 속에 감추어진 폭력의 또 다른 얼굴을 재확인할 뿐이다. 이성의 승리로 획득한 '과학의 명랑성'은 전쟁을 야기 시켰고, 인간은 전쟁의 승리를 위해서 자신이 인간 '주체'라는 생각을 스스로 포기[90]하였으며, 여성, 어린이, 노동자들을 전쟁의 질곡 속에 방치시켰기 때문이다.

인간의 폭력성의 또 다른 얼굴을 어린 학도병과 나약한 의지를 지닌 농촌 청년의 자살을 통하여 재확인 하게 한 6·25 전쟁의 또 다른 비극성은

---

89) 고석규, 「실존주의 철학」, 앞의 책, p.98.
90) A. 투렌, 앞의 책, p.262.

동족상잔이라는 잔혹함보다 삶의 근원적인 터전인 집을 잃은 황폐함에 내몰린 민중들에게 최악의 실존상황을 체험하게 한 것이다. 치열하고 처절했던 전쟁은 무자비한 인간의 폭력성, 공포와 불안, 그리고 '절망'의 진원지였기 때문이다. 이러한 불안에서 비롯된 '절망'을 키에르케고르는 '자유의 어지러움'으로 정의한다. 여기서 '어지러움'이란 인간이 지금 여기에 살고 있다는 현사실성[91]과 자유의 가능성이 결합됨으로써 이루어진 필연성 혹은 운명을 의미한다. 그러나 이 필연성에 대한 인간의 자유는 항상 결핍되어 있으며, 이 결핍이 극한 상태에 처해질 때 비로소 인간은 '죽음에 이르는 절망'을 느끼게 되는 것이다.

> 엷은 물모래 위에
> 가을이 앉으면
> 나르시스의 빈 뜨락마다
> 웃음에 떠들며 모두 피었다
>
> 정열도 없는 꽃이
> 수다한 여인처럼 얼굴을 들면
> 사랑 잃은 버릇이
> 코스모스에 원怨을 놓는다
>
> 피어도 산란한 슬픔에 느끼며
> 귀 없는 이야기에 엷어진 화판이
> 오늘은 선바람 떠도는 저녁에
> 저마다 말 없는 몸을 바쳤구나
>
> 꽃무덤 위에 떨어진
> 나비의 주검을 보는 아침

---

91) 하이데거에 따르면, '현사실성'이란 현존재가 지금 현재 여기에 살고 있고, 살고 있어야 한다는 것을 의미한다. 따라서 '현사실성'으로 인해 현존재는 세계내 존재가 되는 것이다. M. 하이데거, 이기상 역, 『존재와 시간』, 시간과 공간사, 1988, p.172.

코스모스 밭머리에 한아름
깨어진 내일을 울었다.

—「코스모스 서정」 전문

이 시는 “나르시스”의 차용과 그에 따른 ‘자기애’의 환상을 통해 현실을 벗어나고자 하는 화자의 욕망이 첫 연에서부터 드러나고 있는 작품이다. 화자는 가을날 빈 뜨락에 서서 저녁을 맞이하고 있다. 이 저녁은 전쟁으로 죽어간 꽃 무덤 위를 산책하는 것으로 시작된다. 화자에게 빈 뜨락은 나르시스, 즉 자기애를 다시금 상기시키게 한다. 빈 뜨락마다 꽃들이 웃음에 들떠 활짝 피어 있기 때문이며, 활짝 핀 꽃들과 자신의 젊음에 대한 나르시스의 열정을 동일시하고 있기 때문이다. 그러나 이러한 자기애의 순간은 나비의 주검을 데리고 오는 아침의 순간에 꽃 무덤으로 변해버리고 만다. 그러므로 나르시스라는 환상의 기법과 “꽃”에 대한 묘사는 역설적으로 자기애를 만끽하며 행복해 하던 화자로 하여금 결국 “깨어진 내일” 즉 미래의 가능성이 사라졌다는 절망의식을 갖게 하는 역설적인 현실인식을 강조하기 위한 것이다.

‘환상’은 어떤 꿈에 도달하기 위한 갈망의 실현으로 기능한다. 이러한 초현실주의의 기법은 ‘플라톤’의 ‘동굴의 은유’를 뒤집어 놓는다. 왜냐하면 초현실주의자는, 그들의 눈이 일상생활의 전통적인 현실밖에는 못 보도록 제약을 받는 사람들의 존재를 가정하기 때문이다. 갑자기 인간이 동굴에서 풀려나서 지옥의 번쩍이는 그림자들을 보게 되는 것은 상상력을 통한 환상의 공간이 마련된 것이기 때문이다. 동굴 벽에 비친 그림자들은 임의적이며 모호한 것[92]이며, 그것은 열정적인 상상력, 환상에 다름 아니다. 이러한 환상은 일시적인 나르시시즘의 놀이이자 현실로 퇴행하기 위한 발판으로 변질되기 때문이다. 고석규 시의 꿈-텍스트, 즉 ‘몽환’과 ‘환상’의 텍스트들은 실제 꿈이 현실 속의 사건을 변형하고 압축함으로써 화자의 현실과 상처를 결합시킨다. 이처럼 고석규 시에 나타나는 초현실

92) C. W. E. 빅스비, 박희진 역, 『다다와 초현실주의』, 서울대학교출판부, 1979, p.100.

주의의 환상 기법은 전쟁으로 인한 상처와 그 상처에서 벗어나고자 하는 강박증에 압도되어 있다는 점이 특징적이며 그 상처에서 벗어나기 위한 하나의 장치로서 이러한 기법을 사용하고 있다고 할 수 있다. 다음 시는 이러한 강박증에 압도된 주체의식을 드러내고 있다.

연한 달빛이
쇠살을 옮아 비치니
밤은 치렁치렁
끌리는 잠졸음 안에 깊고

간장을 휘파람 차는 슬픔
어진 눈녘으로 줄 내려
이슬처럼 마르고 홈치는
긴 세월 가기로

나, 나였노라
눈먼 절망이 가득 치밀어
찬 벽에 고운 몸살을 부비는
얽혀 갇힌 목숨의 길이여.

—「살옥殺獄」 전문

이 시는 화자의 극심한 불안이 '절망'의 형태로 변화하는 과정을 형상화한 작품이다. '절망'의 이미지는 "쇠살", "밤", "벽"의 이동으로 이어지고 있으며, 특히 삶의 충동은 부드럽고 따뜻한 이미지로 형상화되고 있다. 이러한 '절망'과 '삶의 충동'의 대립적 인식은 마지막 연의 결구 "얽혀 갇힌 목숨의 길이여."에서 또한 이중적이고 대립적인 이미지로 나타나고 있다. 여기에서의 '절망'은 역설적으로 절망에 버금가는 죽음에 대한 공포를 떨쳐버리고자 하는 결연한 의지가 암시적으로 내포되어 있다. 이러한 삶에 대한 충동은 절망에 눈이 먼 상태에서도, 극심한 '절망' 속에서도 찬 벽에 자신의 몸을 계속 문지르는 형상으로 나타난다. 이러한 행위는 삶의 충동에 대한 강박증에서 표출되는 것을 반증한다. 그러나 결구에서도 진술하듯이 이러한 처절한 삶에 대한 강박증은 오히려 화자를 "살옥"에 더욱 갇히게 하는 구실을 한다. 이처럼 고석규에게 있어서 환상은 '인간의 폭력성'으로 인해 발현된 공포를 벗어나고자 하는 일시적이고 순간적인 욕망의 반영으로 나타날 뿐이다.

> 나는 거리에서나 밤이 닥쳐오는 창문을 주어 닫고 주저앉은 대로 울고 싶다. 어찌하여 나에게 이렇게 많은 슬픔이 있느냐고 자탄할 수도 있는 나를 몇 번씩이나 찾아내었을 때 나는 더욱 슬픈 가운데 눈물을 씻었다.
>
> 참다운 비애란 진정 맞볼 수 있는 것이라 생각하였다.
>
> 나는 고통을 몰랐으나 고통을 체험하고자 하는 절실한 고통에 울었다.
>
> 나는 그 많은 회상과 추억을 상실한 슬픔보다 내가 아직도 앞으로 걸어가지 못하는 길가에서 방황하고 있는 또 하나 참된 울분이 슬퍼진 것이다.
>
> 나는 삶의 스승을 맞아들일 수 없었던 것 같이 나의 정력의 반려인 내 마음과 동일한 이성異性의 벗을 상실시킨 비애를 간주한다.
>
> 나는 무엇 때문에 살며 나는 무엇에 못 이겨 이다지도 흐린 동공의 현재를 감추려 하는가.[93]

위의 글에 나타나는 고석규의 '절망'은 전쟁이라는 '공포'로부터 도피하고자 함으로써 진정한 '자아 찾기'에 실패한 것을 증명 한다. 이러한 '절망'은 고석규로 하여금 미래에 대한 가능성을 잃게 만들고, 이에 따른 울분을 그는 방황의 행위로서 표출하고 있기 때문이다. 그리고 이러한 방황은 "나는 무엇 때문에 살고 있는지"라는 실존의 물음으로 구체화된다. 이러한 실존의 물음을 통하여, 고석규는 자신이 태어나면서부터 세계 속에 내던져진 존재라는 사실을 깨닫게 된다. 게다가 돌발적이고 우연적인 전쟁 속에서 발견한 '인간의 폭력성'은 그의 존재 이해에 대한 사유에 절

93) 고석규, 「청동일기 I」, 앞의 책, p.76.

망감을 심어주게 된다.

키에르케고르는 '절망'을 인간이 자기 자신이 되기를 원하지 않으면서도 끊임없이 자기 자신을 추구할 때 나타나는 기분[94]이라고 규정한다. 키에르케고르는 인간을 하나님 앞에 홀로 선 하나의 개체, 즉 '단독자'로 파악한다. '단독자'로서의 인간은 '무한성과 유한성, 시간적인 것과 영원한 것, 자유와 필연의 종합'을 통해 진정한 자기自己를 찾게 되는데, 진정한 자기는 타자와 적극적으로 관계할 때에만 비로소 완성되고, 이러한 관계들이 불균형에 빠져 관계의 상실이 일어날 때 '절망'이 발생한다는 것이다. 따라서 '절망'은 '실존'의 방식과 관계가 있다고 할 수 있다. '절망'은 자기 자신 앞에서의 도피로서, 자기 자신과의 관계에서 잘못된 관계이며, 하나의 '상실'을 의미하기 때문이다. 또한 '절망' 속에서 인간은 자기 자신으로부터 도망가려 함으로써 자기 자신의 한계, 자기 존재의 본질에 회부[95]되기 때문이다.

결론적으로 고석규가 전쟁으로 인해 얻은 것은 고향과 어머니와 연인의 '상실', '절망'과 죽음으로 치닫는 '공포'일 뿐이었다. 이처럼 '과학의 명랑성'에 대한 대립적인 의식, 즉 '과학의 반反명랑성'은 그의 시속에서 '전쟁'으로 인하여 파편화된 근대인의 절망의식과 '인간의 폭력성'으로 형상화되어 나타나고 있다. 또한 이러한 과학의 반명랑성은 전후의 휴머니즘 상실감을 그의 시 속에 적극적으로 표출시키게 되는 계기를 마련해준다.

3) 휴머니즘 상실로 인한 부정적 공포의식

19세기 후반기의 휴머니즘은 개인을 내포한 집단으로서의 '인간해방', 계급으로서의 '인간해방', 인류로서의 '인간해방'이라는 새로운 개념으로 발전하였다.[96] 그러나 두 차례의 세계대전으로 인하여 휴머니즘의 개념

94) F. 짐머만, 이기상 옮김, 『실존철학』, 서광사, 1987, p.66.
95) 조가경, 앞의 책, p.68.

은 합리적이고 구체적인 개념으로 변화하기 시작하였다. 휴머니즘의 최대 목표인 '인간해방'이라는 선언은 전쟁으로 인하여 여지없이 무너지게 되었기 때문이다. 이에 따라 근대인들은 진정한 휴머니즘에 대하여 재인식하는 계기를 맞이하게 되었으며, 제국주의적 파시즘이나 인간소외와 같은 현상에 직면하게 되었다. 따라서 2차 대전 이후 실존주의는 회의적인 인간의 정신적 피로상태를 휴머니즘으로 회복시키고자 하는[97] 것을 그 목적으로 삼았다. 특히 '전쟁'과 '가난'은 가장 심각한 문제였다. 그 중에서도 '전쟁'은 휴머니즘의 근원적인 목표인 인간의 생명과 가치, 그리고 창조력을 무화시키는 계기를 가져왔다. 이에 따라 근대인은 근대가 탄생시킨 부르주아 휴머니즘에 대해 비판적 인식을 갖게 되었다. 이러한 인식은 인간에 대한 진정한 이해와 휴머니즘에 대한 적극적인 인식, 그리고 인간성 회복을 위한 진정한 행동 양식을 추구하게끔 하였다.

나는 지금 비겁한 울분을 느끼고 있다
언제 불행이라는 낱말을 기억하지 못할 때 나는 내가 묻힐 수 없는 황야의 영원을 그대로 믿을 수 있다

나는 지고한 승리를 위하여 목숨을 버린 어버이들의 성심을 배격하지는 않는다. 그러나 개편個篇에 흐르는 연한 나의 허희歔欷는 결코 이들이 만족한 역사에 외로웠다는 용인을 믿을 수 없는 것임을 똑똑히 알려 준다

연한 나의 허희!

나는 기아의 단계를 실험하고 그 단계가 의식의 혼미와 함께 가장 순수한 것임을 깨닫고 기꺼워하였다

영혼의 적용이라는 이 너무나 소원한 노력을 어떻게 갈망할 것인지 도시 방불彷佛하다. 다만 나의 상사로운 일기를 제하고 내

96) 務台理作, 풀빛 편집부 옮김, 『현대의 휴머니즘』, 풀빛, 1982, p.6.
97) 고석규, 「여백의 존재성」, 앞의 책, p.48.

머리와 생장에 혹은 전화轉化의 연령에서 알고도 몰랐던 무심한 접촉을 적어야 한다는 나의 욕망이 따로 일어난 까닭이다

'자세'라는 그렇게 정화된 문제의 간관幹寬을 나는 아무래도 소유하지 못할 것이 또렷한 이유에는 '현대의 파산'에서 어쩌면 쓰러져가는 의식의 떼流衍를 끌어 모아야 할 것이 당연하리라

애정! 능욕凌辱! 고독! 불안……
나는 지금 어느 낱말에도 해당될 수 있는 지나치게 혼착된 세기의 표정을 안으로만 당겨서 나의 영사映寫와 감명의 고통을 그대로 적어갈 것을 맘먹었다

'형태'의 구속을 나의 감각과 판단의 세계에서 아무 능력도 나타낼 수 없다 본다

시와 종교! 그리고 다음에 생명의 위치가 있는 것이다. 반면을 쓸 수 없는 고통의 내력을 가장 쉽게 표명하는 것은 자유로운 인용과 단편斷片과 구상도와 현상기現象記에 불과하다는 점도 기억한다

나의 변명은 이러하나 한 번도 나를 살리지 못할 것이다.

— 「첫머리에」 전문

니체는 「새로운 우상The New Idol」(1883)이라는 글에서 국가는 모든 괴물 중에서 가장 냉혈적인 괴물의 이름이라고 천명한다. 국가는 냉정하게 거짓말을 하며, 이러한 거짓말은 그 입을 통해서 기어 나오고, 또한 국가는 국민을 미끼로 사용할 것98)이기 때문이라고 말한다. 이러한 발언은 나치의 파시즘적 통치를 통해서 절감한 근대 국가의 독선적이고 권위주의적인 행태를 비판하는 것임과 동시에 신을 잃고 헤매는 나약한 인간들에게 강력한 주체의식을 가져야 한다는 호소에 다름 아니다.

---

98) M. 버만, 윤호병·이만식 옮김, 『현대성의 경험』, 현대미학사, 1994, p.438.

위의 시 또한 니체의 '신은 죽었다'라는 신에 대한 부정의식과 '전쟁'의 공포체험을 통해서 목격한 휴머니즘의 상실에 대한 고석규의 부정적 공포의식을 표출하고 있다. 화자는 자신의 울분과 시대적 불행, 그리고 전쟁으로 인한 기아와 근대의 파산 현상을 "쓰러져가는 의식의 떼流符"로 비유한다. 그리고 전쟁에서 목격한 휴머니즘의 상실 현상을 통해서 자신 스스로를 근대의 주체로서 온전히 정립시키지 못함에 대한 갈등과 회한에 휩싸인다. 그러므로 이 시는 화자의 변명으로 일관되어 있으며, 화자는 이러한 변명의 끝자락에서도 "시와 종교"라는 하나의 승리 혹은 소망을 제시한다. 그러나 전쟁으로 혼돈스러운 세기의 표정은 생명도 사랑도 자유도 "불행"이라는 사태에 매몰되게 할 뿐이다. 그럼에도 불구하고 화자는 반어적 언술인 "기억 한다"라는 의식의 깨어남을 통하여 휴머니즘의 부활의 당위성을 강조하며, 자신의 "감각과 판단"을 자신의 시의 "첫머리에" 놓고 있는 것이다.

클라우제비츠는 '전쟁'은 도구화된 이성중심주의적인 문화가 극단적으로 나아갈 때 발생하는 일종의 '폭력'이라고 말한다. 그는 '전쟁'을, 우리의 적대자로 하여금 우리의 뜻을 완벽하게 이행하도록 강요하는 폭력행위로 규정[99]하면서, '전쟁'이 가지고 있는 의미를 '폭력'에서 찾고 있다. 특히 문명국 간의 '전쟁'은 언제나 정치적인 근거에서 배태되어 정치적인 목적으로 수행된다. 그러므로 '전쟁'은 정치적인 의도를 목적으로 하는 수단[100]이라고 할 수 있다. '전쟁'이 가져다주는 물적·정신적 피해[101]는 상상하기 어려운 것이며, 특히 인간의 '절망'과 '불안'은 물질적인 피해를 뛰어넘는 가공할 만한 것이라 할 수 있다. 이러한 현상은 휴머니즘의 상실을 가속화 시켰다. 그러므로 전후 세대의 문학인들은 전쟁 직후에 수입된 '실존주의', '니힐리즘', '모더니즘' 등의 철학이나 문예 사조에 빠져들 수밖에 없었다.[102] 이러한 경향은 '전쟁'의 상처로 인한 정신적 황폐

99) C. B. 클라우제비츠, 김홍철 역, 『전쟁론』, 삼성출판사, 1992, p.48.
100) 위의 책, p.48-70.
101) 하상일, 앞의 논문, p.341.
102) 하상일, 앞의 논문, p.342.

함[103])과 공포체험, 그리고 휴머니즘의 상실에 대한 부정의식이 당시에 얼마나 만연했는지를 반영하는 것이다.

> 일류전(환각)! 허무가 있는 공간에 전쟁이 연달아 가면 일류전은 꽃보다 많았었다. 개방되지 않은 지옥의 웃음…… 전선으로 가는 선상에서 어느 학도병은 투신을 꾀하였는데 실상은 어려운 일이었다고 한다. 저항하지 못한 난립을…….
>
> 전쟁은 악몽이라는 것이다. 전쟁은 생사의 단애와 같다.
>
> 아! 투신은 자살과 다른 것이다. 어떤 철학이 곤란한 고민을 대답할 수 있는가. 나는 깨치고 싶다.[104])

위의 글에서 고석규는 '전쟁'을 환각의 상태로 느낀다. 이러한 '환각'의 증세는 '공포'로부터 도피하고자 하는 심리 상태를 드러낸다. '공포' 속에서 인간은 이전의 자기 자신을 간직하거나 더 나아가 가능성으로서의 자기 자신을 기대하기 힘들다. 모든 것을 암흑으로 변해버리게 하는 '공포'는 인간을 눈멀게 하기 때문[105])이다. 20세기의 근대는 '전쟁'과 '폭력'으로 인하여 인간의 근원적인 자화상을 처참하게 일그러뜨렸다. 이러한 공포의 시대를 고석규는 "지옥"으로 규정한다. 전쟁은 악몽이며 생사의 단애에서 투신 아니면 자살을 선택해야 하는 저항할 수 없는 현실이었기 때문이다. 이처럼 국가라는 전체주의를 빙자한 '전쟁'은 인간에게 공포와 절망감을 불러일으켰으며, 인간성 말살을 통한 휴머니즘 상실 상태를 적나라하게 드러낸 하나의 비역사적인 사건이었다.

특히 한국 전쟁은 '동족상잔'이라는 특이성으로 인하여 휴머니즘의 근간인 '가족'마저 해체하는 상황을 유발하였다. '가족의 해체'는 타자와의 단절감을 가져왔고, 타자와의 단절감은 민족의식의 상실감마저 불러일으키게 되었다. 위의 글에 나타나는 "개방되지 않은 지옥의 웃음"과 "저항하지 못한 난립", 그리고 "투신"과 "자살"이라는 언술은 '전쟁'이라는 '죽

---

103) 송기한, 『한국 전후 시와 시간의식』, 태학사, 1996, p.10.
104) 고석규, 「청동일기 I」, 앞의 책, p.9-10.
105) 구연상, 앞의 책, p.70-71.

음'의 현장, 즉 휴머니즘이 상실된 부정적 공포의 현실을 암시한다. 고석규에게 있어서 '전쟁'의 세계는 휴머니즘이 죽고 주검만이 만연한 장소이며, '지옥의 악몽'이자 '죽음의 악몽'을 반복하는 장소이기 때문이다. 따라서 인간성이 말살된 이러한 세계에서 인간은 하나의 사물에 불과하며, 어떠한 사유도 인식도 불가능하게 된다.

또렷한 흐름이
육정天井을 지나 하늘 위에 솟는다

창을 밀치는 한낮의 일들이
소리도 없이
이 어둠 속을 떠나가련다

자리에 다가서며 가슴에 깉는데
애탄 소녀의 옷자락이
나의 얼굴을 덮어
나는 아무도 모를 숨결에 오래 묻혀 비빈다

나의 즐겁던 날의 눈물을 씻으며
멀리서 어둡게 번져오는
바람소리 발자국에 기울여 듣노라니

나를 빼앗아갈
검은 눈동자의 빛이
진정 바라볼 수 없게 된다

치마기슭에 불을 안고
산호처럼 서 있어
머리를 풀어내리는 사람

고요히 바쳐질
마지막 웃음을 지워버린다

나도 돌아서지 못할 벽을 향하여
무너진 슬픔을 손으로 움켜보는데

말그레한 웃음에
달빛이 넘쳐가는 여인의 얼굴이
환한 꿈처럼 내 앞에 있다

하늘 위에 솟아오른 숱한 별들 쫓아
알모르게 초라하여진 나의 사랑은
밤에도 등을 펴지 못한다.

—「밤에」 전문

이 시는 '낮'과 '밤'이라는 대립적 시점을 차용하여 '전쟁'으로 인한 '휴머니즘 상실'의식을 형상화한 작품이다. "육정"은 인간의 여섯 가지 정욕, 즉 희喜·노怒·애哀·락樂·애愛·오惡를 의미한다. 괄호 안의 "천정天井"은 하늘의 천장, 즉 하늘의 '중심'을 이르는 말이다. 이 두 시어의 합성은 인간의 '육정'이 하늘의 중심을 뚫을 만큼 크고 팽배해져 휴머니즘의 파산상태, 즉 '전쟁'이 발발하게 되었다는 인식을 암묵적으로 드러낸다. 화자에게 '낮'은 한낮의 일들을 또렷하게 기억하게 하고 사랑하는 소녀의 옷자락과 발자국 소리까지 듣게 하는 희망의 공간이다. 그러나 '밤'은 화사했던 소녀의 영상을 검은 눈동자로 탈바꿈시켜 세상에서의 마지막 웃음을 화자에게 던지며 죽어가는, '공포'와 '절망'을 상징하는 공간이다. 이 대립적인 공간 속에서 화자는 긍정과 부정의 세계를 동시에 겪으면서 사랑의 기억마저 빼앗기고 만다.

특히 이 시에는 극적 긴장감을 부여하는 '긍정'과 '부정'의 결구가 눈에 띈다. '긍정'의 결구인 "솟는다", "비빈다", "기울여 듣노라니", "움켜보는데"라는 시어와 '부정'의 결구인 "떠나가련다", "바라볼 수 없게 된다", "등을 펴지 못 한다"라는 시어의 뒤섞임은 인간의 여섯 가지 욕정의 상태를 드러내기 위한 하나의 장치로서 기능한다. 이러한 시적 장치는 고향에 두고 온 연인과 그녀와의 즐거웠던 한때의 날들을 떠올리게 하면서 동시에 인간애에 대한 갈망을 비유하는 기능을 한다. 그러나 화자는 자신의 존재 이유마저 잊어버리고 희망과 비극이 이중적 '환영'으로 다가서는 것을 맥 놓고 응시할 수밖에 없는 상황에 처해져 있다. 그리고 그는 벽에 갇힌 채 슬픔에 빠진 초라한 자신의 실존을 자각한다.

'휴머니즘'은 인생에 대한 하나의 태도이다. 이 태도에는 주체와 타자의 공감의 정신이 들어 있다. 그러나 단지 공감에만 머문 휴머니즘은 '센티멘털 휴머니즘'에 다름 아니다. 따라서 진정한 휴머니즘은 공감과 태도, 그리고 행동으로 옮기도록 하는 적극적인 사상이 요청된다. 이 시에서 "사랑"이라는 시어는 비인간적인 것에 대해 항거하고 대결하는 힘을 암시한다. 그러므로 진정한 휴머니즘은 공감과 태도와 사랑이 총체적으로 종합되어 성립되는 것이다. 이러한 맥락에서 살펴볼 때 온갖 폭력과 살육이 횡행하고 인간성을 심각하게 말살시키면서 세계에 대한 부정의식을 갖게 하는 것은 전쟁밖에 없다.

사르트르는 『실존주의는 휴머니즘이다』에서 '휴머니즘'을 두 가지 의미로 규정한다. 하나는 인간을 목적으로 삼고, 또한 그것을 최고의 가치로 삼는 것이고, 다른 하나는, 인간은 부단히 자기 밖에 있으며 자기 밖으로 스스로를 투사하고 스스로를 잃어버림으로써 존재하는 것이다.[106] 따라서 전후 문학에 자주 나타나는 '휴머니즘'에 대한 인식은 서구에서 수용된 '실존주의'에 근원을 두고 있다. 사르트르에 의해 유포된 '휴머니즘'은 한국 전쟁이라는 폭력적 상황을 위무할 수 있는 적절하고 유용한 사상이었기 때문이다.

> 저 무풍의 지대가 더 파아란 달을 뜨게 하고 더 침침한 강물소리를 일게 한다면 내가 기다리듯이 내가 불러볼 나의 인인隣人들은 이맘때 세계 어느 허리에서 죽음을 안고 나와 같이 출현하는 상채기를 어떻게 치유할 것인지, 배면의 신을 위하여 배면의 신을 사정없이 난도질하며 기피하며 강박하며 물어뜯는 그들의

---

106) J. P. 사르트르, 방곤 역 『실존주의는 휴머니즘이다』, 문예출판사, 1981, p.47-48.

황색 피부를 어찌 나는 거역한단 말인가.[107]

위의 글에서 "무풍의 지대"는 전쟁으로 폐허화된 현실을 은유하며, "나의 인인隣人들"은 동족인 적군과 고향의 친지들, 그리고 모든 인류를 상징한다. 죽음과 공포의 지대인 "무풍의 지대"는 전쟁에서 죽어간 자의 영혼의 "상채기"를 어떻게 치유할 것인지에 대해 골몰하게 하는 공간이면서 동시에 그곳은 "배면의 신", 즉 신이 부재하는 공간이고 자유와 사랑이 삭탈당한 공간이다. 이러한 공간은 일상적인 삶을 지향할 수 없는 부정의식의 발현지이자, 인간 삶의 극한의 한계상황인 죽음에 대한 공포를 불러일으키는 실존의 공간이다. 그러므로 고석규는 이러한 죽음의 공간 속에 살아남은 자신이 해야 할 일이 무엇이며, 이미 죽어간 타자들의 영혼의 상처를 어떻게 달래줄 수 있을 것이며, 자신에게도 곧 닥쳐올 죽음의 시간을 어떻게 거역할 수 있는가 라는 실존의 물음을 던지고 있다.[108]

특히 박인환은 「검은 신이여」에서 니체의 '신은 죽었다'라는 명제를 그대로 복제하면서 동시에 허무주의의 나락으로 떨어지는 시적 인식을 보여주었지만,[109] 고석규에게 있어서 신의 죽음, 즉 배면의 신은 인간 존재 이유에 대한 물음을 촉발시키며, 자신의 실존에 대한 각성을 촉발시킨다. 그것은 죽음의 여백으로 다가온다. 그는 이 죽음의 여백 속에서 죽은 자들의 상처와 죽음에 대한 거역할 수 없는 운명을 발견한다.

이러한 운명적인 죽음의 여백 속에서 느끼는 고석규의 휴머니즘 상실의식은 전쟁의 공포 속에 내던져진 자신은 전쟁에 필요한 하나의 도구일 따름이며, 이름도 없이 군번으로만 호명되는 전쟁의 소모품이라는 자각에서 비롯된 것이다. 따라서 그는 자신에게 부과된 도구적 가치나 효율성이 사라지면 언제든지 쓰레기처럼 버려질 것이라는 또 다른 공포감을 내면화한다.

사르트르의 '휴머니즘'의 근원은 '인간조건'으로 규정지을 수 있다. '인

---

107) 고석규, 「지평선의 전달」, 『고석규 문학전집 2』, p.62.
108) 졸고, 앞의 논문, p.223.
109) 위의 논문, p.223.

간조건'이란 인간이 인간으로서 갖추어야 할 어떤 조건과 자세를 말한다. 이는 인간은 항상 자기 밖에 있으므로, 자기 밖으로 자기를 스스로 던져야 하며, 스스로를 잃어버림으로서 스스로의 존재 가능성을 획득하는 것을 의미한다. 이러한 인간 조건을 갖추기 위한 근본적인 지향은 목적 있는 삶을 추구하는 것이다. 고석규 또한 「시인의 역설」에서 김기림의 모더니즘을 비판하면서 동시에 인간 존재와 합쳐질 수 있는 새로운 모더니즘을 추구하고자 한다. 그가 지향하는 모더니즘은 생경한 언어나 의식을 배격하고 리리시즘과 존재론을 포용할 수 있는 모더니즘이다. 즉 그는 '모더니즘'과 '인간해방'의 통합을 추구하는 '휴머니즘적 모더니즘'을 지향하고 있는 것이다.

휴머니즘은 개인의 자유와 평등을 수호하는 것이며, 개인의 존엄을 보장하는 정신이다. 그러나 근대에 접어들면서 인류는 인간 병기와 수소폭탄을 이용하여 두 번의 세계대전과 대규모의 한국전쟁을 치르게 되었다. 이러한 전쟁은 '살육'과 '공포'를 양산했으며, 이에 따라 인류는 인간 존재의 기본조건인 생명과 자유를 박탈당하게 되었다. 니체와 키에르케고르의 반反휴머니즘은 인간과 자연, 인간과 사회의 관계 속에서 발현되는 모순과 대립을 도피하지 않고 그것과 적극적으로 대결함으로써 그것을 뛰어넘고자 하는 인식의 결과였다. 사르트르와 카뮈가 문학을 통해서 부조리를 극복하고자 하였고, 카프카와 릴케가 소외의식을 극한까지 몰고가 초극 의지를 지향했던 것처럼, 고석규 또한 전후 폐허의 현실을 극복하기 위해서 '휴머니즘'의 회복을 강조하였던 것이다. '휴머니즘'은 인간의 생명과 가치, 그리고 창조력을 적극적으로 긍정·수용하고, 그것을 위협하는 모든 것에 직면하여 대결하고 싸워야 하는 것이기 때문이다.

바슐라르는 『부정의 철학』에서 '부정'은 '반대의 의지'를 의미하지 않는다고 말한다. 오히려 '부정'은 규칙에 순응하는 것을 자랑스럽게 여기는 것[110]이라고 말한다. 또한 옥타비오 파스는 『수렴점, 낭만주의에서

110) G. 바슐라르, 김용권 옮김, 『부정의 철학』, 인간사랑, 1991, p.145.

아방가르드까지』라는 텍스트에서 '모더니티'의 전통이란 자기 자신에게 저항하는 뒤집어진 전통이며, 이 역설이 그 자체로 모순인 미적 모더니티의 숙명을 예고한다고 말한다. 이는 '모더니티'의 전통은 전통의 '부정', 즉 '부정'의 전통[111]임을 드러낸다. 따라서 '모더니티'란 전통의 배반이며, 치열한 자기부정이라 할 수 있다.

고석규는 「시인의 역설」에서 부정을 지탱하는 부정의식이야말로 '부정의 부정' 즉 긍정을 예상하는 인간의 고도한 사고기능[112]이라는 것을 강조한다. 실존주의에 의하면 '부정'의 대상은 곧 절대자인 신神이다. 신은 인간 이성의 '부정'에 의해서만 지탱된다.[113] 고석규는 이러한 부정의식을 '부정'의 유동성으로 파악하면서 전쟁의 폭력성과 공포체험으로 인한 '휴머니즘 상실'을 통하여 세계에 대한 부정의식으로 나아가게 된다. 이러한 부정의식은 고석규의 시에서 전장의 "교두보"나 "뱃전", "지평선" 등의 객관적 상관물을 통해서 상징적으로 드러난다.

> 연푸른 바닷녘에
> 계절이 또다시 올 것이요
>
> 나래를 접은 항구가
> 슬퍼서 볼 수 있을까요
>
> 촘촘한 가슴도 졸려오는
> 지친 사랑을
>
> 눈물에 목멘
> 뱃고동 기대서 밤비를 맞으면
>
> 입술에 담아온

---

111) A. 콩파뇽, 이재룡 옮김, 『모더니티의 다섯 개 역설』, 현대문학, 2008, p.8.
112) 고석규, 「시인의 역설」, 앞의 책, p.196.
113) A. 카뮈, 이정림 역, 『시지프의 신화』, 범우사, 1995, p.65.

앓는 고백은 어디로 갈 것인지.

—「미련」 전문

이 시는 2연부터 마지막 연까지 모두 "~까요?", "~것인지?"의 의문문의 결구로 끝나고 있다. 이러한 발화 방식은 화자의 부정의식을 숨기고 오히려 전면에 의문문을 차용함으로써 역설적인 부정의식을 환기하고자 하는 것이다. 이러한 방식은 고백 형식을 취하고 있는데, 이러한 고백은 공포와 절망에 빠진 화자의 정황으로 형상화되고 있다. 이러한 형상화는 부정적인 현실 속에 처한 화자가 자신이 추구하는 사랑과 나래를 펼 수 없는 절망의 눈물을 구체화하고 있다. 따라서 답이 없는 이러한 절망적인 상태 속에서 화자는 자신에게 되묻는 자문의 형식을 취하면서, 스스로에게 스스로의 존재 이유를 묻고 있는 것이다. 고석규의 부정의식은 50년대 한국 문단에서는 흔한 예로서, 전후 세대의 많은 모더니스트들이 관습처럼 혹은 하나의 제스처처럼 이러한 부정의식을 차용하였다는 점은 문제적이라 할 수 있다. 왜냐하면 진정한 부정의식은 부정의 부정, 즉 긍정의 길의 탐색을 통한 주체성의 회복을 의미하기 때문이다.

김준오는 1950년대 시론을 세 가지 양상으로 범주화한다. 첫째, 모더니즘 시론이 주류를 이루고 있는 것으로, 이것은 다시 전통 시론과의 대립, 모더니즘 시론의 반성과 비판의 흐름으로 전개된다. 둘째, 서정 장르의 특수성에 대한 인식과 시 창작론에 대한 이해가 심화되어 현대 시론의 정립을 모색하는 양상을 보인다. 셋째, 실존주의 문학론과 프로이트의 정신분석이론, 그리고 신비평과 형식주의 비평이 수용된다.[114] 고석규는 셋째의 경우에 속하는 '실존주의' 문학론에 경사되어 있었다.

또한 하상일은 고석규의 시론을 크게 두 가지 관점에서 논의한다. 첫째는 지성과 감성을 하나로 종합하는 '체험의 가능성', 즉 종합적 체험의 추구를 현대시의 방향으로 설정하는 '질서의 문학'이다. 둘째는 부정·반어·죽음·어둠 등으로 50년대의 폐허를 뛰어넘음으로써 근대성을 획득하려는

114) 김준오, 「1950년대 시론 형성과 그 전개」, 『한국현대시론사』, 한국현대문학연구회, 모음사, 1993, p.367-368.

'부정의 정신'115)이다.

고석규는 「시인의 역설」에서 윤동주의 죽음과 어둠의 역설이 내면성을 지향하는 종교적 실존 단계에 가장 근접한 면모를 보여준다고 말한다. 그는 이러한 역설을 부정의 정신으로 파악한다. 그에게 부정의 정신은 부정의 부정, 즉 긍정을 의미한다고 할 수 있다. 따라서 고석규에게 있어서 근대성 획득을 위한 '부정의 정신'은 50년대라는 부정성과 폐허로 함몰된 시대를 초극하기 위한 긍정적인 근대성의 획득을 의미한다고 할 수 있다.

①모든 정신병원에는
꽃들이 피었겠습니다

상喪하는 하늘 끝에 목을 따 늘인 듯
숲 아지랑이 자욱한 햇발에 걸우며
빠알간 꽃들이 피었겠습니다.

— 「4월 남방南方」 전문

②발 벗고 떠나간 뒤에는

그림자도
피도 남지 않았다

알알이 죽어 맺힌
슬픔의 바다 위를

해는 눈을 가린 채
떨어져 간다

바람에 불사른
장미의 낙화를 담지 못하여

115) 하상일, 「1950년대 고석규 시와 시론의 '근대성' 연구」, p.355

달빛이 오르면
이슬 먹은 모래 위에서

어둡게
눈물이 바라본 그림자를

나는 따라야 한다.

—「사원砂原」 전문

①의 시에서 세계는 "정신병원"으로 상정되는 인간의 극한의 부정의식을 이루는 '죽음'의 공간이다. "꽃"은 "상喪"과 "아지랑이 자욱한 햇발"과 극적 대비를 이루며 더욱 "빠알간" 꽃으로 피어나는 정신병적 징후를 명징하게 드러낸다. 또한 "빠알갛게"라는 시어는 전장에서의 피 비린내를 연상시킨다. 그리고 그것은 다시금 '공포'와 '죽음'으로 연결된다. 이러한 상징성은 화자의 내면세계의 절망이 얼마나 극한의 상태에 다다랐는지를 암시한다. "모든 정신병원"이라는 시구에서 "모든"이라는 수식어는 흐드러지게 피어난 "빠알간 꽃"처럼 이 세계 모든 것들이 전쟁의 공포 앞에서 이성을 잃고 휴머니즘을 상실한 채 미쳐가고 있음을 암시한다. 이 암시는 "상喪"이라는 '죽음'의 시어로 환원되고, 마침내 "하늘 끝"이라는 삶의 종말에 대한 부정적 세계의식으로 치환된다. 그럼에도 불구하고, 역설적으로 "빠알간" "꽃들"은 계속 피어나기만 한다. 이것이야말로 부정의 부정의 표출로서, 고석규의 부정의식이 결국 긍정으로 나아가기 위한 하나의 과정이라는 것을 암시한다. 이러한 인식은 고석규의 시에서 주로 "빠알간" "파아란" "꽃"의 이미지로 자주 표출된다.

②의 시의 '사원砂原'에서 '모래의 근원'이란 이 세계가 단단한 흙과 바위로 이루어진 세계가 아니라 한순간에 쓰러질지도 모를 '모래'로 이루어진 세계라는 것을 의미한다. 이 시에서 "그림자"의 이미지는 서서히 덮쳐오는 공포를 상징하며, "슬픔의 바다"는 공포로부터 발현된 상실감을 비유한다. 그리고 "해"는 화자의 상실감을 더욱 비극적인 상황으로 몰고 가는 역할을 한다. 게다가 "바람"의 이미지는 절망의 도래함을 상징하며,

이 절망은 장미꽃이 시들어 떨어지는 세계를 함유한다. 따라서 화자는 죽음의 세계를 향해 스스로 발걸음을 내딛고 있는 것이다.

이처럼 '모래'로 이루어진 세계는 죽음이라는 부정의식을 발생시키면서 동시에 화자로 하여금 이러한 부정의 세계를 뚫고 나가고자 하는 부정의 부정, 긍정의 인식을 갖게 하는 동력이 된다. 이는 화자 자신이 오히려 자신을 스스로 고문하고 질타하며 자신을 부정함과 동시에 유한으로 흐르는 시간과 맞서 싸우고자 하는 죽음에 대한 부정, 시간성이라는 유한성에 대한 부정으로 나아가게 한다. '부정'의 '부정'에 대한 반복은 자아의 부정성을 닦아내는 부단한 긍정의 과정이다. 이러한 반복적 부정성은 고대사회의 통과제의나 신화 속에 존재하는 '분리-전이-통합', '결핍-탐색-해결'의 극적인 구조[116]처럼 부정적 현실에서 긍정적 미래로 나아가야 하는 화자에게 부과된 시련의 과정[117]을 의미하며, 현실을 직시하고 자신의 주체를 새롭게 정립하는 데 기여한다.

고석규의 부정의식은 「여백의 존재성」에서 가장 극명하게 드러난다. 그는 "부정은 부정다운 무엇이 나타나며 생각될 때 그것에 대하여 취해지는 정신 태도"[118]라고 정의한다. 그에게 '부정'은 '거부'를 의미하는 것이 아니라 '부정'으로만 그치지 않고 '부정' 이상의 어떤 것으로 언제나 흘러가며 번지는 유동적인 진리를 말한다. 그것은 고석규 비평의 중심 개념인 '역설의 정신'과 동궤에 놓이는 것으로서, 하나의 적극화된 '부정', 즉 '부정의 부정'인 '긍정'을 의미한다. 따라서 '부정의 적극화'는 무無의 개념과도 연결된다고 할 수 있다.

---

116) 임국현, 「향가의 개념과 한국시의 구조」, 『신라학 연구』 제3집, 위덕대학교 부설 신라학연구소, 1999, p.368-369.

117) 이호영, 「윤동주 시 연구」, 한양대학교 석사학위논문. 2007, p.28.

118) 고석규, 「여백의 존재성」, 앞의 책, p.195.

2. 한계상황으로서의 불안의식

전쟁체험으로 인한 공포의식은 고석규로 하여금 근원을 알 수 없는 불안감을 경험하게 한다. 하이데거는 '불안'을 '공포'와 구별한다. 하이데거는 인간의 근본적인 기분을 '불안'으로 파악하면서, '불안'은 인간의 존재가능성으로서, 인간의 근원적인 존재를 파악하기 위한 현상적 토대를 제공한다[119]고 말한다. 따라서 그는 '불안'을 '무엇에 대한 불안', '무엇으로 인한 불안'으로 규정한다. '불안'은 인간을 단독화시키면서[120] 동시에 인간이 자유로운 존재임을 자각하게 하여, 인간을 본래적인 존재로 직면하게 만든다고 말한다. 인간이 불안해하는 근본적인 이유는 인간이 세계내에 존재하기 때문이다. 이때의 '불안'은 이유를 알 수 없는 불쾌한 대상이나 사건 등이 다가오는 섬뜩한 기분, 즉 섬뜩한 대상에 대한 전율과 경악으로 감지된다. 섬뜩한 전율과 경악이 내면화된 인간은 자신의 존재를 아무것도 아닌 상태, 무無의 상태로 인식한다.

119) M. 하이데거, 앞의 책, p.259.
120) 위의 책, p.256-257.

1) '어둠'의 역설을 통한 시대의 불안의식

고석규 시에 나타나는 불안은 하이데거가 말한 '무엇으로 인한' 불안, 즉 전쟁의 공포로 인한 불안에서 비롯된다고 할 수 있다. 불안은 그것이 알려지지 않은 것일지라도 어떤 위험을 예기하거나 준비하는 특수한 상태[121]를 의미하기 때문이다. 또한 불안은 인격의 발달에 있어서 중요한 역할을 한다. 불안은 신체의 내부 기관의 흥분으로 생기는 고통스러운 정서적 경험이다. 이러한 흥분은 내적 또는 외적 자극의 결과이고 자율신경계통의 지배를 받는다.[122] 따라서 자아는 불안한 실존의 실질적 소재지[123]라고 할 수 있다. 초자아는 자아에서 분화된 것으로 오이디푸스 콤플렉스와 직접적으로 관련이 있다. 여기서 금지를 명하는 아버지의 목소리는 초자아의 기원이 된다. 초자아는 아이가 아버지의 권위와 법을 내면화하면서 발생하며, 인격의 한 축을 이룬다. 초자아는 도덕과 사회적 요구를 대변하며, 아이로 하여금 사회적 존재가 되도록 만들어준다. 따라서 아이는 사회 속에서 성적 충동을 통제하고 승화시키는 법을 배운다. 문명 속에 언제나 불안이 도사리고 있다고 본 것은 바로 이 초자아의 역할 때문[124]이라고 할 수 있다.

고석규는 50년대라는 시대적 불안의식을 주로 어둠이나 밤의 이미지를 차용하여 표출한다. 그의 시 속의 화자는 어둠이나 밤의 불안감에 휩싸인 채 그것으로부터 도피하지 못하고 자신의 존재 가능성마저 상실하는 극한의 상황에 놓이기 때문이다. 이러한 상황은 그의 시에서 죽음 이미지를 형성한다. 어둠은 그의 내면에 내면화된 공포를 다시 들춰내어 그 공포와 마주하게 하면서, 동시에 반복적으로 죽음의 불안을 떠올리게 하

---

121) S. 프로이트, 윤희기 · 박찬부 옮김, 『정신분석학의 근본개념』, 열린 책들, 1997, p.276.

122) C. S. 홀, 『프로이트 심리학 입문』, 범우사, 1989, p.76.

123) S. 프로이트, 「자아와 이드」, 위의 책, p.404.

124) 김 석, 앞의 책, p.100.

는 역할을 하기 때문이다. 이처럼 6·25 전쟁을 겪은 고석규에게 있어서 불안은 시대적 불안과 겹쳐져 발생한다.

고석규는 「시인의 역설」에서, 역설[125]의 가능성을 '부정'의 역설, '죽음'의 역설, '반어'의 역설, '어둠'의 역설로 구분한다. 먼저 '부정'의 역설에 대한 주장은 소월의 시에 나타나는 '임'에 대한 부정의식의 사유로부터 시작된다. 소월의 부정의 역설은 '못', '아니'라는 의식의 부정화 끝에 비로소 명명되고 형성된 것[126]으로서, 고석규는 이것을 김소월의 체념의식이 불러온 의식적 절망[127]이라고 말한다. 여기서 의식적 절망이란 역설 자체가 의식적 반박[128]이라는 고석규의 역설에 대한 사유를 개념화한 것이다. '죽음'의 역설에 대한 주장은 이육사가 암울한 시대 속으로 스스로 죽음을 선택해서 돌진해 나간 것을 말한다. 이러한 죽음에의 돌진을 고석규는 심미적 실존을 미처 반성하지 못한 육사의 파토스[129]로 인하여 시대의식에 눈을 뜨지 못한 결과라고 말한다. '반어'의 역설에 대한 주장은 이상李箱의 두 가지 반어적 역설이 이상李箱으로 하여금 현실의 삶보다 예술을 위한 삶에 헌신하게 한 것을 말한다. 고석규는 이러한 현실적 상황을 뒤집는 역설이 이상을 한국 문단에 독보적인 존재로 우뚝 서게 한 역설의 힘이었다고 파악한다. 마지막으로 '어둠'의 역설에 대한 주장은 윤동주 시의 시대적 현실에 대한 어둠의 파토스를 일컫는데, 고석규는 윤동주가 윤리적 단계의 부끄러움으로 인한 시대적 불안의식을 어둠의 역설로 승화시켰다고 말한다.

그렇다면 고석규 시에 나타나는 어둠의 역설은 어떠한 이미지와 상징성을 띠고 있는지 살펴보자.

가만히 보면

---

125) '역설(Paradox)'은 외형상으로는 불합리하고 모순적인 의미를 띠지만 내면적으로는 합리적인 의미를 지니는 진술방법이다.
126) 고석규, 「시인의 역설」, 앞의 책, p.198.
127) 고석규, 앞의 책, p.199.
128) 위의 책, p.193.
129) 고석규, 「시인의 역설」, 위의 책, p.216.

시궁창 같은 길이 가로 있는 것이다
아니면 거센 홍수와 같이
지나가는 것이다

가만히 보면 또 가만히 보면
지낸 목숨들이
그 알뜰한 피 문紋에 말리며
땅 밖으로 밖으로만 소리쳐 간다

나는 여기 번개 속에 자주 희어 있는
해신海神의 수림樹林들과
파란히 현 ○(眼)과 부비우며
먼 물결의 밤을 새는데도

보면 볼수록 밀려간
공평公平 ○고계考堺 송두리째 밀려가는
아, 그리하면 난 한복판을 흩어져 내릴
밀집한 흐름
얼마나 부드럽고 순수한 것일까

제사祭祀여
너와 나의 피는 평형이여.

—「연안沿岸·5」 전문

이 시는 첫 연에서부터 무언가를 바라보는 화자의 불안한 의식을 드러내고 있다. 그가 바라보는 것은 실체가 불분명한 것이다. 그것은 시궁창 같은 길이고, 거센 홍수와 같이 화자의 내면을 휩쓸고 지나가는 어떤 불안한 대상이다. 이 대상은 실체가 불분명한 것이기 때문이다. 그러나 2연에서 그 불안의 대상은 전쟁으로 죽은 목숨들의 피 무늬로 나타난다. 그 피 무늬들은 땅 밖, 즉 세계 밖인 죽음의 세계로 소리치며 뛰어간다. 그리고 2연에서야 화자는 자신이 처한 정황을 진술한다. 그는 연안에 서서 바다의 신神이 키우는 나무와 숲을 바라보며 파란 물결의 밤을 지새우고 있다. 그리고 그 물결 속에 "공평"이라는 인간의 안식과 평화를 송두리째 앗아간 전쟁의 상흔이 뒤섞여 있는 것을 발견한다. 그런데 그 상흔의 물결 속에서 화자는 부드럽고 순수한 무엇인가를 발견한다. 그것은 죽은 자를 위해서 지내는 제사의 형상으로서, 그것은 화자의 육체 속을 흐르고 있는 자신의 피를 떠올리게 한다. 그 피는 그의 내면과 타자의 몸속을 흐르는 동족의 피로서의 생명성을 의미한다. 따라서 첫 연에서 나타나는 불안의 대상은 이제 명료한 의미를 얻게 된다. 그것은 연안의 물결 속에 뒤섞여 가는 동족 간의 전쟁의 상흔이며, 그 상흔은 불안의 역설을 발생시킨다. 이처럼 고석규의 글쓰기는 역설의 가능성으로서의 실존을 획득하기 위한 불안의 역설이자, 불안에 대한 역설의 가능성이다. 이 역설의 가능성은 그의 시 곳곳에서 그의 존재의 가능성을 받쳐주는 하나의 메타포가 되고 있다.

숨을 끊으오

골패와 같이
하얀 나무들이 무성하는
그 벌판에

아슬히 물러가며 학살하는
나와 당신의 맑은 음전音電

수월한 꽃이 피어……
진달래 아지랑이 하늘을 덮으오
하늘로 식어가오

우리들 미래에
눈물 어린 피솜을 놓으시오

아아, 간절한 나무의
향내를 맡으오

멀리 불붙는 울음 속에
나와 당신이 함께 쫓는구려.

— 「야원夜原·2」 전문

이 시는 벌판에 서서 학살의 날들을 떠올리는 화자의 연상으로부터 시작된다. 첫 연의 숨을 끊는 행위는 화자의 불안이 숨을 끊을 만큼 처절한 것임을 암시한다. 2연에서 그 불안의 대상인 무성한 하얀 나무들은 골패로 치환되면서, 화자는 자신의 운명을 골패, 즉 전쟁이라는 도박에 내던져진 채 학살하고 학살당하는 존재라고 언표 한다. 꽃들은 전운戰雲의 아지랑이로 변환되어 하늘을 식히고 있고, 화자는 이러한 불안한 상황 속에서 역설적으로 자신의 미래에 "피 솜"을 놓아달라고 진술한다. 여기서 "피 솜"은 상처를 아물게 하는 미래에의 긍정적 자세와 의지를 나타내는 은유이다. 이 "피 솜"은 나무의 향내와 더불어 화자로 하여금 더욱 살고자 하는 삶의 충동을 불러일으킨다. 그러므로 화자는 멀리서 불붙고 있는 전쟁의 울음에서 벗어나기 위해 당신과 함께 쫓기고 있는 것이다. 이러한 쫓김의 행위는 불안으로부터의 도피가 아니라 미래를 선취하기 위한 불안의 역설적 상황을 상징한다고 할 수 있다. 그럼에도 불구하고 고석규에게 어둠은 죽음과의 친연성을 드러내는 주요한 모티프가 되고 있다.

노한怒恨이 지저귀는 하늘 속에
검은 연기 피물 든 밤
눈은 한없이 땅으로 내렸다

어디로 가는 생의 행렬이어서
이처럼 목마른 무리들
울음소리 외치느냐

도둑무리 죄수처럼

곤곤히 줄치며 흩어지며
발길이 어둠을 후비는

영 넘어 사라지는 아슬한 땅에
눈은 쌓고 내려
사르던 모닥불 보이지 않아

……자유여, 이런 밤
사진蛇陳은 아직도
남으로 꿈틀거렸다.

—「사진蛇陳」 전문

이 시에 나타나는 뱀은 척추가 자유자재로 휘어지는 성질로 인하여 어디로든지 갈 수 있는 유동성을 본질로 삼는 동물이다. 이러한 뱀의 이미지는 성서 속의 사악한 뱀의 패러디로서, 뱀의 사악함과 인간의 사악함을 대응시키기 위한 객관적 상관물이다. 특히 "불타는 마을이 들려온다/불타는 마을이 사라져간다."라는 묘사에서 마을은 들려오는 것이 아니라, '다가온다'라고 표현해야 하는데도 불구하고, 여기서는 "들려온다"라고 표현하고 있다. 이러한 표현이 가능한 것은 뱀이 늘어서 있는 공포 앞에서 인간은 그 누구도 눈을 뜰 수도 말을 할 수도 없기 때문에 화자 또한 눈을 감고 청각으로만 현실을 느끼고 있기 때문이다.

또한 이 시에서 뱀이 늘어서 있는 현실은 죽음과 동일한 현실을 의미한다. 주목할 점은 이 시에 나타나는 "파아란 울음"의 상징성이다. '울음'은 '공포'나 '불안'을 감각했을 때 동시에 터져 나오는 자기 방어적 의미를 띤다. 이러한 '울음'에 대한 이미지는 고석규의 시에 빈번히 출현하는데, 특히 여기서 "파아란"이란 색채감은 고석규에게 '희망/절망'이라는 두 가지 의미를 함축하는 특별한 시어이다. 여기서 이 시의 죽음의 역설이 발생한다. "파아란"이란 시어는 「징화徵花」라는 시에 나타나는 "파란 상화"와 동궤 놓이는 것으로서, 고석규의 죽음의식은 종말로서의 죽음이 아니라 역설적인 죽음에의 적극 수용이라는 점을 거듭 표출하고 있기 때문이다. 이 시에서 고석규의 의식은 죽음에 더 깊이 경사되는 양상을 드러내지만, 그럼에도 불구하고 "파아란 울음"과 "파란 상화"를 통한 죽음에의 가능성으로서의 죽음의식은 그가 죽음의 현상에 함몰하지 않고 그것을 극복하고자 하는 역설적 의지를 드러내고 있음을 확인하게 해준다.

> 오늘은 쓸쓸한 날이외다. 하늘이 이처럼 흐리고 해풍이 다사로운 것은 필시 밤중에 폭풍이라도 지날 것만 같으니, 나는 가슴을 자리에 붙인 대로 이 소란스런 천기의 이슥한 밤을 지금 죽음처럼 헤어가고 있나이다. (……)그 사이엔 텅 비인 곳이 가로지나 남남거리는 나의 비밀스런 말과 그 토막을 헤아릴 수 없을 것이어니 붉은 핏방울은 그 역시 죽음 충동하는 것이외다.[130]

고석규에게 있어서 밤, 즉 어둠은 쓸쓸함과 외로움, 그리고 그리움의 정조를 불러들이는 존재이기도 하다. 위의 글도 고석규의 정조가 쓸쓸함에 기울고 있음을 증거 하는 글이다. 그는 어느 쓸쓸한 날 다사로운 해풍을 맞으면서 곧 불길한 폭풍이 닥쳐올 것이라는 불안감을 느낀다. 그것은 밤중에 도적처럼 들이닥치는 시대적 어둠의 기운이며. 죽음처럼 이슥한 기운을 지닌 정조이다. 이러한 정조는 전쟁에서 겪은 공포감으로부터 전이된 불안에 다름 아니다. 그러므로 그는 밤과 밤의 여백 사이를 가로지르는 비밀한 소리에 집중하면서도 그 비밀을 헤아릴 수 없는 자신의 불안감을 어쩌지 못해 안절부절 한다. 이러한 행위 속에서 그는 붉은 핏방울을 흘린다. 여기서 붉은 핏방울은 자신을 안절부절 하지 못하게 하는 전장에서의 피 흘림의 체험과 동일한 의미를 지니는 것으로서, 자신의 불안감을 은유하는 하나의 상징적 기표이다. 그리고 그는 그 붉은 핏방울이 자신을 죽음으로 이끌고 있다는 것을 인지한다. 이러한 인식의 연상은 결국 그를 죽음 충동에로 이끄는 작용을 한다. 이처럼 그는 전쟁이 끝난 후에도 일상적인 삶의 기운이나 자연의 변화에도 불시에 닥쳐오는 불안감을 느끼며 그 불안감으로 인해서 끝없는 죽음충동의 나락으로

---

130) 고석규, 「청동일기 I」, 앞의 책, p.36.

떨어지고 있는 것이다.

> 하얗게 흐르는 등마루에
> 이제는 푸른 입 자국 남은 여자들
> 어른한 잔을 든 채로
> 앞으로 가다 깨어치며
> 주저앉는 밤이여
>
> 갈갈이 찢어진 옷잎을 고르면
> 네 물그레한 눈매에
> 약한 혼관婚冠의 옛날이 도는가
>
> 검게 뻗는 다리 그림자에
> 흐늘지는 검푸른 바닷물이 새어
> 발돋움쳐도 무서운 저녁이 다가서면
> 고깃밥 되는 가슴 위에 두 손을 얹고
> 습성을 배우는 가난의 웃음들
> 허덕이며 쫓기는 골목길에
> 불에 타는 목숨을 훔쳐 보인다
>
> 다 버린 헙수룩한 밤
> 어서 가기만 보내는 궂은 밤에
> 너는 누구를 불러
> 불순한 목청을 감추지 못하여
> 권련처럼 피어갈 체념의 기슭에
> 스산한 추억의 성채城砦를 짓누나
>
> 이빨을 보이지 말며
> 너는 살아간다
> 살아 있는 그날까지 울지 않겠다
> 영도에 가면 몹쓸 걸 보았다는
> ……보지 말아야 한다는

오, 차라리 마드레느
너희들 아버지는 손을 끊어도
이런 말을 하지 않으리라.

—「파화破話」 전문

이 시는 전쟁으로 깨어진 하나의 이야기를 시적으로 형상화한 작품이다. 그렇다면 깨어진 이야기는 무엇일까? 그것은 바로 푸른 입 자국만 남은 불안에 떠는 여자들에 대한 이야기이다. 여자들은 깨지고 자빠지고 주저앉는 밤의 불안을 겪는 존재로 그려지고 있다. 그녀들의 옷은 갈갈이 찢어지고, 그녀들의 그림자에는 검푸른 바닷물이 찰랑댄다. 그녀들은 이미 죽음 쪽으로 향하고 있기 때문이다. 화자는 그녀들이 다가오는 무서운 저녁이 되면 불안감에 두 손을 얹고 그녀들의 불타는 목숨을 훔쳐본다. 화자에게 밤은 전쟁으로 인해 죽음의 지경에 다다른 여인들의 환영을 만나는 시간이고, 체념의 마음으로 추억의 성채를 짓는 시간이다. 그러나 화자는 그녀들을 위해 해줄 수 있는 일이 거의 없다는 것을 깨닫는다. 다만 자신이 살아 있는 그날까지 절대 울지 않겠다고 다짐할 뿐이다. 이러한 다짐은 죽음의 역설로 치환되어 나타난다. 자신 스스로에게 하는 이러한 다짐은 어떠한 고통의 날이 다가와도 살아야만 한다는 화자의 적극적인 삶의 충동을 지향하도록 하기 때문이다. 특히 "보지 말아야 한다"는 진술은 불안과 맞서 싸우겠다는 화자의 단호한 의지를 드러낸다고 할 수 있다.

하이데거에 따르면, 두려움은 인간을 본래적인 자기로부터 도피하게 만들지만, 불안은 세계 속에 감추어져 있던 본래적인 자신의 모습을 드러내는 것이다. 이러한 불안은 그 대상이 불확실하다는 것이 특징적이라고 할 수 있다. 고석규의 불안 또한 그의 내면세계 어딘가에 감추어져 있던 본래적인 정조가 그의 앞에 다가와 그와 직면하면서 생기는 대상이 불확실한 그 무엇이다. 그러나 고석규는 이러한 불안에 직면하여 그것으로부터 도피하지 않고 그 불안을 안고 불안을 산다.

위에서 살펴본 바와 같이 고석규 시에 나타나는 밤과 어둠의 이미지는 죽음과 불안의 메타포이다. 그의 시에서 불안은 세계에 대한 부정의식과 죽음의식을 동반한 역설적 정조로 나타난다. 불안은 그에게 전쟁의 공포를 더욱 또렷이 부각시켜 주는 구실을 하면서, 반면 미래로의 희망을 지향하도록 추동한다. 윤동주의 역설이 시대적 어둠을 통하여 '부끄러움'이라는 윤리적 실존의 역설에 이르렀다면, 고석규의 역설은 시대적 어둠을 통해서 부정의 부정을 통한 긍정의 정신과 전쟁의 폐허 속에서의 부재의 부재를 통한 여백의 존재성을 획득하는 것이었다.

2) 웃음과 울음의 양가적 불안의식

하이데거에 따르면 인간의 본래적인 기분은 '불안'이다.[131] 이때의 불안은 대상이 불분명하고 무어라 규정할 수 없는 불안을 의미한다고 할 수 있다. 고석규는 이러한 불안을 주로 웃음과 울음의 이미지로 치환하여 구체화한다.

> ①불 꺼진 새벽마다/먼 나라에 별똥이 져간다//(……)/마지막으로 사라진 얼굴은//산한 눈 속에 <u>흔들리는/웃음</u>만 버리고 떠나갔다//(……)깃발처럼 휘젓는 먼 굽이에 아른아른……
>
> —「모습」 부분

> ②눈자위가 샘에 고였다//(……)//내 몸에 불을 이끄는/가엾은 입술 피에 칠할/<u>하얀 웃음</u> 속 요기妖氣 트며는//어둔 대문처럼 밀치고 싶은/나는 사랑 아닌 설움을 씹는다
>
> —「애무」 부분

> ③너의 앞으로 갈까부나/지친 나의 울음을 목 놓아/한사코 너는 나를 안을 거나//지금은 먼 새날에 바래/임자 없는 행복에만 서성거려/눈보다 <u>희어진 웃음</u>에 돌아서니

131) M. 하이데거, 앞의 책, p.190-194.

— 「너의 앞으로」 부분

(※밑줄 필자 강조)

고석규 시에서 웃음의 이미지는 전쟁체험에서 체득한 불안의 정조가 직접적으로 표출된 것이다. ①의 시는 전쟁에서 비참한 죽음을 맞이한 전우에 대한 회고로부터 시작되는 작품으로서, 전쟁 속의 공포와 불안을 형상화하고 있다. 새벽에 깨어난 화자는 허공에 어른거리는 죽은 전우의 혼령을 환영幻影으로 만난다. 전우의 혼령은 "별똥"이라는 자연적 사물로 환기되면서, 그 영혼과 육신의 모습은 부정적인 이미지로 묘사된다. 이러한 부정성은 화자 자신은 죽지 않고 살아 있다는 죄의식과 이성과 감성 사이의 극심한 혼란으로 인한 불안을 발생시킨다. 카이저는 '광기'를 "삶이 인간에게 강요하는 그로테스크의 가장 기본적인 경험"132)이라고 말한다. 이 시에서 '광기'는 "흔들리는 웃음"으로 변질되어 나타난다. 따라서 이 시에 나타나는 웃음은 공포를 극복하고자 하는 이성과 그것을 극복하지 못하는 감성의 현격한 부조화와 차이에서 발현되는 비극적인 웃음이다.

②와 ③의 시는 사랑하는 연인을 볼 수 없는 분단의 현실 속에서 화자가 느끼는 그리움의 상태가 광적인 상황으로 치닫는 것을 형상화한 작품이다. ②의 시의, "눈자위가 샘에 고였다", "내 몸에 불을 이끄는", "엷은 입술 피에 칠할" 등의 묘사는 이성적인 인간의 모습보다는 이성을 잃은 광적인 열기에 휩싸인 화자의 상태를 드러낸다. 이러한 묘사는 ③의 시에도 나타나는데, 예를 들어, "하얀 웃음 속 요기妖氣", "희어진 웃음에 돌아서"는 등의 묘사는 화자의 비극적이고 비이성적인 상황을 "광적인 웃음"으로 변용하여 드러내는 역할을 한다. 특히 "하얀", '희어진'의 색채에서 발화되는 정조는 공포에 질린 창백한 이미지를 드러낸다. 이러한 이미지는 생명을 잃은 이미지를 내포한다는 점에서 '광적인 웃음'의 형상화는

---

132) Kayser, Wolfgang, *The Grotesque in Ar t and Literature*, McGraw-Hill Book Company, 1966, pp.184. 여기서는 강윤희, 「한국전후소설의 그로테스크 연구-장용학, 손창섭, 최상규 의 소설을 중심으로 , 서강대학교 석사학위논문, 2001, 1쪽. 재인용.

전쟁에서의 간접적인 죽음체험과 공포체험이 화자의 내면에 얼마나 심각한 충격을 주었는지 짐작하게 해준다.

이와 같이 고석규 시에 나타나는 '광적인 웃음'은 주로 '타자의 죽음'에 대한 '공포'와 '불안'으로 인해 발생한 것이다. 이로 인해 화자는 짐승이 되어, 짐승처럼 배설하듯이 토해내는 '광적인 웃음'의 주체로 치환된다. 그러나 이러한 상황은 한쪽에서는 웃음이, 다른 한쪽에서는 불안이라는 반응이 서로 충돌하고 심화되는 상황을 지속시킬 뿐이다. 이처럼 고석규 시에 나타나는 '광적인 웃음'은 전쟁의 참상을 통한 간접적인 죽음체험의 공포와 그로 인한 비이성적인 상황을 은유하기 위한 시적 전략이라고 할 수 있다.

> ①하늘에 별똥이 지는 밤/지표도 없는 언 땅에/부푼 눈이 젖은 대로//먼 곳에 살찌는/마음 어린 웃음의 얼굴들!//(……)이렇게 낯모른 땅에/홀로 누웠다
>
> —「진혼鎭魂」 부분

> ②초록빛 그늘 아래/눈물을 짜며 몸을//가슴이 매끄러운 냉혈의 나를/해가 비웃는 것이다//(……)육체가 육체를 느껴 따르고(……)//어둔 그림자를 나는 보았거니//무수한 칼날이 헛찌른/눈물에 가득 젖어
>
> —「탐사貪蛇」 부분

> ③치마기슭에 불을 안고/산호처럼 서 있어/머리를 풀어내리는 사람//(……)마지막 웃음을 지워버린다/(……)//말그레한 웃음에/달빛이 넘쳐가던 여인의 얼굴이/환한 꿈처럼 내 앞에 있다//(……)나의 사랑은/밤에도 등을 펴지 못한다.
>
> —「밤에」 부분

(※밑줄 필자 강조)

①과 ②의 시는 "별똥"→"언 땅"→"그늘"→"불도가니"로 전이되는 화자의 극심한 불안 상태를 형상화한 작품이다. 특히 '그늘'은 어떤 사물의

뒤로 드리워진 것이면서 '죽음'과 '불안'을 상징하기도 한다. 따라서 이 시에서 '그늘'의 상징성은 한 개인의 살아 있음의 물리적 표상이면서 동시에 불안한 시대적 상황을 암시한다. 고석규에게 있어서 '그늘'이라는 모티프는 자신의 모습을 반영하는 이미지인 동시에 그 이미지를 통하여 불안한 내면세계를 절감하게 하는 기제이다. 그에게 '그늘'은 항상 그의 곁을 서성거리는 죽음의 '그림자'이다. 중요한 점은 이 두 작품에서 화자는 자신의 존재를 이미 죽은 '영혼'이거나 '뱀'으로 비유하고 있다는 점이다. 이러한 비유는 화자의 심리 상태가 정상적인 궤도를 벗어나 거의 '짐승'이나 '악마'의 상태에 다다르고 있음을 암시한다. 그러므로 화자는 '짐승' 혹은 '악마'의 상태를 벗어나기 위한 '자기방어적인 웃음', 즉 "비웃"거나 "어린 웃음(어리석은 웃음)"을 자조적으로 표출하고 있는 것이다. 따라서 고석규 시에서의 '방어적 웃음'은 전혀 희극적인 것이 아닌 것으로부터 유발된다. 이를 통해 그는 정서적 충격이나 불안을 막고자 하는 의도[133]를 달성하면서 동시에 사회비판적 인식을 드러내고 있다고 할 수 있다.

프로이트에 따르면, 인간은 '쾌락원칙'에 따라 반응하기 때문에 항상성을 유지하려는 성격이 강하다고 말한다. 따라서 인간은 자신이 겪은 현상이 쾌락원칙에 위배되면 그 충격을 감소하기 위해 노력하게 된다. 즉, 우리가 어떤 위협에 직면하게 되면 희극적인 방법에 의해 그것을 멸시, 조롱함으로써 그 위협을 경감, 완화시키려 한다는 것이다. 이러한 상황 속에서 인간은 정서적 충격으로부터 스스로를 보호하려는 '방어적 웃음'을 띠게 된다는 것이다.

③의 시는 화자의 내면의 사랑 고백이 자기방어적인 "꿈"의 형식으로 드러나는 작품이다. 이러한 자기방어는 결국 "마지막 웃음"과 "말그레한 웃음"이라는 생명을 점점 잃어가는 자조적인 형태로 나타난다. 따라서 화자는 결구에서 "나의 사랑은/밤에도 등을 펴지 못한다."라고 고백하고 있는 것이다.

하이데거는 '공포'에 대해서는 '덮친다ueberfaellt'는 표현을 사용하지만

133) P. 톰슨, 김영무 역, 『그로테스크』, 서울대학교출판부, 1986, p.74.

'불안'에 대해서는 '일어난다erhebtsich/aufsteigen'는 표현[134]을 사용한다. 이것은 '불안'이 싹터오는 방식이 '과거'로부터 발생하여, '미래'와 '현재'를 지배하게 되는 것을 의미한다. 또한 그것은 '불안'이 이미 과거부터 내재되어 있음을 의미한다. 인간에게 부과된 중요한 과제 중 하나는 우리를 둘러싼 '불안'을 어떻게 처리하는가에 있다. 그러므로 인간은 현실적인 문제 해결 방법을 택해 위험을 극복하려 하거나 현실을 부정하고 날조하고 왜곡하며 인격의 발달을 방해하는 방법을 사용하여 '불안'을 줄이려 한다. 후자의 방법을 '방어 메커니즘'[135]이라 한다. 인간은 이 근원적 불안 앞에서 도피하지 않고 맞서 싸울 수밖에 없는 실존에 처하게 되는데, 이 '불안'의 근원을 추적하는 것, 즉 행동으로 전환되는 '불안'을 하이데거는 '불안에의 용기'라고 규정한다. 결론적으로 고석규 시에 나타나는 '방어적 웃음'은 이성의 힘으로는 견뎌내기 힘든 '죽음'과 '공포'의 현실 앞에서 '현실적 불안'으로부터 자기 자신을 방어하기 위한 전략적인 '웃음'으로 형상화되고 있다.

> ①흐린 날이나 비오는 날이면 정신의 책무가 많이 쌓인다. 한계 밖에서 보지 못하는 눈으로 서로 겨누어 보자. 그러면 우리는 쓴 웃음이 들리라. 쓴 웃음이……[136]

> ②십자가를 세운다//(……)쇠사슬도 없이 끌려온 너는/차라리 죄가 없다//끝까지 남루한 웃음은/혼백이 자꾸 멀어가는 탓인가//
>
> —「집행장」 부분

> ③하아얀/그야말로 허찮은 웃음을 짓는 것이었다//생명의 구도는/난데없는 바람에 휩싸여/나에게서 떠나버려도//(……)저무는 불같은 이 얼굴이/다시 웃지도 않을 것이었다.
>
> —「여제餘題」 부분

---

134) M. 하이데거, 앞의 책, p.197-198.
135) C. S. 홀, 앞의 책, p.103.
136) 고석규, 「청동일기Ⅱ」, 앞의 책, p.305.

④이 환한 어둠 속에/말없이 웃는 얼굴이 피어난다(……)//가슴도 메여오는 서글픈 황내에/벙어리처럼 귀를 열어/(……)쑥처럼 취한 나를 떠나게 하여다오//눈물에 찍힌 옳고 피나는 것이/내 입김에 한없이 날아오는/밤은 간다.

—「동방洞房」 부분

⑤하얗게 흐르는 등마루에/이제는 푸른 입 자국 남은 여자들/(……)/주저앉는 밤이여//갈갈이 찢어진 옷잎을 고르면/(……)/흐늘지는 검푸른 바닷물이 새어/(……)/습성을 배우는 가난의 웃음들

—「파화破話」 부분

(※밑줄 필자 강조)

①의 글과 ②의 시에 나타나는 "쓴웃음"과 "남루한 웃음"은 화자의 불안한 실존에 대한 허무감을 표출한다. 이러한 인식으로 인해 화자는 "정신의 책무"를 돌보지 못하는 상태, 즉 십자가와 쇠사슬을 이끄는 혼백의 상태로 존재한다. 이러한 실존은 죽음충동을 더욱 증폭시킨다. 또한 ③과 ④의 시의 "허찮은 웃음"과 "말없이 웃는" '웃음'은 화자가 자기 자신을 하찮게 여기는 마음과 허무한 심리를 표출하기 위한 것이다. 이러한 화자의 불안은 "바람"과 "침묵" 속에서 혹은 저물어가는 노을을 불태우는 불의 "서글픈 황내"를 맡으면서 더욱 깊어진다. 그리고 그는 "벙어리"가 되어 "파아란 혼령의 불"인 공포의 "밤" 속으로 깊이 침잠한다. 이러한 침잠의 상황은 죽음의 한계상황이 점점 다가옴을 표출한다.

⑤의 시 「파화破話」에는 "밤에 사는 회죄부悔罪婦"라는 부제가 붙어 있다. 이는 '밤마다 죄를 회개하는 며느리'라는 뜻으로서, 이 시는 죄의식에 사로잡힌 화자의 내면 상태를 명확하게 드러낸다. 화자는 불안과 공포에 쫓기는 존재로서 밤의 골목길을 질주하고 있다. 옷은 찢어지고 가슴에는 불이 붙은 채 악몽 속을 달리는 그는 스스로 "검푸른 바닷물"에 뛰어들어 고기밥이 되고자 희망한다. 그러나 악몽은 그의 목숨을 질질 끌고 다닌다. "푸른 입 자국"과 "갈갈이 찢어진 옷잎", 그리고 "불에 타는 목숨"으로 전환되는 화자의 불안의식은 죽음의 악몽 속에서 '부조리의 웃음'으로

치환되어 나타난다. 이러한 현실 속에서 그가 할 수 있는 일이란 부조리를 그대로 받아들이는 일뿐이다. 따라서 그는 역설적이게도 "가난한 웃음"을 짓고 있는 것이다.

고석규는 「청동일기」 통해서 "광렬한 동정심과 아름다운 생명의 고선孤線에 침범하는 장애물을 거절하는 방어심 또한 나의 크나큰 의지"137)라고 말한 바 있다. 즉 전쟁의 '폭력'으로부터 비롯되는 정신적 장애물을 극복하기 위한 대처방식을 자기방어에서 찾고자 한다는 것이다. 이러한 고석규의 자기 방어적 의식에는 삶과 죽음이 뒤섞인 전쟁의 공포를 '웃음'이라는 역설적 방법으로 극복하고자 하는 인식이 깔려 있다. 결론적으로 고석규 시에 나타나는 '부조리의 웃음'은 현실과 조화를 이루지 못하는 부조화의 반응으로부터 비롯되는 '웃음'을 역설의 방식으로 형상화하고 있다. 이는 화자의 부조리한 인식을 적극적으로 드러낸다. 이와 같이 고석규 시에 나타나는 '웃음'의 이미지는 세 가지 층위로 구분할 수 있다. 그것은 '광적인 웃음', '방어적 웃음', '부조리의 웃음'이다.

다음으로, 고석규 시에 나타나는 '울음'의 이미지를 살펴보자.

> ①숨을 끊으오//(……)우리들 미래에/눈물 어린 피솜을 놓으시오//아아, 간절한 나무의/향내를 맡으오//멀리 불붙는 울음 속에/나와 당신이 함께 쫓는다
>
> —「야원夜原·2」 부분

> ②텅 빈 하늘 아래/(……)//내가 걸음을 놓아보는 날/내가 타는 노을에 다시 서는 날//거친 세월에 목 놓아 울어/눈먼 희망처럼 불러볼거나.
>
> —「고향산」 부분

> ③벌판에 흰 눈이 내리고/벌판에 헤어진 목소리 가고/봉우리는/찬 울음에 그대로 얼었다//(……)소리 없는 밤 뜰의 울음을 삼키며

137) 고석규, 「청동일기 II」, 앞의 책, p.308.

/(……)/임자의 엷은 눈이 살아서 오는고여.

—「영羚」 부분

(※밑줄 필자 강조)

①의 시의 "불붙는 울음"과 ②의 시의 "목 놓아 울어" ③의 시의 "찬 울음"은 화자의 불안과 고통을 암시하는 은유이다. 특히 ②의 시는 화자가 고향을 그리워하며 고향의 성천강과 황초령을 떠올리는 정황으로 이루어져 있다. 공포와 불안에 고통스러워하던 화자는 남북분단이 고착화되면서 그 고통의 깊이가 더욱 깊어져 간다. "벌판"처럼 텅 빈 그의 마음 속엔 오로지 고향의 어머니와 연인인 영怜만이 존재할 뿐이다. 현실과 희망의 괴리는 그를 "목 놓아 울"게 한다. 그리고 이 '울음'은 벌판을 지나 성천강을 거쳐 고향의 황초령에 가닿는 흰 눈발로 전이되어, 화자의 부정적 내면상태와 그 상태를 벗어나기 위한 간절한 울림으로 그의 내면으로부터 토해져 나온다. 이러한 상태는 고통으로부터 비롯되는 자학과 그 자학에서 빠져나오려는 희망의 심리적 충돌을 일으키면서 화자를 더욱 고통스럽게 만든다. 이처럼 고석규 시에 나타나는 '고통의 울음'은 주로 시·청각적인 형상으로 나타난다. 그 형상의 기법은 대립적이고 역설적인 형상화를 근원으로 하고 있다.

①나무는 가시발처럼/그늘에 솟아 있고//하늘 속에 멎어가는/나무의 또 하나 여백을 울음 우는/네 애연한 소리만이 가늘다//나무와 너/피도 없이 봄을 기다리는 지극한 설움이/나에겐 자꾸 보이는 것이다

—「2월」 부분

②둥그런 과수밭 속 꽃나무 아래/당신이 어두운 상처로 서 있소//(……)수없이 스쳐간 무수한 새와/새들의 울음을 생각하는 것이오//(……)나무가 되면 흐느껴 올 누구를/당신은 또 기다릴 것이오

—「전망」 부분

(※밑줄 필자 강조)

①의 시 「2월」과 ②의 시 「전망」은 제목에서부터 '자기방어'적이고 희망적인 미래를 제시하는 듯 한 암시를 드러낸다. ①의 시의 "여백을 울음 우는" '울음'과 ②의 시의 "흐느껴" 우는 '울음'은 "여백"과 '흐느끼다'라는 시어가 암시하듯이 텅 비었으면서 동시에 꽉 찬 듯 한 화자의 이중적 심리 상태를 드러낸다. 이러한 양가적 '울음'의 변주는 화자의 고통의 정도와 불안의 수위를 짐작케 해주며 동시에 이러한 정조로부터 벗어나고자 하는 화자의 자기 방어적 의지를 표출한다. 또한 위의 시들에서 나타나는 직유와 은유는 화자가 처한 현실의 불안감을 드러낸다. 그리고 "여백"→"봄"→"무수한 새"→"높은 나무"로 치환되는 화자의 주체성을 상징적 이미지로 작동하게 하는 작용을 한다. 결국 이러한 '방어적 울음'은 "나무", "새", "꽃" 등 타자의 형상으로 병치되어 표출되며, 이는 화자의 '공포'와 '불안'을 타자에게로 전이하고자 하는 자기 방어적 기법이라 할 수 있다.

> 우리네 향수는/마른 땅에 바람처럼 날려//(……)예진 날 밝은 빛이 서로 반가워/부여안고 울어볼
>
> —「우리네 향수」 부분
>
> (※밑줄 필자 강조)

위의 시는 '향수鄕愁'에 시달리는 화자의 고립과 소외감이 절정에 달한 상태에서 자기를 방기하듯이 터뜨리는 '울음', 즉 '카타르시스의 울음'을 통해 고립과 소외의 정조를 해소하고자 하는 의지가 드러나는 작품이다. 그러나 이 시에서의 '카타르시스'는 소외나 고립을 완전히 해소해 주는 작용을 하는 것이 아니라 화자의 극한의 고통을 한순간이나마 잊게 해주는 역할을 할 뿐이다. 특이한 점은 이러한 자기 위안의 '울음'이 촉각적인 감각작용을 통하여 행해지고 있다는 점이다. 이는 고향의 어머니와 연인을 만날 수조차 없는 현실임에도 불구하고 환상으로나마 그러한 희망을 이루고자 하는 화자의 간절한 의지가 함축되어 있기 때문이다.

이처럼 인간은 '불안'을 느낄 때 자기 자신을 반성하게 되고 또한 세계내에 존재하는 자신의 역할을 자각하게 된다. '불안'은 인간에게 스스로

의 삶을 반추하게 하고, 과거의 반성적 인식을 바탕으로 하여 그로 하여금 글쓰기를 지속하도록 하는 추동력이 되어준다. 결국 고석규는 '불안'을 적극적으로 수용하여 그 불안을 통해서 무한한 가능성을 지닌 본래적인 자기 자신에게로 다가갈 수 있게 되는 것이다. 이러한 '불안의 수용'을 하이데거는 '무無의 수용'이라고 규정한다. 여기서 '무無'란 '죽음의 종말'을 의미하는 것이 아니라 죽음을 자각하면서 회복하게 되는 삶의 가능성을 의미한다. 고석규 시에 나타나는 '울음'은 화자로 하여금 '실존'에 대한 진지한 물음을 던지게 한다. 따라서 '울음'은 그에게 하나의 가능성이며 자유이고 반항이라고 할 수 있다. 인간의 '실존'이 "존재자를 존재하게 하는 것"이고 '존재자를 있게 하는 것'이라면, '울음'은 그를 존재하게 하면서 동시에 그 스스로가 자기 자신에게 간여하는 것이라고 할 수 있다. 그러므로 '울음'은 '자유'를 향한 하나의 가능성으로서의 '던짐'의 행위라고 할 수 있다. 결론적으로 고석규 시에 나타나는 '울음'의 이미지는 세 가지 층위로 구분할 수 있다. '고통의 울음'과 '방어적 울음', 그리고 '카타르시스의 울음'이 그것이다.

마지막으로 고석규 시에 나타나는 '웃음'과 '울음'이 뒤섞인 이미지를 살펴보자.

> ①가늘게 맺힌 피주름과/부서진 그늘의 웃음조각/(……)/그대는 어이하여 나를 부르는 것이오/나를 바라보다 우는 것이오/나에게 맡겨오는 것이오//(……)그대는 어이하여 나에게 목마른 것이오
>
> —「그대는 무엇이오」 부분

> ②환한 얼굴을 취기에 아득거리는 피가 돈다 그것은 가만히 흔들리는 웃음과 같은 것이다//(……)그것은 또 바알간 모두에 비쳐선 얼굴들의 씻을 수 없는 눈물이었다 괴로운 괴로운 울음이었다//나는 가슴의 창척創刺을 느꼈다(……)내 척수脊髓에 개운거리며 흐르는 희열을 돌아다보았다//(……)너는 높은 바다로 쫓아가고
>
> —「대화」 부분

③독毒빛이 흐르는 달밤(……)//네가 웃어주는 거울 앞에서/나는 연鉛빛 울음의 옷을 벗는다.//(……)목을 베어 담은/살로메의 피 묻은 반盤//아아, 너와 나는 바람 같은/바람의 춤을 춘다.

—「반盤」 부분

④통곡을 위하여/벽은 불빛을 막는다//바람이 휘몰아가는 언덕 위에/머리를 젖힌대로/젊은 누가 나를 부르는 듯//벽에는 그림자의 소리가/그대로 숨고//불빛에 쌓인 웃음

—「규문糾問」 부분

⑤짐승의 피가 어지러운/나의 얼굴에/계절의 향기가 수런거린다//까실한 웃음이/거품 짓는 바다//(……)검은 아픔에 우는 소리/먼 소리가//내 귀에 들리지 않는다

—「하늘」 부분

⑥돌아보아도 빈 얼굴/당신은/추운 눈물을 흘리시는구려//저기 서 있는 나무들은/모두 언 그림자요/내가 모르는 신이요//당신이/벙어리처럼 또 웃으시는구려

—「십일월」 부분

⑦바람이 흠산하여/웃음들/사랑들 흔들리고//주저앉는 어둠 속/새파란 반딧불 뛰는데//목숨을 가져오는/서역의 마른 산에//나의 찬란한/눈물이 번지며

—「화문花紋」 부분

⑧지옥으로 떠맡기며 서러워 아끼는 웃음 속의 이빨은 곱게 희었는데,//(……)내 허벅살에 보이지 않는 피며 넝마의 깃을 꾸며 보는 내 수척한 동작이 사실은 어둠 속에서 우는 것이었다//(……)기총소사와 시한폭탄의 진동이었을 뿐//(……)가늘어 취한 눈을 내게로 열던 너의 선한 눈빛!(……)문득 시들어 웃었다

—「1950년」 부분

(※밑줄 필자 강조)

①~⑦의 시에 나타나는 '웃음'과 '울음'의 뒤섞임은 화자의 '불안'과 '절망'의 정황을 명징하게 보여준다. "흔들리는 웃음/괴로운 울음"의 대조적인 묘사는 화자의 '웃음'과 '울음'의 양가적 내면상태를 드러내며 이는 '역설'과 '아이러니'의 정점을 보여주기 때문이다. 이러한 웃음과 울음의 뒤섞임의 효과는 '웃음'과 '분노'가 동시에 똑같은 힘으로 나타나는 반응을 이끌어내려는 고석규의 시 의식에서 비롯된다고 할 수 있다.

⑧의 시에서, 화자의 전우는 전쟁이라는 부조리한 현실 속에서 누런 액체를 흘리며 죽어 가고 있다. 이러한 상황 속에서 그는 "시든 웃음"을 흘린다. 이 '웃음'은 짐승 같은 현실 속에서 짐승이 다 된, 살아 있는 자의 허망한 웃음이고, 조소의 웃음, '부조리'의 웃음이며 '공포'의 웃음인 것이다. 바흐친이 말하는 '웃음'은 축제의 웃음을 의미하며 과장과 해학을 통해서 주어진 현실을 전복하려는 성격이 강하지만, 이 시에서의 '웃음'은 불안하고 섬뜩한 이미지 그 자체이다. 또한 일그러진 이미지들과 시각적·청각적 이미지들은 시 곳곳에 산포되어 있어 마치 사방으로 파편이 튀고 피 묻은 살점이 곳곳에 흩어지는 전장에 있는 듯 한 인상을 심어준다.[138] 산 자와 죽은 자가 공존하는 전쟁의 현실은 "유황불/하얀 이빨", "웃음/울음", "피/ 비"의 대립적인 이미지들로 형상화되며, 이러한 이미지는 전쟁의 참상을 적극적으로 표출하고 있기 때문이다.

위에서 살펴본 바와 같이 '웃음'과 '울음'의 양가적 이미지는 고석규가 전쟁과 분단현실, 그리고 공포와 죽음의 간접체험을 하면서 느끼게 된 '광기'와 '부조리'를 '자기 방어'적 기제로 차용하여 그것을 해소하고자 하는 시적 장치이다. 이러한 해소의 과정을 통해 그는 '고통'과 '카타르시스'의 정서를 시 작품 속에 내면화하고 있다. 결론적으로 고석규 시에 나타나는 '불안'은 외부 세계 즉 전쟁의 위험을 체험하면서 생기는 고통의 정조에 해당된다. 전쟁에 대한 '불안'은 '충격'과 '공포'를 유발하는데, 고석규는 이러한 정조들에 압도당하게 되고, 이러한 극한의 '불안' 속에서 세

138) 졸고, 「고석규 시의 고향상실의식 연구」, 『한국문예창작』 33호, 한국문예창작학회, 2015, p.16.

계의 모든 것은 순식간에 무의미해지며 일상성은 해체된다. 또한 미래에 대한 가능성 또한 기대할 수 없게 되고 어떠한 기대도 품을 수 없게 된다.

3) 죽음의 유한성에 대한 허무의식과 자기소외

인간은 살아가는 순간순간마다 '불안'을 느낀다. 그리고 매순간 자신의 존재에 대해 물음을 던진다. 이 물음은 자신의 존재 이해에 대한 물음이며, '왜 사느냐'에 대한 물음이다. 그리고 그는 '죽음'이라는 인간의 유한성에 대해 알고자 한다. 죽음으로 내던져진 자신의 '실존'에 대해 관심을 집중시킨다. 그리고 죽음을 자각하는 순간 그는 '죽음'의 적극적 수용이라는 결단을 내린다. 그리고 죽음이 다가오기 전에 자신의 본래적인 존재 가능성을 찾아 나서게 된다. 이처럼 '죽음'은 유한자인 인간으로 하여금 '불안'을 야기하기도 하지만, 반면 인간의 본래적 가능성을 찾도록 하기도 한다. '죽음'은 인간 존재의 유한성의 극한을 의미하며, 거부할 수도 피할 수도 없는 필연적인 것이며, 인간 존재가 시간성에 의해 규정되는 존재임을 깨닫게 하기 때문이다. 따라서 인간은 시간성을 바탕으로 하여 죽음이라는 한계성을 향해 살아가고 있는 것이다. '죽음'은 하나의 '한계상황'으로서의 삶의 마지막 현실이지만, 그것은 또 다른 의미에서 인간을 자신의 본래적 가능성을 향해 자신의 몸을 던지게 하는 동력이 되기 때문이다.

서구에서는 제1차 세계대전 이후 파시즘이 확산되었고, 부르주아 계급의 분열로 인하여 근대적 민주주의가 위기에 봉착하였다. 이에 따라 서구의 문학인들은 그 문학적 기반을 상실하고 말았다. 그들은 소외된 자신을 의식하고 '허무'의 심연을 들여다보게 되었다. 그들은 '이방인'으로 살아가며 자신의 존재의 근거를 찾기[139] 시작한 것이었다. 또한 니체는 유럽 사회, 즉 서구사회의 정신적 영역을 지배하고 있던 기독교 사상에 대한 비판과 부정을 통해서 새로운 정신적 각성을 촉구하였다. 유럽 사회는 기

---

139) 전기철, 앞의 책, p.27.

독교의 가치관에 의해 지배되어 왔으므로, 시민들은 종교적 권력과 억압으로부터 자유로워지기를 원했기 때문이다. 따라서 니체가 신神을 부정하고 비판하는 것은 기독교 문명을 비판하는 것이며, 또한 지금까지 인간의 이성을 지배했던 기존의 가치를 전면적으로 부정하는 것이었다. 더 나아가 니체가 비판한 신의 개념은 기독교에서의 신뿐만 아니라, 이원론과 목적론의 세계를 지배했던 형이상학적, 도덕적 가치의 세계를 의미한다. '신은 죽었다'라는 선포는 플라톤 이래로 이어져 내려오던 형이상학적 가치 세계를 거부하고 새로운 세계관과 가치관을 구축하려는 하나의 해체의 작업[140]이었던 것이다. 그러므로 '신의 죽음'과 같은 극단적인 '부정'은 바로 '허무의식'으로 가기 위한 도정 중의 하나[141]라고 말할 수 있다. 따라서 니체의 사상에는 인간이 믿고 따르던 허구 세계의 무너짐을 통하여 몰락의 길을 걸을 수밖에 없게 된 '허무의식'이 그 밑바탕에 깊이 깔려 있다.

> 예술에 있어서 이중성 또 하나의 육적 시간의 계량은 선천적인 양식이다. 이 양식은 죽음의 상상이며 그 경험이다. 죽음이란 삶의 유일한 양식이다. 예술작품의 감동은 죽음의 감동인 까닭에 그렇게 치열한 것이다. 그러한 죽음의 감동은 허무라는 것이다. 파괴라는 것이다.
>
> 창조는 자연으로 하여금 자기 출생을 의심케 하는 한 방법이다.[142]

위의 글에서 고석규는 '예술'과 '죽음'의 친연성에 대하여 이야기 하고 있다. 고석규는, '예술'은 예술가의 정신의 표상이면서 동시에 인간이 육체적 시간의 총량을 선천적으로 가지고 있는 삶의 양식이라고 말한다. 그

---

140) 이서규, 「신의 죽음과 허무주의 그리고 위버멘쉬」, 「니체연구」제8집, 『한국니체학회』, 2005, p.43-44.

141) 이재훈, 「한국 현대시의 허무의식 연구—유치환, 박인환, 이형기, 강은교를 중심으로」, 중앙대학교 박사학위논문, 2007, p.78.

142) 고석규, 「청동일기 II」, 앞의 책, p.303.

리고 예술의 양식은 죽음을 상상하는 것이며, 죽음을 경험하는 것이라고 말한다. 즉 예술은 예술가의 유한한 시간의 총량을 바탕으로 하여 죽음이라는 완성으로 완결 짓게 된다는 것이다. 따라서 그에게 "예술"의 감동은 바로 "죽음"의 감동이라고 말할 수 있다. 이러한 죽음을 바탕으로 한 예술은 치열함을 동반할 수밖에 없다. 이 치열성은 죽음과 동일한 것으로서, 그 바탕에는 '허무'가 깔리지 않으면 안 된다는 것이다. 그리고 이 허무는 파괴를 동반해야만 완전한 죽음의 감동을 주는 예술이 될 수 있다는 것이다. 이러한 죽음의 감동, 죽음의 예술은 자연의 창조마저 의심하게 하는 것이 되어야만 한다는 것이다.

하이데거가 말했듯이, 죽음은 '언제나 나의 것'[143]이다. 주체가 죽음을 사색한다는 것은 하나의 실존적 행위이다. 그러므로 이러한 행위는 동시에 죽음을 사색함으로써 모든 삶이 근본적으로 변한다는 것[144]을 의미한다. 여기서 '나의 것'이라는 의미는 육체를 지닌 '나'의 모든 것을 말한다. 죽음을 사색한다는 것은 자신의 육체의 유한성을 사색하는 것이며, 전쟁은 이러한 죽음의 사색, 육체의 유한성에 대한 사색을 끊임없이 촉발시킨다. 전쟁은 인간 문명이 생산한 죽음의 양식이고, 죽음은 예술작품의 감동을 이끌어내는 감동의 양식이다. 그런 까닭에 이 둘은 치열성을 담보로 하여 "허무"와 '절망'과 "파괴"라는 새로운 창조의 양식을 재생산한다. 이러한 창조는 비자연적이고 폭력적인 것이므로, 인간은 끝없이 회의懷疑에 빠지게 되고, 이러한 회의는 부조리하고 불행한 인간을 탄생시킨다.

허무주의는 신이나 영혼 혹은 이성으로 대표되는 진리와 합리성을 공격한다. 허무주의는 인간 이성의 죽음을 의미한다. 그 죽음은 바로 니체가 말한 '신의 죽음'을 의미한다. 신이 죽은 후 인간에게는 더 이상 의지할 곳도 보살펴 줄 절대자도 존재하지 않게 되었기 때문이다. 전쟁으로 인하여 삶의 바탕과 근원을 상실한 상황에서 인간은 휴머니즘의 부재와 타자에 대한 부정, 또한 전쟁으로 인한 존재의 가능성마저 상실하고 만다. 니체가 발견한 '신의 죽음'의 본질은 바로 허무, 그 자체였다. 허무주

143) M. 하이데거, 앞의 책, p.240.
144) O. F. 블로우, 앞의 책, p.124.

의는 신이 죽고 진리와 이성이 거부되는 상황을 발생시키는데, 이때 인간에게는 하나의 기회가 도래한다. 그것은 전통적으로 이어져 내려온 기존의 문화와 예술의 규범을 거부하는 것이다. 이러한 거부를 통해 인간은 새로운 가능성으로서의 던짐의 행위를 감행할 수 있게 되기 때문이다. 그러나 이러한 던짐의 행위가 가능하지 못할 경우 그는 허무의 주체로 고착화 된다.

> 나는 무엇을 생각하였노
> 나는 땅을 바라보고
> 동그라미 그렸지
>
> 밤에 밀실로 찾아가
> 내가 웃지도 울지도 못한 기적은
> 나의 사랑과 죽음에
> 똑같이 서명한 기억
>
> 나는 무엇을 비망備忘하노
> 나는 아무래도 현명한 배경에서
> 죽기를 바라는 일뿐.
>
> —「허무虛無」 전문

이 시의 서사적 구조는 '땅을 바라봄'→'동그라미를 그림'→'밀실로 찾아감'→'사랑과 죽음의 기억을 떠올림'→'죽기를 바람'의 구조로 이루어져 있다. 이러한 서사적 흐름은 시간의 흐름인 '낮'→'밤'과 화자의 내면의식의 흐름인 '밀실'→'죽기를 바람'의 동일시의 과정을 보여준다. 여기서 "땅"과 "동그라미"의 세계는 희망과 긍정의 세계를 상징한다. 그리고 "사랑과 죽음에 서명한 기억"은 전쟁을 통해 사랑을 잃고 그 상실감이 상징적인 죽음으로 화자의 내면에 내면화된 것을 비유한다. 또한 "밀실"은 화자의 희망의 상실, 긍정에 대한 부정으로 인한 화자의 내면의 허무와 유폐의식을 상징하며, "현명한 배경에서 죽기를 바라는" 화자의 심리에는 전쟁에서 타자의 죽음을 통해 체험한 죽음의 유한성을 현명하게 받아들여 죽음으로부터 도피하지 않겠다는 화자의 의지가 깃들어 있다. 그럼에도 불구하고 화자는 결구에서 죽기만을 바라고 있다고 진술하고 있다. 이러한 진술 속에는 "나는 무엇을 생각하였노"라는 물음에 대한 답을 구할 수 없다는 인식과 전쟁과 죽음의 불안으로 인한 화자의 허무한 인식이 그 바탕에 깔려 있다.

고석규에게 있어서 '불안'은 본래 그의 내면에 내재해 있던 것이었지만, 전쟁을 통한 죽음의 간접체험과 인간의 폭력성과 휴머니즘의 상실감을 느끼면서 '공포'와 함께 그에게 덮쳐온 현실적인 '기분'이다. 전쟁은 인간의 힘으로는 감당할 수도 평정할 수도 없는 사태이기 때문에 고석규는 타자들의 죽음을 목격하면서 홀로 살아남은 자신을 고립된 하나의 단독자로 인식한다. 이러한 인식은 그에게 '죽음'은 타자의 것이며, 자신의 '죽음'은 오직 자신 혼자만의 가능성이라는 사실을 깨닫게 한다. 이러한 깨달음은 자신이 살아 있는 동안에는 항상 '죽음'에 직면할 수밖에 없다는 존재에 대한 이해를 불러일으킨다. 이러한 자신의 존재와 죽음에 대한 이해는 존재의 가능성으로의 던짐의 행위로 나아가지 못하고, 그의 내면세계로 침투하여 그는 고독 속에서 '허무'를 절감하게 되는 것이다.

> "행복에 접한다는 것은 어리석은 일이요 전형적인 허무를 의미한다."
> 패배한 성격의 시대에서 바랄 수 있는 것은 그들이 파멸의 역경까지 얼마나 진지하였는가의 정당한 이야기밖엔 있을 수 없다.
> 가난한 사상의 의상衣裳을 덮고 울부짖고 있었다는 비수에 까다로운 심리를 여지없이 표현하는 것이다.
> 우리는 시대의 온갖 연제演題와 뭇 성격은 니힐(nihil)에 아직도 위요되고 있다.
> 친애를 느끼는 이름의 본질은 역시 방불하며 형용 없는 독백의 세계에로 병존케 되는 것이다.[145]

전후에 고석규가 느끼는 허무의식은 전쟁의 공포와 죽음의 유한성을

145) 고석규, 「청동일기 I」, 앞의 책, p.38.

절감하게 된 "패배한" 시대에 대한 자각이다. 이 패배한 시대에는 행복도 허무이고 사랑도 허무이며, 자신의 정체성을 의미하는 "이름"도 무의미하게 다가온다. 그에게는 다만 허무만이 위로가 되어줄 뿐이다. 따라서 그는 단독자로서, "독백의 세계" 속에 스스로를 가둔다. 이처럼 전쟁에서의 '죽음' 체험은 죽음의 유한성이라는 또 다른 불안을 그의 내면에 자리잡게 하고, 그러한 의식은 일상 속에서 문득문득 그를 불러일으켜 세우고 그를 허물어뜨리고, 자신의 존재 이유마저 망각하게 하는 근본적 원인이 되고 있다. 이처럼 허무주의는 인간에 대한 믿음과 진리, 그리고 휴머니즘이 상실되고 완전히 붕괴되었을 때 발생한다.

허무주의란 다른 말로 '비관주의' 혹은 '염세주의'로 일컬어지기도 한다. 허무주의의 어원인 라틴어 니힐nihil은 '무無'를 의미하기도 한다. 이 허무의 의미는 고석규에게 있어서 삶의 존재성을 잃은 상태, 세상에서 자신의 존재 가치를 발견할 수 없는 상태, 어떠한 성찰도 일어나지 않는 정신적 체념 상태를 가리킨다고 볼 수 있다.

> 이렇게 공허만 바라볼 뉘우침이 멎지 않고 일어났다.
>
> 빈 것은 차라리 죽음이다. 자욕自辱에 울고 싶은 순간의 심정은 아무것이나 저지를 수 있는 것이라 본다.
>
> 나를 비게 하는 것은 나의 장난이며 나의 잘못인 것이다. 만약 외부와의 강렬한 거역에서 일어나는 감정이라면 죽음보다 뜨거운 열의를 품지 않을 수 없으니 말이다.
>
> 나는 무엇 때문에 나의 걸음을 서둘러야 할 필요에 당황하는 것이냐.
>
> 나는 왜 나의 생활을 고정시키거나 선택할 수 없는 것이냐. 수많은 내 생활의 진의가 어디서 은폐되어 나타나지 않은 것도 깨닫지 못하는 것이냐.
>
> 나를 비게 한 나의 장난은 또다시 내 생활의 둘레를 보이지 않도록 꾸며버렸다. 그리하여 나의 울적한 성벽이 위로만 흘러 넘어 어두워진…… 참 구슬프게도 멀어진…… 시와 또 다른 표정을 지은 것이었다.146)

위의 글에서 허무의식은 "자욕自辱"과 "나의 잘못" 등의 정신적 자학의 형태로 나타난다. 특히 "자욕自辱"이란 스스로를 욕되게 하는 것으로서, 스스로를 욕되게 하는 고석규의 이러한 심리는 자신의 생활과 자유를 선택할 수 없게 하고, 자신의 존재 이유를 깨닫지 못하게 하며, 자신의 삶을 둘러싼 타자를 돌아보지 못하게 한다. 이처럼 고석규의 허무의식은 자신의 존재 가능성을 잃고 자신의 주체성마저 잃은 상태로 나타난다. 그러나 인간이란 본래 세계 내에 홀로 존재하는 것이 아니라 항상 타자와 함께 공존하는 존재이다. 그러므로 타자의 존재는 매우 중요한 존재이다. 그러나 고석규는 이러한 타자에 대한 존재 이해마저 상실하고 홀로 고립된 "울적한 성벽"에 갇혀 그가 추구하고 지향하던 "시"와는 "또 다른 표정"의 글쓰기를 추구한다. 타자에 대한 신뢰를 부정하고 타자의 존재 자체를 거부하는 이러한 허무의식은 그로 하여금 자신의 허무한 내면의식과 세계와의 동일시를 꿈꾸게 한다. 이러한 동일시는 자신의 허무한 감정을 타자에게 전이시켜 세계내존재 전체를 허무의식으로 물들게 하는 것이다. 전후 시에 나타나는 허무의식은 이러한 욕망이 투영된 것으로서, 이는 자신이 세계와 단절되어 있음을 역설적으로 표출하는 것이다.

위에서 살펴본 바와 같이 '타자의 죽음'이 바로 '나의 죽음'이라는 인식은 고석규로 하여금 '허무'의 감정을 각인시켜주었다. 따라서 고석규의 허무의식은 전쟁체험으로 비롯된 '인간의 폭력성'과 '휴머니즘의 상실'로부터 발현된 인간의 '죽음'이라는 유한성에 대한 인식으로부터 비롯됨을 알 수 있다. 인간은 세계 내에 함께 공존하는 타자와 함께 세계내존재로서 세계에 존재한다. '실존'은 타자들과의 관계 속에서, 타자와의 신뢰와 관심 속에서 하나의 존재 가능성으로서 이루어진다. 그러나 한국 전쟁의 상황 속에서의 타자는 적군이면서 동족이고, 나의 형제이기도 하였다. 따라서 고석규는 전쟁을 하면서도 타자의 존재에 대한 혼란으로 세계내존재에 대한 '실존'에 의문을 품게 된다.

전쟁은 세계 내에 함께 존재하는 타자를 무력으로 지배하고자 하고 그

146) 고석규, 「청동일기 II」, 위의 책, p.305.

지배 수단으로 강력한 무기를 사용하여 무차별한 살육과 폭력을 감행하는 비이성적인 상황을 일으킨다. 인간은 전쟁으로 인하여 수많은 타자의 죽음을 간접체험하게 되고, 이 체험은 타자에 대한 극단적인 부정의식을 갖게 한다. 고석규는 이러한 전쟁 체험을 통해 무기력과 타자에 대한 불신감을 갖게 되며, 인간성에 대한 부정과 회의를 바탕으로 한 '허무'의식에 빠지게 된 것이다. 이러한 '허무'의 세계에서 선택할 수 있는 길은 사르트르가 주장한 '앙가주망'[147]을 지향하거나 혹은 도피하거나, 죽음에 이르는 길로 가는 수밖에 없다. 그러나 그는 이 선택의 갈림길에서 도피의 길을 선택한다. 그 도피는 바로 자기소외이다.

나의 복면覆面에는
피 묻은 구슬이 달렸다 하오

길은 오늘도 사람들 속으로
흘러드는데
그 누가 내 구슬을 탐내는 것이오

나를 이끌던 팔이 없소
먼 길에 휘젓는 그 팔을
나는 보지 못하고

땅으로 떨어진 구슬은 돌이 되어
그리고 나의 피는 검은 바람이 되오

이제 누가

---

147) 앙가주망은 '참여'라는 뜻이다. 이 의미는 단순한 참여를 의미하지 않는다. 앙가주망은 사회에 대한 적극적인 참여를 말한다. 앙가주망은 상황이 정의하는 가능한 것들 중에서 하나를 선택해야 한다는 필연성으로부터 비롯되는 것이며, 인간이 자기 고유의 상황에 대면해서 자신의 전적인 책임을 의식하고 그 상황을 변경하거나 유지 또는 고발하기 위하여 행동할 것을 결심하는 태도를 일컫는다. J. P. 사르트르, 『실존주의는 휴머니즘이다』, 참조.

내 복면을 끌러주는 것이오
나의 얼굴을 기다리는 것이오

—「길」 전문

이 시는 "복면覆面"이라는 모티프를 차용하여 자기소외의 현상을 구체화하고 있다. 첫 연에서 화자는 "나의 복면覆面에는/피 묻은 구슬이 달렸"다고 진술한다. 따라서 이 "복면"은 누군가가 화자에게 씌워줬다는 사실을 알게 된다. 그렇다면 왜 화자에게 "복면"을 씌웠을까 라는 의문이 재차 발생한다. 이러한 의문점을 해결하기 위해서는 이 시에서 의미하는 "복면"의 의미를 분석해야 한다.

이 시에서 "복면"은 원시 제의 때 쓰던 동물 가면이나 악마의 가면이 아니라 "나에게 사나운 탈을 가져다 준 피 칠한 공인"(「대화」)이 강제로 씌워준 것[148]이다. 이 "복면"은 화자 자신의 존재를 은폐하고 욕망을 은폐하는 역할을 한다. 화자는 이 복면을 통해서 세계로부터 소외되고 있다. 그것은 사람들의 눈을 피할 수 있게 해주고 자신을 감추어 주기 때문이다. 또한 화자는 이 탈을 벗어야만 자신의 존재의 본래성으로 돌아갈 수 있기 때문이다. 이 시에서 "밤"도 "공인"과 같은 '타자'로서 존재한다. 그러나 "밤"은 "공인"처럼 사악한 존재로 그려지지는 않는다. "밤"은 화자에게 과거의 "너"를 불러들이고, 아침이 오면 "수라기修羅旗"[149]를 몰아내 주기 때문이다.

그러므로 화자가 쓴 "복면"은 비극적인 현실을 은폐하기 위한 스스로의 전략이라고도 볼 수 있다. 그것은 타자에게 보여 진다는 점에서 '주체의 타자성', '욕망의 타자성'과도 동궤에 놓이기 때문이다. 이 시의 제목이 "길"인 이유가 바로 이 지점에서 밝혀진다. "길"은 타자와 뒤섞이는 지점이며, 타자와의 소통과 갈등의 지점이기도 하다. 또한 타자를 통해 주체를 발견하는 지점이기도 하며, 주체가 타자에게 발견되는 지점이기

148) 박슬기, 앞의 논문, p.26.

149) "수라기修羅旗"란 불교에서 일컫는 '아수라'로서, 얼굴이 셋이고 팔이 여섯인 싸움을 일삼는 무서운 귀신을 말한다. 이 귀신은 시적 주체의 "가슴의 창척創刺(찔러상처난)"을 만든 자로 파악된다.

도 하다. 그렇다면 "복면"은 누군가가 씌워준 것이 아니라 화자 자신이 스스로 썼다는 결론에 도달하게 된다. 자신의 팔을 보지 못하고 자신의 피가 검은 바람이 되고 있다는 화자의 의식의 흐름에서 알 수 있듯이 "복면"은 화자가 자신의 주체성을 감추기 위해 쓴 것이며, 그 이유는 짐승 같은 현실 속에서 짐승이 되어버린 자신의 얼굴을 타자에게 들키지 않기 위해서이다. 따라서 이 시에서 화자는 "복면"이라는 모티프를 차용하여 단독자로서의 소외의식을 드러내고 있는 것이다. 그러나 이 시의 마지막 연에서 "나의 얼굴을 기다리는" 화자의 인식은 현실의 얼굴을 부정하면서도 역설적으로 미래의 새로운 얼굴을 지향하는 자기부정과 미래에 대한 긍정의식을 이중적으로 내포한다. 고석규의 소외의식은 주로 타자와의 관계 속에서 발생한다. 타자는 그에게 공포의 존재이고 불안의 존재이기도 하지만, 다른 한편으로는 자기 자신을 은폐하는 또 하나의 자신이기도 하다.

이처럼 언어로의 진입, 문화로의 진입을 의미하는 상징계에서는 고통이 따른다. 주체는 자신의 주체성은 환원될 수 없는 것임을 느끼기 때문이다. 주체는 죽음을 의미하는 '혼자 있음' 때문에 절망을 느낀다. 자신을 타자와 동떨어진 독립체로 존재한다는 것을 통해서 그는 자신이 타자에 대해 무능한 존재임을 알게 되기 때문이다. 그의 곁에 더 이상 타자가 있어줄 수 없다는 것을 알게 되면서 주체는 잃어버린 자기 자신과의 합일을 끊임없이 추구한다. 그러나 주체가 거기서 만나는 것은 실재의 허무일 뿐[150]이다. 그 어떤 대상도 그의 빈 공간을 충족시켜 줄 수 없기 때문이다.

'실존'이란 인간 개개인의 주체적 존재 양식으로서, 주체는 반드시 어떠한 상황에 처하게 된다. 만일 그 상황이 극한의 한계 상황을 보일 때 그는 그 조건에 직면해서 그것을 도피할 것이 아니라 그것과 대결해야 함[151]을 인지한다. 따라서 진정한 '실존'은 사회적 조건으로부터 거리를 두는 것이 아니라 사회적 조건과 그것에 의한 인간소외의 문제를 우리들

150) P. 비트머, 홍준기・이승미 옮김, 『욕망의 전복』, 한울 아카데미, 2009, p.49-50.

151) 務台理作, 앞의 책, p.159-160.

자신이 떠맡아서 그것과 진지한 대결을 벌이는 것이다. 그러나 전쟁은 일상을 파괴하고 그 자리에 공포와 불안, 고통과 절망, 암담한 미래에의 전망 등을 대신 채워 넣음으로써 인간의 소외의식을 극대화[152]시킬 뿐이다. 니체가 『우상의 황혼』에서 주장하듯이, 결국 고석규의 자기소외 현상은 그로 하여금 현실 세계를 허구로 인식하게 만들고 분명한 세계마저도 해체된[153] 세계로 인식하게끔 만든다. 이러한 인식 속에는 월남越南으로 인한 고석규의 죄의식과 월남 이후 고향의 어머니와 연인을 그리워하는 의식 속에서 싹튼 향수鄕愁와 극심한 상실감이 내재되어 있기 때문이다.

---

152) 조영복, 앞의 책, p.239.
153) G. 바티모, 박상진 옮김, 『근대성의 종말』, 경성대출판부, 2003, p.285.

3. 불안과 자기소외로부터 전이된 죄의식의 세계

1) 남북분단과 실향으로 인한 상실감

'고향'은 인간의 탄생과 삶이 이루어지는 곳이고 죽음으로써 삶을 마무리하는 공간이다. 고향은 인간이 타자와 서로 소통하고 갈등하는 관계를 맺으면서 더불어 자연과 사물과 서로 뒤섞이는 공동체의 공간이다. 고향을 통해서 인간은 내면의 가치와 자기 정체성을 형성하며, 가족이라는 혈연관계 속에서 공동체의 유대감을 갖는다. 이 과정 속에서 인간은 언어와 관습과 전통을 배우고, 그것들을 타자와 함께 공유하며 사회화의 과정에 들어선다. 따라서 '고향'은 혈연적 동일성과 사회·문화적 동일성을 바탕으로 하는 융합과 통합의 세계이자 자기 정체성을 완성하는 세계라고 할 수 있다.

> ①누님! 오늘은 쌀쌀한 날이외다. 하늘이 이처럼 흐리고 해풍이 다사로운 것은 마음의 고향이 마른 울음을 우는 까닭이오. 이슥해 저무는 구름빛은 누님, 우리의 먼 약속과 같은 것이외다.

나는 저물어가는 나 자신의 마지막 몸부림을 이겨낼 수 있을까요. 창을 뚫고 나가려니…… 눈물을 흩뿌리며 그 창 밖에 휘어져 있는 나뭇가지에 매어달린 것이외다.

불어오는 지옥불의 바다로…… 나는 물고기처럼 괴로운 대로 헤어 빠지고 싶은 것이외다. 갇히어 있는 수인囚人의 마음을 누가 살필 수 있을까요. 누님![154]

② 1.
벌판에 흰 눈이 내리고
벌판에 헤어진 목소리 가고
봉우리는
찬 울음에 그대로 얼었다.

2.
구슬빛 하늘 아래 숨이 타는고여
소리 없는 밤 뜰의 울음을 삼키며
불꽃 일어 피는 환한 바람 속을
임자의 엷은 눈이 살아서 오는고여.

3.
불 속에 당신이 계시옵니다
마른 입술이 내에 타며 떨어져 옵니다
눈에는 바람 없는 슬픔만 재 덮이여
불 속에 계시던 당신은 어디로 갑니까

—「영羚」 전문

①의 글은 '고향'의 누나를 그리워하는 고석규의 일기의 한 부분이다. 이 글에서 고석규는 "눈물", "수인囚人"이라는 언어를 통해서 '누님'에 대한 그리움과 죄의식의 정조를 드러낸다. 특히 눈에 띄는 점은 자신을 "수인"으로 인식하는 고석규의 심리이다. 이러한 심리는 단순히 갇힌 자를

---

154) 고석규, 「청동일기 I」, 앞의 책, p.12.

비유하는 것이 아니라 내면마저 피폐해진 고석규의 극심한 소외의식을 비유한다. 당시 고석규는 임시수도 부산에서 살면서 전쟁으로 폐허가 된 절망적인 현실 상황과 실향민으로서의 소외의식으로 인해 많은 고통을 받고[155] 있었다. 1·4 후퇴로 인하여 많은 문학인들이 부산으로 몰려든 암담한 현실 속에서 문학은 사치에 불과했고, 이로 인해 문학적 열정과 이상, 그리고 현실과 괴리된 문학인들은 이중성의 모순을 노출시켰던[156] 것이다. 따라서 고석규도 당시의 암울한 문학적 현실과 고향을 잃은 상실감의 이중적 고통을 절감했을 것이다.

②의 시에서 1연은 화자가 '영羚'의 목소리를 기다리는 이미지를 구체화하고, 2연은 '영羚'을 환상으로 맞는 화자의 내면세계를 드러낸다. 3연에서는 "어디로 갑니까?"라는 물음과 "불 속에 당신이 계시옵니다"의 반복을 통한 그리움의 정황을 형상화하고 있다. 또한 이 시에 나타나는 감상적 어조와 시어들은 화자의 그리움의 정도가 얼마나 깊었는지를 알 수 있게 해준다. "벌판", "봉우리", "구슬 빛 하늘" 등의 자연이 "울음"으로 치환됨으로서 화자의 상실감을 극대화시켜 이 시의 아우라를 더욱 강조하기 때문이다. 눈에 띄는 점은 백석이 유년체험을 구체화할 때 주로 음식물에 대한 미각적·후각적 이미지를 통하여 유년시절의 기억을 명징하게 묘사한다면, 고석규의 시에서 고향에 대한 구체적인 체험은 드러나지 않으며, '어둠', '밤', '별', '행복' 등과 같은 추상어로 그리움이나 상실감을 드러낸다는 점이다. 그에게 '고향'은 전쟁과 이데올로기에 의하여 탈출할 수밖에 없는 곳이었고, "불꽃이 이내 꺼지는/숨 막힘 속에서/죽지 않고 눈 뜬"(「꿈」) "울음소리" 가득한 폐허의 공간[157]이기 때문이다.

> 지금은 따뜻한 집을 떠나 어느 산간 고가에서 탄식 체류함에
> 옷고름을 썩이고 계실 참다운 어머님의 쓰라린 모습이 어쩌면
> 앞을 가리우고 있습니까?

---

155) 박태일, 앞의 글, p.259.
156) 하상일, 앞의 논문, p.36.
157) 위의 논문, p.297.

한 성상 지나가도 돌아오지 않을 이 목숨이 남단우지南端隅地에 이처럼도 부질없이 애타고 있음을 아르시나이까.

주를 떠난 양떼와 같이 세상에서 제일 어질고 죄 없는 석수錫璲와 계숙季淑아! 눈을 뜨고 하늘을 바라보렴.158)

밤에 본 꿈에는 하얀 화원에 배경한 아버지가 더욱 젊어 뵈였다. 나는 그렇게 늙지 않을 나의 육친을 믿고 싶은 것이다. 밖에 선 비가 오고 있다. 봄비다.159)

먼저 앞의 글에서 고석규는 고향을 잃어버렸다는 그리움에 시달린다. 이 그리움은 고향에서 자식만을 학수고대하며 기다리는 어머니의 모습과 따뜻한 집에 대한 애달픈 정조로 더욱 깊어간다. 더불어 그의 혈육인 "석수"와 "계숙"의 존재마저 그의 상실감을 고조시킨다. 다음으로 두 번째의 글은 고석규가 부산의 한 후송병원에서 아버지를 만나기 전에 쓴 일기이다. 이 글에서도 고석규는 육친에 대한 그리움으로 고통스러워한다.

1950년 8월 18일 정부는 임시수도를 대구에서 부산으로 옮긴다. 피난민들은 부산으로 몰려들고 부산은 희망과 도피로서의 이중적 공간이 되어버린다. 이러한 현실 속에서 고석규는 고향을 그리워하며 고향을 잃은 상실감을 절감한다. 그래서 고석규에게 있어서 고향은 잠시 떠나온 상실의 공간을 넘어서 더 이상 갈 수도 없는 부재의 공간으로 자리 잡는다.160)

고석규의 시 속에는 유년시절이나 '어머니'에 대한 구체적인 체험이나 기억의 파편들이 나타나지 않는다. 오직 '어머니'나 '영羚'에 대한 그리움만 나타날 뿐이다. 이러한 이유에 대해 박태일은, "고석규가 일찍이 식민지 조선의 어린 노예로 자라면서 어찌 보면 삶의 처음에서부터 진정한 고향을 갖지 못한 세대에 든다고 보고, 고석규의 고향에 대한 그리움이 구체적 고향의 정황이나 유년 체험에 깃들지 못한 채 막연하게 '어머니'에

158) 고석규, 「청동일기 II」, 앞의 책, p.293.
159) 위의 책 p.273.
160) 하상일, 「1950년대 고석규 시 연구」, p.369

대한 호명에만 기대고 있는 것은 이러한 이유를 근거로 하고 있다"161)고 말한다. 그러나 다른 한편으로, 전쟁으로 인한 정신적 피폐함이 그에게 고향에 대한 구체적인 체험을 되살릴 만한 정신적인 여유를 갖기 못하게 했을 것이라 판단된다.

> ①이렇듯 북으로 뻗어가는 길섶에는 내 지난 생애의 부르짖음이 아쉰 순정으로 피어 와서 영羚을 부르는 애설핀 목청 가에는 이제도 저제도 흐르지 않는 정이 고인대로 남아 있다. 운명을 절단하고만 억울한 생존이 오늘은 그 얼음 속에 떨고 있는 영혼을 찾으려 하나, 영羚은 나를 보는가, 영은 나를 보는가.162)

> ②함흥 반룡 산에는 소나무가 거의 말라 죽었다 한다. 도시는 물론이려니와 산비탈 촌구석까지 집채라곤 눈에 띄지 않는다는 것이다. 먹지 못한 사람들이 소나무 껍데기와 칡뿌리를 가지고 연명한다는 것이다.
> 내가 살던 오붓한 고향 거리에 사람들이 기진에 지쳐 나자빠졌을 터인데 땅굴[土窟] 속에 누워 있는 여인들 어린아이들은 황달병과 부종 병에 신음하고 있다 하며 햇빛을 보지 못하고 공습을 피해 숨어 있는 그들에게 약초 한 무더기 캐어올 이웃과 친척을 갖기 못하게 되었을 터이니, 살아 있으나 죽어 있으나 말 없을 처참한 원시의 음향 없는 정경이 가슴을 굽이쳐 지난다.163)

> ③바람에 식은 하늘가
> 무너져간 노을 뒤에
> 고향산 등성이에 걸음 놓으면
>
> 뉘엿거리는 성천강
> 비단 얼굴 부비며
> 저녁이 서러워 그늘 아래 떠갔고

161) 박태일, 「전쟁 속에 얼어붙은 꽃봉오리」, 『고석규 문학전집 1』, p.260.
162) 고석규, 앞의 책, p.203.
163) 고석규, 「청동일기 II」, 앞의 책, p.123.

초사월 눈에 녹는
황초령 바라보는
눈자위가 옛말처럼 잠겼었다

문 안에서 잔뼈 굵은
나의 어느 젊은 날
흰 눈이 퍼붓는 칠흑한 밤에

어머니 방의 마지막 문을 닫고
낮은 발걸음이 쫓겨온 것을

한 줄기 피에 사는 아우들 얼려두고
입술을 깨물며 쫓겨온 것을

아, 꿈엔들 내가 잊지 않으이
목숨을 갈아도 잊지 않으이

—「고향산」 부분

①의 글은 영羚에 대한 그리움이 드러나는 일기로서, 이러한 그리움은 흐름을 멈춘 상태이거나 얼어붙은 얼음의 상태로 구체화된다. 이러한 얼음의 시적 형상화는 "북으로 뻗어가는 길섶"과 대립적인 이미지를 이루면서, "영羚은 나를 보는가"라는 반복적 물음을 더욱 절실하게 내재화한다. ②의 글은 자신의 고향인 함흥의 "소나무"가 말라 비틀어가는 비참한 현실과 "고향" 사람들이 "소나무 껍데기와 칡뿌리"로 연명하며 "황달병과 부종 병"에 신음하는 현실을 이야기하고 있다. 이 글에는 전쟁으로 인해 가난과 기아에 신음하는 고향 사람들에 대한 연민의 정조가 드러난다. 이처럼 고석규의 실향의식은 자신의 가족뿐만 아니라 고향사람들에 대한 사랑으로까지 나아가고 있다.

③의 시 「고향산」은 민족 분단과 실향의 상처를 강렬하게 드러내는 작품이다. "고향산"은 유년의 추억이 서린 곳이고, 모성성의 표상이다. 고

향의 풍경들은 "성천강"과 "황초령"으로 비유되고 있으며, 화자가 고향을 떠나온 것은 자신의 의지가 아니라 타의에 의한 것164)이었으므로, 화자의 월남 행은 "칠흑의 밤"과 "낮은 발걸음"으로 내면화되고 있다. 그러나 그의 귀향에 대한 희망은 결국 분단의 고착화로 실현되지 못한다. 또한 식고 무너져가고 얼려두고 잠겨가는 이미지로 치환되는 하강 이미지는 "칠흑"과 텅 비고 마른 눈, 거칠고 고통스러운 세월의 이미지로 전이되는 상실감과 뒤섞이면서 화자의 절망감과 실향의식을 더욱 구체화하고 있다.

> 눈 내리는 북녘을 떠나온 날에
> 색다른 모자 위의 흰 눈을 털었소
>
> 하늘을 받아먹는 검푸른 바닷물에
> 울면서 참방이는 갈매기 소리 듣고
>
> 뱃고동 울리어 고기 굽는 어촌에
> 어둠 치마폭 밤이 오며는
>
> 주막집 눈에 피는 한등寒燈 아래서
> 울면서 하직한 여자의 신세가 그립소.
>
> ―「떠나온 날」 전문

위의 시는 마지막 연의 "그립소"라는 술어를 그 지향점으로 두고 있는 작품이다. 1연에서 화자는 자신이 월남을 하던 날의 눈 내리던 북녘의 고향땅을 떠올린다. 1연 2행의 "색다른 모자"는 전쟁이 일어나고 밀려들어

164) 남송우의 글에 따르면, 고석규는 함흥의전 시험을 치르는 과정에서, 사상이 불온하여 자주 내무소에 불려다녔다는 생활기록부 기재사항 때문에 입학을 거부당했다. 평양사범대학교에 입학하지만 다시 집으로 되돌아오고, 문제인물로 지목되어 내무소로부터 쫓기는 신세가 되었다. 그 이유는 고석규가 공산주의 사상에 대한 근본적인 거부감 때문이었다. 고석규는 전쟁이 발발하자 곧 월남을 하였다. 남송우, 「짧은 삶과 미완의 시학」, p.215.

온 공산주의 사상을 이르는 것으로 파악된다. 2연은 다시 현실로 돌아와 화자의 현재의 상황을 묘사하고 있다. 검푸른 바닷물이 철썩이고 갈매기 소리를 듣고 있는 화자의 내면은 그리움에 가득 차 있는 듯 보인다. 이러한 그리움은 3연의 "뱃고동"소리에서 절정을 이룬다. 그리고 화자는 4연에서 자신의 외롭고 그리운 마음과 닮은 한등寒燈 아래에서 자신을 그리워하고 있을 고향의 연인의 신세를 안타까워하면서 그녀에 대한 그리움을 술로 달랜다. 특히 이 시의 결구 어미 "~소"는 간절한 고백체의 진술방식으로서, 떠난 자와 떠난 자를 그리워하는 '어머니'와 '연인'과의 재회의 가능성에 대한 희망을 드러낸다. 또한 "여자의 신세"라는 구절은 어머니와 연인, 그리고 자기 자신을 지시하면서, 동시에 이 세 존재는 모두 서로를 잃은 상실감에 대한 고통을 공유하고 있다는 공통점으로 묶인다. 그러므로 화자의 그리움은 "갈매기 소리"와 "뱃고동" 소리에 실려 어느덧 "눈 내리는 북녘"의 고향을 향해 발걸음을 내딛고 있는 것이다.

누구를 죽였던가

얼을 만지며 얼을 씹으며
거꾸러진 너희들

묘비가 꽃처럼
핀 하늘에

바람을 부르며
언덕을 거닐 때

아, 까풀처럼 남아야 할
형제의 피, 어머니의 피

헤엄칠 수 없는 노을에…….

—「고향」 전문

이 시에서 화자는 “누구를 죽였던가?”라는 의문으로부터 죽음과 존재에 대한 근원적 물음을 던지고 있다. 이 시의 서술방식은 의문문 뒤에 결구가 없이 시가 진행되고 있다는 점이다. 이러한 서술방식은 결론을 도출할 수 없는 화자의 암담한 현실을 암시하면서 동시에 고향으로 회귀하고자 하는 욕망이 끊임없이 되풀이 되고 있음을 드러낸다. 이러한 인식은, 전우의 죽음이 화자로 하여금 역설적으로 “형제의 피”와 “어머니의 피”를 떠올리게 하는 강렬한 삶의 충동으로 작용하였기 때문이다. 이 ‘피’는 혈육과 동족을 이어주는 ‘피’이므로, 화자는 더 깊은 상실감에 휩싸인다. 이러한 화자의 인식은 적을 죽여야 내가 살 수 있는 피의 사투이며, 이 사투는 역설적으로 고향으로 가기 위한 사투이며, 혈육의 정情을 다시금 끌어안고자 하는 필사의 사투[165]이다. 인간에게 ‘고향’이란 본질, 혹은 근원의 속성을 상징하며 그 본질은 자유이고, 모성이다. 그리고 그것은 절대적인 표상으로서 인간의 내면에 자리 잡고 있기 때문이다. 그러나 화자의 상실감은 “운다”라는 술어와 연동되면서 주체성을 잃고 끊임없이 방황하는 자기 정체성을 상실한 이미지로 표출된다. 따라서 고석규는 끊임없이 자신의 주체성을 찾고자 하지만 그 시도는 매번 실패하고 자아 정체성 상실의 시 의식을 반복적으로 표출한다.

모더니티는 발전의 원칙, 과학과 기술의 가능성, 이성 숭배, 그리고 자유의 관념 등 무엇보다도 인간 이성에 대한 굳은 믿음과 더불어 세계가 ‘탈신비화’되고 삶이 전반적으로 ‘합리화’되어 간다는 것[166]을 의미한다. 그러나 이러한 모더니티의 의미는 그 의미가 점차 인간 이성의 합리화보다는 파편적인 주체의 사라짐과 분열, 그리고 타자성으로 변화되어 왔다. 특히 벤야민의 ‘아우라’의 상실은 공간과 시간 속에서 파편화된 주체를 의미한다. 이는 지나간 과거의 삶 속에서 기억된 순간들 혹은 낯선 자아와 조우할 수밖에 없는 그런 주체의 자기 정체성 상실[167]을 의미한다.

---

165) 졸고, 앞의 논문, p.19.
166) 하상일, 「1950년대 고석규 비평의 근대성 연구」, p.336-337.
167) H. R. 야우스, 김경식 옮김, 『미적 현대와 그 이후』, 문학동네, 1999, p.125.

자기 멸망의 잔학한 비유를 다시 생각하며 나는 자리에 누웠다.

삶이란 상실함을 두려워하는 것이며 죽음이란 얻는 일[得]에 대하여 공갈하는 것이라 보아진다. 사람들은 얻는 일에 대하여 실상은 두려워하지 않았는데, 어쩌면 죽음 한마디에만 부르거던, 이런 습성을 철폐한다.168)

위의 글에서 고석규는 자기 멸망에 가까운 상실감에 고통스러워한다. 그에게 삶이란 잔학한 비유이며, 무언가를 상실하는 것을 두려워하는 것이다. 또한 그것은 삶으로부터 무언가를 얻을 수 있다는 가능성 자체를 빼앗기는 일이다. 따라서 그에게 죽음은 거짓과 같은 습성이고, 이러한 습성을 철폐함이 자신이 살 길이라고 여긴다. 그러므로 "누웠다/철폐한다"라는 술어는 세계에 대한 부정의식으로부터 비롯된 상실감을 드러낸다. 고석규의 "자기 멸망"이라는 상실감은 삶과 죽음 모두를 "상실"로 인식하는 것이다. 이러한 상실의식은 월남으로 인한 가족의 상실과 전쟁으로 인한 타자의 존재에 대한 상실로부터 비롯된 것이라고 할 수 있다. 따라서 고석규에게 있어서 인간 삶의 유한성으로서의 죽음은 지금까지의 "습성"을 철폐하는 것에 불과한 것이 되어버린다.

도라지 파아란
불빛 쪼이며
네가 운다

돌배암 시기하는
눈을 뜨고
흙마루 앞에서
하늘을 운다

지는 별 따오는

168) 고석규, 「청동일기 I」, 앞의 책, p.119.

꿈을 불러라

가슴을 빼앗긴
열일곱 여승아
실낱같은
바람에 썩이며
해는 져도
수상한 주부呪符를 안고
눈먼 네가 운다.

—「애곡哀曲」 전문

이 시는 "애곡哀曲"이라는 제목에서 암시하듯이 화자의 슬픈 삶을 형상화한 작품이다. 이 시의 화자는 "열일곱 여승"의 모습을 구체화하여 전쟁으로 고향을 잃은 상실감을 그 여승에게 투사하고 있다. 이 여인이 왜 열일곱에 여승이 되었는지는 구체적으로 드러나지 않지만 전체적인 문맥으로 볼 때 그녀는 전쟁의 상처로 눈이 멀게 된 깊은 상실의 트라우마를 품고 있음을 알 수 있다. 특히 1연과 3, 4연의 술어인 "운다"의 반복과 2연의 술어인 "불러라"는 여승과 동일시되는 화자의 내면상태를 더욱 구체화시켜 준다. 화자는 어둠을 통해 자신을 눈 먼 존재, 혹은 뱀이나 별과 같은 자연물의 존재로서 자각한다. "운다"라는 술어의 반복적 차용은 자기 정체성을 찾지 못하고 끊임없이 방황하는 화자의 부정적 인식을 구체화한다. 또한 "지는 별"로 비유되는 화자의 죽음의식은 마지막 연의 "눈먼 네가 운다"라는 시구와 결합하여 매번 실패하고 매번 주저앉고 마는 화자의 상실감을 반복적으로 보여준다. 그러므로 이 시의 제목이 왜 슬픈 노래가 되는지를 고석규는 반복적으로 증명하고 있는 것이다.

엷은 물모래 위에
가을은 가다

도란거리는 오동잎
마른 갈바람 타고

먼 구름의 딴 나라로
여인의 옷닢 지는 밤에

가을은 가고
연산에 불빛 어르노니

늙은 잠자리
고향은 저물어버려

아기차니 푸른 곳에
콩밭이 넓다

땅바람 스치고
노을 타는 저녁

엷은 물모래 어둠 속에
소리 없는 가을은 가다

차운 가을
이슬에 매운 가을이.

—「가을은 가다」 전문

이 시는 제목인 "가을은 가다"에 이 시의 주된 메시지가 내포되어 있는 작품이다. 일반적으로 '가을'이라는 계절이 상징하는 것은 '소멸'이다. 이 시에서 '소멸'의 이미지는 "여인의 옷닢 지는 밤", "고향은 저물어버려", "노을 타는 저녁" 등의 시구로 나타난다. 이 시는 전체 6연으로 구성되어 있지만, 문장을 종결하는 술어는 단 세 군데 밖에 존재하지 않는다. 그것도 "가을은 가다"라는 술어의 반복은 이 시의 주된 메시지를 반복적으로 나타내는 기능을 한다. 그러나 그보다 중요한 것은 이 소멸의 이미지가 이 시의 전체적 이미지를 장악하고 있음에도 불구하고 가을의 "콩밭"을 넓게 인식하는 화자의 심리상태이다. 여기서 "콩밭은 넓다"라는 의미는 두 가지 의미를 지닌다. 하나는 가을추수가 끝난 '텅 빈' 밭을 가리키며, 다른 하나는 그 '텅 빈' 상태를 풍요로운 상태로 느끼는 화자의 내면세계를 가리킨다. 이 시에서는 "콩밭은 넓다"라는 의미가 후자의 의미로 파악된다. 그 이유는 화자가 바라보는 "콩밭"이 "푸른 곳"에 위치해 있기 때문이며, 일반적으로 "푸른"이라는 색조가 주는 상징성이 욕망, 젊음, 유토피아를 상징하기 때문이기도 하다.

그러나 이 시를 더 자세히 살펴보면, "푸른 곳"이 지시하는 곳은 역설적으로 물모래와 오동잎, 갈바람과 다른 나라의 구름이 떠다니는 곳이고, 늙은 잠자리가 노을 타는 저녁을 비상하는 곳이다. 그 곳은 화자의 내면이 투사된 텅 빈 공간으로 제시된다. 그러므로 그 세계에는 '나'라는 주체는 존재하지 않으며, 죽음으로 상징되는 '텅 빈' 세계만 존재한다. 이러한 '텅 빈' 세계 내의 실존은 고석규의 상실감을 내재화함으로서 보다 명징하게 드러나고 있다.

> 먼 그곳이 한없이 저주스럽구나. 그러나 우리만이 당하는 고통이 아닌 것이오 형제들아 너희만이 맛보는 슬픔이 아니다. 우리가 살아 있으면 분명히도 씩씩하게 살아 있을 너희로 믿고 아버지와 어머님은 안심하실 것이다.
>
> 오늘밤 마음만이 피워가는 향연香煙이 멀리 조부님 계시는 곳까지 미치어 가며 눈물만이 쏟치는 이 자리가 영원토록 복되기를 바랍니다.
>
> 남들이 다 자는 밤이나 먼 그곳에 계시는 어머님을 생각하여 어찌 잠 잘 수 있겠습니까?
>
> 아버지, 용기를 냅시다. 우리는 서로 믿고 한 몸인 까닭에 끝까지 싸워 살아서 고향으로 가고 맙시다.
>
> 초라한 그늘 속에서 다시 반기어 맞아보는 희망의 광명을 형제들아! 우리는 잃지 않았다.
>
> 그들의 몸성하심을 고히 빕니다.169)

---

169) 고석규, 「서한 및 속 청동일기」, 『고석규 문학전집 3』, p.313.-314.

위의 글은 고향을 떠나올 때의 고석규의 심리와 자식의 빈 '방'을 지키며 자식을 기다리는 어머니의 심리를 상상하는 이미지로 구성되어 있다. 이처럼 '고향'은 고석규의 내면세계에 "먼 그곳"으로 남아 있으므로, 그로 인해 고향과 어머니, 가족에 대한 향수와 죄책감은 고석규의 삶과 시 전체를 지배하고 있다. 프로이트의 주장처럼, 아이가 어머니의 거세를 발견함으로써 향수鄕愁가 생긴다고 가정한다면, 어머니에게 남근이 없음을 발견하는 것은 자궁으로의 회귀가 불가능함을 의미한다. 다시 말해서, 어머니에게 남근이 없다는 것은 자궁이자 고향의 근원인 어머니와 재회할 수 없다는 것[170]을 의미한다. 따라서 화자는 낯선 땅에서 스스로를 소외시킬 수밖에 없는 것이다.

"유리를 더듬는 나의 입술은/검은 입술과 이마 위에 굳어져"(「변환」), "유리에는 꽃보다 붉은/날개의 피가 있고"(「유폐」), "오랜 죄의 형벌이/아지랑인 양 눈앞에서 몰려오는 것"(「자화상」), "짐승의 피가 어지러운/나의 얼굴에"(「하늘」), "불같은 인상印象에 바래 우는 환한 얼굴을 취기에 아득거리는 피가 돈다"(「대화」) 등의 구절에서 알 수 있듯이, 고석규의 향수는 다시는 돌아갈 수 없는 모성의 부재, 고향의 부재로 인한 향수로 입술은 검게 타들어 가고, 이마의 주름은 점점 깊어간다. 유리에 머리를 부딪치는 나비의 날개처럼 죄의 형벌은 그의 웃음을 짐승의 피로 물들여 바다로 던진다. 그리움의 열망에 붉게 타오른 얼굴엔 피가 돌고 돌아도 '고향'은 바다 끝 저 멀리에 있을 뿐이다.[171] 그곳은 금지된 세계이고 회귀할 수 없는 세계이며 '죽음'의 세계이다.

①하아얀
그야말로 허찮은 웃음을 짓는 것이었다

생명의 구도는

---

170) 김종주 외, 『라깡 정신분석과 문학평론』, 하나의학사, 2008, p.126.
171) 졸고, 앞의 논문, p.26.

난데없는 바람에 휩싸여
나에게서 떠나버려도

나는 따뜻한 계절의
함구를 지키며 잔디 속에 누웠었다

나는 이 땅과 생물을
붉은 재앙 속에 파묻어버리는
잔잔한 부심腐心을 적셔보았고

나는 먼 산 속에
나의 고향 같은 외롬을 불러보았다

언제면 굳이 나의 침묵이
하직하는 변함없는 자리에 머물러

저무는 불같은 이 얼굴이
다시 웃지도 않을 것이었다.

—「여제餘題」 전문

이 시의 심리적 이동 구조는 "웃음"→"침묵"→"다시 웃지도 않을 것"이라는 자기 망각 혹은 자기 정체성 상실로 인한 상실감을 드러내고 있다. 1연에서 화자는 자신의 웃음을 하얗다고 말하다가 다시 하찮다고 말하면서 허탈한 웃음을 짓는다. 이러한 묘사는 화자 자신이 자신을 비하하고 있음을 구체화한다. 또한 2연에서 화자는 모든 생명을 가진 것들이 재앙과 같은 바람에 휩쓸려 자신을 떠나버린다 해도 자신은 침묵하겠다고 다짐한다. 이 다짐은 다시 4연에서 고향을 그리워하며 외로움에 휩싸인 채 먼 산을 바라보는 정황으로 뒤바뀐다. 그리고 상실감으로 인한 자신의 침묵이 언제쯤 자신을 떠날지 알 수 없음에 그는 웃음조차 웃을 수 없다고 고백한다. 특히 "하아얀/허찮은", "땅과 생물/붉은 재앙", "먼 산/나의 고향"등의 극적이고 대립적인 이미지의 형상화는 화자의 상실감으로 인한 방황과 갈등이 얼마나 극심한지를 반영한다. 또한 "외롬", "침묵", "하직" 등의 상실 이미지는 이러한 화자의 심리상태를 더욱 극대화시키고 있다.

> 마침내 홀연히 켜져 있는 등불마저 깜박거리고 한참 정전되고 사방은 캄캄한 어둠이 치몰아옵니다.
>
> 아, 나는 저물어가는 내 감각의 마지막 몸부림을 치면서 남창을 뚫고 나가려니 나는 반항하고 있으며 나는 눈물을 뿌리면서 그 창 밖에 휘어져 있는 나뭇가지에 매어 달리리다. 불어오는 지옥불의 바다에서 나는 그 준엄한 교향악의 연주를 놓칠까 두려워하는 것이외다.
>
> 누님! 나는 갇혀 있는 죄수와 같은 심리에 있으며 내가 살피는 그 소란한 현실은 선악을 분별치 못한 이향異鄕과 같은 것이외다. 나는 오로지 그곳에 가고자 하는 것이외다.
>
> 나는 광상狂想을 굽히고 사랑을 깎아버려야겠고 옷을 벗어야겠고 소리를 낮추어야겠고 숨을 죽이고 있어야 할 것이외다.
>
> 자아를 불태워버리는 것이외다.[172]

위의 글의 시점은 밤이며, 배경은 "지옥"과 같은 죽음의 공간이다. 이 글에서 호명하고 있는 "누님"은 고향의 누이 혹은 조국을 상징한다고 할 수 있다. 또한 "~외다."라는 술어의 접미사는 고석규의 상실감을 보다 객관적인 시각으로 바라보고자 하는 의지가 담겨 있다. 이 글에 나타나는 상실의식은 '하강'과 '소멸'의 이미지로 드러난다. '하강' 이미지는 정전, 어둠, 지옥불 등 전쟁의 메타포로 나타나며, '소멸' 이미지는 깜빡거리고, 깎아버리고, 소리를 낮추고, 숨을 죽이는 등의 공포와 두려움의 메타포로 나타난다. 이러한 '하강'과 '소멸'의 이미지에 몸을 의탁한 고석규가 욕망하는 것은 오로지 고향으로 돌아가는 일 뿐이다. 이처럼 남북 분단의 고착화로 인하여 고석규는 어머니와 연인, 그리고 고향을 잃어버린 상실감에 시달린다. 그리고 마침내 고향으로 가기 위해 사랑도 목숨도 버려야만

---

172) 고석규, 「청동일기 I」, 앞의 책, p.36.

하는 실존과 맞닥뜨리게 된다. 그러나 그가 처한 공간은 전쟁의 심연이며, 공포의 심연이고 죽음의 심연일 따름이므로, 그는 "자아를 불태워 버리"고자 하는 극한의 상실감에 휩싸인다. 이러한 상실감은 라캉이 말한 실재계에 다름 아니다. 이 시에서의 실재계는 가 닿을 수도, 존재하지도 않는 유토피아를 상징하는 "그곳"으로 설정되어 있다. 그러므로 고석규가 끊임없이 "그곳"으로 가고자 하는 욕망은 라캉이 말한 "인간의 욕망은 환유이다"라는 명제를 암묵적으로 은유한다고 할 수 있다.

2) 월남越南으로 인한 죄의식과 자기 형벌의 전유

키에르케고르에 따르면 "죄는 신으로부터의 계시에 의해 죄가 무엇인지 해명된 후에 신 앞에서 절망하여 자기 자신이려고 욕구하지 않는 것이며, 혹은 절망하여 자기 자신이려고 욕구하는 것"[173]이라고 말한다. '죄'는 기독교적 세계관에서 신앙과 대치되는 개념이다. 기독교에서 '죄'와 '신앙'은 '하나님 앞에서'라는 전제를 선행조건으로 한다.[174] 기독교에서 '죄'의 개념은 신앙의 선택과 그에 따른 순종 여하에 달려 있다. 그러나 '죄'를 범한 인간은 신神에게 반항하거나 자신의 '죄'를 인정하지 않고 신의 '용서'마저 거부한다. 이러한 선택은 자신의 의지에 따른 결과이므로 이로 인하여 인간은 자신의 '죄'를 스스로 치유할 수 없게 된다. 그러므로 인간은 '죄'의 반항과 용서의 거부라는 '절망'의 나락에 빠진다. '절망'에 빠진 자는 스스로 자신의 '죄'를 용서할 수 없으므로, 스스로 자신의 의지를 믿지 못하게 되고, 세계의 모든 것을 부정하며, 마음의 문을 스스로 닫는다. 이것이 '유폐'의 근원적인 원인이며, '절망'의 극한인 '자살'로 가기 이전 단계의 '죄의식'이자 상징적인 '자기 형벌'의 행위이다. 키에르케고르는 다음과 같이 인간의 '죄'를 정의한다.

---

173) S. 키에르케고르, 앞의 책, p.159.

174) 변주환, 「절망과 자기됨-키에르케고어의 『죽음에 이르는 병』 연구」, 한남대학교 박사학위논문, 2008, p.67.

절망의 도는 자기의식에 비례하여 강화되고, 자기의 도는 자기를 가늠하는 척도에 따라 강화되며, 신이 척도가 되는 경우에는 무한히 강화된다. 신의 관념이 증가됨에 따라 자기도 그만큼 증가하며, 자기가 증가됨에 따라 그만큼 신의 관념도 증가한다. 자기가 이 일정한 단독의 자기로서 신 앞에 있음을 의식할 때 비로소 무한한 자기인 것이다. 그리하여 이와 같은 자기가 신 앞에서 죄를 범하는 것이다.(……)따라서 죄라는 것은 신 앞에서 혹은 신의 관념을 받으면서 절망하여 자기 자신이려고 욕구하지 않는 것, 혹은 절망하여 자기 자신이려고 욕구하는 것이다.[175]

키에르케고르에 있어서 인간은 본질적으로 '단독자'로서 실존한다.[176] 신 앞에서 단독자로 실존하는 인간은 신을 등질 때 '죄'의 불안과 절망과 우울을 경험하게 된다. 절망은 인간의 내면 가장 깊은 곳을 소용돌이치게 하고 불안의 최후 단계에서 나타나는 정신현상이다. 그러나 인간은 절망이 다가오기 전에 단독자로서의 죄의식을 내면 깊숙이 포착한다. 이러한 죄의식은 불안과 공포를 뛰어넘는 '실존'의 최대 위기이면서 동시에 참다운 '실존'이 되는 최초의 시점이라고 할 수 있다.

고요에 누워 창막을 끌어당기면 침침한 밤기운이 나의 피곤과 신열에 대하여 무더운 채찍질을 한다. 결코 안일한 밤을 맞이할 수 없다. 밤을 대하는 매소부賣笑婦의 정열과 같이 나는 그 허막한 향내와 기억 속에 취하여야 할 것을 잊어버려야 한다.

곧 나는 나를 이제라도 배신하고 나설 인재들과 정신적 전망에 대하여 준렬한 슬픔의 권고문을 쓰기 시작할 것이다.

내가 나를 비웃는 차디찬 밤이다.[177]

---

175) S. 키에르케고르, 위의 책, p.127-133.
176) O. F. 블로우, 앞의 책, p.78.
177) 고석규, 「청동일기 I」, 앞의 책, p.120.

위의 글에서 고석규는 자기 자신을 스스로 "매소부賣笑婦"로 규정한다. "매소부"란 웃음을 파는 거리의 여자를 의미한다. 이러한 인식의 근원에는 스스로가 스스로를 "배신하고" 스스로가 스스로를 "비웃는" 자기 정체성 상실감이 깔려 있으며, 밤에도 피곤과 신열에 지친 자신의 육체에 무더운 채찍질을 가하는 자기 형벌의식이 내재해 있다. 이러한 자기 형벌의식은 전쟁에서 살아남아 돌아온 자신이 다시 글쓰기를 하는 상황이 얼마나 아이러니컬한지를 드러낸다. 전쟁에서 타자의 죽음과 인간의 폭력을 목도하면서 공포와 불안 속에 허덕이던 자신이 아무 일도 없었다는 듯이 일상으로 돌아와 있다는 현실은 그에게 하나의 '부조리'이고 설명할 수도 이해할 수도 없는 '허무'의 상태이기 때문이다. 따라서 그는 "고요" 속에 누워 침묵을 익히고, 스스로 창을 막고 타자와의 소통을 거부한 채 자신을 꾸짖고 있는 것이다. 그리고 평화롭고 안일한 밤을 맞이할 수 없는 고통 속에서 "슬픔의 권고문"을 써나간다. 이 "권고문"은 자신의 죄에 대한 자백서이자, 자기 형벌에 대한 조서이다.

> 나의 숨결마다 조여오는
> 검은 바다
>
> 그 바다 속에는
> 나를 찾지 못한 나비가
> 파월破月처럼 침몰해 누웠소
>
> 목을 돌려 안은 까아만 밀벽密壁 위
> 나를 따라 열 끓는 눈망울 속에도
> 사나운 슬픔의 연기가 흐르고
>
> 낡은 지연紙鳶처럼 곱게 바래버린 가슴에는
> 암류暗流로 지나는 검은 먹내가
> 어둡고 쓰오

부서진 나비의 살잎들이
흐늘져 사는 검은 바다 속에는
청동빛 나의 이름도 숨겨져 있을 텐데

나를 지우려 하는 물결의 소리는
들리지 않으오. 들리지 않으오.

—「암역暗域」 전문

이 시는 전제 6연으로 구성된 작품으로서, "암역暗域"은 전쟁으로 폐허가 된 암울한 우리나라의 국토를 상징하는 동시에 단독자로 홀로 선 화자의 어두운 '실존'을 상징한다. 화자는 숨결마다 조여 오는 현실을 검은 바다에 비유한다. 그 바다 속에는 자신의 정체성을 상실한 나비가 침몰해 있다. 나비로 바다에 침몰한 화자는 삶의 정열도 희망도 모두 상실한 채 어두운 물결로 떠다닐 뿐이다. 암류의 물결 속에서 그의 날개는 부서지고 흐늘어져 그의 이름마저 상실하고 만다.

이러한 실존은 전후의 현실 속에서 공포와 불안 뒤에 엄습하는 화자의 죄의식을 구체화한다. 또한 각 연의 결구에서 나타나는 화자의 죄의식은 인간의 육정六情에 대한 묘사로 치환된다. 특히 마지막 연에서 "들리지 않으오."라는 시구의 반복은 자신의 죄의식을 끝내 인정하지 않고자 하는 내면의 절규이며, 동시에 '부정의 부정'인 죄의식에 대한 '긍정'의 몸짓으로 읽혀진다. 이러한 죄의식의 근원은 가족과 연인을 북에 두고 홀로 월남할 수밖에 없었던 이기적인 자신의 행동에 대한 죄책감에서 비롯된 것이다. 그것은 프로이트가 말한 '초자아'에 해당되는 것으로, '초자아'는 '이드'와 '자아'에 반대하고 '쾌락 원리'와 '현실 원리'의 작용을 지연시키려 하는 '양심'[178]이라는 방어기제를 발생시키기 때문이다.

①허허한 밤이여! 나는 어떤 죄를 지었기에 이렇게 쫓기며 물어뜯는 시늉을 하며 나의 가슴의 빈 자리를 지키고 있는가. 달이 밝은 밤이면 촛불도 켜낼 수가 없다. 벽지에 아른거리는 수없는

178) C. S. 홀, 앞의 책, p.60.

기억의 얼굴들은 나를 비웃고 동정하지 않고 나를 경멸하고 눈을 흘기고 말을 하지 않는다. 까맣게 오그라드는 보자기의 꿈은 나의 머리마저 또 하얗게 변하게 하며 이제 뼈만 짚이는 앙상한 나의 몸뚱어리가 방구석에 지친대로 뒹굴어 있다.179)

②깜박 잊을 듯한 지상에서
나를 부르는 그대는 무엇이오

가늘게 맺힌 피주름과
부서진 그늘의 웃음조각과
그 모든 하늘도 잊어버려

이름도 없이 곡절도 없이
그대는 어이하여 나를 부르는 것이오
나를 바라보다 우는 것이오
나에게 맡겨오는 것이오

깜박 잊을 듯한 세상에서
그 먼 하루 하루의 고개를 지나
그내는 어이하여 나에게 목마른 것이오
나에게 불붙는 것이오

새까만 칠 칠한 벽에 가뭇없이 흐르는
그대는 그대는 무엇이오.

— 「그대는 무엇이오」 전문

①의 글은, 고석규가 "나는 어떤 죄를 지었기에"라고 스스로에게 물음을 던지는 것으로 시작되고 있다. 고석규의 죄의식은 "밤"에도 환몽의 형상으로 다가선다. 이러한 환몽은 전쟁으로부터 발생된 그의 트라우마가 그의 내면에서 외부로 투사된 것이다. 프로이트는 이러한 트라우마를 '외

179) 고석규, 「청동일기 I」, 앞의 책, p.86.

상성 신경증'이라고 규정한다. 외상성 신경증에는 두 가지 원인이 있다. 하나는 놀람과 경악이 그 주된 원인이고, 다른 하나는 그것과 동시에 가해진 상처나 상해가 일반적으로 신경증의 발생에 저항해서 작용한다[180]는 점이다. 따라서 이 시에 나타나는 환몽 또한 그가 전쟁에서 입었던 정신적·육체적 상처나 상해가 그의 기억 속에서 불현듯 솟구쳐 올라 그를 다시금 공포에 떨게 하고, 그러한 공포는 그로 하여금 자신의 몸뚱어리가 방구석에 지친 모습으로 뒹굴고 있는 모습을 괴롭게 응시하도록 한다.

②의 시는 "그대는 무엇이오."의 반복으로 인한 화자의 죄의식에 대한 재확인 과정을 표출하는 작품이다. 특히 "피주름"과 "웃음조각"이라는 시어는 화자의 죄의식이 양심과 도덕이라는 강박증으로 치환되어 스스로를 자학하고 상처 입히는 공격적 심리로 표출되고 있음을 보여준다. 이러한 공격적 죄의식의 원인은 월남으로 인한 상실감로부터 나타난 것이다. 이 죄의식은 화자로 하여금 점점 더 깊은 죄의식의 나락으로 추락하도록 하면서 자신의 죄를 스스로 처단하게 하는 의지를 불러일으킨다.

따라서 화자가 끊임없이 부르는 "그대"는 바로 화자의 죄의식 자체를 의미한다고 볼 수 있다. 왜냐하면 그것은 "나를 부르는 그대"이면서 "나를 바라보다 우는" 존재이고, 나에게'죄'의 책임을 맡겨오는 '죄'의 실체이고, 나를 목마르게 하는 '죄'의 존재이기 때문이다. 특히 이 시에서 중요한 점은 '~오'라는 의문문 종결어미의 활용이다. 해답이 없는 죄의식에 대한 물음을 끊임없이 발화하는 화자의 이러한 심리는 역설적으로 더욱 깊은 죄의식의 나락으로 화자를 빠져들게 하고 있기 때문이다.

사르르 감기는 눈앞에
초목들은 가로누워

계절도 가리지 않은 채
흐르는 구름은 많다

---

180) S. 프로이트, 「쾌락 원칙을 넘어서」, 앞의 책, p.276.

꿈도 옛말도 아닌
다만 어슴어슴 새어가는

기억의 편안한 흐름이
마지막 입술을 깨물게 하고

내 차가운 땅에 울음 미치어
이 자리를 떠날 수 없는

진정 머리 들어 바라보며
손짓 못하는 냉령冷靈의 눈서리 내려오니

아늑히 기울이는 포탄소리
거센 사랑의 웃음을 지어라

그러나 초목들은 가로눕고
정情의 바다는 멀기도 하여라.

—「죽음·2」 전문

이 시는 '죽음'을 모티프로 한 작품이다. 프로이트는 「쾌락원리를 넘어서」에서 '죽음충동'은 모든 살아 있는 것을 죽은 것으로 환원시키려는 경향이 있다[181]고 말한다. "포탄소리"에 "사랑의 웃음"을 짓는 화자의 모습에서 우리는 이러한 '죽음충동'을 느낄 수 있다. 이러한 죽음의식 가운데서도 도드라지는 정조는 '자책', 또는 '죄의식'이다. 다시 말해 죽음만이 횡행하는 당시 현실에서 화자 자신만이 살아 있다는 '죄의식'이 시 전체를 지배하고 있기 때문이다. 이 시의 심리적 이동 구조는 두 가지로 이루어져 있다. 하나는 "꿈"→"옛말"→"사랑의 웃음"→"정情의 바다"로 이루어진 '삶'의 충동이며, "마지막 입술"→"울음"→ "포탄소리"로 이루어진 '죽음충동'이다. 이러한 양가적 충동은 "내 팔에 시들어가는/수백 번의 임

181) S. 프로이트, 「쾌락 원칙을 넘어서」, 앞의 책, p.342.

종”(「전신轉身」)을 지켜보아야만 했던 화자의 죄의식과 타자의 ‘죽음’이 화자의 죽음으로 내면화되면서 생긴 이중적인 정조로부터 발현된 것이다. 더욱 중요한 점은 이러한 죄의식이 고향을 버렸다는 죄의식으로부터 발현되었다는 점이다. 이러한 죄의식의 깊은 나락으로의 추락은 고석규가 ‘자기 형벌’이라는 사유로 나아가게 되는 결정적인 계기가 되고 있다.

‘형벌’이라는 단어는 ‘벌’, ‘속죄’, ‘고통’을 의미하는 라틴어 ‘포에나 poena’에서 파생되었다. 그것은 어떤 그릇된 행동 때문에 가해지는 고통 또는 고난을 의미하며, ‘죄’ 때문에 자연적으로 그리고 필연적으로 가해지는 ‘벌’을 말한다. 이런 측면에서 볼 때, 형벌은 상징적인 주체의 ‘죽음’을 의미한다. 죄의 형벌에는 이미 육체적 상해나 상처라는 의미가 포함되어 있기 때문이다.

> 나는 저물어가는 나 자신의 마지막 몸부림을 이겨낼 수 있을까요. 창을 뚫고 나가려니…… 눈물을 흩뿌리며 그 창 밖에 휘어져 있는 나뭇가지에 매어달린 것이외다.
>
> 불어오는 지옥불의 바다로…… 나는 물고기처럼 괴로운 대로 헤어 빠지고 싶은 것이외다. 갇히어 있는 수인囚人의 마음을 누가 살필 수 있을까요.[182)]

위의 글에서 고석규는 스스로를 “수인囚人”으로 명명한다. 이 글에서 “수인囚人”은 자기 스스로 자기 죄에 대한 처단을 하여 스스로를 형벌에 처하는 것을 의미하면서 동시에 자신의 죄의식과 자책감을 조금이나마 덜어낼 수 있고, 자기 유폐 형식의 명징성을 확보[183)]하고자 하는 의지를 역설적으로 드러낸다. 고석규가 세계에 대해 취하는 ‘유폐’의 자세는 전쟁체험으로 인한 죄책감과 자괴감에서 비롯된 것이지만, 더 구체적으로 들어가면 어머니와 연인을 버리고 죽음의 북녘 땅을 홀로 탈출한 자신의 개인적인 죄의식이 크게 작용하고 있다고 볼 수 있다. 더구나 분단이 고

---

182) 고석규, 「청동일기 I」, 앞의 책, p.12.
183) 하상일, 「1950년대 고석규 시와 시론의 ‘근대성’ 연구」, p.311.

착화되어 갈수록 고석규의 자기 형벌로서의 '유폐'는 무기력한 현실을 견디는 최후의 보루가 되는 듯 보인다.

①아득히 파란 바람 속에
젖어 있습니다

굴레를 벗으면 다시 눈물이
제대로 흐를 것 같습니다

거친 뺨과 하얀 가슴으로 하여 씻어내릴
숱한 의욕이 지금은 거리를 향하여
눈을 감습니다

잇닿은 벌 끝에서
어쩌면 흘러드는 오랜 죄의 형벌이
아지랑인 양 눈앞에서 몰려오는 것입니다

녹슨 굴레 아래 뜨거운 침을 늘어도
목청에 아린 바람은 어디로 새어
갈갈한 혓바닥이 가을 품 같습니다

구름이 가는 하늘 아래
방울도 없이 숨만 차고
가슴 타는 슬픔은 바람을 따라 쫓지도 못하고

머언 한길에 서서 짐승은 자꾸
제 그늘에만 들어서려고 합니다.

—「자화상」 전문

②묻어 오르는 사랑의 낯은
웃을 줄 모른다

넓어진 꽃바구니……

그의 맑은 유폐幽閉를 찾아
내 당나귀는 갈갈이 마른
목을 떤다.

— 「창막·2」 전문

①의 시 「자화상」은 죄의식으로 물든 화자 자신의 "자화상"을 형상화하고 있는 작품이다. 이 시는 전쟁에서는 화자도 타자도 모두 가해자이며 동시에 피해자일 수도 있다는 '죄'와 '형벌'의 딜레마를 나타내면서 동시에 월남한 뒤의 고향에 대한 그리움이 죄의식으로 변환되는 화자의 딜레마를 이중적으로 드러낸다. 따라서 화자는 스스로 "짐승"이 되기를 자처하며 그로 인하여 '죄'와 '형벌'의 "굴레"에서 벗어나고자 한다. 그러나 결국 그는 그 "그늘"을 벗어날 수 없게 된다. 여기서 "굴레"는 육체의 "굴레", 인간의 사회적 '탈脫', 즉 사회적 자아에 다름 아니다. 이는 전쟁이라는 상황에서 혼자 살아남았다고 느끼는 자의 형벌로 볼 수 있지만, 무엇보다도 중요한 점은 이러한 형벌이 적지에 혈육을 두고 온 자신의 무책임함과 무능함에 대한 자기 처단[184]에 해당한다는 점이다. 그러므로 그는 자기 스스로 차디찬 감옥에 갇히는 "수인囚人"의 길을 선택한다.

②의 시에서 "창막"은 '창이 없다'는 의미를 나타내며, 동시에 화자의 유폐의식을 드러낸다. '창이 없다'는 인식은, 화자의 실존은 하나의 형벌이고, 죄의식이고, 차디차게 '동결'된 민족의 현실임을 암시한다. 그리고 그것은 고향으로 돌아갈 수 없음에 대한 절망을 암시한다. 이러한 유폐의 세계는 '자유'와 '불꽃', 그리고 '파아란 상화'로 은유되는 이상적인 세계, 즉 고향으로 가는 길을 차단하는 세계이다. 그리고 민족의 미래를 가로막는 거대한 벽으로 이루어진 세계이다. 이 세계는 "끝내 동결된 나의 집"(「전야」), "속으로만 자라난 비밀"(「영상」) "바람을 막은 나의 창"(「유폐」), "오랜 죄의 형벌"(「자화상」)로 인하여 폐쇄된 공간, 즉 유폐된 모습으로

184) 하상일, 「1950년대 고석규 시 연구」, p.57.

치환되어 일상의 공간이 아닌 폐쇄된 내면의 공간, 유폐의 공간을 형성하고 있다. 그럼에도 불구하고 "사랑의 낮"/"넓어진 꽃바구니"/"맑은 유폐幽閉" 등의 구절은 고석규의 유폐의식이 절망으로만 치닫고 있지 않음을 보여준다. 오히려 그것은 스스로 선택한 유폐의 상황을 사랑과 희망의 상황으로 전환시키고자 하는 의지를 함축하고 있다.

따라서 이 시는 고석규의 시 쓰기의 지향점을 암시한다고 할 수 있다. 이는 그의 시에서만 나타나는 것이 아니라 50년대 다른 모더니스트들에게 공통적으로 나타나는 것이다. 특히 고석규의 시에서 이러한 유폐의식이 ②의 시에서처럼 '나귀(당나귀)'의 모습으로 변용되어 나타난다는 점이 특징적185)이라고 할 수 있다. 여기서 '나귀'가 상징하는 것은, 한편으로는 전쟁의 모든 고통과 광란의 현실을 짐 지우고 사는 존재이고, 다른 한편으로는 나귀의 처참하고 부정적인 모습은 실존의 짐이고 현실의 고통스러운 죄의식이다. 이러한 짐을 메고 폭력의 현실, 처참한 현실을 뚫고 나아가는 것, 이것이 '나귀'의 실존이며, 고석규 자신의 실존이었던 것이다. '나귀'란 오직 부정과 긍정을 모르는 존재이며 '예'와 '아니오'를 모르는 동물186)이기 때문이다. 이처럼 현실의 부정적이고 일그러진 모습에 대한 수동적인 인식으로는, 지속적으로 발전적인 시 쓰기를 지속할 수 없으리라는 것은 자명한 일이다. 그러므로 고석규가 시에서 비평으로 글쓰기의 방향을 전환한 것은 이러한 내적 이유를 가지고 있다187)고 보아야 할 것이다.

> 허허한 밤이여! 나는 어떤 죄를 지었기에 이렇게 쫓기며 물어뜯는 시늉을 하며 나의 가슴의 빈자리를 지키고 있는가. 달이 밝은 밤이면 촛불도 켜낼 수가 없다. 벽지에 아른거리는 수없는 기억의 얼굴들은 나를 비웃고 동정하지 않고 나를 경멸하고 눈을 흘기고 말을 하지 않는다. 까맣게 오그라드는 보자기의 꿈은 나의 머리마저 또 하얗게 변하게 하며 이제 뼈만 짚이는 앙상한 나

185) 조영복, 앞의 논문, p.215.
186) G. 들뢰즈, 『*Nietzshe and Philosophy*』, The Athlone Press, 1983, p.182.
187) 조영복, 앞의 논문, p.216.

의 몸뚱어리가 방구석에 지친대로 뒹굴어 있다.[188)]

한국 전쟁이 가져다준 가장 큰 고통은 남북 분단으로 인한 실향과 이산의 아픔이었다. 그러므로 고석규가 겪은 실향과 이산의 아픔은 당대의 우리 민족의 운명이었다고 할 수 있다. 이 글에서 고석규는 외롭고 공허한 의식으로 밤을 맞이하고 있다. 그의 가슴 한 곳에는 어느새 수없는 기억의 얼굴들이 아른거리고, 그 아른거림은 까맣게 오그라드는 공포의 꿈으로 현재화된다. 이 꿈은 자신의 앙상한 몸뚱어리를 함부로 내팽개치는 자기 비하와 자기 처단의 행위를 동반하는 고통스러운 것이다. 이러한 환상은 고석규의 죄의식이 그의 정신과 육체 모든 것에 영향력을 끼치고 있음을 드러낸다. 특히 "허허한", "빈", "앙상한" 등의 수식어는 죄의식과 자기형벌로 피폐해진 육체와 정신에 대한 비유로서, 고석규의 죄의식으로 인한 자기형벌이 얼마나 가혹했는지를 암시한다. "어떤 죄를 지었기에"라는 언술은 자신의 '죄'에 대한 명확한 의미를 찾지 못하는 혼돈의 내면세계를 드러내고 있으며, 스스로를 자학하고 있는 정황은 자기분열에 가까운 병리학적인 현상으로 나타나기도 한다.

따라서 그는 죄의식과 자기형벌의 대가로 "뼈만 짚이는" 자신의 "앙상한 몸뚱어리"를 함부로 내던지고 있는 것이다. 이러한 '자기형벌'은 스스로 걸어 들어간 '유폐'의 공간 속에서 자기모멸과 회한의 흔적들을 지우려고 발버둥치는 고석규의 고통스런 모습을 고스란히 드러낸다. 따라서 그는 전쟁이라는 역사적 트라우마를 지우지 못한 채 가족과 고향을 버린 '죄의식'과 그로 인한 '자기형벌'로 인해 세계를 부정하고, 유폐적인 자세를 취하게 된 것이다. 그에게 있어서 '불안'과 '자기소외'는 타자의 죽음과 살육의 기억, 그리고 인간의 폭력성과 휴머니즘 상실로부터 비롯된 것이다. 이러한 정조는 전후 분단현실이 고착화되면서 유폐의식으로까지 전이되어 나타난다. 또한 이러한 인식은 주로 '어둠', '밤', '죽음', '별', '창'의 이미지로 나타나며, 더불어 고석규로 하여금 끝없는 죽음충동과 유폐적인 자아 인식으로 나아가게 한다.

---

188) 고석규, 「청동일기 I」, 앞의 책, p.86.

3) '얼음'과 '나비'에 나타난 유폐의식과 고아의 탄생

일반적으로 '유폐'는 죄를 지은 자를 일정한 곳에 가두고 그 죄에 대한 죄 값을 치르기 위한 일종의 사회적·법적 장치이다. 그러나 고석규에게 있어서 '유폐'는 자신 스스로에게 가한 가족에 대한 죄의식으로부터 비롯된 것이다. 이러한 유폐가 문제시 되는 것은 유폐로 인하여 타자와의 소통이 단절된다는 점이다. 따라서 유폐는 전쟁에서 죽어간 동료들의 삶처럼, 이미 죽은 상태, 즉 자신을 상징적으로 죽이는 것을 의미한다. 그는 이러한 '유폐'를 통해서 이 세계에 존재하지 않는, 즉 존재 자체를 거부하는 존재자가 되는 것이다.

눈꽃이 지는 밤
창을 향하여 어떤 날개가
몇 번이고 부딪쳤는데

유리에는 꽃보다 붉은
날개의 피가 있고

날개의 울음보다 애처로운
유리의 상처가
얼음 안에 보오얀 무지개로 짙는다

바람을 막은 나의 창이여

이렇게 곱게 얼수록 아픈
기쁨을 위하여

이 겨울밤에는
먼 달빛이 없구나.

— 「유폐幽閉」 전문

이 시는 화자 자신이 '나비'가 되어 유폐된 창에 자신의 몸을 계속 부딪치는 자학의 몸짓을 형상화한 작품이다. '나비'로 변환된 화자는 전쟁에서 죽어간 동료들처럼 얼어붙은 삶의 형태를 띠고 있다. 이 '얼어붙음'은 단순한 물리적 현상이 아니라 '자기 형벌' 혹은 '자기 처단'이라는 내적 의지[189]임을 암시한다. "꽃/피", "상처/무지개", "아픔/기쁨" 등의 대립적인 이미지의 병치는 그 충돌로부터 발생하는 '자기 형벌'을 화자의 '아픔'과 '기쁨'의 양가적 정조로서 더욱 구체화한다. 또한 이 시의 시점과 배경은 "겨울밤"과 "꽃"이라는 부조화적인 이미지를 통한 세계에서 잊혀진 존재자로서의 화자의 실존 상태를 드러낸다. 눈꽃, 상처, 얼음, 무지개로 전이되는 화자의 '자기 형벌'은 "무지개"라는 희망적이고 긍정적인 사유를 드러내기도 하지만, 결국 그는 얼어붙은 '나비'로 상징되는 '죽음'의 형벌을 견디고 있는 것이다. 고석규의 시에 나타나는 내면으로서의 경사는 바로 이 유폐의식에서 연유한다. 그는 삶에 대한 지향의 세계보다는 차단과 고립의 세계로 치달음으로써[190] 그의 삶은 더욱 더 인간의 온기를 찾을 수 없는 세계로 빠져든 것이다.

고석규 시에 나타나는 '유폐' 이미지는 주로 집 안에 갇힌 채 '창窓'을 응시하는 이미지가 대부분을 차지한다. '집'은 단순한 건축물이 아니라 영혼의 거처이므로, 집의 거주자의 심리적 상태를 반영한다. 거주자가 심리적으로 불안하고 불행하면 그 집은 생명력을 잃게 되고 반대로 거주자가 심리적으로 행복하고 안정되면 그 집도 생명력을 찾게 된다. 시인이 영원한 모성의 안식처로서 긍정적인 죽음을 생각할 때는 그 집의 모습이 자연 풍경과 하나 된 아늑하고 포근한 공간으로서 비극적 색채를 띠지 않지만, 그곳이 부정적인 죽음의 공간이 될 때는 존재가 없는 부재의 공간[191]성을 띠게 되기 때문이다.

189) 하상일, 「1950년대 고석규 시와 시론의 '근대성' 연구」, p.311.
190) 김경복, 앞의 글, p.251.
191) 송경호, 「김종삼 시 연구-죄의식과 죽음의식을 중심으로」, 서울시립대학교 박사학위논문, 2007, p.100.

비를 맞으며 누가
나의 창 밑으로 지나가지만

내 창에는 발자국 같은
한숨의 방울만이 짙는다

하얀 손목이 풀려간
포장의 그늘로 가서

내가 나를 감추기 위한
이 마지막 같은 밤의
눈물을 씻지 못할 때

창은 촛불에 꺼져가
유리를 더듬는 나의 입술은

밖에서 피 흘리는
검은 입술과 이마 위에 굳어져간다.

—「변환變幻」 전문

이 시는 전쟁으로 인해 모든 상황이 변해버린 현실에 대한 화자의 '유폐'의식을 형상화한 작품이다. 일반적으로 '유폐'는 세 가지 유형으로 나눌 수 있다. 첫째, '현실적인 죄'로 인한 외부세계와의 단절과 감금, 둘째, '병리적인 죄의식'으로 인한 자기 형벌, 셋째, '타자와의 소통 거부'를 위한 고립이 그것이다. 이 세 가지 '유폐'의 공통점은 '막막함'과 '무력감', 그리고 타자와 세계와의 '소통 불가능'이다.

이 시에 나타나는 화자의 '유폐'는 죄의식과 자기에 대한 혐오, 그리고 전쟁에서의 '공포'가 서로 뒤섞여 나타난다. 이러한 정조들은 유폐된 화자의 심리를 더욱 불안정하게 만들고 화자의 혼돈스런 마음을 수습하기 어렵게 만든다. 따라서 화자는 유폐된 현실 속에서 불안을 느끼기 시작한다.

이러한 불안은 프로이트가 말한 '현실적 불안'으로서, 전쟁이라는 외부의 장애를 물리치기 위한 방어본능으로서의 '불안'이라고 할 수 있다. 이러한 불안은 전쟁에 대한 트라우마가 그의 내면에서 솟구쳐 올라 발현된 것이다. 따라서 이 시는 '현실적인 불안'을 표상하는 시어인 "비", "한숨", "검은 입술과 이마" 등의 시어를 차용하면서 화자의 심리상태를 적절히 형상화한다. 특히 이 시에서 술어가 단지 두 번밖에 사용되지 않고 연과 연 사이, 행과 행 사이의 의미가 계속 지연되고 있는 것은 화자의 이러한 '불안'의 상태를 암시하는 것이다. 왜냐하면 인간은 불안에 처해 있을 때 스스로 어떠한 결단도 내리지 못하고 안절부절 할 수밖에 없기 때문이다. 이에 따라 화자는 점점 불안감에 휩싸이게 되고 마침내 자신의 "입술"이 창밖에서 피를 흘리는 "검은 입술"로 점점 굳어져 가고 있는 듯 한 환상 속에서 '죽음'과 같은 "마지막 같은 밤"을 맞이하는 것이다. 특히 "굳어져 간다"라는 시구는 '얼음'과 동일한 유폐 이미지를 드러내면서, 동시에 죽음이 화자에게 점점 다가오는 것을 암시한다. 이러한 '유폐'와 '불안'이 발생한 원인은 화자 자신이 스스로 자신의 '길(미래)'을 막았기 때문이다. 이 지점에서 고석규가 이 시의 제목을 "변환變幻"이라고 붙인 이유가 분명하게 드러난다. 그것은 바로 전쟁으로 인해 자신의 모든 것이 변했다는 것을 의미하기 때문이다.

밤마다 찾아간 어둠 속에
싸늘한 피에 흐르는 가슴과 만난다

보랏빛 눈이 쏟아지는
꽃처럼 환한 유리 앞에
나의 다짐한 슬픔은 참고 어리어

(……)

살픗한 가슴의 입김을 지워
그 하얀 이름을 녹여보아도

너는 나비처럼 얼어서 죽어가던 것을

—「영상影像」 부분

이 시에서 화자는 밤마다 "나비"처럼 얼어서 죽어가던 자들에 대한 '영상'에 시달리면서, 외부 세계와의 단절을 통해서 죄스러운 자신의 모습을 스스로 감금시켜버린다. 그리고 화자는 유폐된 어두운 방에서 정신마저 죽어가는 자신의 싸늘한 피와 만난다. 그리고 화자는 유리창에 그리운 얼굴들을 그렸다 지우기를 반복한다. 그러나 얼음으로 딱딱해진 그 얼굴들은 다시는 날개를 달고 날아오를 수 없는 죽은 존재로 변해버린다. 그리고 그는 유폐의 공간을 맴돌면서 끊임없이 자기모멸과 회한의 흔적들을 지우고자 하는 충동과 자폐증 환자처럼 자꾸만 내면으로 움츠러드는 소극적 행위[192]를 반복한다. 그러므로 화자는 자신의 몸속을 흐르는 피를 "싸늘한 피"로 인식하게 되는 것이다. 이 "싸늘한 피"는 '얼어붙은 피'를 의미하며, '얼어붙은 피'는 결국 죽음을 은유한다고 할 수 있다. 이처럼 화자는 자신의 유폐 상황을 죽음의 상황으로 치환하고 있는 것이다.

훌륭하게 죽는다는 것은 예의 있게 죽는 것이며, 산 자들을 존중하며 죽는 것을 의미한다. 그것은 자신의 삶 속에서 '죽음'에게 등을 돌리고 자신의 삶 쪽을 향하여 죽는 것이다. 이러한 죽음이 가리키는 것은 무無의 심연이며, 이 세계에 대한 예절[193]이다. 고석규가 그의 비평 「윤동주의 정신적 소묘」에서 "윤동주는 우주와의 무한한 대결로 말미암아 끝내 제명된 삶의 수인囚人이다"[194]라고 말한 것처럼, 그 자신 또한 자신의 삶에서 제명된 수인으로서의 유폐 상황을 혹독히 겪을 수밖에 없었던 것이다. 이러한 유폐의 상황은 고석규에게 스스로를 '단독자'로서, 혹은 '장님'이나 '고아'로 자각하게 하는 결정적인 계기가 된다. 특히 고석규의 유폐의식 속에서 어머니나 연인을 그리워하는 정조는 주로 안타까운 이미지로 나타난다. 이 안타까움의 이미지는 주로 불 속에 서 있거나, 재에 덮이거

---

192) 하상일, 「전쟁 체험의 형상화와 유폐된 자아의 실존성」, 『고석규 문학전집 1』, p.293.

193) M. 블랑쇼, 박혜영 옮김, 『문학의 공간』, 책세상, 1990, p.140-141.

194) 고석규, 「시인의 역설」, 앞의 책, p.168.

나 찬 울음에 그대로 얼어붙은 죽음[195]의 상태로서의 공포와 슬픔으로 구체화한다.

위에서 살펴본 바와 같이, 고석규의 시에 나타나는 '자기 형벌'의 이미지는 '유폐' 이미지가 주류를 이루며, 그것은 '나비'와 '얼음'과 같이 부서지거나 깨어지기 쉬운 사물의 형상으로 나타나고 있음을 알 수 있다. 이처럼 고석규 시에 자주 나타나는 '얼음'과 '나비' 이미지는 세계를 부정하고 그로부터 스스로 상실된 자가 자신의 실존 공간을 문학적으로 조형했을 때 획득하는 이미지[196]로서 전형적인 '유폐', 즉 '자기 형벌'의 핵심적 이미지로 작동하고 있다.

1950년대란 바로 전쟁이 만들고 전쟁이 버린 '고아'의 시대였다. 역사가 인간을 버리고 예술 자체가 인간을 버린 유기의 시대[197]였다. '고아'는 일반적으로 부모의 부재로 인하여 발달과정에서 적절한 양육과 지도를 받지 못한 채 성인으로 성장하게 된다. 고아들의 특성은 두 가지로 나눌 수 있다. 첫째, 그들은 개인주의적인 성향을 띠며, 둘째, 객관적인 판단이 부족하다는 점이다. 고아들은 사회활동이나 대인관계가 비정상적일 뿐만 아니라, 유년시절의 애정결핍으로 인하여 사랑의 접촉을 피하는 경향이 많은 사례를 보이고[198] 있기 때문이다.

①이 환한 어둠 속에
말없이 웃는 얼굴이 피어난다

별들이 죽어가는 밤……

가슴도 메여오는 서글픈 황내에

---

195) 김경복, 앞의 글, p.250.
196) 위의 글, p.106.
197) 고 은, 『1950년대』, 청하, 1989, p.20.
198) 이성진・장상호・정원식 외, 『교육의 심리학적 기초』, 서울대학교출판부, 1981, p.113.

벙어리처럼 귀를 열어
나는 벽으로 꺼져가는
파아란 혼령의 불을 살피느니

사위는 불 속에 떨어져 타는
거미의 짧은 허희歔稀가 사라지기 전에
하늘 높이 헤여가는 그 바다로
쑥처럼 취한 나를 떠나게 하여다오

눈물에 찍힌 엷고 피나는 것이
내 입김에 한없이 날아오는
밤은 간다.

—「동방洞房」 전문

②구름 속으로 달이 가는 것이었다
별도 가는 것이었다

어느 먼 나라의 어스름 길을
나도 또한 가는 것이었다

구름 속에서 달은 자꾸 어두워졌다
별도 쓰러지며 있었다

먼 나라의 화려한 감옥 문에
나의 그림자도 숨는 것이었다.

불시에 타오르는 파란 연기 속에
감옥은 더 또렷하며 멀어져가는 것이며

어디선가 피 같은 새 울음도
들려오는 것이었다

달무리 속에 달이 가고 구름이 가고
천상은 얼음인 양 그대로 희었다.

—「종렬終列」 전문

①의 시는 "동방洞房" 즉 얼어붙은 방처럼 차디차게 굳은 화자의 죄의식과 자기 유폐, 그리고 자기 처단의 형벌을 형상화한 작품이다. 특히 이 시에서 긍정의 이미지인 "환한", "파아란"의 색채의 대비와 부정의 이미지인 "눈물"과 "피"는 화자의 이중적이고 아이러니컬한 심리 상태를 표출하고 있다. 특히 '얼어붙음'에서의 '얼음' 이미지는 고석규 시에서 '유폐'의식을 형상화할 때마다 나타나는 주요 이미지라는 점에서 특징적이라고 할 수 있다. 유폐의 세계는 형벌의 한 형식이기 때문에 그것은 죽음 같은 삶, 얼어붙은 삶의 형태를 띨 수밖에 없다. 그러므로 그의 유폐된 삶은 죽음에 유배된 자들의 삶이거나 북녘 동토에 남은 가족과 연인의 삶과 등가를 이루면서 얼어붙음의 형식[199]을 취하고 있는 것이다.

②의 시는 1, 2연과 3, 4연의 병치를 통한 대조법의 구성과 5, 6, 7연의 점층법의 구성이 돋보이는 작품이다. 1, 2연과 3, 4연의 대조적인 이미지는 "달이 가고"/"달이 어두워지고", "별이 가고"/"별이 쓰러지고", "어스름"/"화려한"의 대조적인 이미지로 병치되면서 화자의 심리적 변환과정을 드러낸다. 특히 "화려한 감옥"이라는 반어적 표현은 '자기 형벌' 의식을 더욱 효과적으로 표출하는 시적 장치이다. 5, 6, 7연에서 화자는 자신이 갇힌 감옥에서 파란 연기가 솟아오르고 어디선가 새 울음이 들려옴을 느낀다. 그러나 그것은 화자의 환청일 뿐, 모든 것은 얼음으로 얼어붙어 세상은 모두 하얀 여백의 세계이다. 그럼에도 불구하고 화자는 "파란"과 "새"라는 시어를 통하여 간절한 희망을 품고, 자신의 형벌이 빨리 끝나기를 간구한다. 따라서 이 시의 메시지인 "종렬終列", 즉 '형벌의 끝'을 기다리는 화자의 심적 갈등과 유폐의식은 이 시에서 정점을 찍고 있다고 할 수 있다.

199) 김경복, 앞의 글, p.252.

자아自我
내가 울면서 바라던
거리로 나와
또 불행한 나는
빗발처럼 적시는
설움의 눈을 감았다

한없는 장막으로
끌어 옮기는
어딘가 떠나갈
세상의 나였음을 알았다

범람이 스쳐간
밤의 거리에는

눈을 뜨고 걸어도
나만이 어둡게
서서 가는 것이었다

나의 풀어헤친 가슴 안에
언제는 값진 보물을 간직하였더니

나는 울면서
그것을 꺼내어
걸어가는 길 위에 던져도 좋았다

조매로운 범죄가
알려지자

봉건의 성읍城邑처럼
찬란한 거리가
연기도 내음도 없이 무너져간다

나는 어둡게 차디찬
자아自我에 새로 쫓기며 갔다

그 불행한 섭리의 밤을
저주하는 까닭으로

검은 하늘에 흘러오는
염주念珠와 눈물을 씻었다.

—「거리와 나와 밤」 전문

이 시에서 1연은 "자아自我"라는 시어로부터 시작하고 있다. 이 "자아"는 거리에서 홀로 우는 '나'이고, 불행한 '나'이고, 어딘가로 떠나갈 세상의 '나', 혹은 어둡게 서서 가는 '나'로 계속 변주되어 나타나는 '나'이다. 이러한 '나'의 변주는 거리를 방황하는 '나'의 실존 상태를 암시한다. 따라서 화자에게 거리는 빗발이 치는 곳이고, 장막으로 가로막혀 있는 곳이며, 범람이 스쳐간 전후의 폐허의 거리이다. 그러므로 화자는 눈을 뜨고 세상 속을 걸어도 자신만 홀로 거리를 걸어가고 있다고 생각하고 있는 것이다. 그리고 그는 가슴 속에 고이 간직했던 보물을 꺼내어 길 위에 던진다. 그러자 자신의 범죄가 세상에 알려지고 마침내 거리는 자신의 죄로 인하여 무너져 내린다. 그는 다시 범죄자의 신세가 되어 자신의 "자아自我", 즉 자신의 양심에 쫓기며 스스로를 저주하며 눈물을 흘린다.

이처럼 이 시에 화자의 자아는 실향의 주체로서, 홀로 거리를 헤매는 고아의 모습으로 그려지고 있다. 앞에서 언급한 시 「종렬終列」에서 '자기형벌'의 유폐의식에 정점을 찍은 이후부터 고석규의 시 속의 화자는 점점 고아의식에 사로잡혀 향수鄕愁에 시달리게 된다. 향수의 근원적 메타포인 "거리"와 "나"와 "밤"은 대립적 이미지로서 서로 혼융·갈등하면서 화자의 고아의식을 더욱 도드라지게 한다. 당시의 '거리'는 전쟁의 폐허 속에서 기아에 허덕이며 전쟁의 상처로 고통 받는 우리 민족의 불행한 역사를 고스란히 담고 있는 장소였으며, 역사의 현실이었고, "차디찬 자아"의 현실이었던 것이다. 그 현실은 '주체의 파산', '근대적 파산'의 또 다른 이름이었다.[200] 따라서 고석규는 시를 쓰는 순간마다 실향의 주체로서 감당해야 할 향수를 위무하였을 것이다.

우리네 향수는
마른 땅에 바람처럼 날려

우리네 향수는
불사른 집터에 날아가느니

예진 날 밝은 빛이 서로 반가워
부여안고 울어볼

어머님 사랑을 알고 모른
고아처럼 가난한 우리네 향수

냉랭한 달빛이 바다로 오는
슬픔의 항구에서 부르는 노래

아
고아처럼 가난한 우리네 향수.

—「우리네 향수」 전문

이 시에서 각 연마다 나타나는 술어인 "날려", "반가워", "울어볼" 등의 시구는 화자의 유폐의식에 대한 긴장감이 어느 정도 완화되었음을 암시한다. 동시에 그것은 화자의 의식이 희망을 향하고 있음을 드러낸다. "마른 땅", "불사른 집터", "냉랭한 달빛", "슬픔의 항구" 등에 나타나는 화자의 부정적 인식에도 불구하고, 화자의 고아의식은 유폐의식에서 점점 회복되는 긍정적 그리움의 의식으로 변해가고 있다. 특히 "우리네 향

200) 졸고, 앞의 논문, p.21.

수"라는 시구는 화자의 향수가 "우리네"라는 공동체의 차원으로 확대되고 있다는 점에서 민족 공동체적인 의식을 보여준다.

라캉은 『에크리』에서 향수鄕愁를, 고향을 그리워하는 '회향병homesickness'과 '우울한 아쉬움melancholy', '충족되지 못한 욕망unsatisfied'이라고 말한다. 이러한 주체는 남근이 박탈된 거세된 주체이고, 결코 욕망을 충족시킬 수 없는,[201] 향수병의 주체라는 것이다. 고석규에게 있어서 고향을 잃은 상실감과 충족시킬 수 없는 욕망으로서의 '향수'는 '고아'라는 의식을 더욱 심화시켜 준다. 남북분단은 3·8선이라는 분단의 현실뿐만 아니라 실향이라는 현실의식을 더욱 깊이 그의 내면에 각인시켜 주었기 때문이다. 그에게 '고향'은 상실의 시공간을 뛰어넘는 심리적 부재의 공간이다. 따라서 고석규의 '고아의식'은 전쟁의 상처와 자기 정체성 상실, 현실에 대한 절망과 죄의식에 대한 극복의 과제로서의 당위감[202]으로 드러나고 있는 것이다.

> 나의 고독은 어둠과 함께 있다.[203]

> 나의 눈물이 가슴 속에 저물다. 또는 나의 가슴이 눈물로 어두워진다.[204]

> 어머니시여!/당신은 나의 어머니가 되어야 합니다. 순한 마음이 이처럼 꺾이지 않을 테면 무엇보다도 당신이 나의 가장 무궁한 어머니로 기억되어야 합니다./이 밤이 새면 우리는 한동안 적어도 내가 품었던 모정 이상의 신비로운 미련이 얼마나 처참하게 무너져갈 것입니까[205]

위의 글은 고석규의 '고아의식'이 어떻게 '유폐'의 길로 향하게 되었는

201) 김종주 외, 앞의 책, p.126.
202) 하상일, 앞의 논문, p.296.
203) 고석규, 「청동일기 Ⅱ」, 앞의 책, p.293.
204) 고석규, 「청동일기 Ⅱ」, 앞의 책, p.301.
205) 고석규, 「청동일기 Ⅰ」, 위의 책, p.104.

지를 드러낸다. "고독"→"어둠"→"눈물"로 이어지는 심리 구조는 '유폐'의 근원적 메타포를 드러내며, 그것은 역설적으로 "꽃"→'어머니'로 이어지는 희망의 근원적 메타포를 이중적으로 드러낸다. 또한 영영 만날 수 없는 어머니를 "무궁한 어머니"로 변환시키고 있는 것은, 끝끝내 희망의 끈을 놓지 않으려는 '고아'의 몸부림이자 절규라고 할 수 있다. 라캉은 '향수'를 '거시기에 대한 욕망'이라 칭한다. 여기서 '거시기'는 '원억압 primary reperssion, Ur-verdrängung'을 말한다. '원억압'이란 한 번도 의식에 나타나 본 적도 없으며, 과거에도 존재하지 않은, 되돌아갈 곳도 없는 것이다. 욕망은 원억압의 결과이다. 소외의 정신으로부터 태어난 이 '원억압'은 자신의 자리도 집도 없으므로 욕망은 회귀와 상관없는 '향수'를 불러온다. 따라서 욕망은 구조적으로 충족될 수도 없고 충족시킬 수도 없는 것이다. 왜냐하면 욕망의 대상은 규정지을 수 없기 때문이다.[206] 따라서 고석규에게 있어서 고향으로 회귀하고자 하는 '욕망'은 '환유'의 구조를 가진다고 말할 수 있다. 그는 결코 돌아갈 수 없는 고향에 대한 그리움을 멈추지 않고 있기 때문이다. 더불어 그의 시에 자주 나타나는 '고아의식'의 상징인 '방'의 이미지는 긍정/부정, 과거/미래, 유폐/희망의 양가적인 이미지를 내포하고 있다. 이러한 이미지는 뫼비우스 띠처럼 처음과 끝이 없는 절망적인 것이다.

무지개가 올랐다
까만 무지개다리를 보는 것이었다
여러 가지로 말 못할 옛날은 흐려오고

먼 바람이 꼭 나의 눈을 감기고
그러면 한사 너와 같은 옛날이 밀물
처럼 끓어와 가시는 것이었다
무지갯빛은 항시 농염하였다

눈을 뜨고 깨인 다음에

---

206) 김종주 외, 앞의 책, p.127.

한의 배열이 내 눈앞에 스쳐간
알지 못할 종적은 사리다가 개어
나의 거울같이 훈훈한
옛날이 호수처럼 미더웠다

S-나는 누구를 위해
칠칠한 장벽을 어루 쓰다듬어
늙어간 눈먼 죄수로 살았는가
심장이 차찬 돌처럼 동결하던 밤은
그 색맥을 기다리는 잔인한 피가
어느 한 끝으로 용열함이었다

노래 부르는 창영의 혈흔 같은 진폭이
깃발을 꽂는 것이었다
파란 불에 타는 잡히지 않을 영혼에
범죄와 같은 힘은 자유는 다시 감아
누웠다. 가루 없는 침상의 마지막 향기를 그어가면서

온 힘과 사랑과 무척 향내는 꽃
다발과 독서와 진리와 그리고 기도를
잃어버린 결별의 분화는 생생하였다

억세니 손잡은 두 가지 생각의
거짓말 같은 욕구를 거절한다.

허虛—살아 있는 선을 골라잡고도
왕왕 내 바닷물에 시닷기는
태산암과 같은 나의 험진 표정이
매끄럽질 않았다

내 괴로워. 그러면 내 괴로운 눈물이
시울지는 앞길이 정녕 보일까

비극에 태어난 두터운 손줌과
갈갈이 피 묻은 손가락을 펼치고
가장 좋은 푸념의 어머니는
시설거리는 꿈에서 길을 가르쳤다.

어찌하여 나는 흰 눈이 퍼붓는 길을
그 먼 목청가에 메인 파세틱스를
불운한 고향의 파장을 잊었겠는가

어디나 닿았는 뭍에 오열하는 무리의
배여진 버릇이 너무 얼굴을 알모르게
가리운다

숨 막힌 인정이 뒤씹히는
말라갈 촉구의 습관은 눈에 익지 않았다
입술 언저리에 봄눈이 싸락처럼
맴그려 녹아 없어졌다

벗겨진 거리에 찬란한 석고는 비웃는 것이었다
우리네 일들이 이처럼 먼 곳에서
계약을 죽어도 지킬 수 없다 한다

S—무지개를 따르다가
무지개를 놓치고 쓰러진 그런 운명의
행운만이다

허허한 벌판에 무지개를 쫓는
창백한 혼체는 틀림없이 나였다

밤이 되어도 구름이 첩첩하여
하늘이 흐려 나의 별은 어느 언저리에
숨었겠는가, 내일이 못 뇌이노라.

—「하늘이 흐려 별이 보이질 않아」 전문

이 시는 다른 시들에 비해 고석규가 만든 조어造語들이 가장 많이 사용되고 있다. 고석규의 조어는 표준어가 아닌 그 자신 스스로가 만든 한자어인데, 그 뜻을 파악하기가 좀처럼 쉽지 않다. 특히 "색맥", "용열", "촉구", "혼체" 등의 시어는 고석규가 의도적으로 만든 것으로 파악된다. 이러한 조어의 사용은 고석규의 유폐의식이 낳은 자신만의 비밀을 간직하기 위한 시적 방식이며, 암호와 같은 시어를 사용함으로서 자신만의 비밀스런 세계를 구축하기 위함이라고 볼 수 있다. 이 시의 배경과 시점인 "밤/꿈"의 구조는 프로이트가 말했듯이, 트라우마를 겪는 이가 꾸는 꿈은 사건의 현장, 즉 또 다른 경악 속에서 그를 잠에서 깨우는 현장 속으로 반복적으로 그를 데리고 간다.[207] 이러한 이미지는 주로 "돌"과 "밤", "벌판"이라는 자연 이미지로 나타난다. 이러한 이미지는 화자의 트라우마가 잠 속까지 나타나 그를 끊임없이 옥죄고 있다는 사실을 드러낸다.

그러나 고석규의 유폐는 스스로가 선택한 것이므로, 이 시에서도 화자는 누군가 자신을 단죄하고, 자신을 비웃는 환상 속에서도 자신의 존재를 자각한다. 이러한 자각은 "눈먼 죄수"로 살아가는 자신을 '고아'나 다름없는 존재로 인식하는 것이다. 따라서 그는 "자유"와 "사랑"으로부터 등을 돌리고 자신의 눈과 귀마저 가린 채 극한의 한계상황, 즉 죽음에 다름 아닌 상황에 처한다. 그러나 이러한 병리적인 현상, 즉 자폐에 가까운 유폐의식은 "어머니는 시설거리는 꿈에서 길을 가르쳤다."라는 구절에서 반전을 일으킨다. 그것은 화자의 '결단'의 순간을 암시하며, 그 '결단'은 텅 비고 피폐한 벌판에서도 무지개를 쫓아가는 화자의 모습 속에서 드러난다.

'유폐의식'으로부터 발생한 고석규의 '고아의식'은 전쟁의 공포체험과 실향의식이라는 중층적인 트라우마의 양상 속에서 형상화되고 있다.[208] 이러한 이미지는 전쟁과 분단으로 인한 상실과 민족적·역사적 의식의 단

207) S. 프로이트, 「쾌락 원칙을 넘어서」, 앞의 책, p.277.
208) 졸고, 앞의 논문, p.22.

절을 의미한다. 또한 이것은 죄의식의 다성적인 양상이며, 자기형벌의 표상이다. 그러므로 그는 "나는 자연의 아기兒骸"라고 자신을 스스로 규정한다. 여기서 "아기兒骸"란 해골만 남은 아기라는 의미로써, 이미 죽은, 그것도 성장하지 못한 채 죽어간 미성숙한 죽음을 의미한다. 라캉은 주체에 앞서 대타자를 가정함으로써, 주체를 근본적으로 팔루스가 결여된 욕망의 주체로 보았다. 따라서 주체는 자율적으로 존재하는 것이 아니라 타자와의 관계 속에서 형성되며, 상실과 결여의 과정을 거쳐야 한다.

위에서 살펴본 바와 같이 전쟁에서 살아남은 고석규는 포성이 멎은 전후의 침묵 속에서도 인간적인 박탈감과 피살되지 못하고 살아 돌아온 죄의식에 괴로워한다. 이러한 죄의식은 '자기 형벌'을 위한 스스로의 유폐의식으로 전이되고, 이러한 유폐의식은 '얼음'과 '나비' 이미지가 주요 모티프로 차용되어 나타나고 있다. 또한 고석규의 '고아의식'은 두 가지 의미의 층위를 지닌다. 하나는 일제 강점기에 태어나 나라를 잃은 식민인의 인식이고, 다른 하나는 분단으로 인한 실향민으로서의 상실의식이다. 첫 번째의 식민의식은 일제강점기를 살았던 모든 인간의 보편적인 고아의식이지만 두 번째의 실향의식은 분단현실의 보편적인 인식일 뿐만 아니라 고석규 개인의 불행한 역사의식이자 분단의식이라고 볼 수 있다. 또한 이 두 가지 의식은 나라와 고향을 잃었다는 점에서 상징적인 죽음과 연결된다.

Ⅲ. 상실과 유폐의식이 내면화된 죽음의 세계

근대 문학의 중요한 테마는 주체의 몰락, 바로 죽음이다. 근대문학은 스스로의 가능성과 불가능성에 대한 메타적 성찰을 통해서 구성되는 특수한 언어적 실천의 역사적 형성물로 구성된다. 근대문학은 스스로의 죽음, 불가능성, 부재와 같은 부정성에 대한 끝없는 탐구의 형식으로 출현한다. 블랑쇼적인 근대문학은 자신의 소멸에 대한 응시, 자신의 불가능성에 대한 성찰[209]이기 때문이다. 일반적으로 죽음이란 가장 보편적이면서 절대적인 사건이다. 죽음은 피할 수 없는 운명이기 때문이다. 죽음의 확실성은 유한성이란 한계상황과 함께 삶에 대한 실존적 사유를 요구한다. 특히 근대에 이르러 개인주의의 등장은 죽음에 대한 새로운 인식을 초래하였다. 근대적 죽음이란 더 이상 유토피아와 같은 초월적 세계를 지향하기 않기 때문이다.

프로이트에 따르면, 생명체는 그의 목표인 죽음을 서둘러 재촉할 수 있는 위험들에 대항해서 살아남으려고 하지만 결국 인간의 기본욕망의 목표는 생명체가 죽음으로 가는 '제 갈길 its own path'을 따라가게끔 만든다[210]고 말한다. 또한 라캉은, 향유jouissance[211]란 죽음충동과 동의어라고 말한다. 주체를 마비시키고 죽이는 불안은 죽음충동에 대한 반응이다.

---

209) 김홍중, 『마음의 사회학』, 문학동네, 2009, p.118-121, 참조.

210) 김종주 외, 앞의 책, p.98.

211) 향유, 즉 주이상스jouissance는 쾌락 원리를 넘어 잃어버린 대상인 '물'에 도달하려는 욕망의 절대적 향유를 말한다. 주이상스는 상징계의 법을 통해 금지되어 있지만 사실은 말하는 주체가 도달할 수 없는 원천적으로 불가능한 쾌락이다. 주이상스가 발생하는 것도 주체가 상징계에 진입하면서 느끼는 결여 때문인데, 주이상스는 죽음충동의 양상으로 발현된다. 여기서 '물Thing'은 의미의 영역을 넘어 실재계에 속하는 것으로, 욕망이 겨냥하는 잃어버린 대상을 말한다. 쾌락 원리는 주체로 하여금 '물'로부터 일정한 거리를 둔 채 '물'이 주위를 맴돌게 만드는 일종의 보호 작용이다. 하지만 '물'은 끊임없이 주체의 욕망을 불러일으키므로 주체는 계속해서 그것에 도달하고자 한다. 나중에 '물'은 '대상a'로 연결된다. '물'은 한마디로 포착 불가능한 대상이다. 김 석, 앞의 책, Epilogue 참조

따라서 죽음의 두려움은 사실상 삶의 두려움이고라고 하는 상투적인 의미[212)]로서 이해되어야 한다.

이처럼 '죽음'은 세계 내에 항상 존재하는 현상이다. 인간의 가장 고유한 존재가능성으로서의 '죽음'은 인간 삶에 가장 중요한 영향을 미치면서 동시에 인간 실존이 시간성을 바탕으로 한다는 것을 증명한다. '죽음'은 유한한 인간 삶에 가장 극한의 한계상황이자, 가장 본래적인 가능성으로서 존재하기 때문이다. 인간은 자신의 죽음을 직접적으로 체험할 수 없다. 왜냐하면 '죽음'이라는 상황을 맞이하는 그 순간 이미 그는 세계 내에 존재하지 않기 때문이다. 따라서 인간은 타자의 죽음을 통해서만 죽음을 체험할 수 있다. 그리고 타자의 죽음을 체험하면서 자신에게도 언젠가는 '죽음'이 찾아 올 것이라는 막연한 불안감에 젖어든다. 그럼으로써 인간은 '죽음'에 대한 이해에 의식을 집중시키고, '죽음'에 대한 불안감을 삶의 긴장감으로 전이시킨다. 이러한 긴장감은 순간순간의 삶을 성실하게 살아가게 하는 동력이 된다.

고석규는 전쟁이라는 낯설고 두려운 상황을 통하여 '타자의 죽음'과 직면한다. 그리고 '죽음'은 자신에게도 곧 닥쳐올 가능성이고, 자신의 삶의 최종 현실이라는 것을 깨닫는다. 그리고 그는 '타자의 죽음'으로부터 촉발된 '불안'과 '공포'에 사로잡혀 자신의 정체성을 상실하게 되고, 남북이 분단된 전후의 처참한 상황 속에서 극심한 상실감을 겪는다. 이 상실감에는 북에 두고 온 어머니와 연인에 대한 죄의식이 내재해 있으므로, 그는 끊임없이 자신을 자학하고 자신의 죄를 스스로 처단하면서 스스로 수인囚人의 길을 선택한다. 이러한 수인의 길은 사회적인 의미에서는 상징적인 '죽음'의 의미를 지닌다. 그는 비록 전쟁에서 죽지 않고 살아 돌아왔지만, 이미 죽은 존재나 마찬가지인 것이다.

---

212) A. 주판치치, 이성민 옮김, 『실재의 윤리』, 도서출판b, 2004, p.376-377.

1. 자연과 문명의 비극적 대립과 폐허의식

고석규가 활동하던 당시는 '폐허'와 '근대의 파산'[213]으로 명명될 만큼 열악하고 피폐한 상황이었다. 남쪽으로 피신한 피난민들은 임시수도 '부산'에 정착하기 시작하였다. 김동리가 항도 부산을 두고 '허무의 공간'이라고 규정했던 것[214]처럼 당시의 부산은 '근대의 파산'이라는 총체적 황폐함을 드러내고 있었다. 니체의 '신은 죽었다'라는 명제는 허무와 폐허의 자화상을 적나라하게 보여주는 것이었다. 이러한 자화상을 통해서 고석규는 부조리/죄악, 선/악, 삶/죽음의 양가적인 근대를 각성하게 되었던 것이기 때문이다.

---

213) 김윤식은 근대성의 파산을 '근대성이 가치지향성으로 일삼던 모든 것'이 폐허로 돌변했다는 점이 그것이며, 문학의 경우, 민족주의문학도, 남로당의 인민민주주의 민족문학도, 국가사회주의문학도 파산되었음을 가리킨다고 말한다. 그것은 이성중심주의적 사고의 폐허이며, 우리 삶 전부의 파산이 아니라 그 일부의 폐허화를 말한다. 김윤식, 「「청동의 계절」에서 「청동의 관」까지」, 참조.

214) 김윤식, 「1950년대 한국문예비평의 3가지 양상-고석규의 정신적 소묘」, 참조.

1) 자연과 문명의 비극적 대립 양상

플라톤 철학에서 원초적 '자연(혼돈)'은 원래 타락하고 무질서한 것으로 간주된다. '로고스'는 노예와 짐승과 여성, 그리고 그 외의 무질서한 요소들을 다스리는 것과 같이 자연의 무질서를 다스린다. '로고스'는 혼돈하고 무질서한 자연세계의 질서를 다스려서 이성적 질서를 부여함으로써 지배관계에 들어간다.[215] 플라톤의 '로고스/자연'의 이분법은 데카르트에 이르러 '인간 의식/기계적 자연'으로 전개된다. 데카르트에게 있어서 인간의 "의식"은 순수한 정신작용이며, '육체'와 '자연'은 의식과는 완전히 단절된 기계적인 '도구'로 전락한다.

프로이트에 따르면, '문명'은 인간의 본성을 억압하기 때문에 인간은 고통과 갈등 속에서 살게 된다. 무의식의 기원이 되는 '오이디푸스 콤플렉스Oedipus complex'가 문명의 출발점에도 동일하게 자리 잡고 있으며, '오이디푸스 콤플렉스'의 극복 과정은 본능을 포기하고 억압할 때만 가능하기 때문에, 주체는 '아버지의 이름'인 '금지'와 '법'을 수용한다. 그러면서도 주체는 언제나 금지된 욕망을 꿈꾼다. '사회화'는 자연적인 본능을 길들이고 사회적으로 용인된 방식으로 그 본능을 표출하는 것을 배우는 과정[216]이다. 이러한 '사회화' 과정은 필연적으로 '억압'과 그 억압에 따른 다양한 '증상'을 수반하게 된다.

> '지구'라는 시는 문예인가, 어디메에 이광수 씨가 발표한 것 같다
> 비를 맞으며 거리에서 제목을 생각하고 그 불안에서 파열로 이
> 전하여가는 지구의 모습이 자꾸 눈에 뜨이는 것 같았다
>
> 명주실같이 연한 바람에 쓰러져갈 지구는 아무래도 속이 빈 경

---

215) 이귀우, 「에코페미니즘」, 『여성연구논총』 13호, 서울여자대학교 여성연구소, 2001, p.84

216) 김 석, 앞의 책, p.25.

구輕球라고 생각키 어렵다

지열池熱과 뿌리와 사해死骸의 층적層積을 기억한다

지구는 달이 있고 태양이 있어서 투명하다는 상위적 인식에서 우주 문을 지키고 있었다

확연히 인력引力이 지구를 방임하는 시기가 올 것 같다 그러면 일타一他에 지구가 저락하는 것이 아니라 스크린 속에 굴러가는 풍선과 같이 어디론지 떠간다는 것이다

녹슬고 힘을 상실한 지구의 생명을 우주의 어느 창고로 반납될 것이 분명하다

인간은 죽은 대로 그 혼의 단자團子와 같이 이 길을 따를지도 모른다 그러나 믿지 않은 행복이 최후로 남았다

나는 앉은 대로 부유의 귀로를 떠날 지구의 측면을 나의 뺨과 가까이 한다 지구는 냉각하고 있으나 지구에 접하고 있는 나의 뺨에 스스로 알지 못할 눈물이 뜨거워 오른다

인생의 마지막 정열!

지구가 떠나면 이 열이 그대로 구름 꼬리마냥 싸늘해질 것을 생각할 여유도 없이 나는 발걸음도 잊은 채 달아나는 지구를 쫓는다

이 하직에는 알지 못할 원천이 있다.

—「시상詩想·1」 전문

이 시의 제목 "시상詩想"에는 화자가 시를 생각하며 떠올리는 지구와 그 지구 속에서 살아가는 인간 '실존'에 대한 인식이 내포되어 있다. 이

시의 서사적 구조는 두 가지로 나뉜다. 하나는 전쟁으로 인한 '지구'의 피폐함과 위태로움에 대한 안타까움이고, 다른 하나는 지구에 생존하는 인간으로서의 위기의식과 지구에 대한 사랑이다. 전자에는 인간의 욕망으로 인한 지구(자연)의 파괴 현상을 안타까워하는 화자의 인식이 드러나고, 후자에는 지구에 대한 사랑과 지구를 지켜내고자 하는 결의가 드러나고 있다. 이 결의에는 "알지 못할 원천"이 숨어 있다. 그것은 "'지구'라는 시", 즉 자연은 바로 '시'라는 인식이다.

기계문명과 과학의 경이롭고 눈부신 발달로 인하여 편리하고 풍요로워진 인간 삶은 피할 수 없는 죽음과 재난을 동시에 감당해야 했다. 특히 과학의 발달로 출현한 전쟁은 인간 이성의 힘에 대한 부정의식을 갖게 하였다. 그리고 인간은 전쟁을 통하여 수많은 죽음과 직면하면서 죽음은 자신과 멀리 떨어져 있는 것이 아니라, 바로 지금 자신의 곁에 항상 존재하고 있다는 사실에 경악하였다. 따라서 인간 삶의 일상 속에서 가장 문제시되는 것은 죽음이라는 현상이 되어버렸다. 결국 이러한 죽음의 현상는 실존의 물음을 불러일으켰고 삶은 죽음을 향해 가는 것이며, 죽음 또한 또 하나의 존재의 가능성이라는 사실을 각성하게 되었다. 알제이가 '죽음은 매우 두려운 불결한 사건'이라고 말하면서 '문명'의 제일 빠른 발달이 바로 의식된 죽음을 만들었다[217]고 주장했듯이, 자연은 늘 그 자리 그대로 존재하지만 인간은 자신들의 편리와 행복을 추구하기 위해서 자연을 위한 배려 없이 과학과 문명이라는 이름으로 자연을 인위적으로 파괴하였다. 특히 고석규가 체험한 6·25 전쟁은 문명과 자연의 대립이라는 심각한 위기의식을 촉발시킨 계기가 되었다.

포성이 지나는 푸성 가시밭 언덕에
할머니 홀로 비석을 안은 채
구름을 보낸다

허물어진 흙담 위

---

217) 고석규, 「청동일기 II」, 앞의 책, p.296.

화염에 스쳐간 나뭇가지엔
알마냥 붉어진 꽃뿌리 달려
알지 못할 외로움에 울어메는 무렵

매양 바다, 조으는 봉우리에서
하늘을 조각처럼 우러르며
무슨 내일을 던져도 서운함이 없어

부푼 봄처럼 옷 벗고 찾아갈
저기 흐르지 않는 바다
숨처럼 틔어볼 수원지 고요워.

—「석류화」 전문

이 시는 "석류화"라는 자연의 상징인 '꽃'의 환유를 통해서 전쟁으로 인하여 파괴된 자연을 응시하는 화자의 심리상태를 형상화한 작품이다. 이 시에 나타나는 폐허의 양상은 폭격을 맞은 가시밭 언덕과 허물어진 흙담, 화염에 스쳐간 나뭇가지와 흐르지 않는 바다로 나타난다. 이러한 폐허의 풍경은 화자로 하여금 자연의 피폐한 형상과 화염 속에 스러져가는 자연의 비극성을 깨닫게 한다. 그러나 화자는 "우러르며", "고요워"라는 술어를 차용하여 이러한 비극적인 현실에도 불구하고, "부푼 봄"처럼 밝은 미래를 기다리고 있다. 루소는 인간의 문명과 자연의 모순을 '시민적 실존'과 '자연적 실존' 간의 균열의 궁극적 원인[218] 이라고 진단한다. 자본주의 혹은 근대 문명은 현실 세계를 구조적으로 양분하고 이를 위계화하여 서로를 적대시하도록 만들었기 때문이라는 것이다.

시간에 뒤쫓기며 살아가는 우리들은 가끔 정지된 공간을 눈여겨봅니다. 그것은 볼수록 움직여가는 어떤 내재의 화면이올시다. 그 화면에는 무수한 물상들이 위치하고 있습니다. 구름과 비둘기와 시내와 과수원들이 그리고 벙커와 보초와 철망과 주검들이

218) H. R. 야우스, 앞의 책, p.159.

무슨 필요가 있어서가 아니라 각기 마련된 자리에 머물러 있는 것입니다.

그들은 말할 수 없는 정적에 싸여 있습니다. (……) 그들의 침묵은 우리에게 무엇인가 전하고 있는 것입니다. (……) 그들은 저마다 소리와 같은 파문을 던지며 저 무한한 공백 속에서 스스로의 위치를 떠나기 위하여 울고 있는 것인지도 모릅니다. 분명히 들려올 듯 한 그들의 환한 울림, 그것은 차라리 이름 할 수 없는 빛깔이라고도 할 것입니다.219)

위의 글은 고석규가 전장에서 휴식을 취하면서 바라다본 폐허 속의 침묵의 여백을 묘사하고 있는 글이다. 마치 한 폭의 풍경화처럼 펼쳐진 전장의 폐허는 하얀 화선지처럼 고석규의 시야에 펼쳐져 있다. 고석규는 그 "정지된 공간"을 바라보면서 무수한 사물과 자연의 물상들이 제각기 자신들의 위치에서 각자의 침묵과 정적을 견디고 있음을 깨닫는다. "구름", "비둘기", "시내", "과수원"과 "벙커", "보초", "철망", "주검"의 극적 대비는 자연과 문명의 비극적인 대립 양상을 암시한다. 그리고 그 둘 사이에 끼어 있는 인간 존재에 대한 물음을 이끌어낸다. 고석규의 예리한 관찰력은 여기서 끝나지 않는다. 그는 정적과 침묵 속에서도 자연의 물상과 다양한 사물들의 여린 '파문"을 "울음"소리로 치환시켜 듣는다. 이 "울음"은 전쟁으로 파괴된 자연의 주검과 고통의 단발마이다.

그러나 고석규는 다시금 집중하여 그것들을 바라본다. 그러자 그것들은 울음을 우는 것이 아니라, 자신의 존재를 알려주는 환한 울림을 정적의 여백 속에 퍼뜨리고 있는 것이다. 이 환한 울림은 폭력과 주검이 난무하는 전장에 또 다른 희망과 생명의 탄생을 예고하는 "이름 할 수 없는 빛깔"이며, '사랑'인 것이다. 이러한 인식은 고석규의 문명에 대한 혐오와 자연에 대한 사랑이 얼마나 진정성을 지니고 있는지를 드러내준다. 그의 시에 자주 나타나는 "꽃", "바람", "구름", "바다" 등과 같은 자연의 이미지는 바로 이러한 고석규의 자연에 대한 사랑이 구체화된 것이다.

219) 고석규, 「여백의 존재성」, 앞의 책, p.11.

눈물의 한 방울도 떨어뜨리지 말라

지구가 누운 하얀 자리에
저렇게 밝은 아름다운 것을

무명無明에서 일어나
무명으로 돌아가며 부르는
손짓과 같은 저 보이지 않는 기세를
꿈에도 생각할 것인가

피 고인 눈앞을 발그레 떴다간
내 팔에서 시들어가는
이 불같은 수백 번의 임종을

눈물의 한 방울도 떨어뜨리지 말라

지구는 더 먼 빛내에 묻혀
우리와 같이
다시금 피어나려고 울지언져.

—「전신轉身」 전문

이 시의 배경은 '전장의 밤'이다. 이 '밤'은 화자를 "무명無明에서 일어나/무명으로 돌아가"게 하는 은유로서 기능한다. "눈물", "손짓", "눈", "팔"은 자연에 대응하는 인간의 나약한 의지를 표출하면서 동시에 자연에 대한 인간의 초라한 모습을 상징하기도 한다. 특히 "눈물의 한 방울도 떨어뜨리지 말라"는 시구의 반복은 인간과 자연, 그리고 지구의 "전신轉身"을 꿈꾸는 화자의 미래에의 희망의식을 내재화한다. 특히 이 시에서 중요한 점은 "다시금 피어나려고 울지언져"라는 역설적 시구이다. 고석규 시에 자주 나타나는 '피어나다'와 '울다'의 이미지는 화자의 암울한 내면의식을 적극적으로 발화하면서 동시에 역설적인 두 이미지의 '충돌'과

'스밈'을 통해서 새로운 생명의 발화, 희망의 발화를 촉발시킨다. 이러한 시 의식은 고석규의 자연에 대한 인식을 뚜렷이 부각시켜주고 있으며, 인간의 문명과 자연의 비극적 대립에 대한 고석규의 적극적인 반성과 성찰을 내포하고 있다.

루소에 따르면, 인간은 본래 사회적 존재도 언어도 가지지 않은 존재였으며, 오직 자연의 소리만을 따랐다고 한다. 자연 속의 인간은 자연을 떠나고 나서야 비로소 사회적 존재가 되었다는 것이다. 그러므로 언어나 사회의 역사는 최초의 침묵으로 시작하여, 자기 소외로 인한 최후의 침묵으로 끝나며, 개개인의 소유권 주장은 불평등과 지배, 그리고 착취를 낳았다.[220] 그리고 언어 문명의 도구화로 인하여 인간은 소외의 근원으로 존재하게 되었다. 자본주의 사회가 건설하는 '견고한 모든 것'은, 내일은 무너지거나 파괴되거나 찢어지거나 박살나도록 만들어졌으며, 그것들은 다음 날에는 재순환되고 대체될 수 있는 것으로서, 좀 더 이익이 되는 형태 속에서 계속 반복되고 재반복될 뿐[221]이다.

> 어느 날 나는 강으로 갔다 강에는 폭탄에 맞아 물 속에 뛰어든 아주 낭자한 아이들의 주검이 이리저리 떠가고 있었다
>
> 물살이 어울리면 그들도 한데 어울리고 물살이 갈라지면 그들도 다른 물살을 타고 저만치 갈라지면 그들도 다른 물살을 타고 저만치 갈라져 갔다 나는 그때가 팔월이라고 생각한다.
>
> 어떤 나무에선 수지樹脂가 흐르고 화약에 쓸린 잡초들이 소리를 치며 옆으로 자랐다 불붙는 지대地帶가 하늘로 부옇게 맞서는 서쪽 강반江畔에는 구릿빛처럼 기진한 여인들이 수없이 달려오는 것이었다 그리고는 가릴 길 없는 의상들을 날리며 한결같이 피 묻은 손을 들어

---

220) H. R. 야우스, 앞의 책, p.37.
221) M. 버만, 앞의 책, p.120.

"야오—"
"야오—"

높은 여운 속에 합하여 사라져가는 저들의 이름을 내가 듣는 것이었다 신이 차지할 마지막 자유에 스쳐 내리는 연분홍 길을 눈 감고 내가 그리는 것이었다

"야오—"
"야오—"

이제는 아주 보이지 않게 떠나간 하직을 차라리 우는 것이 아니라, 먼 나라 홍보색紅寶色 그물 속으로 생생한 고기와 같이 찾아가는 하많은 저들의 희망을 불러보는 것이었다
목소리 메인 공간의 말할 수 없는 고동鼓動에 사로잡혀 나도 몇 번이나 아름다운 환호에 손을 저었다

은銀비 내리는 구름 속까지 강은 굽이쳐 내리기만 하고 노을에서는 바닷녘에 가지런히 당도하여 돌아 부르는 아이들의 고운 목청이 이제는 다시 물살을 타고 저만치 울려오는 것이었다
산란한 곡조로 그 소리는 바람 속에서도 연연히 들리었다.

—「강」 전문

이 시는 전쟁으로 인해 고통 받는 인간과 자연의 모습을 형상화한 작품이다. 이 시의 시점과 배경은 "팔월"의 어느 날 "노을"지는 "강"의 정경을 화자가 회상하는 것으로 이루어져 있다. 이 시는 네 개의 정황으로 이루어져 있다. 첫 번째 정황은 폭탄에 맞아 물속에 뛰어든 "낭자한 아이들의 주검"이 이리저리 떠가고 있는 정황이다. 이러한 정황은 폭탄에 맞아 죽어가는 '타자의 죽음'에 대한 화자의 공포를 반복적으로 드러내는 구실을 한다. 또한 아이들의 주검이 바다 물결을 따라 이리저리 떠다니고 있는 처참한 풍경은 화자로 하여금 전쟁의 비극성을 다시 한 번 절감하게 한다.

두 번째 정황은 "기진한 여인들이 수없이 달려오"며 "야오—, 야오—"

소리를 지르는 정황이다. 수지樹脂가 흐르는 나무와 아이들의 주검의 극적 대조는 전쟁이 가져다준 살육과 자연의 파괴를 의미화 한다. 이러한 의미화 작용은 삶과 죽음의 비극적 대립 양상으로 인한 화자의 공포감을 더욱 극대화시킨다. 그리고 여인들이 자식의 시체를 찾기 위하여 기진맥진한 몸짓으로 달려오며 아이들의 이름을 부르는 이미지는 화자가 전쟁에서 직접 체험한 전우의 죽음보다 더 비극적이고 반 휴머니즘적 인식을 일깨운다.

세 번째 정황은 화자가 여인들의 소리를 듣고 눈을 감은 채 "아이들의 희망"을 생각하며 손을 저어주는 정황이다. 화자는 아이들의 죽음에 대한 애도로서 눈물을 흘리기보다는 미처 펼쳐보지 못한 아이들의 "미래의 희망"을 더욱 안타까워한다. 아이들은 자신의 의사와 상관없이 어른들의 욕망으로 인하여 죽어갔기 때문에 화자는 어른으로서의 죄책감을 동시에 느끼고 있다. 따라서 화자는 아이들의 마지막 길을 위하여 손을 흔들어 주고 있는 것이다.

네 번째 정황은 아이들의 주검과 여인들의 "고운 목청"이 물살을 따라 흘러가는 정황이다. 이 정황은 산 자와 죽은 자의 경계에 선 화자의 안타까움과 삶의 여운, 그리고 삶의 여백에 대한 기표이다. 이러한 기표는 화자로 하여금 죽음에 대한 대자적 인식을 하게끔 유도한다. 전쟁에서 느낀 '죽음'에 대한 공포는 즉자적으로 바라본 '타자의 죽음'이었고, 이성을 잃게 하는 단발마의 공포였지만, '아이들의 죽음'은 근대라는 이성의 힘, 문명이라는 파괴의 힘이 얼마나 많은 생명체들과 자연을 파괴하고 있는지를 재인식하게 하는 대자적인 인식이기 때문이다. "강/폭탄", "잡초/화약", "하늘/불붙는 지대地帶"라는 자연과 문명의 대조적인 이미지는 고석규의 전쟁과 문명의 발달에 대한 부정적 인식이 적극 투영되어 있다. 이러한 역설적인 묘사는 "강"이라는 평화로운 자연을 전쟁의 아비규환으로 물들일 수밖에 없었던 폐허화되고 휴머니즘을 상실한 한국의 근대사를 은유한다. 야스퍼스는 "과학은 출발 시에 선망되었던 것처럼 세계관이며 가치결정이며 지식도 주어지지 않았으며, 과학 그 자체가 주장하는 이상의 것을 주장하면서도 그 자체를 배신하고 모든 책임을 기피한다."[222]고 주장한다. 이러한 주장처럼 고석규도 '과학의 명랑성'보다 '과학의 비극성'에 눈떠야 한다고 그의 비평을 통하여 자주 언급하였다.

위에서 살펴본 바와 같이 고석규 시에 나타나는 자연과 문명의 비극적 대립 양상은 인간의 탐욕과 문명의 발달로 인한 전쟁이 가져다준 비극으로서, 자연과 인간을 수동적인 존재로 만들고 있다. 그리고 이러한 자연과 인간의 운명은 죽음의 세계로 구체화되어 나타난다. 또한 전쟁으로 인한 자연의 죽음과 문명의 대립적 양상에 직면한 고석규는 세계의 폐허를 들여다보면서 문명에 대한 혐오의식을 갖게 되는 것이다.

2) 전후 황무지에서 발현된 폐허의식

전후 세대의 문학은 전쟁의 처참함과 인간의 폭력성으로 인한 휴머니즘의 상실 등을 주요한 테마로 다루었다. 특히 전후 문학은 고발의 성격을 강하게 지녔는데, 이는 전쟁으로 인한 인간 삶의 피폐함을 극복하기 위해서는 전쟁 속에 버려진 인간성을 회복해야 한다는 당위성으로서 나타난 것이다. 이러한 당위성의 발현은 전후의 상황이 얼마나 피폐하고 처참했는지를 여실히 증명한다. 고석규 또한 전후의 폐허, 전후의 황무지인 임시항도 부산에서 이러한 문학의 동질성을 추구하였다. 특히 그의 시에 나타나는 휴머니즘은 자신이 직접 전쟁에 참전한 경험을 토대로 하고 있기 때문에 더욱 큰 울림을 준다. 고석규 시에 나타나는 폐허의식은 외부의 환경에서 주어지는 폐허의식과 내면의 피폐함에서 주어지는 폐허의식으로 형상화된다. 먼저 외부 환경에서 주어지는 폐허의식을 살펴보자.

> 종이배도 뜨지 않은 바다 한 녘은
> 플라타너스 우거진 낮은 그늘 속에
> 늙은 안위安衛 담아오는 낮잠에 있고

---

222) 고석규, 「청동일기 II」, 앞의 책, p.79.

빨간 지붕과 걸어 나간 수문에
언제라도 흐르고 싶은 심정은 막히어

그 바다 가운데 아침도 저녁도
엷은 문紋이 져오는 외로움들이 움실 때

꿈을 입 쪼으다 사양에 먼 눈과
나래를 스친 코발트 새들이
헛되이 높은 곳에 날아오르라면

연푸른 잔디랑 언로堰路 위에
가는 듯 하아얀 옷그림자 서서
보이지 않는 목소리로
처참한 고독을 손짓하는

매양 바다 조으는 봉우리에
하늘을 조각처럼 우러르며
무슨 내일을 던져도 서운함이 없어

부푼 봄처럼 옷 벗고 찾아갈
저기 흐르지 않는 바다
숨처럼 틔워볼 수원지 고요여.

— 「수원지」 전문

불탄 곳에 흙무덤 있어
개풀조차 무성하는
여름 한나절

벌레소리 처량하여
곰팡이 답답한 숨소리

꺼진 고락苦樂이
창돌에 도드라졌다

하늘로 피지 않는 가느란 연기
툇마루 무너진 울녘에
동백나무 한 대 살아

잎은 설레누나
옛날을 말 못하여.

—「폐허에서」 전문

첫 번째 시 「수원지」의 대표적인 심상은 "고독"과 "외로움"이다. 수원지는 많은 동식물들이 서식하고 새로운 생명들이 알을 품고 새끼를 낳는 풍요롭고 평화로운 지역이다. 화자가 바라보는 수원지의 풍경은 평화와 생명의 이미지보다는 "흐르지 않는 바다" 즉 폐허의 자연만이 펼쳐져 있다. 이는 플라타너스와 새들과 연푸른 잔디로 나타나는 봄날의 생명성에 화자의 폐허의식이 투사되었기 때문이다. 이로 인하여 그곳은 아름답지도 평화롭지도 않은 폐허 그 자체로 형상화되고 있다. 따라서 바다는 흐르지 않고 이미 죽은 자들의 보이지 않는 목소리만 가득할 뿐이다.

두 번째 시 「폐허에서」에서 나타나는 자연의 풍경은 '폐허/생명'의 이중적이고 대립적인 이미지로 형상화되어 나타난다. 화자의 눈앞에 펼쳐지는 자연의 풍경은 불탄 곳이며, 곰팡이 꺼진 고락이며, 툇마루마저 무너진 울타리이다. 이러한 자연의 풍경은 전쟁의 포화 속에 불타거나 곰팡이가 피거나 고통스러운 음악으로 변질되고 있다. 그러나 중요한 것은 그러한 폐허 속에서도 "동백나무" 한 그루는 살아남아서 푸른 잎을 흔들며 화자의 의식을 일깨운다. 그러므로 화자는 전쟁이 가져다 준 생명의 말살, 자연의 피폐함을 성찰하면서, 전쟁 전의 평화롭고 아름다운 자연을 다시 꿈꿔본다. 고석규에게 있어서 폐허의식은 하이데거가 말한 인간의 본래적 가능성을 지향할 수 없는 내면의 폐허 상태를 의미한다고 할 수 있다. 고석규는 전쟁의 아비규환과 고향을 잃은 상실감 속에 살아가면서 자신의 본래성을 상실하고 망각하며 하루하루를 연명해나간다. 이러한 고석규의 삶은 전후의 황무지 현실과 그의 허무한 내면세계가 동일성을 이루고 있음을 의미한다. 따라서 그는 전쟁과 그로 인한 폐허의 현실을 새롭게 재조명해야 할 새로운 사상적 개념이 필요했을 것이다. 그러나 현실은 그의 희망과 부조화를 일으킬 뿐, 그는 전후의 위기와 절망을 폐허, 그 자체로 수용하고 인식할 수밖에 없었다.

> 산허리에 부서진 공장같이 캄캄한 가교사 앞을 스쳐 개전이 흐르는 뒷골목을 접어갔다. 퍽 고요한 정경이요 쓸쓸한 밤이다. 지나가면서 문이 열린 대로 불빛 아래 도사리고 앉은 피곤한 빈민 가족들은 기쁨도 말하지 않는 표정이다.(……) 방공호 무너진 웅덩이에 가까스로 막을 친 피난민 막사에서 연기가 불석이며 몰아나는 광경을 보며 지나 올랐다.[223]

위의 글은 전쟁에서 부상당하여 부산으로 돌아온 고석규가 "피난민의 막사"를 지나갈 때 보았던 풍경을 묘사한다. 그의 시선은 가교사와 그곳에 둥지를 튼 빈민 가족들, 그리고 그들의 말없는 표정에 가닿고, 다시 "방공호 무너진 웅덩이"로 이동한다. 이러한 막사의 풍경은 피난민들의 삶이 얼마나 처참하고 열악한지를 보여준다. 전쟁이 일어나자 사람들은 남으로 피난을 떠나기 시작했다. 북의 승전은 계속되었고, 그 승전 소식은 피난민을 더 남으로 떠다밀었다. 그리고 마침내 피난민이 정착한 곳은 부산이었다. 부산은 수많은 피난민으로 인산인해를 이루었다. 그들에게는 부산이 타지였으므로 그들은 터전을 잃고 하루하루를 연명해 나가야 했다. 따라서 고은이 『1950년대』에서 말했듯이 그들은 "꿀꿀이죽"으로 연명을 할 수밖에 없었다. 특히 이 글의 마지막 부분인 피난민 막사에서 연기가 불석이며 몰아 나오는 광경은 "막사"와 "연기"라는 단어가 환기하듯이, 고석규로 하여금 전쟁에서 체험한 살육과 공포의 정조를 다시금 떠올리게 하는 계기가 되고 있다.

---

223) 고석규, 「청동일기 I」, 앞의 책, p.140.

> 환도 직후의 명동은 예수의 40일 체험처럼 황량했다. 아메리카 극동공군의 특혜로 명동 성당만이 약간의 파손을 입었을 뿐 우상처럼 서 있었고 모든 건물과 한국 여성의 정신적 현주소였던 온갖 엑조틱한 디자인과 구식 네온사인은 소각되고 콘크리트 잔해가 음산하게 남겨져 있었다.(……) 죽음을 무릅쓰고 살아온 벗을 만나도 <아아 너구나, 너 살아왔구나!>, <아아 우리 죽지 않고 다시 만났구나! 역사는 우리에게 은총을 베풀었구나!>, <야 기쁘다! 정말 기쁘다!> 따위의 셈족의 인사법 같은 과장된 흥분도 소박한 반가움도 고의로 말살하고 <실존은 본질을 선행 한다>는 싸르트르의 명제를 저 자신의 허세에까지 육화시킨 채 겨우 고개만 30도쯤 까딱하고 뻣뻣하게 서 있어야 했다.(……)일체가 허무하였고 그 허무로부터 과장된 하루가 어떠한 구체적인 것도 억누르고 있었다. 비극만이 그런 시대를 자극할 수밖에 없었다. 폐허가 그들에게 비극적 교회가 되어서 무엇인가를 고해하지 않으면 안 되고 누구나 할 말이 있었고 누구에게나 난폭한 이유가 있었다. 그 시대 하나만이 가장 고독하게 남겨져 있는 영원한 절망만을 찾았다. 젊은 전쟁 경험자들은 전범자도 전쟁의 희생자라는 상식적인 지적을 할 수 없도록 허망한 관객이 되기도 했다.(……)명동의 술집은 지붕이 없었다. 술도, 술을 마시는 사람도, 비어 가는 술잔도 비에 젖는다.[224]

이어령은 전후의 상황을 '허무'로 파악[225]하였고, 고은은 전후의 상황을 '폐허'와 '절망'으로 인식하였다. 폐허와 절망으로 환기되는 전후의 상황은 인간의 마음과 육체마저 폐허화시켰다. 그리고 고은은 위의 글을 통하여 이러한 폐허화 시대를 예수의 40일 체험과 비유한다. 그 황량함에 대한 비유는 죽음과 실존을 동일선상에 놓고 과장된 허무의 제스처로 과장된 허무의 하루를 보내는 것에 다름 아니었다. 그러므로 폐허의 도시는

224) 고은, 앞의 책, p.27-28.
225) 이어령, 「4월의 문학」, 『저항의 문학』, 기린원, 1986, p.102. 전기철, 앞의 책, p.136. 재인용.

그들의 비극적 교회가 되었고, 그 누구나 난폭해질 수밖에 없는 전쟁의 트라우마를 갖게끔 하였다. 이러한 폐허의식은 고석규로 하여금 비극적 운명을 짐 지워 주었다. 그는 전쟁의 폐허에서 자신의 운명을 발견하였다. 그것은 우리 모두가 "전범자"이고 전쟁의 "희생자"라는 인식이었다.

> 영혼이여, 보이지 않는 그대여! 나는 너의 행복만을 비는데, 왜 자꾸 울고만 싶은가
>
> 모두 잠자는 것인가. 쓸쓸히 떠나간 것인가. 나의 하늘은 어둡고 별들은 바람에 떨고 있을 텐데, 내 고향에는 이 행복이 따로 있을까
>
> 영혼이여, 풀려나간 팔이여! 가장 요긴한 것을 허락하던 뜨거운 눈물의 얼굴을 나는 보지 않겠노라. 내 손에는 검은 피가 자꾸 맺혀 흐르는 것이니
>
> 네 잠자리와 네 꿈속에서 너는 나와 같이 다시 울지 않을 것이어라. 너는 나에게서 이제는 살지 못하는 것이어라
>
> 영혼이여, 그러한 보이지 않는 것이여
>
> 꽃 지는 바람소리 들리지 않느냐.
>
> —「방房」 전문

이 시는 '유폐'라는 깊은 나락에서 빠져나올 수 없는 극한의 상황을 형상화한 작품이다. 동시에 이 시는 화자의 "영혼"의 깊은 울림을 적고 있다. 타자의 행복을 위하여 다시는 눈물을 보이지 않겠다는 화자의 다짐은 "너는 나와 같이 다시 울지 않을 것이어라."라는 결연한 선언으로 변환되어 발화되고 있다. 그럼에도 불구하고 화자는 고향을 다시금 떠올리며 "왜 자꾸 울고만 싶은가", "모두 잠자는 것인가", "쓸쓸히 떠나간 것인가"라는 스스로에 대한 물음을 점층적인 기법으로 구체화한다. 이러한 물

음은 바로 화자의 실존 상황을 드러낸다. '실존'은 인간이 스스로의 존재에 대해 스스로에게 물음을 던지는 것이기 때문이다. 특히 이 시에 나타나는 내면의 폐허의식은 화자의 끝없는 물음처럼 그 해답을 찾을 수 없다는 점에서 문제적이다. 따라서 화자는 "별"과 "바람"이라는 사물에 자신의 내면의식을 투영하면서 '허무'와 '폐허'의 내면세계를 의미화하고 있다.

> 새로운 빛의 대리석 창조가 연일 고초도 무릅쓰고 달성되어간다. 우리는 다 같이 폐허를 축하하자. 그리고 산산이 찢어진 아침 하늘에 까만 새 한 마리를 떠 보내자.
>
> 대리석 몸뚱이 가로 눕힌 언덕 고개에 빗방울이 떨어지는 소나기를 기다리자.
>
> 태양에 눈부신 애기의 죽음을. 나는 자연의 아기兒骸이다. 대리석에는 그 꽃들이 다시 꽂히어 붉은 향기를 피우고 있다.226)

위의 글은 고석규가 폐허의 시대에 자신이 감당해야 할 어떤 당위감에 대해 이야기하고 있다. 온갖 고초 속에서 달성된 휴전은 황무지로 변해버린 도시와 남루한 사람들로 가득한 거리, 그리고 전쟁의 폭격으로 폐허화된 자연의 죽음으로 대체되었다. 그러므로 고석규는 눈부신 "태양"이 떠올라도 그것으로부터 희망과 재생을 꿈꾸기보다는 그 태양빛에 고스란히 드러나는 황무지에 경악할 뿐이다. 그는 "애기의 죽음"을 애도하지만 마침내 자기 자신마저 죽었다는 인식으로 인하여 그 애도는 자신의 죽음에 대한 애도로 바쳐진다. 따라서 자신은 자연 속에서 죽어간 '아기의 해골兒骸'이라는 죽음의 선언을 하고 있는 것이다. 그러므로 그는 희망도 재생도 이룰 수 없는 폐허와 허무의 상황 속에서 역설적으로 차라리 폐허를 폐허 그 자체로 인정하고, "폐허를 축복하자"고 말한다. 엘리엇이 「황무지」에서 절망을 절망으로 방치하지 않음으로써 절망으로부터의 탈출을 꿈꾸었듯이, 고석규 또한 전후의 복구를 위하여 계속되는 고초 속에서도 새로운 빛의 대리석에 새로운 꽃을 피워 붉은 향기를 피워 올리자고 하였다.

---

226) 고석규, 「청동일기 II」, 앞의 책, p.228-229.

그곳은 새로운 생명을 축복하는 빗방울이 떨어지는 곳이어야 하고, 눈부신 애기의 죽음이 새로운 꽃으로 피어나는 곳이어야 하기 때문이었다.

거리 복판에
차는 가고 내가 앉았소

얼음가루가 유리에 달린 대로
무수히 흔들리오

지울 수 없게
모두 밖에 달린 것이요

유리도 아닌 사람의 가난이
얼른얼른 지나가오

초췌한 여자요
서럽힌 그림자와
다시 슬픔만 한 기억이

어쩌면
얼음가루가 된 빗방울이

내가 가는 눈앞에
달린 것이요

가슴이 저리도록
바라보는 것이요.

—「차창」 전문

이 시는 화자가 "차창"을 통해 바라본 전후의 도시 풍경을 묘사한 작품이다. 혹한의 겨울은 화자의 폐허의식을 더욱 짙게 물들인다. 화자가 "차창"을 통해 바라보는 곳은 "거리"의 한복판이다. 그리고 "차창"의 유리에는 "얼음가루"가 무수히 달려 흔들거리고 있다. 그것들은 화자로 하여금 과거의 일들을 떠올리게 한다. 과거의 일들은 거리를 지나가는 "초췌한 여자"의 모습에 투영되어 현재화된다. 그리고 화자는 "그림자"→"슬픔"→"얼음가루"로 탈바꿈하는 겨울의 풍경을 자신의 내면세계로 불러들여 그것과 동일시를 이룬다. 그가 바라보는 현실은 폐허의 복판이며, 이는 그로 하여금 죽음에 대한 집착, 혹은 죽음의 불안의식으로 더욱 경사되도록 한다. 이러한 폐허의식은 전후 세대 모더니스트들의 사상 면에서도 많은 영향을 주었다. 전쟁을 통해서 공산주의 이데올로기에 반감을 가지게 되었던 그들은 반공의식을 하나의 이데올로기나 신앙처럼 받아들였다. 그리고 그들은 폐허의 현실과 비애감을 극복하기 위하여 새로운 사상을 찾아 헤매었다. 그들의 정신적 폐허는 현실의 위기와 절망을 그 자체로 받아들이는 길밖에 다른 도리가 없었다. 이로 인하여 그들은 폐허를 폐허로, 절망을 절망으로 적극 수용하기 시작하였다. 이러한 폐허의식은 전후 모더니스트들로 하여금 그로테스크한 현실의 형상화를 추구하였다. 이러한 경향은 박인환의 박제화 된 주체의식[227]과 전봉건의 분열된 주체의식[228]으로 구체화된다. 고석규의 경우 육체의 불구화와 죽음의 내면화로 형상화된다.

227) 박슬기, 앞의 논문, p.23.
228) 위의 논문, p.42.

2. 그로테스크를 통한 죽음의 시적 형상화

그로테스크는 '그로테(grotte: 동굴)'라는 이탈리아 낱말로서 '발굴'이라는 말과도 관련된다. 그로테스크는 우스꽝스럽고 괴상한 것을 지나칠 정도로 강조하면서 동시에 우스운 것과 기괴한 것이 불가해하게 얽히고 뒤섞여 불쾌하고 뒤숭숭한 감정의 갈등을 빚게 하는 특징[229]을 지닌다. 클레이 버러에 의하면, 그로테스크는 현실과의 갈등과 연관되며, 부조화적이고 일탈적이며 소외적인 실존의 한 표현으로서 다소 공격적인 표현과도 긴밀한 관련을 맺는다.[230] 또한 볼프강 카이저는 그로테스크를 낯설고 소외된 세계의 표현이라고 말한다. 그것은 터무니없는 것과 벌이는 게임이며, 반은 존재의 깊은 부조리와, 반은 유모의 의미로 장난을 하는 것이며, 세상의 악마적인 요소를 쫓아내려는 의도가 강한 것[231]이라고 말한다.

그로테스크 기법은 그로테스크의 특징적인 효과인 돌연한 충격 때문에

229) P. 톰슨, 앞의 책, p.17-19.
230) 위의 책, p.23-24.
231) 위의 책, p.24.

종종 공격적 수법으로 사용되기도 한다. 또한 인간을 당황하게 하고 어리둥절하게 하여 현실의 익숙한 세계관을 뒤흔들어 인간을 현실에서 소외시키는 데 사용되기도 한다. 특히 그로테스크가 유발하는 웃음은 자유롭지 않다는 점, 기쁨을 맛보는 순간 끔찍하고 역겨운 어떤 것이 슬며시 파고 들어온다는 점, 즉 신나는 웃음이 쓴 웃음으로 바뀐다[232]는 점에서 역설적인 효과를 자아낸다. 이처럼 그로테스크의 특징은 부조화와 희극적이고 섬뜩한 기괴함에 있다. 전자는 이절적인 것의 혼합으로 인한 충돌과 융합으로 나타나며, 후자는 왜곡과 과장의 형상화로 나타난다. 그로테스크란 비정상적이고 일탈적이고 과도한 것, 성과 죽음에 관한 공포, 이성적 문명으로부터 배제, 억압된 영역에 대한 취미, 비논리적 사건 등 이성적 논리와 정상적 상태의 교란[233] 등의 특징을 지니기 때문이다. 따라서 이 장에서는 고석규 시에 나타나는 '그로테스크의 시적 형상화'의 세계를 세 가지의 층위로 구분하여 고찰하고자 한다.

1) 육체의 불구성의 시적 형상화를 통한 우울과 상실감의 내면화

육체는 인간이 존재하는 유일한 확실성이다. 인간은 오직 육체에 의해서만 살아갈 수 있기 때문이다.[234] 육체로써 사고한다는 말은 육체의 일부인 피부에 의해 감각되거나 육체의 국부적인 놀림으로써 자기 사고를 밖으로 보여주는 것을 의미한다. 따라서 육체와 사고는 육체가 사고하고 사고가 육체함으로써 하나의 인간을 완성한다고 할 수 있다. 그러나 문제는 눈에 띄지 않는 어둠의 밤과 손으로 잡을 수 없는 무형의 사고를 어떻게 설명하느냐에 달렸다[235]고 할 수 있다. 인간은 영혼이면서 동시에 육체이다. 또한 그것은 미래의 기획이고, 과거의 기억이며 인간의 기원이기도 하다.

---

232) P. 톰슨, 앞의 책, p.81-82.
233) 강윤희, 앞의 논문, p.12.
234) A. 카뮈, 앞의 책, p.115.
235) 고석규, 「문학현실 재고」, 『고석규 문학전집 2』, p.146.

> 육체로써 사고한다는 말이 있다. 그것은 육체의 일부인 피부에 의하여 감각되거나 육체의 국부적인 놀림으로써(……)감각되는 경우, 육체는 보다 전달에 겨워 있고 밖으로 동작할 때 육체는 보다 사역 임무에 굴하기 때문이다. 적어도 육체로써 사고한다 하면 육체와 사고 간에는 어떤 분리도 전후도 용납되지 아니하는 것이다.
>
> 한사코 육체와 사고를 떼어서 말한 고대인이나 육체보다 앞선 사고를 부르짖는 근대인이나, 요즈음 극단으로 육체 지상주의를 예찬하는 사람들은 그 모두가 자기 회의에 틀어박힌 까닭이라 하겠다.(……)낮은 밤의 시작이며 밤은 또 낮의 연장이라는 점에서 결국 밤과 낮은 동일한 시간 내에 있는 것과 마찬가지로 육체와 사고는 육체가 사고하며 사고가 육체함으로써 하나의 인간을 완성하는 것이다.[236]

이 글에서 고석규는 육체와 사고의 분리 가능성에 대해 반론을 펴고 있다. 먼저 그는 육체로서 사고한다는 전통적인 사유를 피력한다. 육체로서 사고한다는 것은 피부의 자극이나 감각을 이용하여 세계를 감각하는 것을 말한다. 이때의 육체는 감각의 전달에 힘쓰고, 육체는 외부를 향하여 이러한 감각을 적극적으로 표출한다. 그럼으로써 육체는 자신이 맡은 바 임무를 다하기 때문이다. 따라서 그는 육체보다는 이성을 강조한 고대인이나 육체 지상주의를 예찬하는 근대인들이나 육체와 사고가 함께 통일성을 향하여 존재한다는 사실을 의심하는 회의주의자들일지도 모른다고 말한다. 그러므로 적어도 육체로써 사고한다고 하는 것은 육체와 사고가 서로 분리되는 것이 아니라, 육체와 사고가 서로 상호 보완 작용을 하면서 존재한다는 것이다. 그리고 그것은 "낮과 밤"처럼 동일성을 지니는 자웅동체로서 존재한다는 것이다. 이러한 인식을 바탕으로 그는 전쟁에서 느낀 죽음의 간접체험을 시적으로 형상화 할 때 '육체'에 집중하게 된다. 따라서 그의 시에 나타나는 육체의 시적 형상화는 삶/죽음, 감성/이성, 행/

236) 고석규, 앞의 글, p.146.

불행의 이중적 메타포를 거느린다.

> 보랏빛 하늘 허리에
> 억천億千의 살矢을 뿌리며 해가 돌고
> 헤어져 오른 캄캄한 붕연崩燃 속에서
> 살은 비수보다 더 번쩍거린다
>
> 잠잠한 사방을 부르며 달려간 동구에
> 물결은 사태처럼 뜯어진 지표에
> 메워 내리고
>
> 먼 굽이로
> 숱한 얼룩 기旗들이 사라져갈 때
> 기슭 높이 영구를 지키며 목을 떠는
> 털 없는 내 강아지가 설다
>
> 죽은 피를 마시다 검게 외로운 나의 강아지여
> 황금에 찬란하던 너는 어떻게 쓰러지는 것이냐
>
> 햇빛 속으로
> 지금 누가 울며 가는데
> 나의 마지막 영구靈柩에서도 불길이 탄다
>
> —「절교絕橋」 전문

이 시는 화자의 세계와의 절연의식을 형상화하고 있는 작품이다. 화자가 세계의 다리를 끊고 지향하는 세계는 부정의 세계이다. 그것은 현실의 세계가 아닌 천상의 세계이다. 다시 말해서 그 세계는 환상의 세계이다. 중요한 점은 그가 자신의 육체를 어떻게 인식하고 있느냐 하는 점이다. 그는 자신의 육체를 털이 다 빠져 더 이상 인간의 모습이 아닌 '짐승', 즉 "털 없는 강아지"로 인식한다. 게다가 그는 자신을 "죽은 피"를 마시다 검게 타버린 주검으로 인식한다. 특히 그로테스크를 기묘함의 범주들로부터 구별 지어 주는 것이 바로 이러한 '과격성'이다. '과격성'은 시의 내용과 형식, 즉 제시된 주제와 표현방식에 모두 내재하고 있다는 점[237]에서 주목을 요한다. 이러한 그로테스크의 '과격한' 육체에 대한 부정과 육체의 파편화 현상은 이 시의 핵심 이미지이다. 하늘은 보랏빛이고, 해는 하늘의 허리에 억 천 개의 화살을 쏘고 있다. 전쟁의 폭격으로 불타고 재가 되어 무너져 내린 캄캄한 현실 속에서 해는 비수처럼 번쩍거린다. 정감 어렸던 동구 옆 냇가의 물결은 폭격으로 사태가 나서 무너져 내려 토사로 가득 메워져 있다. 이러한 처참한 광경 속에서 전장을 향하여 진군하고 있는 "숱한 얼룩 기旗"들은 서서히 화자의 시야에서 멀어져 간다. 기슭 위에서 이러한 광경을 지켜보던 화자의 강아지는 목을 떨며 두려워하다가 검은 피를 마시고 죽어간다. 이 죽음은 곧 화자의 죽음으로 치환되어 이제 화자 자신이 죽은 강아지로 변환되어 나타난다. 죽은 강아지는 화자의 감정 속에 이입되어 검고 외로운 존재자로 화자 앞에 모습을 드러낸다. 그리고 화자는 자신의 마지막 영구靈柩에 불길이 타오르는 것을 바라보며 자신의 영구 곁을 울며 지나가는 이웃들의 울음소리를 듣는다.

이러한 의식의 전이와 변환 과정을 통해서 화자는 폭격으로 무너져 내리고 불타버린 전쟁의 흔적 속에서 자신의 육체마저 파편화되어 가고 있다는 의식을 갖는다. 이 시의 '과격성'은 이처럼 전쟁의 상흔으로 화자 자신의 육체가 파편화되어 죽어간다는 이미지의 제시로서 나타난다. 이러한 세계가 바로 "절교絶橋"의 세계이며, 죽음의 세계이다. 이처럼 이 시는 육체의 불구성이 가져오는 그로테스크의 '과격성'을 표출하는 양상을 보여준다.

그늘 위에
사치 없는 조각이
떨어져 있소

칼금에 피가 흐르는

---

237) P. 톰슨, 앞의 책, p.39.

나의 가슴

열리는 입술에
싸늘한 숨결이 꺼지오

쳐져오는
모닥불 설움에 안겨

다시 눈 뜬 푸른 하늘가로
젊어서 흘러간 머리채를
불러 그리며는

어둔 문에서 부서진
하얀 목숨의 허물이

점점 바람과 같이
빛을 버리오.

—「파경破鏡」 전문

"파경破鏡"은 '거울을 깨뜨리다'라는 의미로서, 여기에서 '거울'은 자기애, 즉 나르시시즘 혹은 주체를 상징하고, '깨뜨리다'는 자기애의 상실을 상징한다. 화자는 가슴에 칼금이 그어진 채 낭자한 피를 흘리고 있다. 죽음의 그늘은 그에게 점점 드리워지고 그 그늘 위에는 행복했던 과거의 기억의 조각들이 떨어져 있다. 그의 입술은 숨결이 점점 꺼져가고 모닥불은 더욱 더 불타오른다. 이러한 정황은 화자의 정신적 상처가 육체적 상처로 전이되고 있음을 나타낸다. 이러한 전이는 "푸른 하늘가"와 젊은 시절의 자신의 모습을 그리워하는 심리로 나타난다. 그러나 그것들은 아무리 그리워하고 불러보아도 다시는 되찾을 수 없는 것들이다. 그러므로 화자는 정신과 육체마저 어두워져 가는 삶의 문 앞에서 하얗게 죽어가는 자신의 목숨의 허물과 희망의 빛을 버리고 있는 것이다. 이처럼 이 시는 칼금에 피 흘리는 '섬뜩한' 화자의 이미지를 차용하여 육체의 불구성을 시적으로 형상화하고 있다. 특히 이 시에서 '떨어지다', '꺼지다', '버리다'와 같은 술어는 소멸과 죽음의 이미지를 은유하기 위한 것으로 사용되고 있다. 또한 거울은 자기의 존재를 비춰주는 상징적인 의미를 지닌다. 이 시에서 거울이 깨졌다는 것은 화자 자신이 자신의 존재 이유마저 상실하고 있음을 은유한다. 이는 '죽음'의 상징을 의미하는데, 이러한 상징은 섬뜩한 기분과 무시무시하거나 소름끼치는 반응을 고양시키는 작용[238]을 한다. 이러한 양상은 전쟁체험으로 인한 '섬뜩함'과 전쟁의 폭격으로 인해 파편화되고 불구화된 타자의 육체에 대한 '섬뜩한' 기억, 그리고 자신의 주체성마저 상실해가는 화자의 내면세계의 불구성을 반영한다. 그러므로 이 시에서 육체의 불구성은 '섬뜩함'의 양상으로 구체화되고 있다.

메를로퐁티에 따르면, 예술가의 창조 행위는 육체와 지성을 개별적인 범주로 나누는 이분법적이고 객관적인 측면에서는 설명될 수 없는 것이다. 메를로퐁티는 육체의 직접성에 대해 "차라리 나는 나의 신체이다"[239]라고 말하면서 육체는 본질적으로 대상에 접해 있기 때문에, 예술작품을 지각하고 그 의미를 해석할 수 있는 인간의 능력은 본질적으로 육체와의 직접 마주침을 전제로 한다고 말한다. 또한 메를로 퐁티는 예술작품의 직접적인 표출성은 인간의 육체와 유사한 특징으로 나타날 수 있다[240]고 말한다. 고석규의 시에서도 인간의 육체는 세계와의 직접적인 마주침과 그로 인한 육체의 일그러짐과 파편화, 그리고 불구화 현상이 미적으로 승화되고 있다고 할 수 있다.

> 풀려나간 팔이여!/(……)내 손에는 검은 피가 자꾸 맺혀 흐르는 것이니
>
> —「방房」 부분

---

238) P. 톰슨, 앞의 책, p.52

239) M. 메를로 퐁티, 류의근 옮김, 『지각의 현상학』, 문학과 지성사, 2002, p.238.

240) M. 메를로 퐁티, 앞의 책, p.41.

곱게 열린 하늘 가운데/눈 없는 얼굴이/재를 밟고 흐느껴 웁디다

—「꿈」 부분

눈서리 흘리는 교두보에//누나의 피 저린/머리채가 보이지 않았다

—「역송譯送」 부분

보랏빛이 식어가는 자정에/피 묻은 목을 저으며

—「미실娓失」 부분

내 몸의 가엾은 부분들이/발간 분粉처럼 떨어져갈 때

—「침윤浸潤」 부분

(※밑줄 필자 강조)

위의 시들에서 공통적으로 나타나는 육체의 불구적 양상은 인간 신체의 중요한 부분인 '팔', '손', '눈', '머리채', '목' 등이 그 기능을 상실하거나 패이거나 떨어져나가거나 꺾어지는 등의 '끔찍스러움'의 양상으로 나타난다. '끔찍스러움은' 그로테스크에 흔히 나타나는 강렬한 육체적 특질을 표출하는 동시에 분개와 격분의 감정[241]을 지닌 인간성을 반영한다. 이러한 '끔찍스러움'은 주로 타자의 죽음으로 인한 극심한 공포가 화자의 의식에 내재화되어 있다가, 어떠한 공포가 다가오는 순간 몽환이나 환상으로 전환되어, 이제는 화자 자신이 "끔찍스러움"의 주체가 되어 '팔'이 잘려나가거나 '손'이 떨어져 나가거나 '눈'이 멀거나 '머리채'가 잘려나가는 등의 파편화의 주인공이 되어버린다는 점에서 특징적이라고 할 수 있다. 이처럼 고석규 시의 육체의 불구성은 '끔찍스러움'의 양상으로 표출된다.

불비암 여자들/실명失明의 한숨 지껄이고

—「일식日蝕」 부분

눈도 코도 입도 없는/믿기지 않는 사람들

---

241) P. 톰슨, 앞의 책, p.75-78.

—「꿈」 부분

피어도 산란한 슬픔에 느끼며/귀 없는 이야기에 엮어진 화판

—「코스모스 서정」 부분

(※밑줄 필자 강조)

위의 시들에 나타나는 "섬뜩함"과 "끔찍스러움"의 양상은 타자의 육체의 불구화 현상을 화자의 의식에 내면화시켰다가 한 순간 공포에 직면했을 때 이것들이 일시에 화자의 내면 밖으로 뛰쳐나와 세계의 '부조리'를 토해내는 것으로 나타난다. 부조리는 '어처구니 없는', 즉 '이성에 어긋나는' 것을 의미한다. 부조리는 그로테스크에 걸맞은 것은 아니지만 카뮈의 '부조리 연극' 개념 이후 현대에 들어 문학의 문맥 속에 사용되면서 '부조리 극'이 '그로테스크 극'으로도 불릴 정도가 되었다[242]는 점에서, 부조리와 그로테스크는 긴밀한 연관성을 지닌다고 할 수 있다.

따라서 이 시들의 화자들은 불구의 상태로 존재하면서도 점점 희미해지는 의식 속에서 육체의 감각마저 점점 잃어가고 있다. 이러한 지각의 부정성은 "한숨"이나 "슬픔"의 정조로 전이되고 있다. 그리고 죽이고 죽일 수밖에 없었던 전장에서의 참혹함에 대한 기억은 화자의 삶 전체를 죽음의 그늘로 이끌고 있다. 이러한 삶은 전쟁이라는 부조리한 현실 속에서 각인된 공포와 불안, 죄의식의 기록이자, 텅 빈 '부조리'의 기록이라고 할 수밖에 없을 것이다. 그러므로 이 시에서의 육체의 불구성은 '부조리'의 양상을 드러내고 있다고 볼 수 있다.

이러한 현상은 남북 분단이 현실화되면서 북녘의 어머니와 연인을 만날 수 없는 화자의 그리움과 그로 인한 상실감으로 비롯되는 것으로 이해된다. 이러한 그리움과 상실감은 다시 역전이 되어 화자의 내면을 헝클어뜨리고 자기 존재의 이유마저 망각하게 하는 이미지로 구체화되고 있기 때문이다.

이처럼 고석규는 인간의 이성이 얼마나 나약한 것이며 전쟁이 인간의

242) P. 톰슨, 앞의 책, p.42.

이성을 얼마나 무력화시키는지를, 곳곳에 산재한 죽음의 '섬뜩함'과 파편화된 육체의 형상 속에서 발견하고 있다. 위에서 살펴본 바와 같이 고석규 시에 나타나는 육체의 '불구성'의 시적 형상화는 그로테스크 이미지로 나타난다. 이러한 형상화는 '과격성', '섬뜩함', '부조리', '끔찍스러움' 등 네 가지 층위의 이미지로 표출된다. 이는 전쟁체험과 분단현실이 가져다 준 상실감을 그의 내면에 더욱 각인시켜주는 계기가 된다.

그로테스크가 주는 '섬뜩함'과 '기괴함'은 인간의 갖가지 관점들의 교체나 혼동을 통해서 환상과 현실의 의식적인 뒤얽힘[243]을 유발한다. 이 지점에서 '육체의 불구성'의 형상은 환상이나 몽환으로 출현한다. 이러한 환상이나 몽환은 그로테스크의 충격효과[244]를 불러일으킨다. 이러한 상황에서 인간은 당황하고 어리둥절해 하며 익숙한 세계에서 일탈되며 결국 '소외'와 '불안'을 경험하게 된다. '불안'은 유쾌하지 못한 일이 일어날 것 같다는 두려운 예상이라 할 수 있다. 고석규 시에서의 '불안'은 죄의식과 자학과 자기형벌로 스스로 써나간 죽음의 기록, 부조리의 기록으로부터 비롯되는 것으로서, 이것은 우울과 상실감으로 전이되어 나타난다. 특히 일반적으로 인간에게 있어서 최초의 '불안'은 출생 시 어머니로부터 분리되는 '분리불안'으로부터 시작된다고 할 수 있다. 전장에서 포탄에 맞아 파편화되는 육체 또한 이러한 주체와의 분리불안을 암시하는 것이다. 이러한 '분리불안'은 불안하고 고통스러운 경험이며, 이는 '주체의 상실'을 불러일으킨다. 인간 '내면의 우울'을 유발하는 것도 바로 이러한 주체의 상실 때문이라고 할 수 있다.

프로이트에 따르면 '우울'은 사랑하는 대상을 잃은 뒤 충분한 애도를 하지 못했을 때 발생 한다[245]고 한다. 또한 '행동주의 이론'에서는 '우울'의 원인을 사회 환경으로부터의 긍정적 강화가 약화되어 나타나는 현상[246]이라고 본다. 고석규 시에 나타나는 '우울'은 정신분석학과 행동주

243) P. 톰슨, 앞의 책, p.80.
244) 위의 책, p.82.
245) S. 프로이트, 「슬픔과 우울증」, 앞의 책, 참조.

의 이론의 혼융의 양태를 띠고 있다고 할 수 있다. 왜냐하면 고석규가 전쟁에서 체험한 타자의 죽음은 고석규로 하여금 그들의 죽음에 대한 충분한 애도보다는 공포와 불안의 정서가 더욱 강렬했기 때문에 애도에 실패[247]하게 되었기 때문이다. 또한 50년대의 사회 환경, 즉 전쟁이라는 환경으로 인하여 고석규의 긍정적 강화가 극히 약화되어 '우울'을 내재화할 수밖에 없었기 때문이다.

1.
독毒빛이 흐르는 달밤

달밤에 가는
너와 나의 그림자

너는 머리 위에 그리고
나는 손에 받쳐 안고

하이얀 모랫길을 넘는다.

2.
이슬처럼 내려오는
독에 취하여

넘치는 잔의 물결 위에

---

246) G. T. 윌슨, 김정희 · 이장호 공역, 『현대 심리 치료』, 중앙적성출판사, 2000, p.320-321. 여기서는 이병주, 「우울증과 자존감의 상관관계 분석을 통한 우울증 치유 연구」, 총신대학교 박사학위논문, 2007, p.20. 재인용.

247) 프로이트(S. Freud.1856-1939)는 「슬픔과 우울증」(1917)이라는 논문에서 '애도'와 '우울증'이라는 두 가지 양상을 비교하였다. '애도'는 상실된 대상을 포기하고 자신에 대한 나르시시즘 투여와 함께 욕망할 수 있는 대상을 되찾는 것이고, '우울증'은 사랑하는 대상을 상실한 것을 포기하고 상실된 대상과 자아의 동일시를 거쳐 자기 비하와 자기 비난으로 전환하는 병적 기제이다. S. 프로이트, 「슬픔과 우울증」, 앞의 책, p.244-257.

너와 나는 한결 고운
요화妖花의 뿌리를 띄우며

네가 웃어주는 거울 앞에서
나는 연鉛빛 울음의 옷을 벗는다.

3.
어느 공간의 잃어진 바람 속에
빛깔을 뿌리며 떠돌고 있다

목을 베어 담은
살로메의 피 묻은 반盤!

아아, 너와 나는 바람 같은
바람의 춤을 춘다.

—「반盤」 전문

이 시에서 1연은 죽음을 상징하는 독빛의 달밤을 '너'와 '나'가 걷고 있는 정황으로 시작된다. 그리고 그들이 걸어가고 있는 뒤편으로 암울한 그림자가 어른거린다. 그런데 1연에서 '너'는 무언가를 머리 위에 이고 있고, '나'는 손에 받쳐 들고 있다. 이 무언가는 밝혀지지 않고 있다. 그리고 두 사람은 모랫길을 넘는다. 2연에서는, 어딘가를 향하여 걸어가고 있는 '너'와 '나'는 달빛이 뿌리는 독에 점점 취해 가고, 머리 위와 손에 받쳐 든 넘치는 잔은 물결이 되고 아름다운 요화妖花의 뿌리를 내리고 있다. 이 부분에서 '너'와 '나'가 머리에 이거나 손에 받쳐 든 것이 무엇인가가 밝혀진다. 그것은 넘치는 잔이다. 즉 3연에 나오는 살로메의 목을 베어 담은 "피 묻은 반盤"이다. 그리고 다음 정황은 갑자기 거울 앞으로 이동한다. 여기서 거울은 환상의 통로로 보이는데, 이 환상의 통로는 끔찍스러움을 도피하고자 하는 화자의 내면의식이 반영된 것으로 파악된다. 그리고 '너'와 '나'는 납빛 울음을 그친다. 여기서 납빛 울음은 독에 취해 죽어가는 자의 울음을 은유하는 것으로서, 그들의 고통스러운 정조를 의미한다고 할 수 있다.

3연에서의 '너'와 '나'의 모습은 현재의 공간을 잃어버리고 거울이라는 환상을 빠져나오지 못하는 정황으로 이미지화되고 있다. 그러므로 그들은 바람 속에서 독에 취한 채 환상의 공간을 방황하고 있다. 이러한 방황은 피 묻은 반을 머리 위에 이고, 손에 받쳐 들고 있으므로 해서 생긴 것이다. 꽃은 요화妖花처럼 피어나고 피 묻은 반에서는 피가 흘러내리고, 달빛은 독을 계속 뿌려대는 이러한 정황 속에서도 그들은 환상 속에서 빠져나오지 못하고 바람의 춤을 춘다.

여기서 "살로메"는 죽음과 열정의 이중적인 메타포로서 작용한다. 그 이유는 인간이 피를 볼 때 동시에 떠올리는 정조가 바로 죽음과 광기에 가까운 열정을 느끼기 때문이라고 판단된다. 이처럼 고석규가 "살로메"의 죽음을 패러디하는 것은 인간은 죽음의 정황 속에서도 삶의 충동을 끊임없이 지향하기 때문이라는 인식 때문일 것이다. 또한 고석규는 이러한 삶과 죽음의 충동을 전장에서 직접 체험하면서 이 중 어느 것도 선택할 수 없는 현실을 자각하며 점점 '우울'의 나락으로 빠져들었기 때문이다. 따라서 마지막 연에서 화자는 '바람'이라는 허무의 기제를 통해서 자신의 '우울'을 내면화하여 "너"도 "나"도 "바람"같이 허무한 존재이므로 우울한 존재가 되어 흔적도 없이 사라져갈 "바람의 춤", 즉 죽음의 춤을 추는 것이다.

고석규의 경우, '우울'은 전쟁과 분단의 현실로 인한 어머니와의 분리불안의 상실감과 전쟁의 직접적인 체험에서 겪은 애도의 실패에 대한 우울을 동반한다. 전쟁의 '공포'와 '죽음', 그리고 '육체의 불구성'에서 비롯된 고석규의 '우울'은 모성으로의 회귀를 희망하면서부터 유폐에서 한 발자국 벗어나 '타자의식'으로 나아가지만 결국 그 희망과 갈등은 분단의 현실로 인해 해소되지 않는다. 중요한 점은, 그로테스크에는 해소되지 않은 갈등이 내재한다는 사실이며, 갈등의 미해결이야말로 그로테스크의 두드러진 특징[248]이라는 점이다. 결국 고석규 시가 추구하는 '그로테스

248) P. 톰슨, 앞의 책, p.28.

크의 시적 형상화' 작업은 어떠한 갈등도 희망도 여전히 해소되지 않은 상태로 남아 있게 된다는 점에서 더욱 아이러니컬한 비극성을 띤다고 할 수 있다.

> 감각적이라는 것은 객관과 주관, 정신과 자연이라는 이분법보다도 더욱 근본적인 것이다. 그리고 결과적으로 '육체'는 이러한 대립항적인 공간 속에서 개념적으로 존재하지도 않는다. 오히려 육체는 감각적인 바로 그 자신이다. 그리고 이것은 '느끼고' '느껴지는 것'의 차이적인 구분을 넘어선다.[249]

위의 글에서 메를로 퐁티는, 인간의 '의식'은 '육화된 장'을 바탕으로 하고 있다고 말한다. 즉 육체야말로 주체적 지각이 능동적으로 이루어지는 '현상학적 장phenomenal field'[250]이라는 것이다. 고석규 또한 이러한 육체의 질적 감각, 지각의 절대 순수성에 대하여 천착하며, 이러한 시적 형상화를 통하여 전쟁의 폭력 앞에 내던져진 육체의 불구성과 가학과 피학 사이에서 고통 받는 육체적·정신적 불구자로서의 실존을 강조한다. 더불어 고석규 시에 나타나는 '육체의 불구' 이미지에는 '개'로 비유되는 인간들에 의해 발발한 전쟁과 폭력은 세계를 피로 물들였고, "눈도 코도 입도 없는" '육체의 불구자'들을 양산했다는 비판적 인식도 내포되어 있다.

전쟁의 상황 속에서는 누구나 가해자가 될 수도 있고 피해자가 될 수도 있다. 이러한 가학과 피학의 상황은 누구도 피할 수 없는 운명적인 것이다. 이러한 운명을 고석규라고 피해 갈 수는 없었을 것이다. 한나 아렌트는 『전체주의의 기원 2』에서 나치의 파시즘적 '악惡'에 대해 다음과 같이 말한다. "절대 악은 이기심, 탐욕, 시기, 적개심, 권력욕이나 비겁함 같은 사악한 동기로 이해할 수도 설명할 수도 없는 것이다. 그래서 분노로도 복수할 수 없고 사랑으로도 찾을 수 없으며 우정으로도 용서할 수 없다. 이 현상을 이해하기 위해 기댈 수 있는 것은 아무 것도 없다."[251]라는 것

---

249) M. 메를로 퐁티, 앞의 책, p.868.

250) 정윤정, 「영화 체험의 지각적 직접성 연구-메를로-퐁티의 육체의 현상학을 중심으로」 중앙대학교 석사학위논문, 2012, p.33.

이다. 따라서 아렌트는 절대 악에 대한 '수용불가'의 사유를 강력히 주장하고 있는 것이다. 이러한 절대 악에 대한 '수용불가'는 고석규 또한 같은 맥락에서 그의 시속에 형상화되고 있다.

> ①그 바다 속에는/나를 찾지 못한 나비가/파월破月처럼 침몰해 누웠고//(……)부서진 나비의 살잎들이/흐늘져 사는 검은 바다 속에는/청동빛 나의 이름도 숨겨져 있을 텐데
>
> —「암역暗域」 부분

> ②싸늘한 피 흐르는 가슴과 만난다//(……)하얀 이름을 녹여보아도/너는 나비처럼 얼어서 죽어가던 것을//(……)마음에 여윈 이 눈동자를/나는 버리고 돌아서야 한다.
>
> —「영상影像」 부분

①의 시는 화자가 처한 현실의 '어두운 지경'을 시적으로 형상화한 작품이다. 화자를 '어두운 지경'으로 이끈 것은 다름 아닌 전쟁일 것이다. 그러나 전쟁에서 그는 '피학의 공포' 속에 허덕이는 나약한 존재일 뿐이다. 화자는 '피학의 공포'를 마지막 연 결구인 "들리지 않으오."의 반복이라는 부정의 사유로 대처한다. 그러나 그것은 그가 처한 '어두운 지경', 즉 "암역暗域"을 부정하는 것이 아니라 반대로 "암역暗域"의 상황을 수용하면서 '피학의 공포'를 극복하는 것이다. 그 극복의 몸짓의 지향은 부정을 통한 부정, 즉 긍정에 이르는 길이며, '피학의 공포'와 우울, 상실감을 견디는 길이기 때문이다.

②의 시는 화자가 전쟁에서 맞닥뜨린 죽음을 통해서 가학자로서의 양심의 목소리를 발화하고 있는 작품이다. '가학의 공포'는 '피학의 공포'보다 더 극심한 공포를 야기한다. 그것은 "밤마다 찾아간 어둠"으로 나타나기도 하고, "나비처럼 얼어 죽어" 가는 영상으로 나타나기도 한다. 이러한 영상은 화자로 하여금 가학자로서의 죄의식과 그로 인해 받아야 할 형

---

251) H. 아렌트, 이진우・박미애 옮김, 『전체주의의 기원 2』, 한길사, 2006, p.251-252.

벌을 각인시켜주면서 동시에 그 현실을 외면하고자 하는 이중적 심리를 드러낸다. 따라서 화자는 마지막 연에서 "이 눈동자를/나는 버리고 돌아서야 한다."라고 진술하고 있는 것이다. "눈동자"는 인간 육체에서 세계와 대면하는 첫 번째 관문이며, 선과 악을 구별하는 신체의 중요한 부분이다. 그러므로 "눈동자를" "버리고" 돌아선다는 의미에는 자신의 가학적 행위를 애써 외면하고자 하는 심리가 작용하고 있다고 볼 수 있다. 그러나 그보다 중요한 점은 한국전쟁의 특수성인 '동족상잔'의 비극성, 즉 내가 죽인 피해자도 자신과 같은 동족이었다는 것에 대한 비극적인 각성이다. 이처럼 고석규 시에 나타나는 가학과 피학의 사유는 한국 전쟁이 20세기의 다른 어떤 전쟁보다 더 비극적이고 더 비인간적이었다는 인식이 내포되어 있으며, 동시에 그것은 6·25 전쟁이 극심한 우울감과 상실감을 유발하고 있음을 증거 한다.

2) 자아의 사물화와 동물화를 통한 죽음의 자아화

하이데거는, 세계 내에 존재하는 존재자를 자신의 존재를 이해하느냐, 이해하지 못하느냐에 따라 두 가지 형태의 존재로 나눈다. 하나는 자신의 존재를 이해하는 현존재로서의 인간이고, 다른 하나는 자신의 존재를 이해하지 못하는 도구적 존재자로서의 사물이다. 이는 자신의 존재를 어떻게 이해하고 있느냐가 실존의 핵심임을 의미하기 때문이다. 도구적 존재는 도구라는 수단으로서의 적합성에 따라 사용되어지는 존재이다. 그러나 인간은 자신의 존재를 이해하고 그를 수용하면서 시간과 언어에 바탕을 두고, 타자와 함께 세계 내에 공존하면서 언어로써 소통하며, 더불어 시간의 흐름에 따라 죽음이라는 고유한 가능성을 향해 살아가는 존재이다.

고석규는 전쟁으로 인한 우울과 상실감의 내면화를 통과하면서 자신의 존재에 대한 이해를 망각한 채 "사막"과 "밤"과 저녁의 "변방"을 떠돈다. 다음 시는 이러한 고석규의 자기 존재의 이해에 대한 망각의 현상을 보다 명징하게 드러내는 작품이다.

말 없는 사막에 섰다

흘러간 죄과에 나부끼며
어스름 피는 하늘이 멀어간다

발 벗은 요술의 나라로
까마득히 별들이 흐르는 저녁

연연히 잘 가는 꿈을 보내며
아무도 느끼지 않을 어둠에 젖은
파아란 그림자로 누워보련다

지대地帶 없는 바람에 가슴을 소각하고
풍화하는 육골에 미련을 날리면

그 쌀쌀한 변방에서
마지막 표지를
우러러 바라볼 것이다

—「묘명墓銘」 전문

이 시에서 화자는 사막에 서서 자신의 죄과를 하늘 높이 날려 보낸다. 그는 자신의 꿈마저 떠나보내며 어둠에 젖은 대지에 하나의 그림자로 눕고자 한다. 그리고 죄의식에 물든 자신의 가슴을 불사르고 미련 없이 그것을 날려 보낸다. 풍화하는 그의 육골은 마지막 희망의 표지를 세우고 그는 그것을 우러러 바라보겠다고 말한다. 화자는 별들이 흐르는 까마득한 밤에 고요한 사막에 홀로 서 있다. 그리고 꿈처럼 펼쳐지는 과거의 일들을 회상한다. 그러나 그 회상은 죄의식과 상실감으로 인하여 밤의 어둠과 함께 흘러가버리고 만다. 그는 꿈에서 깨어나 "피"와 "눈물"로 얼룩진 자신의 그림자를 바라본다. 그리고 그곳에 자신의 육체를 눕힌다. 이러한 행위에는 자신을 그림자라는 사물과 동일시하여 현실을 벗어나고자 하는 욕망이 내재화되어 있다. 따라서 "밤"은 화자 자신의 존재를 "그림자"라는 사물화로 탈바꿈시키는 역할을 하면서, 동시에 화자의 의식 상태를 죽음의 세계로 치닫게 한다.

특히 첫 행의 "말 없는 사막"이란 시구에서 "말 없는"이 상징하는 것은 화자의 사회적 탈脫, 즉 주체성이 사라진 상황을 의미한다. 말(언어)은 인간이 상상계에서 상징계로 월경하면서 꼭 습득해야 하는 사회화 과정의 중요한 구성요소이다. 이 언어는 상상계의 자아를 상징계의 확고한 주체로 정립시켜주는 중요한 역할을 하기 때문이다. 이러한 언어의 사라짐, 소통의 불가능성은 화자로 하여금 자신의 존재 이유를 망각하게 한다. 이러한 망각은 화자 자신이 현존재라는 존재 이해마저 망각하게 만들고 있다. 이러한 세계가 바로 사물화의 세계이며, 죽음의 세계이다. 그러므로 화자는 자신이 서 있는 세계가 "사막"이라고 진술하고 있는 것이다.

인간에게 죽음은 '타자'로 존재한다. 여기서 '타자'라는 의미는 개별자인 주체와 절대로 섞일 수 없는 존재를 의미한다. '타자'는 인간일 수도 있고 짐승일 수도 있고, 사물일 수도 있다. 중요한 것은 이 '타자'가 주체에게 어떠한 인식과 어떠한 실존의 형태로 존재하느냐 하는 것이다. 인간의 '이성'보다는 '육체'의 중요성을 강조한 메를로 퐁티는 인간의 육체를 "표현의 장소"이자 "표현의 현실성"으로 파악한다. 또한 시·청각적 경험은 서로에게 잉태된 것이며 서로에게 영향을 준다고 말한다. 고석규 시에 나타나는 사물화된 '육체의 불구성' 또한 전쟁에 대한 부정적 사유로 체득한 것이며 동시에 전장에서의 '가학'과 '피학'을 통한 육체의 부정적 지각으로 나타나는 것이다. 또한 이러한 육체의 불구성의 양상은 주로 시·청각적 이미지를 차용하여 형상화되고 있다.

> 초록빛 그늘 아래
> 눈물을 짜며 몸을
>
> <u>가슴이 매끄러운 냉혈의 나</u>를
> 해가 비웃는 것이다

천만 가죽피리가 우는 벌 끝을
보이지 않는 소나기 지나가고

쟁쟁한 볕에서는
이브의 무엇을 해가 쫓고 있다

눈이 눈을 바라보면
육체가 육체를 느껴 따르고

잠자는 원시의 옷잎들은
차라리 유리보다 고웁다

어쩌자고 내 혀끝이
자꾸 입 밖으로 치미는 것이냐

얼룩진 표피에 반달처럼
어리는 산한 무지갯빛!

녹아내리는 불도가니를 그리던
활손의 그림자……

내 눈썹 사이로 넘어져간
어둔 그림자를 나는 보았거니

무수한 칼날이 헛찌른
눈물에 가득 젖어

진정 날개보다 사나운
나를 풀어 던지며 헤어오리라

불붙는 마지막 ○ ○
해의 심장을 향하여.

—「탐사貪蛇」 전문

(※밑줄 필자 강조)

이 시는 화자가 자신을 '뱀'이라고 인식하는 자아의 동물화 현상을 보여주는 작품이다. 첫 연에서 화자는 숲 속 그늘 아래 눈물을 흘리고 있다. 그런데 두 번째 연에서 화자는 자신을 냉혈의 짐승인 뱀으로 인식하고 있다. 이러한 인식을 갖게 된 이유는 무엇일까? 그 이유는 4연의 "이브의 무엇을 해가 쫓고 있다"라는 진술에서 드러난다. 이브는 성서 속 태초의 인간으로서, 그녀는 사탄인 뱀의 꼬임에 넘어가 아담과 함께 선악과를 따먹는 인류 최초의 죄를 범한 존재이다. 그렇다면 해가 쫓고 있는 "이브의 무엇"은 바로 인간의 원초적인 죄를 의미한다고 할 수 있다. 이 지점에서 화자가 자신을 뱀으로 인식하는 이유가 밝혀진다. 화자는 스스로를 사탄 혹은 악마로 여기고 있는 것이다. 이러한 인식을 갖게 된 근원은 이 시에서 정확하게 드러나지 않지만, "녹아내리던 불도가니", "어둔 그림자", "무수한 칼날"이라는 시구에서 드러나듯이 그것은 전쟁에서 자행되는 살육과 연관된 죄라고 판단된다. 따라서 화자는 이 시를 통해서 전장에서 경험한 죽음과의 사투 속에서 목격한 인간의 악마적인 속성을 뱀의 원초적 죄로 치환하여 전쟁의 현실 속에서 벌어지는 인간의 악마적이고 원초적인 죄를 구체화하고 있는 것이다.

이상하게도
하얗게 뻗은
열매 단 과일목 하나

그 밑에서 나는 숨죽인
한 마리 강아지로
파아란 울음을 울었더니

연빛 하늘 높이 솟아
고운 그림 흔들리며

소리 지나는 무렵

딴 나라의 줄을 당기는
한사 미지끈 사고思考에
저물다가도

깜짝하여 소스라 뜨는
아스라이 먼 마천루에
빠알간 불길 타올라

당황한 시정 사람들
큰길로 밀쳐 나와
해 지는 저기로 달음쳤는데

또 이상하게도
눈도 코도 입도 없는
믿기지 않는 사람들이라.

—「꿈」 전문

잘게 꺼져가는
바람 속의 구름떼

짐승의 피가 어지러운
나의 얼굴에
계절의 향기가 수런거린다

까실한 웃음이
거품 짓는 바다 바다

눈이 패이도록 후비고 싶은
푸르런 바탕을

한마디 나의 목소리는
높이 휘어나가고

검은 아픔에 우는 소리
먼 소리가

내 귀에는 들리지 않는다.

—「하늘」 전문

(※밑줄 필자 강조)

첫 번째 시 「꿈」은, 화자가 자신을 스스로 짐승으로 여기는, 인간의 육체에 대한 부정의식을 구체화한다. “꿈”이라는 환상의 기법을 차용하고 있는 이 작품에서 화자의 육체는 “강아지”로 치환되고 있다. 여기서 “강아지” 즉 ‘개’가 상징하는 것은 화자 자신의 인간성에 대한 부정을 의미한다. 왜냐하면 적어도 ‘개’는 먹이를 빼앗기 위한 단순한 생존의 싸움 외엔 어떠한 폭력도 행사하지 않기 때문이다. 이러한 세계는 아무것도 들리지 않고 아무것도 듣고자 하지 않는 사유의 부정, 이성의 부정을 지향하는 세계이며, 화자 자신이 짐승이 되어 더 이상 인간으로 존재하고 싶어 하지 않는 도피의 세계이다. 따라서 그는 자신의 육체에 절망한 육체로 탈바꿈한다. 그의 육체는 혼미하고 공포스러운 정신의 마지막 벽을 더듬는 육체이며, 최후의 벽인 죽음, 즉 피안의 세계로 뛰어넘으려는 육체[252)]이다. 이러한 인식은 전쟁의 참혹함과 그로 인한 내면의 황폐함을 더 이상 견딜 수 없다는 자각에서 출발하여, 전쟁에서의 인간의 폭력성에 대한 부정적 인식으로까지 가닿는다.

두 번째 시 「하늘」에서 화자는 바람 속에 서서 구름떼가 흘러가는 풍경을 바라보고 있다. 흘러가는 계절의 향기 속에서 그는 자신의 얼굴에서 흘러내리는 어지러운 짐승의 피 냄새를 맡는다. 계절의 향기와 짐승의 피 냄새는 그의 의식 속에 하나의 죽음의 세계를 완성한다. 그리고 그는 생

252) F. 니체, 앞의 책, p.37.

명으로 솟구치는 바다를 바라보며 죽은 자의 웃음인 "까실한 웃음"을 흘린다. 바다 물결은 화자의 눈이 패이도록 파랗게 일렁이지만 화자는 그 바다의 파란 색채에서 검은 아픔의 소리를 듣고 죽음의 소리를 듣는다. 그 죽음의 빛깔, 죽음의 소리는 화자를 다시금 공포와 불안 속으로 내던진다.

따라서 화자는 그 불안과 공포를 떨쳐 버리기 위하여 마지막 행에서 그 소리가 자신의 귀에 들리지 않는다고 진술하고 있는 것이다. 이처럼 고석규는 "하늘"이라는 원초적 자연 이미지를 바탕으로 하여 "구름떼"와 "바다" 등의 자연과 공포에 처한 인간의 대립 상태를 드러낸다. 이처럼 화자의 감각은 오로지 공포의 소리, 즉 자신의 내면에서 들려오는 절망의 소리에 집중되어 있다. 순수 자연인 "하늘"을 "짐승의 피"가 흐르는 타자로 인식하는 화자의 내적 갈등은 자신의 '눈'과 '입'과 '귀', 그리고 '목소리' 마저 불구로 치환시키고 있다. 이는 "하늘"과의 극적 대비로부터 발생하는 인간 육체의 비극성과 그 비극성을 역설적으로 벗어나고자 하는 하나의 장치253)라고 할 수 있다. 이처럼 그를 "강아지"로 만든 것은 바로 전쟁이며, 특히 "피"와 "꽃잎"의 대립과 병치는 화자의 정신과 육체를 더욱 비참하고 참담한 상태로 몰아가고 있다.

고석규는 전쟁이 발발하자, 공산주의를 피하기 위해, 전장의 아버지를 찾아 무작정 월남을 하였다. 그 후 고석규는 우연히 후방 병원에서 아버지를 만나게 되어 부산에 정착하게 되었지만, 사랑하는 이들과 고향을 잃은 슬픔과 그리움, 그리고 전쟁의 참혹한 기억까지 겹쳐져 지독한 상실감을 겪는다.

> 보랏빛으로 여들린 방 안에
> 가느란 시간이
> 점점 목을 드리운다

---

253) 졸고, 「고석규의 죽음의 세계와 여백의 사상」, p.232.

설화석雪花石 꿈결에 입술을 여는
여인의 팔도 보랏빛으로 조찰하고

시신視神이 자는 방 안에
마구 흐느끼는 산나라의
붉은 입김이 퍼지고

보랏빛이 식어가는 자정에
피 묻은 목을 저으며
재난의 꽃잎들이 수수히 앉는다

피고 지는 그늘에
수명은 그렇게 소리도 없이……

까만 벽에는 늙은 악어의
다른 눈이 피에 얼고

설화석 꿈결에 입술을 담은

산나리는 모두 불이 되어
방 속에 타며 있고
불빛에 웃는 짐승의 허리가
하늘로 늘어간다

—「미실媚失」 전문

이 시에서 "미실媚失"은 '아첨을 잃다'라는 의미를 지닌다. '아첨'은 죽은 자는 행할 수 없는 비참하고 부끄러운 행위를 말한다. 산 자만이 할 수 있는 이 '아첨'은 전쟁의 공포와 죽음 앞에서 누구나 어쩔 수 없이 행할 수밖에 없는 행위이다. 그러나 화자는 이러한 '아첨'마저 할 수 없는 "짐승"의 존재로 탈바꿈되어 있다. 먼저 1연에서 화자는 시간의 흐름이 자신의 목에 점점 드리워지며 자신의 목을 조여 온다고 인식한다. 2연에서 시간은 설화석雪花石, 즉 눈꽃이 돌이 되고 꿈으로 치환되어 나타난다. 그리고 화자는 보랏빛으로 변해가며 죽어가는 여인의 팔을 뚫어지게 바라본다. 그리고 3연에서 화자는 마침내 죽은 여인의 시신이 자는 방안에서 불안과 공포로 얼룩진 붉은 입김을 토하며 통곡한다. 4연에서 화자는 여인의 몸이 점점 식어가는 자정의 시간 속에서 전쟁으로 인한 죽음의 재난을 재인식한다. 이러한 인식은 6연에서 까만 벽에 늙은 악어의 눈이 여인이 흘린 피에 얼어가는 형상으로 구체화되어 나타난다. 그럼에도 불구하고 6, 7연에서 여인의 주검은 산나리의 불꽃으로 타오르며 하늘로 승화한다. 이러한 승화의 과정을 바라보며 화자는 자신의 육체 또한 죽은 여인처럼 죽음의 상태인 짐승으로 변해가는 것을 인식하면서 허탈한 웃음을 흘린다.

이러한 자아의 동물화의 시적 형상화는 자신의 육체에 대한 부정, 죽음에 대한 부정을 의미한다고 할 수 있다. 이 시의 구조는 "시간이 목을 드리움"→"붉은 입김이 퍼짐"→"피 묻은 목을 저음"→"눈이 피에 얼음"→"짐승의 허리가 하늘로 늘어감"이라는 죽음의 과정의 세밀한 묘사를 통해서 죽음의 이미지화를 드러낸다. 이러한 죽음의 이미지화에는 자신의 육체를 "짐승"으로 탈바꿈시키고자 하는 화자의 강렬한 욕망이 내재되어 있다. 이처럼 육체의 동물화 양상은 전쟁의 현실 속에서 인간으로서 겪어야만 했던 우울감과 상실감의 내면화로부터 비롯된 것이라고 할 수 있다.

이러한 자아의 동물화와 사물화의 양상은 고석규를 죽음의식으로 점점 더 다가가게 만든다. 그리고 그것은 질병의 징후로 나타난다. 고석규는 스물한 살 때 결핵을 앓기 시작하였다. 결핵이라는 질병은 근대의 질병이다. 결핵의 메타포는 정념으로 가득 찬 내면의 격렬함의 신호이며, 결핵환자는 열정을 통해서 육체의 소멸에 도달하게 될 사람254)이다. 결핵은 육체 내부로 흘러야 할 혈액이 육체 외부로 뿜어져 나오는 것으로서, 결핵의 증상은 열정과 냉정이 번갈아 찾아온다는 것이다. 이러한 증상으로

254) S. 손택, 이재원 옮김, 『은유로서의 질병』, 이후, 2002, p.36. 참조.

인하여 이 질병을 앓는 사람은 삶과 죽음으로 상징되는 삶의 순간순간들을 수없이 반복하며 살아야 한다. 그것은 그가 죽을 때까지 지속된다.

<날개>의 작자 이상은 스물셋 되는 해 초삼월에 처음으로 각혈을 하였다.
그리고 그는 산○지 정양원에서 한 여인과 알게 되어 결혼을 맺었다.
그리고 두 사람 다 날개의 주인공이 되었었다.
나(沿革)는 스물한 살 되는 해 팔월에 처음으로 각혈을 하였다.[255)]

아침 일어나니 오른편 가슴 위가 좀 부어오른 것 같아서 찜질을 그만두고 '약'을 적당히 바르다.
오전과 오후 그리고 저녁에 '이소니코진산'을 복용하고 있다.
오늘은 쓰지도 읽지도 못하여 나는 아무런 지능의 발전을 보지 못하고 있다. 그러나 병에 대한 거의 만능적인 해석이 나를 자꾸 자리에서 일어나게 하였다.
나는 조금이라도 괴롬을 맛보고 싶지 않다.[256)]

R군과 함께 육군병원을 찾아가다.
오후 두 시경 병원 복도에서 돌연 각혈喀血이 심하여 바로 귀가하여 안정함.
피를 본 나의 인상은 쪼이는 백주하白晝下에 수다스러이 창백한데 웃음 웃고 있었다. 마음이 후련하고 상쾌한 기분이다.
나의 생리는 나를 괴롭히는 가운데 차라리 사랑의 절망을 지어줄 것이다.
(……)
목구멍에서 피비린내가 솟구칠 때마다 소금 한 줌씩 물어 삼키는데 실상은 나의 피가 지나치게 깨끗하다고 생각된다. 그러나

---

255) 고석규, 「청동일기 Ⅱ」, 앞의 책, p.238.
256) 고석규, 「청동일기 I」, 위의 책, p.125.

미열은 오르지 않고 멍한 공상만이 그려져서 안정은커녕 잠들 수 없다.

(……)

숙명, 폐환肺患

육체의 싸움에서 이겨낼 수 없는 약한 자가 어찌 멘탈한 희생을 상상합니까. 빈곤한 육체에선 아무런 빛도 있지 않나니!

나의 질서! 그것은 나의 팡세이다.257)

위의 글들은 고석규가 결핵을 처음 앓았던 때를 회상하면서 쓴 글이다. 이 글은 고석규 자신이 최고의 시인으로 인정하는 이상李箱 시인의 결핵과 자신의 결핵을 연관 지으면서, 전쟁의 트라우마 속에 고통스러워하던 그에게 설상가상 덮쳐오는 결핵과의 육체적인 싸움을 진솔하게 적고 있다. 첫 번째 글에서 고석규는 스물한 살 되는 해 팔월에 처음으로 각혈을 하였다고 밝힌다. 반면 이상李箱은 그보다 두 살이나 많은 스물셋 되는 해에 각혈을 하였다고 말한다.

또 다른 글들은 각혈이 심해지면서 쓰지도 읽지도 못할 정도의 육체와 심신의 피로와 절망감을 토로하는 글이다. 하루에도 여러 가지 약을 복용하고 "백주하白晝下"에 자신의 피를 볼 수밖에 없는 고석규는 역설적이게도 후련하고 상쾌한 기분을 느낀다. 이러한 기분은 극심한 절망감에서 오는 역설적인 기분이다. 고석규는 자신의 실존이 "빈곤한 육체"에 불과하다고 느끼며, 빈곤한 육체는 자신의 생리와 질서를 지배하고 있으며, 그것이 자신의 운명이라는 인식을 하고 있는 것이다. 하이데거는 '운명'을 인간의 필연적인 '자각'으로부터 비롯된다고 말하지만, 고석규에게 '운명'은 예고도 없이 갑작스럽게 들이닥친 전쟁처럼, 자신의 삶의 질서를 불시에 무너뜨린 침범자이고, 완전한 타자에 불과한 것이다.

이처럼 고석규 시의 '죽음의 자아화'는 고석규가 젊은 나이에 결핵에 걸렸던 체험과도 깊이 연관된다. '결핵'은 근대 예술가의 운명을 상징하는 하나의 알레고리였다. '결핵' 이미지는 예상된 죽음 때문에 생기는 극

257) 고석규, 「청동일기 I」, 앞의 책, p.117-118.

도의 실존적 불안과 몇 달, 몇 년씩 질질 끄는 '죽음'의 단발마의 형상화와 결합[258]되기 때문이다. 또한 끊임없이 터져 나오는 각혈은 고석규의 얼굴을 피로 물들였으며, 그것은 그로 하여금 자신의 얼굴이 "짐승의 피"로 얼룩져 있다고 인지하도록 만든다. 이러한 인식은 자신을 스스로 짐승으로 자학하게 하는 근원이 된다.

> 나의 직각直覺이 머나먼 곳에 반사되는 환영에 또다시 사무친다. 나는 앞으로 졸도한 나머지 무엇인가 팔로 당기어 바닥에 엎어졌다. 먹먹한 혈관이 갑자기 거꾸로 아래로 터져 피를 흘려보내며 솟구치는 자지러진, 그리고 기막힌 충동이 쉴 새 없다. 그러나 나의 손끝마다 훑으며 가슴을 아스러지게 움켜잡은 대로 이 찰나를 이겨내려 들볶아진다. 무릅쓰는 힘에 이빨을 악물고 눈을 떴으나 또 가만히 못 이겨 감고 말았다.
>
> 심히 괴롭고 피곤한 잠을 깨고 꿈에서 살아난 것이다. 진정 이는 악몽이었고 끝끝내 풀이할 수 없는 고통의 종막이어야 했다. 나는 얼마나 시달린 때에 또다시 몸을 가누지 못한 채 눈물을 훔쳤는지 알 수 없다.
>
> 굵은 충동이 아직도 남은대로 기어이 아물거리는 긴 시간이 가도록 부비닥거리면서 나는 거칠고 어지럽고 메마른 생명의 수水를 갈등하는 죽음 속에 쓰러지고 있음을 발견했다.
>
> 밤이 지어주는 공포 속에 나는 식은땀을 아직도 배질배질 흘리며 좀처럼 믿어지지 않는 안일의 비감을 체험한다. 영여 나는 고독하고 조숙한 사신死神 앞에 억눌린 것이었다.[259]

위의 글도 앞의 글과 마찬가지로 고석규의 결핵이 점점 더 심해지면서 느끼는 정신과 육체의 황폐함을 드러내고 있다. 그는 밤마다 식은땀을 흘리며 울컥울컥 토해져 나오는 자신의 피를 닦으며, 죽음 같은 삶을 체험한다. 왜냐하면 당시의 의료상황은 결핵균을 퇴치할 수 있는 치료약이 없었으므로, 결핵을 앓는 병자들은 그 질병의 수인囚人이 될 수밖에 없었기

258) G. 슈리, 앞의 책, p.50.
259) 고석규, 「청동일기 Ⅱ」, 앞의 책, p.218.

때문이다. 이러한 삶은 바로 한없이 추락할 수밖에 없는 "직각直覺"의 삶이자, "악몽"의 삶이며, "종막"의 삶인[260] 죽음에 다름 아니다. 그리고 그는 죽음 속에 쓰러지고 있는 자신을 발견한다. 그것은 바로 부정하고 싶은 자신, 즉 "사신死神 앞에 억눌린" '실존'이다.

육체적 상상력은 두 가지 양식으로 나타난다. 정상적 육체와 결손 된 비정상적 육체가 그것이다. 전자는 신화적 주인공이나 영웅의 모습으로 나타나며 그것은 불사신의 이미지를 갖는다. 후자는 뒤틀리고 왜곡된 인상을 주며, 이러한 육체는 한국 서사문학에서 벙어리, 장님, 외눈 문둥이, 외다리, 절름발이, 외팔, 왼손잡이, 추물, 곰보 등의 징표[261]로 나타난다. 이러한 비정상적인 육체는 문학 작품 속에서 '타자'로 형상화된다. 여기서 '타자'는 '추방자', '소외자'와 같은 의미를 지닌다. 고석규는 이러한 육체적 상상력 중에서도 특히 비정상적인 육체의 상징성에 주목한다. 이러한 이미지는 인간의 이미지가 아니라, 동물이나 사물의 이미지로 형상화된다. 그것은 고석규 자신이 스스로를 인간으로서 존재하지 못하는 '불구자'이자 '소외자'로서 인식하는 것이며, 세계로부터 '추방당한 자'라고 인식하기 때문이다.

고석규 시에서 '타자'의 존재는 '주체의 불구성'을 통한 자아의 동물화와 사물화를 지향한다. 이 지향점은 두 가지의 근원적인 사유로부터 비롯된다. 하나는 고석규가 전쟁에서 겪은 인간 이하의 비참한 체험을 통하여 획득한 인간 '육체에 대한 부정'의 사유이고, 다른 하나는 전쟁이라는 문명으로부터 가해지는 폭력과 그 폭력 앞에서 무기력하게 죽어가는 비인간적인 가학과 피학의 사유이다.

위에서 살펴본 바와 같이 고석규 시의 죽음의식은 주로 그로테스크한 이미지로 형상화되고 있음을 알 수 있다. 첫 번째 이미지는 화자 자신의 육체가 '불구화' 되는 상징적인 '죽음'의 세계를 보여준다. 두 번째 이미지는 화자를 '동물화', '사물화' 하여 자아의 '죽음'을 상징적으로 드러내

260) 졸고, 앞의 논문, p.233.

261) 한혜선, 「한국 현대 소설의 인물 연구-신체적 결손 징표를 중심으로」, 이화여자대학교 박사학위논문, 1991, p.5.

면서, 동시에 이것을 '죽음의 자아화'로 전이시킨다. 이러한 죽음의 자아화의 근본적 원인은 두 가지로 파악된다. 하나는 전쟁의 처참함과 타자의 죽음으로부터 비롯된 죽음의 간접체험이 자아화 된 것이고, 다른 하나는 고석규가 결핵을 앓으면서 현실적인 참여나 자유가 불가능함을 인식한 결과로서 나타난 것이다.

3. 죽음에 대한 부조리한 실존의식과 반항의식

릴케는 '죽음'을 '낯설은 죽음'과 '고유한 죽음'으로 구분한다. 전자는 돌연사를 의미하며, 후자는 자연적인 '죽음'을 의미한다. 또한 세네카는 인간의 삶을 '연회宴會'에 비유한다. 연회에 초대된 손님들은 자리에서 일어나야 할 가장 적절한 때를 선택해서 작별을 고해야 한다[262]는 것이다. 즉 인간은 죽음을 앞당기거나 생명에 집착하지 않고, 죽음이 자연스럽게 다가올 때 죽음의 섭리, 자연의 섭리에 순순히 따라야 한다는 것이다. 세계 내 존재로서의 인간은 죽음이라는 유한성을 지닌 존재로서 현실의 역할을 성실히 수행하고 순순히 삶에서 물러나야 한다는 것이다. 마르쿠스 아우렐리우스는, 세계 내의 모든 존재는 자연에서 나와 자연으로 다시 돌아간다[263]고 말한다. 인간은 자신의 존재 가능성으로서의 죽음의 운명을 수용하고, 그 운명에 저항해서는 안 된다는 것이다. 이러한 삶과 죽음에 대한 사유는 결국 인간의 삶이 '죽음'에 이르는 '실존'의 종말을 향해간다는 것을 역설적으로 강조하고 있는 것이다.

262) 정동호, 「죽음에 대한 철학사적 조망」, J. P. 사르트르 외, 앞의 책, p.33.
263) 위의 책, p.36.

일반적으로 인간으로서의 한 개별자가 실존의식을 가지게 되는 것은 죽음이라는 유한성의 장벽에 부딪칠 때이다. '죽음'은 인간의 유한성의 극한으로서, 죽음의 간접체험은 가장 중요한 실존적 체험이며, 인간으로 하여금 자신의 실존을 돌아보게 하는 계기를 마련해준다.264) 전쟁체험은 고석규에게 깊은 트라우마를 안겨주었고, 실향의식과 고아의식을 심어주었다. '나란 무엇인가'라는 고석규 문학의 시원의 형이상학은 전쟁에서의 죽음의 간접체험을 통하여 획득한 삶의 '여백'에 다름 아니다. 이 '여백'의 상태는 죽어가는 이들 앞에서 느끼는 죄의식이자 살아남은 자의 절규로 채워져 있다.

고석규의 '죽음의식'은 이 지점에서 생의 근원과 목적을 탐구했던 릴케의 죽음의식과 연결된다. 릴케의 「로댕론」에 대하여 쓴 고석규의 「여백의 존재성」에는 "침묵", "정적", "무한한 공백", "들리지 않는 소리", "부재적 아름다움", "부재적 울음" 등과 같은 글귀들이 나타난다. 이는 릴케가 말한 "삶의 양극의 영원한 교체는 인간의 불멸성을 보존할 수 있도록 죽음 속에서 해소된다.265)"는 죽음의식과 일맥상통한다. 릴케가 초기의 낭만적인 '죽음'의 신비주의로부터 점점 아주 냉혹한 실존적 '죽음'의 문제로 존재의 심연에 다가간 것처럼, 고석규 또한 처참한 전쟁을 통하여 깨달은 부조리와 불안의식을 바탕으로 한, 윤리적·실존적 자각을 뛰어넘어 '죽음'의 문제에 집중하게 되었기 때문이다.

1) 죽음에 대한 부조리한 실존의식과 피와 불의 상징성

6·25 전쟁이 발발하자, 종군문학파는 전쟁의 현장에 직접 뛰어들었고, 피난작가들은 생명을 유지하기 위해서 문학 이외의 것으로 생계를 유지하거나 잡문을 발표하였다. 그리고 잔류 작가들은 공산 치하에서 부역을 하거나 지하에 은둔하였다. 살육의 현장을 목격한 일부 작가들은 정신병

264) 하상일, 앞의 논문, p.63.
265) 이영일, 『죽음의 미학』, 전예원, 1988, p.13.

에 시달리거나 이데올로기 전쟁에 회의를 느끼기도 하였다.[266] 이처럼 50년대 한국 문학은 총체적인 문학의 위기를 불러온 6·25 전쟁의 폐허 속에서 일구어낸 '절망'과 '죽음'의식으로 굴절된 문학이라고 할 수 있으며, 삶과 죽음의 경계에 선 '공포'와 '불안' 그 자체의 서사였다. 따라서 이러한 전후의 암울한 상황은 50년대 모더니스트들로 하여금 삶의 '부조리'를 느끼게 하였다. 특히 50년대 모더니스트들의 작품에 주로 형상화되고 있는 '실존적 인생관'은 세 가지로 분류[267]할 수 있다. 첫째, 신과 인간의 문제, 둘째, 20세기 근대인이 처한 비극적 상황과 허무주의, 셋째, 개인과 사회 간의 갈등과 긴장, 넷째, 자유의지의 선택의 문제가 그것이다. 이러한 인생관은 실존주의와 긴밀히 연관된다고 할 수 있다.

실존 철학자들의 사상적 공통점은, 첫째, 실존은 본질에 선행한다는 점이었고, 둘째, 현실성을 강조하였으며, 셋째, 전통적인 존재론을 부정하고 인간의 존재 가능성을 강조하였다. 특히 카뮈는 인간 실존 중 '부조리'의 감정에 주목하였다. '부조리'의 감정은 어떤 사태와 어떤 현실 사이의 비교, 어떤 행동과 그 행동을 초월하는 세계 사이의 비교에서 발생하는 정조이다. 그것은 본질적으로 '절연'이고, 모든 삶의 요소들의 대조對照에서 생겨나는 것이다.[268] 카뮈는 '페스트'라는 '죽음'의 질병을 통해, 인간은 언제 다가올지 알 수 없는 '부조리'에 직면하면서 '공포'를 일으키게 되고, 그로 인해 세계는 폐허화 되고, 인간은 극도의 고독 속에 빠지게 된다고 말한다. 그리고 '부조리'에 휩싸인 인간은 신을 부정하고 무기력해지며, 어떠한 존재 가능성도 도모하지 않게 된다는 것이다. 카뮈는 이러한 '부조리'의 모습을 '이방인'으로 규정하고, 이러한 '부조리'는 인간의 유한성의 극한인 '죽음'과 함께 종말을 맞이한다고 말한다.

불 꺼진 새벽마다
먼 나라에 별똥이 져간다

---

266) 전기철, 앞의 책, p.65.
267) 윤향아, 「박인환 시연구」, 성균관대학교 석사학위논문, 1994, p.23.
268) A. 카뮈, 앞의 책, p.53.

덮지 않은 가슴 위에
얼었던 이름을 남기며

그 한 모습이 이제
세상을 떠나가는 것이다

—「모습」 부분

이 시는 죽어가는 자들을 바라보는 화자의 분노와 연민, 그리고 인간 삶의 '부조리'에 대한 물음을 표출하는 작품이다. "검은/연록빛"의 대비는 죽음과 생명의 부조리한 이중성을 상징하고 "별똥/영혼의 불"은 죽은 자의 영혼이 천상으로 올라가기를 바라는 화자의 염원이 담겨져 있다. "깃발"처럼 휘돌아 하늘로 오르는 죽은 자의 영혼은 우리 민족 전체의 '모습'이며 '실존' 그 자체라고 할 수 있다. 죽은 자들에 의해서 자신의 의식이 점유당할 때 살아남은 자는 어쩔 수 없이 그 죽음을 넘어서기 위한 질문을 시작한다.[269] 이러한 '실존'에 대한 질문은 삶의 '부조리'로 인하여 발현된 것이며, 동시에 그것은 인간 존재 대한 근원적 물음에 다름 아니다. 유한한 한계상황 속에서 태어남과 죽음이라는 인간 '실존'에 대하여 눈을 돌리게 된 것도 다름 아닌 자기 자신과 타자, 세계와 역사와 관계를 맺으면서[270] 비롯된 것이다. 이러한 '부조리'를 통해서 인간은 자신의 존재 가능성을 향하여 자신의 몸을 스스럼없이 던질 수 있기 때문이다.

> 실상 나는 던져진 것이다.(……)지금에 있는 나를, 즉 현존(Dasein)인 나를 저버리지 못한다.
>
> 지금에 있는 나란 개별의 나로 생각된 것이었다. 그리하여 하나의 나는 이 다른 하나의 나와 아주 동떨어진 마당에서 오랫동안 의식과 명상과 살육을 일삼은 인간인 것이었다. 다시 하나의 나는 통상의 나를 추종하는 그림자와 같은 것이면서 통상의 나

---

269) 남송우, 「짧은 삶과 미완의 시학」, p.221.
270) 조가경, 앞의 책, p.5.

는 이 하나의 그림자 같던 나를 끝내 배척할 수 없는 상태로 점점 놓이게 되었다. 그리하여 현대는 하나의 나에 대하여 다시 하나인 현존의 나를 접속시키기 위한 최대한의 노력이 우세하는 시대이다. 271)

위의 글에서 고석규는 자신을 세계에 내던져진 존재로 파악한다. "지금에 있는 나"는 세계내존재로서 전쟁의 '공포'와 '불안'에 떨며 타자와 함께 공존하는 "나"이면서, 동시에 인간으로서의 고유한 특성을 지닌 실존하는 "나"이다. 따라서 고석규는 자신의 존재를 두 개의 주체로 파악한다. 하나는 "의식과 명상과 살육을 일삼은 인간"이며, 또 다른 하나는 고유한 현존재로서의 "나"이다. 이 두 주체는 서로 긴장과 갈등을 유발하면서 충돌한다. 그리고 이 충돌은 삶의 부조리를 양산한다. 이는 전쟁 속의 주체와 전쟁 후의 주체가 완전한 결별을 이루지 못하였기 때문이다.

'실존'은 인간을 넘어서는 인간의 고유한 존재양식이다. 니체는 "신은 죽었다"라는 명제를 통해서 초월적 '신'과 절대적 가치, 도덕 등이 규정해 놓은 기존의 가치들의 상징적인 '죽음'을 선포하였다. 여기서 '신의 죽음'은 기존의 질서와 가치의 허물어짐을 의미하면서 동시에 두 차례의 세계전쟁에서 겪어야 했던 '인간의 폭력성'으로 인한 '휴머니즘의 상실'을 의미하는 것이기도 하다. 또한 고석규에게 있어서 '신의 죽음'은 전쟁이라는 우연적이고 갑작스러운 상황에서 닥쳐오는 부조리한 '실존'의 한계상황의 극한을 의미한다. 고석규는 『여백의 존재성』에서 '전쟁'은 존재와 본질의 심연에 대하여 새로운 인식을 갖게 하였다272)고 말한다. 그에게 '전쟁'은 '실존'이라는 존재의 본질을 문제 삼게 했으며, 폐허와 허무의 '여백'에 존재의 본질을 채워 넣게 하였고, 고유한 개별자인 한 인간으로서의 '실존'을 각성하게 하는 하나의 중요한 요인이 되었다.

오늘 밤 세계를 향하여 한 나무는 서 가는 것이다

---

271) 고석규, 「지평선의 전달」, 앞의 책, p.50.
272) 고석규, 「여백의 존재성」, 앞의 책, p,16.

저 설설이 지호指呼하며 높은 잎가지를
또다시 바람은 살아올 것이다 꽃내음 같은
미쳐 꽃내음 같은 바다 위에 달은 뜨는가

번녀番女의 살처럼 검은 전쟁층적戰爭層積을 불 비친 뒤
상냥한 질벽疾癖의 타원보다 엷게 내리는 빛무덤 속에
나의 연령은 기진삼제氣盡芟除되고 그늘에선 알지 못할
얼굴들이 파묻혀 있었다

염염하는 화약산 프로메테우스
머리 위에서 발을 구르던 목이 비틀어진 새는
끝내 내 핏줄이던 것은 모두 도사려 앉아
눈을 감는다

그냥 세계를 향하여 한 나무는 서 가는 것이며
소요 없는 하늘로만 붉게 물들인 지평에서
총을 가졌던 손에 잡혀오는 또한 너를 실상은
내가 모르는 것이리라.

―「연안沿岸·3」 전문

이 시에서의 "연안"은 전쟁으로 인한 '피의 연안', 프로메테우스의 '부조리의 연안'을 가리킨다. "프로메테우스"는 불을 훔쳐 인간에게 문명을 선사해 준 은인이지만, 불 도적한 죄로 인하여 맷돌을 목에 매달고 끝없이 침전하는 존재이다. 따라서 이 시에서 "프로메테우스"가 비유하는 것은 인간의 이성으로 발명한 문명을 의미하며, 이러한 의미화 작업을 통해 화자는 "프로메테우스"의 부조리를 내면화하고 있다.

이 시에서 강·바다·호수는 '부조리'가 없는 자율적이고 평화로운 세계이다. 그러나 화자가 바라보는 연안의 세계는 '부조리'와 '피 흘림'과 '공포'가 공존하는 세계이다. 따라서 그는 "번녀番女의 살처럼 검은 전쟁"과 기진맥진한 자신의 '주체'와 이미 죽은 전우들의 잊혀진 얼굴과 "목이 비틀어진 새"를 응시하면서 '공포'와 '부조리'에 함몰된다. 그럼에도 불구하고 그는 하나의 존재, 즉 굳건한 나무로 서서 미래의 세계를 향하여 손짓하면서 또 다시 불어올 내일의 바람을 기다린다. 그것은 '시지프스'가 부조리의 현실 속에서도 계속 바위를 산꼭대기로 굴려 올리는 행위와 같은 부조리의 몸짓인 것이다. 그는 전쟁에서의 살육도 '공포'의 기억도 모두 부정하고 도리질 치지만, 부정의 부정이 곧 긍정이듯, 현실 속의 '부조리'는 해소되지 않는다.

카뮈는 인간의 운명을 그리스 신화에 나타난 영웅 시지프스의 우울한 노력에 비유한다. 호머에 의하면, 시지프스는 인간 중에서 가장 현명하고 가장 신중한 사람이었다고 한다. 시지프스의 이야기를 빌려 카뮈는 '패배의 진리는 존재를 인식함으로써 제거'된다고 주장한다. 시지프스는 신神들이 내린 형벌로 인하여 끊임없이 산꼭대기까지 바위를 굴려 올렸다가 다시 굴러 떨어지는 무익하고도 가망 없는 끔찍한 형벌을 정열의 힘으로 견뎌냈기 때문이다. 그러므로 그는 '부조리'의 영웅이 되었으며, 동시에 '정열'의 영웅[273]이 되었다.

> 호멜로스는 시지프스를 사신死神에게 철쇄를 얽어놓은 제일인자라 한다. 명부冥府의 주신主神 하티스는 전쟁 신을 급파하여 시지프스의 압제에서 사신을 해방시켰다. 이리하여 전쟁이 죽음을 해방시킨 뒤 시지프스가 당도한 지옥엔 형벌의 바위가 이미 기다리고 있었다. 이 역설은 오늘날 부조리의 설명으로 우리 앞에 내려온다. 밝은 해만海灣과 빛나는 언덕의 미소에서 떠나간 시지프스의 운명은 그대로 체포된 죽음이었다. 신의 엄명은 그 거대한 바위를 몇 백 번 산의 절정까지 밀고 올리는 무익한 노동을 그에게 영원히 강요한 것이다. 시지프스의 검은 근육과 두드러진 핏줄과 얼룩이는 눈물이 보인다. 그것은 산적山賊과 같은 직업이었다. 이렇듯 환원을 거절하는 돌은 인간의 형벌을 위하여 상징된 것이다.[274]

---

273) A. 카뮈, 앞의 책, p.148-149.
274) 고석규, 「돌의 사상」, 앞의 책, p.25.

고석규는 위의 글에서 시지프스의 지옥의 형벌에 대하여 이야기 한다. 시지프스의 형벌의 은유는 바위로 상징된다. 이 바위의 상징성은 체포된 죽음에 다름 아니다. 체포된 죽음이란 끝없이 무익한 노동을 의미하며, 무익한 노동의 강요를 의미한다. 이처럼 바위로 환원되는 인간의 형벌은 전쟁이 죄라는 것을 알면서도 계속적으로 전쟁을 일으키는 인간의 부조리에 대한 형벌을 은유한다고 할 수 있다. 그러므로 고석규는 다음과 같이 말한다. "신이 나를 녹이는 것은 신의 필연이며, 신의 열을 빼앗는 것은 나의 행위이다.[275]"

카뮈가 말하는 '부조리'는 무의미하고 조리에 맞지 않는 모든 것을 지칭한다. 즉 세계는 허무한 것들로 가득하며 '나' 자신도 역시 허무함에 휩싸여 있는 것을 말한다. 이때의 허무는 '부조리'에 다름 아니다. 인간이 '부조리'를 가장 강렬하게 맞닥뜨리게 하는 요인은 바로 인간의 극한의 한계상황인 '죽음'이다. '죽음'의 은유는 다섯 가지로 분류[276]할 수 있다. 첫째, 종착점으로 향하는 것, 둘째, 출발의 의미, 셋째, 밤의 이미지, 넷째, 인간의 죽음과 식물의 죽음의 유사성, 다섯째, 인생이라는 여행의 종착점이 그것이다. 특히 '죽음'의 은유는 '탄생'의 은유의 한 속성에 포함된다. 인간의 탄생이 우리의 의사가 아닌 타자의 의사에 의해 비롯되는 것처럼 '죽음' 또한 시각도 장소도 정해져 있지 않다. '죽음'은 우리 앞에 항상 내던져져 있으므로 인간은 죽음에 대하여 말하기를 꺼려한다. 모든 '죽음'의 담론은 금기의 속성을 지니기 때문이며, 그것은 우리에게 언제나 발생할 수 있는 가능한 사건이자 본능의 요소[277]이기 때문이다. 또한 인간은 태어나면서부터 실존하며, 동시에 죽음에로 향하는 존재라는 의미에서, 이미 태어나면서 죽어가는 존재이기 때문이다.

'죽음'은 세계 내에 항상 존재한다. '죽음'은 인간의 본래적 가능성의 핵심이며, 인간이 꼭 이루어야 할 '실존'의 핵심이다. 인간은 탄생하는 순

---

275) 위의 책, p.24.

276) G. 레이코프 · M. 터너, 이기우 역, 『시와 인지』, 한국문화사, 1997, p.1-82.

277) S. 프로이트, 김석희 옮김, 『문명 속의 불만』, 열린 책들, 2003, p.308. 프로이트는 인간의 본능을 보존과 통합을 추구하는 '에로스 본능'과 파괴와 죽음을 추구하는 '죽음 본능'으로 구별한다.

간부터 죽음을 향해 달려간다. 따라서 죽음은 출발을 전제로 하면서 존재하는 하나의 가능성이다. '죽음'과의 관계를 통하여 인간은 한계상황으로서의 본래적 가능성의 '죽음'을 완성하며, 유한한 죽음의 가능성의 진정한 주체가 된다. 바로 이것이 하이데거가 말한 '죽음'의 가능성이다. 이처럼 삶은 수많은 죽음을 내포하고 있으면서 수많은 가능성과 소멸성을 동시에 주목한다. 중요한 점은 인간에게 있어서 '죽음'의 의미가 삶에 어떠한 의미를 지니는가[278]이다. 그러나 인간은 이러한 죽음의 가능성을 '부조리'로 감각한다.

> 내가 요망하는 현실은 끓고 있는 열렬한 풍경을 전개하며 역사로 흘러갔다.
> 싸움이 있어 유혈의 보도가 끊임없는 나라에선 끓으며 불타고 있어야 하는 것이었다.
> 싸움에 번잡한 전방과 생존의 사치에 그리고 그 거리의 타성으로 번잡한 후방과는 장구적인 쇠퇴와 멸망을 예지하는 것이다.
> 몇 천 년을 두고 자라온 역사의 습성이 마침내 오늘에 와선 끓기 위한 도전에 너무나 비인 허간을 제공하고 말았다.
> 그리하여 불타는 태양의 거리에 미치지 않아 비겁하게 전율하는 누명을 쓰고도 아무렇지 않았다.[279]

위의 글은 고석규가 세계내존재로서 바라보는 현실의 '부조리'를 진술하고 있는 글이다. "현실/싸움", "싸움에 번잡한 전방/타성으로 번잡한 후방", "역사의 습성/비인 허간" 등 현실의 대립적 구도는 그에게 '부조리'를 느끼게 하고 이 '부조리'는 다시금 '불안'으로 변환되어 그에게 엄습한다. 그리하여 그는 이러한 '부조리'를 '부조리'로 뛰어넘고자 한다. 그것은 자신은 미치지 않았음에도 불구하고 미친 자의 누명을 스스로 뒤집어쓰고 아무렇지 않게 거리를 걷는 것이다. 이러한 부조리는 50년대 전후 세대 모두가 공통적으로 느껴야 하는 그러한 삶의 부조리였다.

---

278) O. F. 블로우, 앞의 책, p.121.
279) 고석규, 「청동일기 I」, 앞의 책, p.11.

그렇게 짧은 날에
그 무슨 뉘우침이
한두 가지 아니어서

별당도 없이 자리 잡은
예전의 집에
숨은 눈물이 가시뇨

그저 벙어리 되어
사랑을 무찌른
품행의 날[刀]아

내 ○단組의 바람처럼
얼굴을 드러내어
벙어리처럼 서러운 까닭에.

—「참회懺悔」 전문

이 시에서 화자는 스스로를 "벙어리"에 비유한다. 그는 고향 집을 그리워하고, 연인의 "사랑"을 그리워한다. 이러한 정조는 화자가 홀로 월남한 뒤에 느끼는 고향과 연인에 대한 그리움을 은유한다. 그가 스스로를 벙어리로 인식하는 이유는 남북 분단이라는 현실 속에서 고향으로 향하는 길이 모두 막혀 있듯이 자신의 주체성 또한 고향의 언어, 존재의 언어를 상실했음을 드러내고자 하기 때문이다. 따라서 화자는 전쟁으로 인한 분단의 현실 속에서 인간의 한계상황인 '죽음'과 같은 강렬한 '부조리'의 감정을 느끼고 있는 것이다.

특히 이 시는 윤동주 시의 「참회록」과의 상호텍스트성을 보여준다. 윤동주의 시에서 '참회'는 '수치심', '부끄러움', '비애'를 동반하는 시적 모티프로 작용한다. 윤동주의 '참회'는 '거울'을 통하여 화자의 외적 표상인 '얼굴'과 내적 표상인 '뒷모양'을 대비시키면서 암울한 시대 속에 던져진 '참회' 의식을 나타낸다. 반면 고석규의 '참회'는 외적 표상인 남북분단의 현실과 내적 표상인 "벙어리"를 대비시키면서 현실의 부조리에 대한 주체의 성찰과 참회를 보여준다. 고석규는 「시인의 역설」에서, 윤동주의 시 정신을 단순한 '역설'의 탐구라 아니라 그 자신의 주체 탐구라는 의미로서의 '시인의 역설'로 규정한다. 즉 소월의 부정의 세계도, 육사의 죽음의 세계도, 이상李箱의 아이러니의 세계도 오직 윤동주의 어둠을 위한 장식음이자 들러리였다[280]는 것이다. 윤동주의 '역설'은 사유의 정열이며, 그러므로 역설이 없는 사유자는 정열이 없는 연인과도 같다는 것이다. 생각할 수 없는 그 무엇을 발견하고자 하는 것은 사유 활동에 있어서 최상의 역설이다.[281] 따라서 고석규에게 있어서 '역설'은 주체의 사유과정에서 꼭 거쳐야 할 시적 기법이자 긍정적 가치이다.

특히 이 두 시인의 시에 나타나는 '수치심'은 오직 자신의 동물성을 자각하는 인간, 스스로의 동물적 한계와 대면하는 인간이 느끼는 기분이다. 수치심은 상상계를 떠나 상징계에 진입한 인간, 즉 자연을 떠나서 문화의 질서에 들어서는 인간의 얼굴을 붉게 물들인다. 인간은 수치심을 통하여 스스로의 비인간성과 대면하고 성찰하는 주체로 나아간다. 니체가 수치심을 '개체화의 원리에 바쳐야 하는 공물'로 정의하는 것[282] 또한 바로 이러한 의미에서이다. 이처럼 산다는 것은 바로 '부조리'를 사는 것이다. '부조리'를 사는 것은 무엇보다 먼저 '부조리'를 주시하는 것이다. '부조리'는 인간이 그것으로부터 돌아설 때 소멸한다. 그러므로 유일한 하나의 방법은 그것에 대하여 '반항'하는 것[283]이다. 따라서 시지프스의 운명은 그 자신에게 속하며 시지프스의 바위는 그 자신의 소유라고 할 수 있다. 외적인 운명을 내적으로 의식하는 곳에 카뮈의 '부조리'는 탄생되었으며 이러한 외적 세계와 존재 간의 통일성으로 인해 시지프스는 자기 운명에 대한 고뇌를 점차로 즐거움으로 느끼게 되는[284] 것이다. 이 순간이 바로

---

280) 김윤식, 「고석규의 정신적 소묘-50년대 비평 감수성의 기원」, 『고석규 문학전집』, p.311-313.

281) 김종두, 『키에르케고르의 실존사상과 현대인의 자아이해』, 엠-에드, 2002, p.197-198.

282) 김홍중, 앞의 책, p.67.

283) A. 카뮈, 앞의 책, p.79.

부조리의 순간이며, 운명의 순간인 것이다.

> 지금에 있는 나는 나의 지평선을 위하여 중간자의 고민을 미래성과 과거성에 대하여 또는 전면의 신과 배면의 신의 새로운 발각에 대한 고민으로 이끌었다. 배면의 신이란 특수한 신이다. 부활하지 못하는 신학적 표준에선 언제나 박제당한 신이다. 과거의 신이다. 눈에 가득 찬 흑사를 어쩌지 못하는 모든 우리들의 추상이며 돌아선 채 우리와 함께 살았던 신이다. 부재의 신, 부정의 신 마침내 신이라고 불리우지 못하는 신 어디로 갈 것인가를 지시하지 않고 어디서 왔는가를 지시하는 신, 빈 신이 현대에는 더 많이 존재하는 것이다. 적어도 그렇게 믿는 것이다.[285]

'부조리'를 적극적으로 수용하게 된 고석규는 박인환과 마찬가지로 신에 대한 부정의식을 표출하기 시작한다. 부조리에 구속당해 희망이 없던 그는 자신의 존재를 의식하기 시작하며, 국가가 전쟁에 부과한 도덕률에 대해 회의를 느끼기 시작한다. 이러한 회의는 "미래성"과 "과거성"을 지배하는 "전면의 신", 혹은 "배면의 신"에 대한 물음으로 그를 이끈다. 그러나 그의 의식에는 애초부터 "전면의 신"은 존재하지 않는다. 이때 "전면의 신"은 사랑과 긍휼을 베푸는 신神이다. 반면 "배면의 신"은 인간의 이성이며, 합리주의이고, 물질문명이며, 신의 이름으로 대체된 문명으로 인한 '전쟁'을 의미한다.

이 글에서 초월적이고 경건하며 찬양의 대상이 되어야 할 신은 "배면의 신"으로 치환되어 나타나고 있다. 신이란 본래 무소부재無所不在를 그 속성으로 하므로, "배면의 신"은 신적인 초월성을 상실한 신으로 변질되어 나타난다. 종교에서 말하는 신은 구원의 주체를 의미한다. 특히 기독교에서 말하는 신은 죄로 인하여 고통과 죽음에서 오는 불안을 해결하고자 하는 인간에게 있어서 절대적인 존재로 인식되고 있다. 그러나 무신론적 실존주의에서는 신을 절대적인 경지에 올려놓지 않는다. 이는 인간으

---

284) 고석규, 「알베르 카뮈의 문체론-부조리와 시의 경계」, 앞의 책, p.178.
285) 고석규, 「지평선의 전달」, 앞의 책, p.59.

로부터 신에 이르는 어떠한 매개체도 존재하지 않을 뿐만 아니라, 인간과 신 사이에는 어떠한 본질적 동일성도 존재하지 않는다고 보기 때문이다. 따라서 기독교는 인간 실존의 문제와 신의 문제는 독립되어 있다[286]는 사실을 강조한다. 그러나 고석규에게 있어서 '신의 죽음'은 전쟁이라는 우연적이고 갑작스러운 상황에서 닥쳐오는 실존의 한계상황으로 받아들여지고 있다.

따라서 그는 "배면의 신"을 "박제 당한 신"→"과거의 신"→"어디로 갈 것인가를 지시 않고 어디서 왔는가를 지시하는 신"→"빈 신"으로 병치시키면서 신을 전면적으로 부정한다. "박제 당한 신"은 인류의 구원이라는 긍휼함을 잊은 신을 의미하며, "과거의 신"은 권위의식에 빠져 인류의 삶에는 전혀 관심조차 없는 신을 의미한다. 또한 "빈 신"은 전쟁이나 재난에도 인류에게 어떠한 방향 제시도 하지 못하고 선과 악조차 구분하지 못하는 신을 의미한다. 이러한 신에 대한 부정은 고석규의 의식 속에 내재한 극한의 부조리한 의식이 추동한 것이다. 이 '부조리'는 모든 것을 '부정'하게 만들고 세계의 모든 것들이 '부조리'로 가득 찼다고 느끼는 허무의 극점을 보여준다. 이처럼 '부조리'는 그의 의식을 구속하고, 그에게 굴욕감을 느끼게 하고 마침내는 '죽음'의 무기력 속에 그를 침몰하게 만든다. 고석규가 절대적이고 초월적인 신의 자리를 '죽음'의 위치에 올려놓은 것은 신이 자신의 본래 임무인 인간 구원이라는 사명을 발휘하지 않기 때문이며, 이러한 반항적 사유로 인하여 그는 더 이상 신의 가치를 인정하지 않게 되었기 때문이다.

이처럼 고석규의 부조리 의식은 전쟁에서의 죽음의 간접체험과 그 체험에 따른 공포와 불안의 자각으로부터 비롯된 것이다. 그에게 불안은 전쟁이라는 처참한 현실 속에서 타자(전우)의 '죽음'을 목격하면서 발생한 극한의 상태를 나타낸다. 이러한 불안은, 자신 앞에서 죽어간 전우의 죽음과 그 죽음 곁에서 가까스로 살아난 자신의 살아 있음의 괴리에서 오는 부조리한 실존을 절감하게 하기 때문이다. 또한 이러한 부조리는 살아 있

---

286) G. 바하니안, 변선환 · 고진환 공역, 『신의 죽음과 현대문학』, 현대사상사, 1984, p.203-231.

는 자신은 죽은 자를 애도 할 여유조차 갖지 못한 채 또 다시 전쟁이라는 상황 속으로 내던져지는 부조리한 상황을 발생시키기 때문이기도 하다.

인간은 '부조리'의 현실 속에서도 '죽음'의 시간을 향하여 끊임없이 흘러가고 있다. 그리고 비이성적이고 비합리적으로 발생하는 세계의 사건들과 문득문득 마주친다. 이러한 마주침 속에서 '불안'이 발생한다. 따라서 인간은 시간의 흐름 속에 자신의 존재를 위치시키고, 모든 것이 무의미해질지도 모를 불안한 미래를 향하여 자신의 전부를 건다. 그것은 육체를 통한 행위로서, 자신의 미래에 대한 본래적 가능성을 위하여 스스로의 몸을 던짐으로써 완성된다. 이러한 던짐의 행위는 육체의 반항이며, 바로 '부조리'에 대한 반항인 것이다.

고석규는 「비평가의 교양」이라는 평론에서, 인간은 다양성을 위하여 불합리적인 세계를 창조할 수도 있지만 한편으로는 통일성을 위하여 합리적인 세계에 대한 권위를 영원히 망각할 수도 없다[287]고 말한다. 즉 다양성과 통일성의 '엄숙한 종용'이 인간의 삶 앞에 펼쳐져 있으며, 그것을 통하여 인간은 불합리적인 세계와 합리적인 세계와의 통일성이 순간순간마다 깨어지는 순간을 경험하게 되고, 그로 인하여 인간은 항상 부조리한 상황에 처해진다는 것이다. 이러한 합리성과 통일성의 세계가 순간순간마다 깨어지는 부조리에 대한 고석규의 인식은 다음의 시에서 극명하게 드러난다.

> 산은 깊어 별은 많고
> 물소리 서글퍼라
>
> 하늘에 별똥이 지는 밤
> 지표도 없는 언 땅에
> 부푼 눈이 젖은 대로

---

287) 고석규, 「비평가의 교양」, 앞의 책, p.118.

먼 곳에 살찌는
마음 어린 웃음의 얼굴들!

연신 넋은 달아 오리라
검은 흙 한 줌 뿌리어
가슴 위에 얹고는

아, 이렇게 낯모른 땅에
홀로 누웠다.

—「진혼鎭魂」 전문

이 시의 시점은 "별똥이 지는 밤"이다. 화자는 깊은 산골에서 별과 물소리를 가까이 하며 서글픈 감정에 휩싸인다. 그는 별똥이 떨어지는 언 땅에서 잊혀진 사람들의 웃는 얼굴을 떠올린다. 그리고 그들의 넋이 평화롭게 날아오르길 바라며 자신의 가슴 위에 흙 한 줌 뿌리고 낯모를 차디찬 땅에 홀로 눕는다. 이 시는 자연으로 상징되는 긍정적인 이미지와 화자의 내면세계에서 발화되는 부정적인 이미지가 서로 충돌하고 대립하는 긴장관계를 형성한다. 이러한 긍정과 부정의 세계는 바로 삶과 죽음의 공존을 암시하며, 이러한 인식은 화자가 인식하는 '세계'에 대한 이미지를 은유한다. 하이데거는 '세계'를 인간의 존재가능성을 펼칠 수 있는 가능성의 공간으로 파악하며, 그곳은 타자와의 자유로운 소통이 이루어지는 곳이라고 말한다. 그러나 고석규에게 있어서 '세계'는 절망과 허무, 그리고 결핵이라는 질병으로 인하여 타자와 소통할 수 없는 '단절'의 세계를 의미한다.

또한 이 시에 나타나는 죽음의 상징은 "검은 흙 한 줌 뿌리어 가슴 위에 얹고" "홀로 누웠다."라는 구절로 구체화된다. 여기서 "검은 흙"이란 인간이 죽은 뒤 그 시신을 매장할 때 시신 위에 뿌리는 흙을 말한다. 따라서 "검은 흙"이란 시어는 화자가 자신은 이미 죽어 매장되고 있다는 사실을 의미화 한다. "홀로 누웠다"라는 진술 또한 화자의 죽음을 상징한다. 중요한 점은 "홀로"라는 시어에 나타나는 화자의 실존의식은 타자와의 단절감이 반영된 것으로서, 이는 인간의 죽음은 결국 홀로 맞이할 수밖에 없다는 인식이 심연에 깔려 있다고 할 수 있다. 이러한 부조리한 실존의식은 '냉령冷靈을 지키는 밤'이라는 이 시의 메시지에 모두 함축되어 있다고 할 수 있다.

고석규는 전쟁과 공포의 상황 속에서도 삶과 죽음이 공존하는 현실 속에서 느끼는 부조리와 허무를 어떻게 존재 가능성으로서의 통일성으로 통합할 수 있는가에 대한 물음을 제기한다. 이러한 물음은 그의 시에서 불과 피의 상징성으로 표출된다. 고석규의 시는 '피'의 이미지로 가득 차 있다. 이 '피'의 이미지는 전쟁에서 죽어가던 타자의 '피'와 자신의 육체 내부에서 쏟아져 나오던 각혈의 '피', 즉 죽음과 생명의 두 가지 상징성을 지닌다. '피'는 인간의 육체 속을 흐르며 인간의 생명을 유지시켜주는 아주 특별한 액체이다.

'피'는 늘 우리 안에 고동치고 있지만 우리 눈에 보이지 않으며, 우리 피부 밑에서 들끓고 있다. 또한 그것은 화산 폭발처럼 껍질을 찢어야만 피부 밖으로 흘러나와 우리를 놀라게 한다. 그러므로 인간은 '피'를 두려워했고 '피'를 신성하게 생각했고[288] '피'를 줄곧 탐구해 왔다. 니체는 『짜라투스트라는 이렇게 말했다』에서 "나는 한 사람이 피로 쓴 기록만을 사랑한다. 피로 기록하라. 피가 정신이라는 사실을 알게 될 것이다"[289] 라고 말했다. 니체에게 '피'의 기록은 생명의 기록이자 육체의 기록이며, 정신의 기록이자 영혼의 기록이라고 할 수 있다. 고석규 시에 나타나는 '피'의 이미지 또한 그의 정신의 기록이자 죽음과 생명에 대한 기록의 의미를 지닌다.

신체 내에서 흐르고 있는 '피'는 '생명', '건강'과 같은 긍정적 특성을 연상시키지만, 신체 밖으로 흘러나온 '피'는 반대로 '죽음', '상처'와 같은 부정적인 개념과 결부된다. 따라서 인간의 몸 밖으로 흘러나온 '피'의 이미지는 죽음을 상징한다고 볼 수 있다. 특히 눈에 보이는 '피'와 '내면으로

---

288) G. 슈리, 앞의 책, p.7-11.
289) F. 니체, 앞의 책, p.47.

향한 열정'과 결부된 '결핵'이라는 질병은 예술에서 운명적인 몰락을 상징하기도 한다. 또한 '피'는 정화 작용을 하기도 한다. 이러한 정화작용은 종교적 예식, 즉 그리스도의 죽음을 '피'로 승화시키고 그 '피'로 인하여 인간의 죄가 정화된다는 의식에서 비롯된 것이다. 이처럼 '피'는 생명, 죽음, 정화작용과 밀접하게 결부된 액체이다.

①수없이 내흔드는 피 묻은 바다의 색기色旗를 보리

—「서시序詩」 부분

②우리는 피 붉은 잔을 든다

—「식화飾花」 부분

③취기에 아득거리는 피가 돈다

—「대화」 부분

(※밑줄 필자 강조)

①의 "피 묻은 바다", ②의 "피 붉은 잔", ③의 "아득거리는 피"의 이미지는 '에로스'의 이미지를 내포하고 있다. 여기서의 '피'는 인간 신체 내부에 흐르는 '피'로써, 생명과 재생의 의미가 융합되어 나타나며, 동시에 이러한 이미지에는 전쟁으로 인한 살육과 죽음을 다시 생명과 재생의 메타포로 환원하고자 하는 고석규의 긍정적 생명의식이 내포되어 있다. '피'를 생명력이 자리한 곳으로 보는 견해는 18세기와 19세기에 형성되었다. 이에 따라 수많은 신화는 흘러나온 '피'와 자라나는 생명의 상관관계를 소재로 선택[290]하였던 것이다.

프로이트는 '에로스'와 '타나토스'를 인간의 기본적인 본능으로 파악한다. '에로스'는 억제되지 않는 성 본능과 본능충동으로 구성되며 삶을 보존하는 것을 목적으로 한다. 반면 '타나토스'는 유기적 생명체를 무생물 상태로 인도하는 것[291], 즉 '죽음본능'을 추구하는 것이다. 이 두 본능은

290) G. 슈리, 앞의 책, p.20.
291) S. 프로이트, 「자아와 이드」, 앞의 책, p.382.

서로 융합하고 섞이고 합쳐지는 방식을 통하여 인간 삶 전체를 지배한다. 이러한 인간 본능의 이원적 이미지는 고석규의 시에서 '피'의 이미지로 표출된다. '에로스'와 '타나토스'의 이중적 의미를 표출하는 고석규 시의 '피' 이미지는 전쟁과 그로 인한 흥분과 공포, 불안의식을 동반하는 삶에 대한 충동과 밀접하게 연관된다.

> ①유리에는 꽃보다 붉은/날개의 피가 있고//날개의 울음보다 애처로운/유리의 상처가/얼음 안에 보오얀 무지개로 짙는다//바람을 막은 나의 창이여
>
> —「유폐幽閉」 부분

> ②나의 복면腹面에는/피묻은 구슬이 달렸다 하오//(……)나를 이끌던 팔이 없소// (……)땅으로 떨어진 구슬은 돌이 되어/그리고 나의 피는 검은 바람이 되오.
>
> —「길」 부분

> ③너는 내게로 오지 못하는/땅의 검은 거리를 어쩔 수가 없다//나무는 가시발처럼/그늘에 솟아 있고//하늘 속에 멎어가는/나무의 또 하나 여백을 울음 우는/네 애연한 소리만이 가늘다//나무와 너/피도 없이 봄을 기다리는 지극한 설움이
>
> —「2월」 부분

> ④습한 벽에/얼굴은 정밀한 구릿빛//너의 아름다운 혀를/볼 수가 없었다//피에 열리는 새벽//(……)한 오리 연기로 피렴.
>
> —「시간」 부분

> ⑤피를 씻어버린 너를 바람에 적셔/흔들 때마다//촉루觸髏보다 흰 구름의 빛이/마른 눈물에 나부껴 왔다//손을 저으며 간 마지막 눈에/연주 빛 핏물이 고이도록
>
> —「손」 부분

> ⑥넘치는 잔의 물결 위에/너와 나는 한결 고운/요화妖花의 뿌리

를 띄우며//네가 웃어주는 거울 앞에서/나는 연鉛빛 울음의 옷을 벗는다.//(……)목을 베어 담은/살로메의 피 묻은 반盤

—「반盤」 부분

(※밑줄 필자 강조)

①의 "붉은/날개의 피"와 ②의 "피 묻은 구슬", ③의 "피도 없이"는 '타나토스' 이미지를 내포하고 있다. 또한 ④의 "피에 열리는 새벽"과 ⑤의 "연주 빛 핏물"의 이미지는 카타르시스의 수단으로서 기능하면서 동시에 죄를 정화하는 수단으로서 구체화된다. 인간은 수많은 문화를 통하여 '피'를 이용한 정화의식을 표출하여 왔다. '피'는 '대속'의 기능을 한다고 생각하였기 때문이다. ⑥의 시는 "살로메"를 패러디하여 '희생양'과 '속죄'의식을 드러내고 있다. 일반적으로 생명의 원천인 '피'는 신神의 것이었고 종교적 비유였다. 그러므로 '피'는 권력의 강화와 예언에 이용되었고 종교의식에 사용되었으며 '속죄'의 제물로 바쳐졌다. 사람들은 신을 이 붉은 액체와 동일시하였으며 '피'를 숭배하면서 동시에 두려워하였기[292] 때문이다. 고석규 시에 나타나는 '피'의 이미지와 상징성은 삶과 죽음에 대한 메타포로써 다양한 '역설'의 이미지로서 기능한다. 그로 인해 고석규는 전쟁과 죽음의 상황에 내던져진 자신의 '실존'을 다시금 각성할 수 있었다.

고석규의 시에는 '불'의 이미지 또한 여러 시에 산포되어 핵심적 이미지로 표출되고 있다. 일반적으로 '불'은 '선'과 '악', '낙원'과 '지옥', '안락'과 '공포'를 상징한다고 할 수 있다. 이러한 '불'의 특성은 '불태움/싸늘하게 식음', '강렬함/약함', '시詩/신경증', '재災/휴식', '조화/부조화' 등 역설적인 의미를 거느린다. 이처럼 '불'은 인간에게 대립적인 인식을 불러일으키는데, 이 불은 예술가에게는 자유와 창조의 근원이 되어 준다고 할 수 있다.

---

292) G. 슈리, 앞의 책, p.59.

①저 바다의 불 보리(……)//우리와 같은 목숨의 해적임/출렁이는 바다의 화상火傷을 보리

—「서시序詩」 부분

②모두 불붙는 산이며 바다며 꽃나무였다

—「식화飾花」 부분

③벌판에 흰 눈이 내리고/벌판에 헤어진 목소리 가고/봉우리는/찬 울음에 그대로 얼었다//(……)불꽃 일어 피는 환한 바람 속을/임자의 엷은 눈이 살아서 오는 고여.//불 속에 당신이 계시옵니다/마른 입술이 내에 타며 떨어져 옵니다.

—「단장斷章」 부분

(※밑줄 필자 강조)

고석규는 그의 비평 「해바라기와 인간병」에서 '불'을 인간의 원시적 증거이며 밀림 속 습지에서 붉게 타오르는 '태양'과 같이 자연 최고의 디오니소스적 표현[293]이라고 말한다. ①의 "바다의 불"이 "화상火傷"으로 치환되는 이미지와 ②의 "불붙는" "산" "바다" "꽃나무"의 이미지는 상승하여 하늘로 올라가서 '양陽'이 되고, 대지와 결합하면 '음陰'이 되는 형상을 드러낸다. 이러한 음과 양의 대립적이고 역설적인 '불'의 이미지는 삶과 죽음의 본능의 종착점으로서의 흔적 없는 '완전한 죽음', '완전한 소멸'을 의미한다. ③의 "불 속에 당신이 계시옵니다"의 '죽음'의 아이러니는 모든 것을 얻기 위해서는 모든 것을 버려야 하는 '소멸'로서의 '불'의 상징성을 드러낸다. 또한 ③의 시에서 '불'은 폭력이면서 도취이고, 흥분이면서 완전한 죽음으로 향하는 '소멸'의 이미지로 표출된다.

①둥그런 과수밭 속 꽃나무 아래/당신이 어두운 상처로 서 있소//(……)열린 상처마다 피 붉은 꽃들이 피면/당신도 높은 나무가 되리오//(……)둥그런 과수밭 머리 높이/불붙는 당신이야 얼마나 행복한 신神이오

293) 고석규, 「해바라기와 인간병」, 『고석규 문학전집 2』, p.16.

—「전망」 부분

②밖에는/십 년 묵은 비가 내리고//통곡을 위하여/벽은 불빛을 막는다//(……)벽에는 그림자의 소리가/그대로 숨고//불빛에 쌓인 웃음 속에……

—「규문糾問」 부분

③가슴이 매끄러운 냉혈의 나를/해가 비웃는 것이다//(……)쟁쟁한 별에서는/이브의 무엇을 해가 쫓고 있다//(……)어쩌자고 내 혀끝이 자꾸 입 밖으로 치미는 것이냐//(……)불붙는 마지막 ○○/해의 심장을 향하여

—「탐사貪蛇」 부분

(※밑줄 필자 강조)

위의 시들은 "불/신神", "불빛/웃음", "불/해의 심장"이라는 시적 상관물의 병치를 통해서 '불'의 '회귀'에 대한 인식을 표출하고 있다. 이러한 효과는 육체의 불구성을 통하여 스스로를 죽은 존재로 여겼던 고석규의 인식을 희망으로의 지향으로 이끌고 있다. 특히 불과 신神을 동일시하는 묘사는 그동안 신을 적극 부정했던 고석규의 의식의 변화를 읽을 수 있게 한다. 그리스 철학자 엠페도클레스가 말년에 자신이 신이 되기 위해 에트나 화산에 뛰어들어 '재생'의 길을 찾았듯이, 고석규 또한 불의 상징성을 통해서 존재의 가능성으로서의 '회귀'와 '재생'의 길을 찾고 있다고 이해할 수 있다.

불, 그것이야말로 단 하나인 인간의 원시적 증거이며 인간의 밀림 속에 혹은 무변한 습지에 붉게 타오른 태양과 같은 최고의 표현이다. 작열하는 우주의 원소를 의식할 때의 아니 모든 희열과 비극의 시종을 함께 바라볼 때의 그 영원한 전달과 절대한 지속인 불은 얼마나 슬기로운 환희였던가.(……) 불은 영원한 실재이며 인간의 충혈된 '피투적 소유'인 것이다.[294]

---

294) 고석규, 「해바라기 인간병」, 앞의 책, p.16.

고석규는 위의 글에서 '태양'과 '불'을 동격으로 인식한다. '불'은 디오니소스적인 '태양'과 그에 따른 '항일성'을 의미한다. 고석규는 「해바라기와 인간병」에서, 니체에게 그것은 이단자나 형벌자로, 고흐에게는 분열과 증오의 환희로, 랭보에게는 아름다운 도피로서의 감옥으로 기능 한다[295] 고 말한다. 따라서 이 글에 나타나는 '불'은 인간의 원초적인 희열이며, 환희로 나타나고 있다. 반면 그것은 영원한 실재이고, 태어날 때부터 세계 내에 내던져진 피투된 존재로서의 현존재를 의미한다.

이와 같이 고석규 시에 나타나는 '불'의 이미지는 원형적인 '불'의 이미지를 내포하면서 동시에 '소멸'과 '회귀(재생)'의 역설적인 사유를 내포한다. '불'은 그에게 변화의 욕망을, 죽음의 시간을 앞당기고자 하는 욕망을, 모든 생명의 종말[296]을 암시한다. 그에게 '불'은 파괴이고 갱신이며 삶의 본능과 죽음의 본능이 결합하는 하나의 존재의 가능성이다. 따라서 '불'은 극단적으로 살아 있으면서 어느 한 순간 죽음으로 사라지는 그런 존재로 다가온다. 그것은 그의 마음속에 살고 있고, 그의 내부 깊은 곳에서 솟아올라 매순간마다 자신의 존재를 가능성으로 내던지게 하는 하나의 열정이다. 이러한 존재의 가능성은 고석규로 하여금 죽음에의 반항의식을 갖게 하는 계기로 작동한다. 그리하여 고석규의 죽음에 대한 성찰은 언제 닥쳐올지 모를 '낯설은 죽음'을 수동적으로 받아들일 수 없다는 '반항의식'으로 전이된다.

2) '청동시대'의 반항의식과 바람과 꽃의 상징성

고석규 사후 발간된 유고시집 제목은 『청동의 관』이다. 여기서 "청동"은 로댕의 「청동시대」에서 차용한 것이다. 고석규는 릴케가 로댕론에서 주장한 '최초의 사나이'의 모습을 전쟁으로 철저히 파산당한 폐허 속의

295) 위의 책, p.17-22.
296) 위의 책, p.41.

한국인, 즉 자기 자신의 자화상으로서 인식한다.[297] 김윤식도 『청동의 관』을 전후문학의 원점[298]이라 명명하면서, 6·25와 릴케·로댕·윤동주·고석규로 이어지는 시대정신의 지향성을 '청동시대'라 규정한다. 그에 의하면, 릴케가 주목한 로댕의 「청동시대」는 로댕이 근대를 바라보는 시선이 명확하게 나타나 있다고 말한다.

> 여기 태곳적 인간의 나체상이 있다. 이를 '청동시대'(1877)라 부른다. 이 사나이는 태곳적의 암흑 속에서 잠이 깨었다. 그리하여 성장해가면서 몇 천 년을 지나온 우리를 훨씬 넘어 장차 오리라 생각되는 인간세계로 걸어가고 있다. 머뭇거리며 그는 들어올린 팔에 몸을 뻗쳐가고 있다. 그런데 이 팔은 아직 무거운지라 한쪽 팔의 손은 다시금 머리 위에서 쉬고 있다. 정신을 집중시키고 있다. 뇌수 꼭대기의 더없이 높은 뇌수가 고독해 보이는 데서 일할 준비를 하고 있다. 오른발은 헛걸음을 내딛고자 하는 참이다.[299]

이 글에서 "나체산"은 태초의 세계를 의미하며, 릴케는 이곳을 '청동시대'라고 부른다. 나체산은 인간이 탄생하기 전 암흑의 세계이다. 태초의 암흑 속에서 잠이 깬 최초의 사나이는 최초의 인간에 다름 아니다. 그러나 릴케는 이 태초의 사나이를 세계 전쟁에서 깨어난 근대인으로 암시하는 듯 보인다. 이 최초의 인간 탄생은 바로 전쟁의 참혹함 속에서도 새롭게 탄생하는, 새로운 자각을 하는 근대인을 지시한다고 할 수 있다. 그리고 이 최초의 인간은 장차 오리라 예견되는 근대의 세계로 걸어가고 있는 것이다. 그러나 그의 팔은 아직 무거운 상태이다. 이는 전 근대의 이성을 중심으로 하는 사상으로 인하여 육체적 지각의 미성숙을 의미한다고 할 수 있다. 그러나 그는 자신의 육신이 잘 움직이지 않을지라도 고독해 보

---

297) 졸고, 앞의 논문, p.235.
298) 고석규, 「전후문학의 원점」, 앞의 책, p.239.
299) R. M. 릴케, 천광진 역, 『로댕』, 여원교양신서, 1960, p.39. 김윤식, 「전후문학의 원점」, 앞의 책, p.332. 재인용.

이는 데서 일할 준비를 하기 위해 온 정신을 집중시키고 있다. 이때의 정신은 근대의 정신을 의미하면서, 동시에 고독으로 상징되는 근대인의 의식을 의미한다. 즉 단독자로서 소외된 채 반항하며 "고독" 속에 실존하는 근대인이 바로 이 최초의 사나이인 것이다. 이처럼 로댕이 창출해낸 '최초의 사나이'의 모습은 소외된 근대인의 자화상으로서, 릴케는 이를 근대의 '미美'로 지칭한다. 그리고 이러한 근대의 미란 바로 '공포'의 시작이며 인간을 침묵시키게 하는 근원적인 것[300]이라고 말한다. 이는 릴케가 예감한 근대의 메타포로서, 근대인은 이성중심주의의 전 근대적인 사유방식에서 깨어남과 동시에 다시금 근대라는 힘겨운 짐을 짊어져야 하는 존재[301]임을 비유적으로 말하고 있는 것이다.

고석규는 릴케가 말한 이 '최초의 사나이'를 통해서 자신에게 닥친 한국의 근대에 대한 자각을 하게 되었을 것이다. 그가 파악한 한국의 근대는 해방 후의 이데올로기의 극렬한 대립과 이로 인한 동족끼리의 피 흘림의 근대였다. 그러나 그는 전후의 상처를 잊기 위하여 파산된 폐허의 공간에서 다양한 서구의 사상과 글쓰기 작업에 집중한다. 그리고 그는 최초의 사나이를 꿈꾸기 시작한다. 그러나 전쟁이 그에게 남겨준 상처는 그가 아무리 바쁘게 자신의 육신을 부려도 지워지는 것이 아니었다. 그에게 근대는 고향을 잃게 하고, 가족을 잃게 하는 고독한 시대였으며, 삶도 죽음도 아닌 삶을 살아야 하는 부조리한 시대였기 때문이다.

그럼에도 불구하고 그는 최초의 사나이가 되고자 결의하며 자신이 처한 근대를 '청동시대'라고 명명한다. 그러나 고석규는 릴케가 로댕의 최초의 사나이를 통하여 발견한 진정한 미를 찾지 못한 듯 보인다. 그 이유는 그의 글쓰기가 시에서 비평으로 월경한 것에서 찾을 수 있을 것이다. 그러므로 그는 비평을 추구하면서도 이 진정한 미를 찾기 위해 '여백'의 가능성에 대해 탐색하기 시작했을 것이다. 이처럼 고석규에게 있어서 '청동시대'는 근대를 자각하고 그것을 글쓰기의 미학으로 승화시키는 존재의 가능성이었다. 진정한 '미'란 현실의 고통을 견디면서 자신의 존재 가

300) 위의 책, p.332.
301) 졸고, 앞의 논문, p.235.

능성과 진정한 예술의 미를 스스로 찾아 나서는 것이기 때문이다.

> 내가 어디서 와서 어디로 가는가를 어디서 와서 어디로 가는 선상에 있어야 할 지금에 비긴다면 그러한 지금은 이미 지금을 넘는 지금에만 분명할 것이다.[302]

> 위대한 계절이 이어 바뀜은 나에게 헤아릴 수 없는 숙명의 저항력을 가지게 하였다.
>
> 나는 벌써 아름다운 시절이나 거친 그 변화에 대하여 진실한 애착과 동경을 잃은 지 오래다.
>
> 나는 차라리 그러한 미적 매력을 떠나서 환몽幻夢한 사고가 침체하는 데로 나의 가난한 지성을 더듬어야겠다.
>
> 나는 더 이상 아름답지 못할 계절의 다양한 거죽 밑에서 아직도 신음하고 있는 그러한 체념에 그 스스로 참혹하지 못할 것을 알고 있다.
>
> 이미 성과를 바랄 수 없고 이미 존재하는 의의의 종식을 거역한 것이었다.[303]

위의 글들은 고석규의 「지평선의 전달」에 나오는 글들이다. 먼저 첫 번째 글에서 고석규는 자신이 어디서 와서 어디로 가는가를 묻고 있다. 이는 자신의 출생과 자신의 미래에 대한 물음이다. 그리고 그는 자신이 어디에선가 와서 어디론가 가야만 한다면 지금 이 순간을 극복하고 지금을 넘고 있는 지금에만 충실해야 할 것이라고 말한다. 이러한 결의는 그가 힘겨운 현실을 어떻게 뚫고 나가야 하는지, 불안한 실존을 어떻게 극복해야 하는지에 대한 스스로의 답을 제시하고 있다고 할 수 있다. 이러한 결의는 바로 다음 글에서 저항, 혹은 반항의 의지로 나아간다.

두 번째 글은 현실과 역사에 대한 "숙명의 저항력"에 대하여 말하고 있다. 고석규는 계절이 쉼 없이 바뀌어 갈수록 숙명의 저항력을 갖게 되었

302) 고석규, 「지평선의 전달」, 앞의 책, p.51.
303) 고석규, 「청동일기 I」, 앞의 책, p.63.

다고 말한다. 여기서 숙명이란 한국인으로 태어나 한국의 청동시대를 살아가야 하는 실존을 말한다고 파악된다. 그러므로 그는 아름다운 사계절의 변화에도 애착과 동경을 갖지 못 한다. 그는 차라리 자연의 아름다움보다 환상이 이끄는 대로 자신의 글쓰기를 이어가겠다고 말한다. 이러한 이유는 아름다운 계절 아래에서 신음하고 고통 받는 사람들을 외면할 수 없기 때문이며, 현실에 순응할 수 없기 때문이라는 것이다. 그러므로 그는 어떠한 성공도 기대하지 않고 어떠한 삶의 의미도 거역하겠다고 말하고 있는 것이다. "아름다운 시절"인 고향의 기억은 전쟁이라는 거친 변화로 인하여 모두 무너져 버리고 말았기 때문이다. 따라서 그는 숙명이라는 저항력을 바탕으로 하여 전후의 폐허에서 느끼는 죽음에 대한 두려움에 반항하겠다고 선언하고 있는 것이다.

고석규는 자신이 처한 '실존'을 과거와 미래라는 중간지대[304]로 파악한다. 그는 세계 내에 내던져진 자신의 존재를 자연적인 흐름에 따라 스스로 소멸할 수밖에 없는 존재로 인식하는 것이 아니라, 현재의 시간과 부딪히며 싸우면서 자신의 죽음을 미래의 가능성, 미래의 지평으로 밀고 나아가고자 한다. 이는 수동적인 삶에서 벗어나, 보다 능동적인 삶으로 나아가고자 하는 결연한 의지를 의미한다. 그럼으로써 전쟁에 대한 불안, 죽음에 대한 공포를 떨쳐버릴 수 있기 때문이다. 고석규의 실존의식은 부조리한 현실적 상황에 힘없이 순응하는 삶의 자세를 보이지 않을 뿐 아니라 순탄한 삶의 상황조차 인위적으로 부정적 삶의 상황으로 바꾸어 거기에 대항하는 자세[305]를 보였다는 그의 문우들의 회고는 고석규의 정열적이고 반항적인 삶의 자세를 증거하며[306], 고석규의 영원한 자유의지를

---

304) 고석규는 하이데거의 시간성에 근거한 인간의 유한적 삶을 메타피직의 의식으로 규정하면서 이것은 중간자인 인간을 의미하는 것으로서, 플라톤의 존재와 비존재의 중간, 아리스토텔레스의 현상과 질료의 중간 지대로 파악한다. 이러한 중간자로서의 인간의 고민은 능동/피통, 자발성/수용성, 미래성/과거성 등의 이중적이고 모순적인 역사의식을 갖는다고 말한다. 고석규, 「지평선의 전달」, 앞의 책, p.56-57.

305) 남송우, 「고석규, 그 미완의 문학적 행보」, 『고석규 문학전집 1』, p.235.

306) 졸고, 앞의 논문, p.236.

확인시켜 준다.

①불꽃을 흘리며 온다

나의 걸음은 핏빛이 되어
어디로 가는가

끝내 동결된 나의 집은
어찌하여 나의 어디메에도
보이지 않는가

가느다란 음성과
그 소리하는 자유를 허락할 것인가

아로새긴 눈과 눈의 이슬만을
나는 믿어도 좋은가

바람비 속에서도
아름다운 수회繡繪의 그림자 속에서도

우리는 어찌하여
가는 약속을 어기지 못할까

불꽃을 흘리며
별 없는 지평선 가로
또다시 너의 모두가 사라지는 동안

내 동결凍結에도 달빛이 왔으면
파아란 파아란 달빛이 왔으면.

—「전야前夜」 전문

②나에게 그날을 다오

바람과 또 태양의
눈부신 아침을 다오

밀봉蜜蜂이 집을 짓고
가을하는 농터의
끝없는 사색을 다오

별처럼 영롱한
눈물과 사랑의
행복을 다오

그날을 고대하다
말없이 잠들게 하여 다오.

—「나에게 그날을 다오」 전문

①의 시 「전야前夜」는 새로운 아침을 맞이하기 위해 고석규가 핏빛 걸음으로 넘어가야 했던 '전야'를 회상하며 쓴 작품이다. ②의 시 「나에게 그날을 다오」는 미래에의 가능성을 모색하는 작품이다. 화자가 모색하는 "그날"은 자연과 인간의 자유로운 합일을 이루는 날이다. 적극적인 삶에의 모색 끝에 다다른 고석규의 새로운 변모는 당당하고 열정적인 모습으로의 실존적 전환을 가져오게 된 것이다. 이러한 전환은 반항의식으로 나타나는데, 이 반항의 공간은 "죽음"과 "핏빛" 이미지로 어둡게 드리워진 음습한 공간이며, 월남으로 인해 소중한 모든 것을 잃어버린 상실의 공간, 근원적인 그리움의 공간이다. 그러나 역설적으로 이러한 반항의 공간은 모든 고뇌의 흔적들을 말끔히 해소될 수 있 시공간[307]이기도 하다. 그가 정열적으로 "나에게 그날을 다오"라고 외치는 목표의 정점은 영원한 '자유의 실존'을 완성하기 위한 능동적이고 열정적인 '죽음에의 반항'이기 때문이다.

307) 하상일, 앞의 논문, p.59.

또한 "지평선"에서 "눈부신 아침"으로 이동하는 이 시의 공간의 이동은 고석규가 희구하는 세계에 대한 메타포를 의미화 한다. 고석규는 「시인의 역설」에서, '윤동주' 시의 허무적 의식과 아름다움을 공간과 시간의 현실극복으로 파악하며, '별'의 의미를 초월의 울림으로 파악한다. 또한 '이육사' 시의 '교목'과 '꽃'에 대해서는 허무와 절망을 승화시킴으로써 그가 "죽음과 대결하지 않는 교목이란 무의미하다"[308]라는 부정의식으로 나아가게 됐다고 파악한다. 고석규는 '죽음'에 대한 그들의 반항의식이 결국 끝없는 밤의 흐름 속에서 그들을 높이 들어 올려 '심연'의 열림을 개시[309]함과 동시에 새벽의 여명, 영원성의 여명으로서의 '죽음의 역설'을 실천하였다고 말한다. 즉 죽음에의 반항의식이 강렬하게 작용해서 사랑으로까지 변용[310]되었다는 것이다. 이처럼 '실존'이란 실존의 두 가지 근본 양상, 즉 '자기 존재-절망(키에르케고르)'이냐, '본래성-비본래성(하이데거)'[311]이냐의 선택에 달려 있다. 즉 유한자로서 자신의 존재를 수긍하고 받아들이느냐 거부하느냐에 따라 실존의 양상은 달라지는 것[312]이다.

> 저항은 지금의 나를 바로잡고 지금의 나를 다시 넘으려는 지향 끝에서만 죽음이란 것을 앞으로 세운다. 지금의 나는 곧 죽음의 나로 전주하는 것이다. 던져진 내가 던져가는 나로 새로이 나타나는 전기의 질서가 곧 지금인 이상 죽음도 워낙 나의 결의적 관계 위에 나의 선택인 나의 실존과 동일한 것이며 세계의 허다한 부분들이 세계 전면에의 접촉을 개시하는 지금, 지금에 있는 나는 곧 지금이란 시간과도 일치하는 것일 것이다. (……) 어쨌든 내가 배회하던 역사와 내가 스쳐온 갖가지의 상황들을 하나의 지역적 공간에만 귀착시킨다면 세계에 대한 나의 결정은 거의 불가능으로 돌아간다. 일반으로 '시간에 대한 싸움(La lutte contre le temps)'은 그의 두 가지 면을 갈라 객체적 시간이나

---

308) 임태우, 「고석규 문학 비평 연구」, 『고석규 문학전집 5』, p.168.
309) 고석규, 「시인의 역설」, 앞의 책, p.164.
310) 임태우, 앞의 글, p.176.
311) F. 짐머만, 앞의 책, p.45.
312) 졸고, 「고석규 시의 고향상실의식 연구」, p.20.

주체적 시간 속에 적극적으로 잘 알던 과거란 적극적으로 잡아 든 나의 무(Nichts)를 말하는 것이다.[313]

이 글에는 고석규의 반항의식에 대한 구체적 개념이 제시되어 있다. "저항은 지금의 나를 바로잡고 지금의 나를 다시 넘으려는 지향 끝에서만 죽음이란 것을 앞으로 세운다."라는 언술에서 "지금의 나"는 세계 내에 존재하면서 자신의 정체성을 상실한 채 살아가는 자신을 가리키며, "지향 끝"이란 자신의 내면에서 울려나오는 양심의 소리를 듣고 결단을 내리게 되는 순간을 가리킨다. 또한 "죽음이란 것을 앞선다."라는 것은 하이데거가 말한 '죽음에의 선구'를 의미한다. '죽음에의 선구'는 죽음을 도피하는 것이 아니라 역설적으로 죽음보다 앞서 달려가 죽음을 존재 가능성으로 인정하는 행위를 말한다. 이러한 맥락에서 고석규는 다음 언술에서 "지금의 나는 곧 죽음의 나로 전주하는 것이다."라고 선언하고 있는 것이다. 또한 그는 다음 언술에서 "결의"와 "선택"으로 전주하는 죽음의 가능성으로의 던짐의 행위를 실존과 동일한 것이라고 주장한다. 따라서 그는 "세계 전면"과의 "접촉을 개시하"게 되는 것이다. 이러한 존재의 "개시"는 현재의 시간과도 일치하는 것이며, 이 현재의 시간과의 싸움을 통해서 그는 과거란 아무것도 없음, 즉 "무無"임을 자각하게 된다. 따라서 그에게 반항은 고통스러운 현재를 넘어서게 하며, "과거"를 "무"로 만들고, 자신의 진정한 삶의 지향성인 죽음의 고유한 가능성과 대면하게 되는 것이다.

오! 나는 나를 발견할 수 없어 이렇게 초조하여졌다. 전날에 나와 같이 있었던 그 작은 내가 이제는 영원히 떠나가는구나. 나는 아무도 갖지 못할 것이다.

고독을 지향하는 것은 틀림없이 불이다. 어려운 나는 그러한 불을 더욱 간직할 수 없게 되었다.

또렷한 발음과 날카로운 얼굴을 찡그리면 네가 다시 살아오는 듯 하지만 나는 두터운 그림자의 자신을 다시 해결 지을 수 없

---

313) 고석규, 「지평선의 전달」, 앞의 책, p.52.

> 다. 그러나 나는 무력한 것이 아니다. 나는 굴종을 싫어하며 나는 뒤떨어진 슬픔을 죽음과 바꿀 수 있는 용의에 따랐다. 그러므로 나는 어떠한 고통 중에서도 살아날 수 있는 방법에 대하여 골몰하였던 것이다.(……)
>
> 그 중에서는 고향을 등진 슬픔과 여인을 잃은 슬픔과 싸움에 뛰어간 뉘우침과 뼈저린 일들이 제일 잊혀지질 않는 것이다.
>
> 고향을 생각함에 불가항력을 생각하고, 여인을 생각함에 절망의 거리를 측정하고, 전쟁을 생각함에 몸깃을 좁히는 공포에 뒤썹힌다. 나는 이러한 속에서 불에 타며 불에 싸여 마침내 보이지 않는 불길 속에 넘어졌다.[314]

위의 글에서 고석규는 자신의 존재를 현재의 "나"와 과거의 "작은 나"로 구분한다. 현재의 "나"는 "굴종을 싫어하"는 인간이며, 그는 그러한 자신을 스스로 지키기 위해서 어떠한 고통도 감내하며 살아갈 수 있는 방법에 대해 골몰한다. 그것은 삶의 부조리를 감지하는 것이며, 그 부조리에 대해 '반항'하는 것이다. 그러나 그러한 반항 중에서도 가장 잊혀지지 않는 것은 "고향을 등진 슬픔"과 사랑하는 "여인을 잃은 슬픔"이다. 그럼에도 불구하고 그는 "현재의 나"를 지키고자 자신의 "무력함"을 부정하며, 반항으로 상징되는 끝없이 타오르는 "불"이 되고자 한다. 특히 마지막 문장의 "불에 싸여 마침내 보이지 않는 불길 속에 넘어졌다."라는 언술 속에서 나타나는 공포의 극대화는 반항의 열정이 그의 내면에서 불길처럼 타오르고 있다는 것을 상징한다.

카뮈는 '반항'을 인간과 그 자신의 어둠과의 끊임없는 대면이라고 말한다. 부조리한 인간은 매일 매일의 의식과 반항을 통해서 운명에 대한 도전이라는 자신의 유일한 진실을 증언할[315] 수 있기 때문이라는 것이다. '부조리'를 산다는 것은 "자신의 삶, 반항, 자유를 느끼는 것이며"[316] 실존주의는 "인간은 무엇이며 어떻게 살아야 하는가?" 라는 인생의 근본적

314) 고석규, 「청동일기 I」, 앞의 책, p.85.
315) A. 카뮈, 앞의 책, p.83-85.
316) 위의 책, p.94.

인 실존적 문제를 파헤침으로써[317], 인간의 근원적인 불안과 고독, 부조리의 실체를 파악하는 것이다. 이러한 파악의 과정은 필연적으로 '반항'이라는 의식이 선행되어야만 가능한 것이다. 이러한 과정을 통해서 인간은 자신의 존재를 직시하고 더욱 긍정적이고 창조적인 존재로 거듭 새롭게 태어나게 되는 것이다.

너는 아름다운 그림자였다

종소리 닫힌 하늘 아래 둥글어 검은 내 눈동자를 불살처럼 스쳐 해해孩孩한 걸음으로 다가오는 것이었다

불같은 인상에 바래는 환한 얼굴에 취기에 아득거리는 피가 돈다. 그것은 가만히 흔들리는 웃음과 같은 것이다
이제 너는 나에게로 앉는구나

칠흑이 내리는 야성夜城에 어느덧 오르는 것이었다 검은 바람에 잠자는 하늘로 후우연히 후우연히 걸어가는 것이었다 지평도 벼랑도 연한 귀밑머리에 쉬어오는 것이었다 그것은 또 바알간 모두에 비쳐선 얼굴들의 씻을 수 없는 눈물이었다 괴로운 괴로운 울음이었다

나에게 사나운 탈을 가져다준 피 칠한 공인貢人, 공인의 얽은 두 손도 춤추며 가는 것이었다 밤은 커다랗게 움직이는 것이었다

나는 가슴의 창척創刺을 느꼈다 그 창척을 헤치면, 거기 무수한 백화白花가 억수에 젖어 있었다 나는 내가 얼마나 지나왔는지를 느낄 수가 없었다 내 척수脊髓에 개운거리며 흐르는 희열을 돌아다보았다 나는 즐겁다는 의미를 차차 익히는 것 같았다

---

317) 한인숙, 「실존주의의 교육철학에 관한 연구」, 상명여자대학교 석사학위논문, 1989, p.2.

불꽃은 파아랗게 어둔 하늘에 헤어지며 있었다 연기에 감돌아 춤추는 너의 연보라 구슬도 보였다 물결치는 너의 황포黃袍는 하늘과 땅에 수없는 부패符牌를 뿌리며 불붙는 것이었다 부패를 찾아 뛰어다니노라 수없는 자리에 내 힘도 다 가는 것이었다

먼 언덕 위에 아침이 오고 수라기修羅旗는 바람에 식어간다
너는 높은 바다로 쫓아가고 있는 것이다.

—「대화」 전문

이 시는 화자의 내면적인 '대화'를 형상화한 작품이다. 이 시는 "너"의 아름다운 그림자를 보았다는 과거형의 시제로 시작하고 있다. 그런데 작품 전체를 읽어 보면, 우리는 이 구절이 환상임을 알게 된다. 먼저 이 시는 두 가지 대립되는 이미지로 나누어진다. 하나는 그림자와 피, 흔들리는 웃음과 울음이라는 암울하고 부정적인 이미지이고, 다른 하나는 희열과 아침, 바다라는 희망의 이미지이다. 전자는 전쟁과 죄의식, 부조리에 대한 정조를 드러내며, 후자는 죽음에 대하여 반항하는 화자의 긍정적 인식을 드러내고 있다. 여기서 "그림자"는 존재의 뒤편에서 자신의 존재를 드러내는 것으로서, 과거와 추억 속의 "너"를 환상으로 불러내어 화자로 하여금 "너"와 재회할 수 있도록 만드는 시적 모티프가 되고 있다.

그렇다면 이 시의 심층을 들여다보자. 화자는 "너"를 그림자라는 모티프를 통하여 환영으로 불러들인다. 그리고 그는 어린아이(해해孩孩 같은 발걸음으로 "너"에게 다가간다. 그러자 "너"는 피로 변하여 흔들거리는 웃음을 흘리며 화자 곁에 다가와 앉는다. 그리고 정황이 바뀌어 "너"는 칠흑같이 깜깜한 밤의 성을 오르기 시작한다. "너"가 성을 오르는 모습은 마치 나비처럼 귀밑머리를 살랑거리는 모습이고, 그런 "너"는 어느 순간 이미 죽은 얼굴들이 흘리는 눈물로 변해버린다. 그것을 바라보는 화자는 괴로움을 느낀다.

그러나 4연에서는 반전이 일어난다. 갑자기 사나운 탈을 나에게 가져다준 "피 칠한 공인貢人"이 거대한 밤을 휘저으며 춤을 추고 있기 때문이다. 여기서 "공인"은 화자의 가슴을 창으로 찔러, 죽음과 같은 고통을 안

겨준 장본인이다. 그러므로 화자는 자신이 지금 어디에 있는지조차 느끼지 못하고 있다. 화자가 자신의 상처 난 가슴을 열어젖히자 거기에는 무수한 백화白花가 피어 있다. 그러므로 화자는 이 백화로 인하여 공인과의 두려운 만남 속에서도 즐거움과 희열을 느끼게 되는 것이다. 이러한 희열은 다음 5연의 "불꽃"에서 최고조에 달한다. 화자는 다시 "너"의 춤추는 모습과 재회하기 때문이다. 그리고 이 재회는 길조를 가져다주는 부패를 뿌리는 "너"와 그 부패를 잡으려 뛰어다니는 화자의 불붙는 열정으로 밤을 지새우는 것으로 끝이 난다. 어느덧 아침이 오고 환영으로 다가왔던 "너"는 바다로 사라져간다.

이처럼 이 시의 심층을 자세히 살펴보면, 이 시는 "나"와 "밤"인 "너"와의 만남으로 이루어져 있음을 알 수 있다. 여기서 "밤"은 "공인"이면서, 동시에 "너"이다. 그러므로 이 시에서의 '대화'는 "너"라는 타자와 만나 주고받는 대화가 아니라 선과 악의 대화, 혹은 전쟁과 자연(인간)의 내면적 대화라고 볼 수 있다. 따라서 화자는 이미 죽은 과거의 "너"를 불러내어 전쟁으로 죽어간 많은 사람들의 영혼과 마주하고, 그 영혼들과 침묵의 대화를 나누고 있는 것이다. 이러한 침묵의 대화를 통하여 그는 전쟁으로 표상되는 "밤"에게 반항하고 그것을 극복하고자 하는 것이다. 그 극복의 핵심은 바로 "백화白花"이다.

특히 이 시가 난해하게 다가오는 것은 고석규가 스스로 만든 한자어로 이루어진 시구들이 혼재해 있기 때문이다. 특히 "창척創刺", "공인貢人", "해해孩孩한", "부패符牌" 등과 같은 시어는 다소 생소하고 낯선 의미와 이미지를 나타내기 때문에 더욱 시를 난해하게 만든다. 이 시의 주된 메시지인 '반항' 이미지는 화자가 "밤"이라는 암울한 전쟁의 공포와 불안을 통해서 죽음으로 상징되는 "백화"를 적극 수용하는 부분이다. 이러한 수용의 몸짓은 "춤"과 '불꽃'의 이미지처럼 열정적인 형상으로 구체화되고 있다. 특히 "백화"는 장례 때 쓰이는 꽃으로서, 일반적으로 죽음을 상징하지만 화자는 역설적으로 이 "백화"를 죽음의 희열로 수용하고 있다. 이러한 죽음의 수용은 죽음에 대한 적극적인 반항에 다름 아니다.

위에서 살펴본 바와 같이 고석규는 임시수도 항도 부산에서 대학생으로서 살아가면서 릴케의 근대로서의 자각과 반항의식에 눈뜨기 시작한다. 이러한 '눈뜸'은 전후의 실향의식과 죄의식, 자기형벌에 함몰되어버린 채 유폐되고 무기력하게 살아가는 자신의 모습을 돌아보게 하고 그로 하여금 환멸을 느끼게 만든다. 그리고 그는 보다 근본적이고 적극적인 삶에의 지향을 모색하기 시작한다. 그것은 바로 고석규의 '청동시대'의식에 나타나는 '죽음에 대한 반항의식'이다.

일반적으로 '바람'은 '고통'과 '저항', '소외'와 '유랑'을 의미한다. '바람'은 무색무취의 형태를 띠며, 인간의 '눈'으로는 지각할 수 없는 존재이다.

> 몇 번이나 입 맞추는 것이 있었다//(……)벽에는 무성한 바람이 가고/그러한 계절에 남는 것은/모두 불붙는 산이며 바다며 꽃나무였다//엘리노와 궁전의 마지막 나팔과 함께/우리는 피 붉은 잔을 든다//아름다운 죽음과 만나는 것이다
>
> —「식화飾花」 부분

> 먼 언덕 위에 아침이 오고 수라기修羅旗는 바람에 식어간다
>
> —「대화」 부분

> 영혼이여, 보이지 않는 그대여! 나는 너의 행복만을 비는데, 왜 자꾸 울고만 싶은가//(……)나의 하늘은 어둡고 별들은 바람에 떨고 있을 텐데, 내 고향에는 행복이 따로 있을까//(……)내 손에는 검은 피가 자꾸 맺혀 흐르는 것이니
>
> —「방房」 부분

(※밑줄 필자 강조)

위에서, 첫 번째 시는 사랑하는 두 사람이 맞이하는 죽음과 같은 이별에 대하여 묘사하고 있다. 두 사람의 사랑 사이에는 벽이 둘러 쳐져 있고, 그 벽에는 무성한 바람이 불고 있다. 이 바람은 가을바람으로 추측되는데, 쇠락의 계절인 가을에 두 사람에게 남겨진 것은 단풍으로 불붙은 산이고, 바다이며, 시들어가는 꽃나무뿐이다. 궁전에서 들려오는 마지막 나팔 소리는 몇 번씩이나 입을 맞추던 그들에게 이별의 전조를 알려준다.

그리고 그들은 이별을 상징하는 피 붉은 잔을 든다. 그 잔은 사랑이 끝났음을 알리는 이별의 축배이며, 재회를 기원하는 축배이다. 그러므로 이 시에서의 '바람'은 이별의 고통을 의미하며, 이 고통을 극복하기 위하여 두 사람은 역설적으로 자신들의 사랑의 상징인 피로 만든 붉은 잔을 들고 있는 것이다.

다음으로 두 번째 시는 밤의 환상 속에서 재회한 "너"와 그 환영을 떠나보내지 못하고 안타까워하는 화자의 간절함이 배어 있는 작품이다. 이 시는 사랑하는 사람을 환상으로 불러낸 화자가 그 사람을 통해서 이미 죽은 그리운 얼굴들을 만나고 그들과 침묵의 대화를 나누면서, 피 칠한 공인의 등장으로 인하여 다시 그 사람을 떠나보내야 하는 정황을 형상화하고 있다. "먼 언덕"은 화자가 서 있는 곳이 현실임을 암시하는 동시에 '너'는 현실이 아닌 과거의 존재라는 사실을 환기한다. 그리고 아침이 왔다는 것은 밤의 고통이 사라졌음을 의미한다. 또한 '너'는 밤의 환상으로 다가와 화자의 가슴에 커다란 상처를 준 피 칠한 공인으로 변환하면서 다시 화자에게 길조를 가져다주는 존재로 변환되어 나타난다. 화자는 이러한 밤의 환상과 고통 속에서도 상처 난 가슴에 무수한 백화를 키우지만, 결국 '너'는 바람이 식어가듯 그의 곁을 떠나간다. 따라서 이 시는 고석규 시의 한 특징인 환상의 기법을 통하여 만날 수 없는 사람에 대한 그리움에 대한 고통의 인식을 구체화하고 있다.

세 번째 시는 보이지 않는 그녀를 영혼으로라도 만나고자 하는 화자의 애틋한 정조가 드러나는 작품이다. 화자는 방에 갇혀 다시는 만날 수 없는 그녀를 애타게 찾는다. 그가 방에 갇힌 채 하는 일이란 고작 그녀의 행복을 비는 일밖에 없다. 그러므로 그는 자꾸 울고만 싶어진다고 말하고 있는 것이다. 그는 그녀를 만날 수 없음으로 인하여 하늘과 별들과 더불어 고통스럽게 떨고 있는 것이다. 그리고 고향에는 아직도 행복이 있을까라고 되묻는다. 그러나 그리움으로 인한 고통은 그의 손에 맺혀 흐르는 검은 피가 되어 흘러내린다. 이처럼 이 시는 화자의 극한의 그리움을 바람이라는 사물로 치환하여 화자의 고통을 내면화하고 있다.

아득히 파란 바람 속에/젖어 있습니다//굴레를 벗으면 다시 눈물이//(……)숱한 의욕이 지금은 거리를 향하여/눈을 감습니다//(……)오랜 죄의 형벌이/아지랑인 양 눈앞에서 몰려오는 것입니다//녹슨 굴레 아래 뜨거운 침을 늘어도/목청에 아린 바람은 어디로 새어/갈갈한 혓바닥이 가을 품 같습니다//(……)머언 한길에 서서 짐승은 자꾸/제 그늘에만 들어서려고 합니다.

—「자화상」 부분

아무도 오지 않는 밤/낯선 샘터에 이슬비가 뿌린다//어둠이 개펴오는/소용돌이 깊은 바닥에서//이제는 떠올 수 없는 치녀痴女의/또다시 잠박이는 무거운 소리//바람이 불어가면……//내 마음 가에도 이슬비가 뿌리고/내 그림자는 보이지 않는다

—「울음」 전문

(※밑줄 필자 강조)

위의 시에서, 첫 번째 시는 아득한 바람 속에 서서 자신의 눈물에 젖어가는 화자의 내면세계를 구체화한 작품이다. 화자가 지은 죄는 쌓이고 쌓여 오랜 죄의 형벌로 화자 자신을 고통스럽게 한다. 그 형벌은 녹슨 굴레로 은유되는데, 그 굴레는 현실을 가리는 아지랑이로 다가오기도 하고 숱한 의욕을 낳게 하기도 한다. 이러한 의욕은 그로 하여금 거리를 외면하게 하고, 숨 막히게 하는 고통의 형벌을 짐 지우기도 한다. 그러므로 화자는 극심한 슬픔을 앓는 짐승이 되어 제 그늘 속에만 들어가고자 한다. 이처럼 이 시는 바람이라는 소멸의 은유를 차용하여 화자의 유폐의식을 죽음으로까지 치닫게 하고 있다. 이러한 인식은 극심한 유폐의식을 낳고 있는데, 이러한 유폐의식은 바람처럼 불어갔다 사라지는 소멸로의 지향의식으로 발전하게 된다.

두 번째 시에서 화자는 인적이 끊긴 어느 밤에 이슬비 내리는 낯선 샘터에 앉아 있다. 어둠은 화자의 내면 깊은 곳에서 회오리치고, 화자가 알고 있는 어리석은 치녀痴女는 빗소리에 무너져 내린다. 여기서 어리석은 치녀는 화자 자신을 지시한다고 할 수 있는데, 그가 자신을 어리석다고

느끼는 이유는 죄의 형벌과 그 형벌에 대한 유폐가 자신을 얼마나 고통스럽게 하고 얼마나 스스로를 소외시키는지를 화자 자신이 잘 알고 있기 때문이다. 그러므로 화자는 바람이 불어가자 그의 내면 깊은 곳에도 이슬비가 내리고 자신의 그림자조차 존재하지 않는다는 것을 깨닫는다. 이러한 깨달음은 울음의 형식으로 그의 외부로 쏟아져 나온다. 이처럼 이 시는 '바람'의 이미지를 차용하여 '소멸'의 의미를 극대화시키고 있다.

> 그림자를 안고 밤마다/꽃을 그린다//가는 피의 용솟음//매양 어머니가 그리운/은은한 벽에(……)밤에 피는 이 하나의 꽃을
>
> —「징화徵花」 부분

> 해쓱한 얼굴이/말 없어 외롭던 날//거룩한 생명은/자꾸만 하늘 위에 솟고//여윈 팔 안으로/쓸어 안키던/우리는 눈처럼/번한 황홀에 뛰어//향기 풀어오는/꽃 가슴 바라보며/눈물을 떴다
>
> —「모란」 부분

> 하늘에는 죽은 구름들/물결은/스미든지 부풀다 마는데/부황색 노을에 비껴간/선열船列의 기旗는 점점 보이질 않는다//(……)피묻은 향뇌香腦가 충천으로 뜨면//(……)밤은 어디서 또 꽃같이
> 피어날 것인가
>
> —「징역선徵役船」 부분

(※밑줄 필자 강조)

첫 번째 시는 화자가 어머니를 그리워하는 정황을 꽃이라는 사물을 활용하여 구체화하고 있다. 어머니는 화자에게 생명을 준 존재이다. 그러나 화자는 남북 분단으로 인하여 다시는 어머니를 만날 수 없는 상황에 처해져 있다. 그러므로 그는 밤마다 어머니의 그림자가 아른거리는 벽에 꽃을 그린다. 화자가 그린 꽃에서는 마침내 뜨거운 피가 용솟음치고, 화자는 밤마다 이러한 꽃의 개화와 피의 용솟음을 체험하면서 꽃에 새로운 생명을 부여해 나간다. 이 새로운 생명은 다름 아닌 어머니이다. 그러나 이 꽃은 징벌의 꽃이다. 여기서 징벌은 화자가 스스로를 꾸짖는 형벌의 상징이다.

그러므로 징화懲花에는 화자가 자신의 죄의식을 징벌이라는 꽃으로서 승화시키고자 하는 의지가 담겨 있다고 볼 수 있다. 이처럼 이 시는 극심한 상실감과 죄의식 속에서도 역설적으로 죄가 없는 상태로서 새로운 생명을 얻고자 하는 화자의 생명의식을 적극적으로 표출하고 있는 작품이다.

두 번째 시는 저물녘 풍경 속에서 과거의 기억을 반추하는 화자의 모습을 묘사하고 있다. 그는 정원에 가득한 단풍나무를 바라보면서 그것이 꿈송이처럼 부드럽다고 느낀다. 그러나 그는 유폐 생활로 해쓱해진 얼굴로 외로운 날들을 보내고 있는 중이다. 하늘엔 생명체들이 비상하고, 꽃은 향기를 풀어 그의 가슴에 안긴다. 그러자 그의 가슴은 꽃 가슴이 되어 해쓱함도 외로움도 벗어버리고 새로운 생명을 얻게 된다. 이러한 생명의 상징성은 "눈물을 떴다"라는 구절에 모두 함축되어 있다고 볼 수 있다.

세 번째 시에서 화자는 자신이 살고 있는 현실 세계를 징역선으로 인식하고 있다. 그가 바라보는 하늘은 죽은 구름들이 떠가고, 물결도 깃발도 보이지 않는 폐허의 공간이다. 낭자한 안개는 사막의 밤을 의미하는데, 이러한 이미지는 화자의 내면의 침몰상태를 구체화한다. 그럼에도 불구하고 그는 태양(피 묻은 향뇌香腦이 뜨면 밤은 어디에선가 또다시 꽃으로 피어날 것이라는 희망을 갖는다. 그에게 밤은 고통과 사막만을 의미하는 것이 아니라 자신의 내면으로 깊이 침잠할 수 있는 하나의 존재 가능성으로서의 희망을 가져다주기 때문이다. 이처럼 이 시는 징역선이라는 형벌의 모티프를 빌려와 역설적인 희망의 가능성을 찾고 있는 작품이다.

> 열린 상처마다 <u>피 붉은 꽃들</u>이 피면/당신도 높은 나무가 되리오
>
> —「전망」 부분

> 싸늘한 돌 속에도/<u>꽃들은 빠알갛게</u> 피었겠습니다
>
> —「도가니」 부분

> 내 가슴 위에는/<u>파란 상화傷花</u>가 꿈처럼 피어 있다
>
> —「침윤浸潤」 부분

(※밑줄 필자 강조)

위의 시들은 "꽃"이라는 모티프를 차용하여 '고통'을 뛰어넘고자 하는 화자 반항의식이 드러나는 작품이다. 첫 번째 시에서 화자는 전쟁으로 인한 상처를 "피 붉은 꽃"으로 상정하면서 그 상처에 더 이상 고통 받지 않을 뿐만 아니라, 그 상처의 고통을 뛰어 넘어 더 높이 비약할 수 있는 나무가 되고자 하는 고통에의 반항의지를 드러내고 있다. 여기서 "당신"이라는 시어는 단순히 타자를 의미하는 것이 아니라 화자를 포함한 전쟁으로 상처 입은 모든 사람들을 의미한다고 할 수 있다.

두 번째 시는 역설의 기법이 돋보이는 작품으로서, 싸늘한 돌 속에서도 꽃들이 피어난다는 화자의 현실에 대한 반항과 극복의지가 돋보이는 작품이다. 특히 "피었겠습니다"라는 술어는 미래완료형이라는 시제를 차용하여 미래에는 반드시 꽃의 개화가 도래할 것이라는 화자의 강렬한 의지를 표출한다.

세 번째 시는 고석규 문학의 핵심적인 사유인 죽음의 역설적 인식을 강렬하게 드러내는 작품이다. "파란 상화傷花"라는 시구는 "파란"이라는 희망의 수식어와 "상화傷花"라는 대립적 시어의 병치를 통해서 상처를 딛고 희망의 꽃을 피우겠다는 죽음에 대한 대립적이고 반항적인 이미지를 강렬하게 드러내고 있다. 이러한 "파란 상화"를 통한 반항 의지는 부조리한 현실을 거부하는 몸짓이고, 자신의 내면에 자리 잡고 있는 밤과 죽음과의 사투이며, 자신의 존재 가능성을 위한 사투이다. 이처럼 '반항'은 순간순간마다 자신의 실존을 문제 삼으며, 필연적으로 내면의 자각을 불러일으킨다.

> 카뮈의 <자유의 증인>을 읽고 나의 주변과 조국을 생각한다.
> 나는 나의 모든 기력을 빼앗아갈 악마를 부르고 있다. 그러나 그 악마는 동물과 가까워선 안 되는 것이다.
> '순수한 발악'이라고 부르고 싶다.[318)]

---

318) 고석규, 「청동일기 I」, 앞의 책, p.196.

나의 구미가 당기지 않는 쓸쓸한 잠에 나는 스스로 일어나 걸어갔다. 긴 해가 저물도록 나의 혼 변화를 바라보면서 나는 덧없이 걸어갔다.

나의 안식은 나의 주인과 함께 있다. 주인에게 맡겨버릴 그리 흔하지 않는 예명에 이르도록 찾아가겠다.

나의 반항은 너무 지루하고 거짓말 같다. 나를 당겨오는 웃음을 바라보게 하여다오. 나를 아무거나 생각지 말게 하여다오. 나의 눈이 흐리지 말도록 아무거나 비치지 말게 하여다오.

스스로 나를 돌아보는 기쁨과 같은 재생再生을 울리도록! 정 나를 비쳐다오.319)

위의 글은 고석규의 반항의식을 직접적으로 진술하고 있다. 앞의 글에서 그는 카뮈의 「자유의 증인」을 읽고 조국과 주변(타자)을 생각한다고 말한다. 여기서 카뮈의 '자유'란 바로 '반항'을 의미한다. 고석규는 카뮈가 말하는 '반항'은 인간의 가장 중요한 존재 가능성으로서의 결단이라고 파악한다. 그래서 그는 "악마를 부르고" 그에게 대항하여 "순수한 발악"을 하고자 한다. 여기서 "악마"는 전쟁을 상징하고, "순수한 발악"은 적극적인 반항과 결단을 하기 위한 양심의 선언을 의미한다고 할 수 있다.

또한 두 번째 글에 나타나는 "쓸쓸한 잠"은 세계의 부정적 정조에 휩싸인 고석규 자신의 현재의 실존 상태를 말한다. "잠"에서 깨어나 "스스로 일어나 걸어갔다."라는 표현은 부정적 인식으로부터 빠져나와 양심의 소리를 듣고 결단을 위한 던짐의 행위를 시작하겠다는 의미를 지닌다. 따라서 그는 '반항'이라는 결단을 통해서 과거의 기억으로부터 탈피하면서 자신을 스스로 존중하고자 하는 염원을 품게 된다. 이러한 염원은 그를 "재생"이라는 희망의 길로 나아가게 하는데, 이는 공포와 불안과 죄의식에서 빠져나와 본래의 자신으로 되돌아감을 의미한다.

위에서 살펴본 바와 같이 고석규 시에 나타나는 '바람'과 '꽃'의 이미지는 주로 '고통'과 '반항'의 메타포를 형성한다. 일반적으로 '고통'은 유한

---

319) 고석규, 「청동일기 II」, 위의 책, p.232.

한 삶의 실존적 주체로서의 가장 근원적인 지각작용이지만 고석규 시에서의 '고통'은 전쟁으로 인한 타자의 죽음과 고향을 잃은 상실감, 그리고 그로 인한 죄의식과 죽음에 대한 공포로부터 비롯된 것이다.

결론적으로 상실과 유폐의식이 내면화된 고석규의 '죽음'의 세계는 세 가지의 형태로 형상화되어 나타나고 있다. 첫째, 자연과 문명의 비극적 대립과 폐허의식의 발현, 둘째, 전장에서의 그로테스크한 현실의 구체화, 셋째, 죽음과 폐허의 이중적인 공간이 가져다주는 부조리와 죽음에 대한 반항의식이 그것이다. 따라서 고석규는 반항을 통하여 불안과 죽음의식에서 빠져나와, 자신의 내면으로부터 울려 퍼지는 양심의 소리를 듣고, 스스로 결단을 감행하여 죽음을 적극 수용하는 죽음의 역설의 길로 나아가게 되는 것이다.

Ⅳ. 죽음의 극복을 위한 죽음의 역설과 '여백'의 사상

고석규는 시로 극복하지 못한 공포와 죽음의 세계를 비평을 통하여 극복하고자 하였다. 그의 비평은 실존주의를 근본으로 한 내면의 성찰을 지향한다. 그는 '무엇'을 적는 비평가보다 '어떻게' 적는 비평가를, 나아가 '무엇을 어떻게' 쓰는가[320]에 집중하는 비평가를 진정한 비평가로 꼽는다. 그는 비평가의 기능과 문체를 언급하면서 엘리엇의 주장인 "실제로 한 작품을 적는 일의 태반은 비평하는 일이며 음미·조합·구성·삭제·퇴고·검토하는 노력이란 창조적이라기보다 오히려 비평적 것"[321]이라는 말에 전적으로 동의한다. 비평의 창조성은 바로 그가 주장하는 이 '무엇'과 '어떻게'의 통일체라고 할 수 있다. 그는 진정한 비평가의 문체로서 '자기 투입'을 가장 중요시한다. '자기 투입'은 유기적이고 생명적인 구상력과 과거·현재·미래의 통합체인 '동경'의 기능으로서, '파토스'와 '로고스'의 절정[322]을 자아에 투입시켜 비평의 새로운 글쓰기로 발현하는 것이다.

---

320) 고석규, 「비평가의 문체」, 앞의 책, p.115.
321) 위의 책, p.115.
322) 위의 책, p.116.

1. 상실의식의 극복과 '파란 상화'의 지향

고석규는 전쟁이 발발하자, 어머니와 연인을 북에 남겨두고 단신으로 월남하였다. 그 후 그는 군의관인 아버지를 우연히 전장에서 만나게 되어 부산에 정착하게 되었지만, 월남 후부터 그는 사랑하는 가족들과 고향을 잃은 슬픔, 그리고 전쟁의 참담함까지 겹쳐져 지독한 상실감을 겪는다.

6·25 전쟁 이후 한국 문학은 내면세계에 주목하게 되고 사상이나 이데올로기에 대하여 적대적인 감정을 갖게 되었다. 고석규는 삶과 죽음의 구분을 뛰어넘기 위한 조건으로서 '내면성'을 들고 있다. 이때 '내면성'이란 불확실하고 모순된 진리 속에서 고립된 인간이 끊임없이 자신과의 관계를 만들어가는 '주체의 정열'[323]을 일컫는다. 이러한 내면세계에 대한 관심은 그의 시와 비평의 근원적인 요소가 되고 있다.

가시꽃이 피는
산마루에

323) 문혜원, 앞의 책, p.130.

잎 알이 달린 나무의
십자가를 세운다

검은 햇살이 굽어지는
숲 속에서

쇠사슬도 없이 끌려온 너는
차라리 죄가 없다

끝까지 남루한 웃음은
혼백이 자꾸 멀어가는 탓인가

그 십자가보다 더 높이
더벅머리를 피우며

어느 숲 속에서 사람들이
겨누는 변화를 기다린다.

—「집행장」 전문

이 시는 예수 고난의 상징인 "십자가" 모티프를 차용하여 상실의식의 극복의지를 드러내는 작품이다. 예수의 죽음은 인류를 구원하기 위한 희생양으로서의 죽음이었다. 인류의 메시아인 예수를 "십자가"에 내걸고 그를 속죄양 삼아 죽인 것은 표층적으로는 한 유대인의 죽음에 불과하지만, 심층적으로는 메시아의 상실, 구원의 상실을 의미한다. 따라서 화자는 이러한 예수의 희생양 의식을 통해서 자신도 예수와 마찬가지로 전쟁의 현실 속에 아무런 이유 없이 죽음의 희생양으로 던져졌었다는 인식을 드러낸다.

이 시의 서사 구조는 "십자가를 세움"→"네가 끌려옴"→"남루한 웃음을 지음"→"혼백이 자꾸만 멀어짐(죽음)"→"십자가의 부활"→"사람들의 죄의 고해"로 구조화 되어 있다. 이러한 구조를 자세히 살펴보면, 예수의 십자가 죽음의 과정이 그대로 구체화되어 있는 것을 발견할 수 있다. 이

지점에서 신을 부정하던 고석규가 왜 예수의 희생양 의식을 모피프로 하여 시를 썼을까 라는 의문이 생긴다. 그것은 그가 전쟁에 군인으로 참전하게 된 것도 이데올로기의 희생양으로서 전쟁에 내던져졌다는 의미를 예수의 희생양과 동일시 하고자 하였기 때문일 것이다. 따라서 고석규가 생각하는 한국 전쟁은 젊은 청춘을 이데올로기의 대리전이라는 전쟁의 희생양으로 삼은 것이었으며, 전쟁에서 죽어간 타자, 즉 전우들도 아무런 죄 없이 희생양이 되어 죽어간 부조리의 비극적 현실이었던 것이다. 여기서 고석규의 진정한 상실의식의 극복이 드러난다. 고석규의 내면에는 아직도 죽은 전우가 살아 있으며, 고향을 잃었다는 상실감 또한 예수의 희생양으로 인한 부활처럼 극복될 수 있으리라는 자기 확신이 내포되어 있기 때문이다.

> 나의 마음은 밝은 곳으로 향하고 있다. 나는 아침을 기도한다. 선량하고 희망에 벅찬 아침은 나의 상징이어야 한다.
>
> 활활 타는 정열을 두려워할쏘냐. 김빠진 웃음처럼 꿈틀거릴 수 없는 약자의 비탄을 지닐 수 없는 것이다.
>
> 나의 굳은 마음과 앞날을 지향하여 나의 성실한 행복의 축원을 위하여 나는 기도하겠다.
>
> 조금이라도 아름답게 살 수 있는 삶을 바랄지도 모른다.
>
> 아름다운 생애—. 나는 죽음에 잠시 눈을 감아 봐도 이 아름다운 생애만은 버릴 수 없어 맘에 잠겨본다. 어떻게 하면 그런 생애를 지닐 수 있을런지도 모를 일이다.
>
> 아름다운—. 나는 이 한마디에 무엇을 부가할 것이냐. 나는 귀중한 영혼을 부르리라. 다시는 슬픔에 울지 않을 영원한 영혼을 아름답다 할 것이다.[324]

고석규는 이 글에서 자신의 마음은 밝은 곳을 향하고 있다고 선언한다. 그는 그 밝은 세계에서 아침 기도를 하고, 희망의 상징이 되어 정열과 행복을 희구한다. 그에게 밝은 곳은 굳은 마음과 활기찬 미래를 지향하는

---

324) 고석규, 「청동일기 II」, 앞의 책, p.233.

곳이며, 아름다운 생애로 이루어진 곳이다. 그 세계는 울지 않을 영원한 영혼이 사는 세계이다. 이처럼 그는 어둠의 세계에서 빛의 세계로 이동하고 있다. 이러한 긍정적인 세계의 지향성은 죄의식과 자기형벌로 스스로를 유폐시켰던 그를 “영원한 영혼”으로 승화시키면서 동시에 상실감을 극복하게 하고, 그를 새로운 존재 가능성으로 태어나게 해준다.

하이데거는 ‘죽음’을 절대적으로 나만의 고유한 가능성이라고 주장한다. 죽음은 극단적인 가능성으로서의 ‘죽음’, 즉 가장 개인적인 사건으로서 진정하게 자기 자신임을 드러내는 사건을 의미한다.[325] 그것은 무無의 수용이며 죽음의 적극적인 수용임과 동시에 인간으로서의 자아를 벗어난 상태(탈아 상태)를 말한다. 따라서 고석규는 불안과 절망의 의식을 뛰어넘어 존재의 무 속으로 점점 침잠해 들어간다. 여기서 무는 아무것도 존재하는 않는 부재의 의미가 아니라 어떠한 욕망도 고통도 존재하지 않는 무욕無慾의 상태를 의미한다고 할 수 있다.

고석규에게 있어서 ‘글을 쓴다는 것’은 끊임없이 말하지 않을 수 없는 그 무엇의 메아리가 되는 것이다. 이 메아리가 되기 위하여, 그는 스스로에게 침묵의 권위를 부과한다. 이러한 침묵 속에서 그는 긍정을 발견해내고, 그 긍정의 속삭임 속에서 그의 시의 이미지가 열리기 시작하는 것이다. 이러한 무의 침묵을 통한 열림은 그의 시의 상상력이 되고, 삶의 의미가 되며, 충만함이 된다. 이 침묵의 근원에는 글 쓰는 자가 어쩔 수 없이 다다르게 되는 자기 소멸[326]이 내포되어 있다.

> 무의 적극화는 무의 부정화일 것이며 나아가선 무의 수동성을 초월함일 것이다. 던져짐에서 던져감으로 역승하려는 나의 현존은 던져짐의, 즉 있었던 바를 새삼 부정 타개하는데서만 가능할 줄 안다. 이리하여 나의 피투被投는 나의 투기投企로 나의 수동은 다시 나의 능동으로 각각 전기된다.[327]

---

325) 조가경, 앞의 책, p.225.
326) M. 블랑쇼, 앞의 책, p.22.
327) 고석규, 「지평선의 전달」, 앞의 책, p.54.

위의 글에서 고석규는 자신의 존재를 세계에 내던져진 존재로 인식하면서도 그 '내던져짐'의 상황을 능동적인 '던짐'의 상황으로 전환시키고자 한다. 그는 스스로를 존재하지 않는 자, 소외당한 자, 단독자로 느끼면서도 스스로에게 자기 존재와 죽음에 대한 물음을 제기한다. 이러한 존재에 대한 물음, 죽음에 대한 물음은 헤겔이 말했듯이 "죽음과 더불어 정신의 삶이 시작"됨을 의미하며, "죽음이 힘이 될 때, 인간이 시작"됨을 의미한다. 존재가 결핍되어 있을 때 그리고 무가 힘이 될 때, 인간은 완전히 '역사적인 존재'[328]가 될 수 있기 때문이다.

인간을 '죽음에 이르는 존재'라고 할 때, 여기서 '이르는'이라는 방향성은 인간이 매순간마다 맞이하는 선택과 결단의 의미가 거기로 집중되었다가 다시금 반사되어 나오는 것을 의미한다. 따라서 '죽음'은 현재의 우리 자신에게로 향하고 있고, 우리를 본래적으로 '우리 자신에게로 돌아오게 하는' 힘을 가지며, 생의 연속을 하나의 긴장된 통일체로 뒷받침 해 주는 중심이다. 인간이 자기 자신을 유한자로 대하며 그러한 태도를 취할 때 비로소 그는 유한해진다. 이때의 유한은 완결이며 완성으로 이해되어야 한다.[329] 따라서 고석규가 취한 삶의 유한성에 대한 긍정적인 자세는 유한의 완결이자 무의 시작이라 할 수 있다.

> 내가 던져졌을 때 나는 하나의 개질에 지나지 않았으며 내가 역승하며 던져갈 때 있어서 나는 이미 하나의 개성인 것이며 다시 내가 열려오는 지평선상에 나의 공지를 얻어 볼 때에 있어서 나의 매개는 완성되고 나의 중간자는 초개성으로 번져가는 것이 아닐까. 보루와 광장과 철조망에서 지칠대로 지친 나의 깃발이 초개성으로 가는 길이란 구원으로 가는 길이다.[330]

위의 글에서 "초개성"의 의미는 엘리엇이 말한 개성으로부터 탈주하고자 하는 의미로서, 본래의 개성을 수용·포함하는 탈주를 의미[331]하며, 비

328) M. 블랑쇼, 위의 책, p.392.
329) 조가경, 앞의 책, p.142-143.
330) 고석규, 「지평선의 전달」, 위의 책, p.61.

개성을 의미하는 것이 아니다. 또한 '중간자Medium'라는 개념은 플라톤에 있어서 존재와 비존재와의 중간을 말하는 것이 아니라 아리스토텔레스의 현상과 질료의 중간으로서의 현현[332]을 의미한다. 고석규는 위의 글에서 자신이 세계 속에 내던져진 것은 자신의 자유 의지가 아니었으며, 자신의 몸을 스스로 "개성"을 향해 던짐으로써 자신의 본래적인 자기를 되찾을 수 있음을 말하고 있다. 따라서 그는 이러한 개성으로의 던짐의 행위를 통하여 죽음을 수용하고, 중간자로 머물러 있던 자신의 현실에서 비로소 벗어날 수 있게 되는 것이다.

인간은 무無 앞에서 '죽음에 이르는 존재'임을 직관할 때, 그리고 '불안에의 용기'를 갖고 모든 영원한 진리를 단념할 때 비로소 역사적인 여러 가능성 가운데서 하나를 선택하는 결단을 내릴 수 있다. '죽음'의 무의미한 가능성을 긍정하는 자는 좌절과 위험을 무릅쓰고서라도 어떤 역사적 가능성을 자기 것으로 확보하려고 한다.[333] 이러한 결단성은 자기 자신에 대한 실존적 자각을 구성하는 중요한 근거가 된다.

그러므로 고석규는 처참한 전장에서 타자의 '죽음'을 목도하고 그 '죽음'을 떠나보내고 또 다시 새로운 죽음을 맞이할 수 있었던 것이다. 그는 무無에 대한 체험을 전쟁을 통해서 획득하였고, 그 무로부터 자신의 존재의 가능성으로서의 던짐의 행위를 실현시키고자 하였다. 그의 시의 목표는 자신의 존재에 대한 물음과 죽음에 대한 물음을 향한 긍정적인 자각이었다. 그러므로 그에게 있어서 글쓰기와 실존은 하나이며, 그의 글쓰기는 세계 속에 내던져져 있음에 대한 자각으로부터 시작되는 것이다.

> 피 비린 싸움이 낳은 '극기의 절정'은 마침내 능숙한 '사랑의 실험'과 '체험의 왜곡'으로 침몰하여간다. 두 번 다시 그들로 하여금 이보다 더 심각한 행동주의 철학을 이룰 수는 없으리. 내가 획득한 고난은 끝끝내 '허무'로부터 분리되었고, 영원히 그 허무

---

331) 위의 책, p.60.
332) 위의 책, p.57.
333) 조가경, 앞의 책, p.186.

의 모체로 돌아가지 않으리. 고아가 된 정신의 유일한 부조리와 안팎이 계속되리. 즐기던 인스피레이션이 타락하더라도 고민하지 않으리. 파괴는 또 새로운 탄생을 의미하는 까닭에, 형체도 없는 기쁨이 진정코 너 자신을 실망케 하지는 않으리. 싸움과 세기가 정성스레 보내준 선물을 저버리지 않으리. (……) '정신의 체험'은 결코 너를 부정직한 세계면에 대립시키지는 않으리라. (……) 아름다운 계절의 채색과 열렬한 묘사도 언제나 피비린내 나는 세기와 쟁탈의 뒤에서 어린아이처럼 대상과 표정을 숨기어 있으리. 천진한 희락의 유혹인 '영감'의 진지한 노력은 거절되지 않으리. 다만 진실한 허위에 빠지고 진실한 체념에 살아나며 진실한 죽음에 대비하는 광활한 의욕이 이들을 사랑하여 줄 것이다. 계절은 시대와 같이 가장 현명하고 진실한 친구가 되리라.[334)]

이 글은 고석규의 타자로 향한 지향성을 결의하는 글이다. 동족 간의 전쟁이 일으킨 "피 비린 싸움"은 고석규로 하여금 극심한 고통을 겪게 하였다. 또한 그것은 "사랑"과 "과거"의 기억을 죄의식과 유폐의 공간으로 이끌었다. 그러나 그는 더 이상 이러한 부정적인 정조들에 빠지지 않을 것이며, 아무것도 고민하지 않고 누구에게도 실망을 주지 않을 것임을 결의하고 있다. 그는 폭력과 살육으로 점철된 20세기가 선사한 전쟁이라는 부조리한 선물을 잊지 않으리라고 말한다. 따라서 그는 자신의 내면에서 들려오는 "정신의 체험"과 "영감의 진지한 노력"이라는 양심의 소리를 들으며, 피비린내 났던 전쟁의 상처를 극복하고자 하는 결의를 한다. 이 결의는 바로 타자와의 소통으로 나아가는 길이며, 타자에 대한 관심으로의 던짐의 행위를 의미한다. 이러한 결의를 통해서 그는 전쟁에서의 타자의 죽음으로 인한 상실감과 남북 분단으로 인한 고향과 가족에 대한 상실감을 극복할 수 있는 계기를 마련한다.

내 마음의 깊은 산골

334) 고석규, 「청동일기 I」, 앞의 책, p.59-60.

아침도 해 비치지 않는 파란 어둠 속에는

뼈마다 아슬한 무엇을 쪼아내는
은밀한 소리가 있다

숨이 흘러가는 사이
그 사이로 간간이 울리는 소리에 젖어
마음은 눈 감고 머리를 풀어드린다

보이지 않는 높이에서
내 몸의 가엾은 부분들이
발간 분粉처럼 떨어져갈 때에는

아, 깊은 산골의 어디메서
강한 연기가 가득차 밀리고
연연年年 아픔 없이 찍힌 내가
혼자 취하여 잠이 든다

새가 날아가고 밤은 더욱 맑아오는데
달빛 어리는 내 가슴 위에는
파란 상화傷花가 꿈처럼 피어 있다.

—「침윤浸潤」 전문

위의 시는 '탁목조啄木鳥: 네 입술에서는 붉은 피가 흐르지 않았다'라는 부제가 붙어 있다. '탁목조'는 나무를 쪼는 새를 말한다. 이 새는 화자 자신을 상징하고 있다. 이 시는 이 새의 이동의 흐름에 따라 화자의 내면세계도 이동하고 있음을 구체화한다. 이 시는 "내 마음의 깊은 산골"→"파란 어둠 속"→"은밀한 소리"→"내 몸이 떨어져나감"→"아픔 없이 잠이 듬"→"밤이 맑아옴"→"가슴 위에 파란 상화傷花가 피어남"의 구조로 이루어져 있다. 이러한 구조화는 "파란 상화"를 피우기 위하여 견뎌야 하는 혹한의 겨울, 즉 50년대라는 참담한 현실에 대한 극복의지를 의미화 한다. 이 시에서 화자는 자신의 의식 속에 탁목조 한 마리를 키움으로써 늘 살아 있음을 확인[335]하고 있기 때문이다.

이 시에서 "내 마음의 깊은 산골"은 화자가 추구하는 내면세계이다.[336] 이러한 산골에서 화자는 '무無'의 상태, 즉 소외된 자로서의 무욕無慾의 현실을 살아간다. 그리고 이 무욕의 세계에서 '파란 달빛'을 받아 한 송이 꽃을 피우고자 한다. 그 꽃은 현실의 꽃이 아니라 형이상학적인 꽃으로서, 유폐의 방을 비춰주는 심연의 빛이며, 칠흑의 어둠 속에서 들려오는 은밀한 소리이고, 찬란한 빛을 발하는 "파란 상화"이다. 김윤식은 이 "파란 상화"를 피우게끔 한 사람은 바로 릴케와 윤동주였다[337]고 말한다. 여기서 "파란 상화傷花"는 "파란"이라는 색채어가 불러일으키는 희망을 암시하면서, 동시에 상처 난 꽃이라는 "상화傷花"에 대한 역설적 인식을 함축한다. 중요한 점은 "파란 상화傷花"가 삶의 영원한 종말인 죽음을 상징하는 것이 아니라 오히려 '죽음'의 실체에 대한 긍정적인 인식으로서, 적극적인 '죽음'으로 수용된다는 점[338]이다. 탁목조를 통한 고석규의 실존의식은 결국 살아 있음을 의식하면 할수록 죽음의식도 동시에 존재한다는 사실[339]을 알아차리게 하는 것이다. 이처럼 '죽음'의 가능성을 긍정하는 자는 공포와 증오의 역사적 과정 속에서 좌절하고 절망할지라도 또 다시 어떤 역사적 가능성을 자기 것으로 확보할 수 있다. 따라서 고석규에게 있어서 '실존'은 자신의 죽음에 대한 근원적인 자각을 통하여 초월과 관계를 맺는, 즉 현실과 초월과의 긴장된 의식[340]을 말한다.

> 그에게 객관성을 부여한 것은 그의 독서 체험에 있다. 닥치는 대로 그는 책을 읽었고, 그 책으로 쌓은 성 속에서 밤낮을 보내었다. 그를 꼼짝 못하게 옭아맨 것은 그 책들이 지닌 특수성에서

---

335) 남송우, 「짧은 삶과 미완의 시학」, 앞의 책, p.223
336) 김경복, 앞의 글, p.254.
337) 김윤식, 「고석규의 정신적 소묘」, 앞의 책, p.325.
338) 졸고, 「고석규의 죽음의 세계와 여백의 사상」, p.237.
339) 김경복, 앞의 글, p.223.
340) 고석규, 「청동일기 I」, 앞의 책, p.187.~89.

왔다.(……)그것은 '실존주의'스런 것이었다.(……)이 속에서 그는 그 자신의 기댈 곳을 직관적으로 찾아내고 있었다.(……)세계의 무의미스러움 앞에 마주한 인간이 어떻게 삶의 의미를 찾아내는가에 관련되고 있었던 것, 이를 내성內省이라 부를 것이다. 삶이란 무엇이며 세계란 무엇인가.(……)사르트르, 카뮈, 하이데거, 릴케, 엘리엇, 랭보, 보들레르 등 서구의 기라성 같은 문인, 사상가들의 저술이 한결같이 허무에 맞서 그 허무를 이겨내는 기념비였다면, 이것이야말로 마음 가난한 청년 고석규의 글쓰기의 기원이었다. 이를 그는 '해바라기 정신병'이라 불러 반 고흐의 절대 절명의 죽음에 닿는 예술에 대치시켰다.[341)]

이 글은 김윤식이 파악한, 죽음을 극복하기 위한 고석규의 글쓰기에 대해 토로하는 글이다. 고석규에게 있어서 독서 체험은 그를 그만의 성채에 갇히게 하였고, 그 성채 속에서 그가 만난 것은 바로 실존주의였다는 것이다. 고석규는 실존주의를 통해서 삶의 의미를 찾아내고자 하였으며, 더불어 삶과 세계가 무엇인가라는 화두 앞에서 허무를 이겨내고자 하였다는 것이다. 이러한 글쓰기를 김윤식은 "내성"의 글쓰기로 파악한다. 그리고 김윤식은 고석규가 반 고흐의 절대 절명 속에서의 죽음과 맞닿은 '해바라기 정신병'을 예술의 진정한 가치라고 파악하였다고 주장한다.

모더니즘은 리얼리즘과 마찬가지로 자본주의와 자유주의의 배경으로부터 발생하였다. 그러나 리얼리즘은 현실에 대한 관심의 직접적 표현인데 반해, 모더니즘은 현실에 대한 관심이 간접화된, 즉 예술을 매개로 한 자기 표현이라는 점에서 리얼리즘과 대립적인 관계에 놓인다.[342)] 특히 모더니즘 문학에서 '내면'이란 끊임없는 성찰의 출구이며, 삶의 확장을 의미한다. 고석규의 "내면"의 글쓰기는 과거의 화해로웠던 공간과 현실의 부정적 공간 사이의 절대적 거리감에서 비롯된다. 현실 공간이 지닌 부정성은 내면의식으로 침잠케 하는 계기로 작용한다.

---

341) 김윤식, 「고석규와 더불어 범어사에 가다」, 『고석규 문학전집 4』, p.255.
342) 박민수, 『한국 현대시의 리얼리즘과 모더니즘』, 국학자료원, 1996, p.160.

싸늘한 돌 속에도/꽃들은 빠알갛게 피었습니다.

—「도가니」 부분

모든 정신병원에는(……)//(……)빠알간 꽃들이 피었겠습니다

—「4월 남방南方」 부분

(※밑줄 필자 강조)

위의 두 시에서 알 수 있듯이 고석규 시에서 꽃 이미지는 주로 '빠알간' 색채 이미지로 나타난다. 이 이미지는 생명성이나 긍정성을 나타내기보다는 주체의 분열 상태를 표출한다. 「도가니」에서 "빠알갛게 피었습니다."라는 묘사는 "도가니"라는 시어가 말해주듯이 전쟁에서의 피 비린내 나는 살육의 처참함을 빨간 색채 이미지를 통하여 공포와 불안으로 인한 병적 흥분의 절정을 보여준다. 「4월 남방南方」에서 "모든 정신 병원"은 전쟁으로 인하여 우리 민족 모두가 깊은 정신적 트라우마에 빠졌음을 암시하며, "빠알간 꽃들"은 정신병자들의 주체할 수 없는 분열적인 정신 상태를 은유한다.

그 밑에 나는 숨죽인/한 마리 강아지로/파아란 울음을 울었더니

—「꿈」 부분

파아란 울음에/고운 내 피가 얼어 굳는다

—「눈」 부분

아득히 파란 바람 속에/젖어 있습니다

—「자화상」 부분

아무도 느끼지 않을 어둠에 젖은/파아란 그림자로 누워보련다

—「묘명」 부분

(※밑줄 필자 강조)

위의 시들에서 나타나는 '파란'이라는 색채 이미지는 부정적이고 우울한 이미지를 표상한다. 「꿈」의 "파아란 울음"은 자신을 '한 마리 강아지'

로 동물화 하여 언어를 잃고 타자에 대한 불신만 팽배한 상태로 전락한 비인간적인 모습을 형상화하는데 기여한다. 「눈」의 "파아란 울음"은 화자의 "피가 얼어 굳"어가는 상황, 즉 정신적 죽음의 현상을 내면화한다. 「자화상」의 "파란 바람"은 "바람"의 고유한 상징인 '고통'과 '시련'속에서의 화자의 절망적이고 우울한 상태를 비유한다. 「묘명墓銘」의 "파아란 그림자"는 "아무도 느끼지 않을"이라는 구절이 환기하듯이 그림자로 누워 있는, 즉 죽은 상태의 화자의 형상을 묘사하고 있다. 이들 시에 나타나는 '파란' 색채 이미지는 결국 공포와 불안과 죄의식에 빠진 고석규의 현실이 죽음에 다름 아니라는 것을 은유하고 있는 것이다. 이처럼 고석규의 내면의식은 주로 색채 이미지로 나타나는데, 그것은 주로 빨간 색과 파란 색의 대립으로 드러난다.

> 나는 벽으로 꺼져가는/파아란 혼령의 불을 살피느라
>
> — 「동방洞房」 부분

> 내 동결凍結에도 달빛이 왔으며/파아란 파아란 달빛이 왔으면
>
> — 「전야前夜」 부분

> 별무리 아득한 가슴 위에/파랗게 샘물이 젖히면
>
> — 「은야銀夜」 부분

> 달빛 어리는 내 가슴 위에는 파란 상화傷花가 꿈처럼 피어 있다
>
> — 「침윤浸潤」 부분

(※밑줄 필자 강조)

위의 시들에서 '파아란' 색채 이미지는 '파아란 상화'로 공유되는 긍정적이고 생명적인 이미지로 부각된다. 고석규는, 릴케가 말한 "스스로를 넘으려는 유용의 힘을 위한 충동에 따라 자기 작품에 아름다움을 걸 수 있는 어떤 조건의 존재를 믿을 따름이다. 나의 사명이란 이 조건을 밝히는 것과 그러한 조건을 내기 위한 힘을 기르는 데 있다"[343]라는 실존적 의지의 표명을 자신의 사명으로 받아들인다.[344] 고석규는 공포와 죽음의

폐허 속을 헤매던 자신이 낯설은 죽음에 처하더라도 "눈물 한 방울도 떨어뜨리지 말라"고 당부한다. 이러한 당부 속에는 자신의 죽음은 영원한 종말이 아니라 다시 "파아란 상화"로 피어나는 죽음의 가능성이라는 의지를 드러낸다. "파아란 상화"는 공포와 죽음의 현실과 불안과 유폐의 형벌을 뛰어넘는 '실존'의 빛345)이었기 때문이다. 고석규의 상실의식의 극복 양상은 이처럼 내면성의 발견과 무無의 수용, 탈아적 인식의 글쓰기로 표출되고 있다.

고석규의 비평의 글쓰기는 육체의 불구성과 자아의 사물화를 통한 죽음의 자아화로 함몰하던 고석규로 하여금 상실의식을 극복하게 하는 전환의 계기를 맞이하게 해준다. 그리고 그는 공포와 죽음의 세계를 뛰어넘어 존재의 '무無'에 대하여 집중한다. 6·25 전쟁이 미래의 가능성을 여지없이 무화시킴으로써 완벽한 폐허의 세계를 구축했지만, 고석규는 '내면'의 침묵 속에서 다시금 "파란 상화傷花"을 재인식하게 된 것이다. '파란 상화'를 통한 '죽음'과 '상실의 극복 의지는 '죽음에의 선구'라는 '죽음의 역설'과 '타자에 대한 사랑'과 무의 수용을 통한 '초극의지'로 나아가게 된다. 그에게 '파란 상화'를 통한 상실의식의 극복은 죽음을 극복하기 위한 현실에 대한 부정의 부정의 정신을 불러일으킨다. 이 부정의 부정의 정신은 긍정의 정신에 다름 아닌데, 이러한 역설적 부정정신은 '무無'를 적극적으로 수용하는 형태로 나타난다.

343) 남송우, 앞의 글, p.93.
344) 졸고, 「고석규 시의 고향상실 의식 연구」, p.21.
345) 하상일, 앞의 논문, p.66.

2. 죽음을 극복하기 위한 죽음의 역설

'역설Paradox'은 자기모순인 것처럼 혹은 부조리한 것처럼 보이면서도 어떤 의미에서는 그것이 진실일지 모른다고 생각하도록 만드는 진술이다.[346] 즉 '역설'은 외형상으로는 불합리하고 모순적인 의미를 띠지만 내면적으로는 합리적인 의미를 지니는 진술방법이다. 이러한 역설의 진술을 '모순어법oxymoron'이라고도 부르는데, 이는 양자가 서로 모순되면서도 서로 결합되는 진술상황을 함축하기 때문이다. 반면, '실존'이란 인간이 죽음이라는 유한성의 장벽에 부딪히는 경우에 비로소 획득되는 것으로서, 바로 이 지점에서 '역설'이 발생한다. 박이문은 "시는 근본적으로 역설적인 언어"라고 말한다. 시는 언어를 통해서 언어로부터 해방되려는, 언어를 씀으로써 언어를 쓰지 않는 언어가 되려는 불가능하고 모순된 노력에 지나지 않기 때문이며, 또한 시적 언어는 비정상적인 비틀린 언어가 되기 마련[347]이기 때문이다. '죽음' 또한 역설적인 것이다.

---

346) J. 칠더스·G 헨치 엮음, 황종연 옮김, 『현대문학 문화비평 용어사전』, 문학동네, 1999, p.319.

347) 박이문, 『시와 과학』, 일조각, 1975, p.15. 여기에서는 배홍배, 「고석규 연구

인생의 의미가 시간성에 있다는 말은 이러한 한계상황에 처한 인간이 '죽음'이라는 인생의 최후의 현실에 의해 시간적으로 완결[348]됨을 의미한다.

고석규에게 있어서 '역설'은 시인의 정신과 긴밀한 관련을 맺는 '실존'의 한 과정이다. 그는 '역설'보다는 '역설'의 가능성, 역설의 정신을 문제 삼았다. 그에게 '시의 역설'은 현대시의 미학이자 정신[349]이었다. '시인의 역설'은 역설의 방법론을 통하여 '긍정의 미학'으로 귀결되고 그것은 '사랑'이자 '존재의 무無'가 된다. 그것은 죽음의 부정이 아니라 죽음의 적극적인 긍정이자 수용이다.[350] 그 시에 나타나는 '죽음의 역설'은 죽음은 모든 것이 끝나는 것이 아니라 보이지 않는 무규정적인 시간의 연속성에 다름 아니라는 의식으로 나타나기[351] 때문이다.

일반적인 '시의 역설'은 시어의 상징적인 '죽음'을 통하여 새로운 의미를 얻는 것이므로, 결국 '시의 역설'과 '죽음의 역설'은 세계에 대한 부정을 통하여 역설적인 자기 인식에 이르는 방법을 터득하고, 실존에 힘쓰고자 하는 동일성을 공유하고 있다고 볼 수 있다. 이러한 시적 방법론을 통하여 고석규는 '죽음'을 공포의 대상이 아니라, 역설적으로 유한성을 극복하는 한 방편으로 내면화[352]하고 있다.

고석규는 「시인의 역설」에서 김소월·이육사·이상·윤동주의 시작품들을 '역설'이란 시적 방법론으로서 분석하였다. 그는 이 글에서 현실의 부조리와 죽음의식을 뛰어넘고자 하는 역설의식의 토대를 창출하게 되었다. 이 역설의식은 곧 '내면성'의 적극적인 발현이다. 하이데거는 현존재를 '죽음에 이르는 존재'로 규정한다. 여기서 '이르다'라는 의미는 '죽음'이 삶의 종착점이 아닌, '죽음'을 향해 나아가는 과정이라는 것을 의미한다.

」, 『고석규 문학전집 1』, p.340. 재인용.

348) 조가경, 앞의 책, p.139.

349) 이미순, 「고석규 비평의 '역설'에 대하여」, 『개신어문연구』제7집, 개신어문연구학회, 2000, p.585.

350) 졸고, 「고석규 시의 고향상실의식 연구」, p.18

351) 위의 논문, p.26-27.

352) 위의 논문, p.18-19.

따라서 고석규는 '죽음에 이르는 존재'로서의 자신의 유한성인 '죽음'을 적극 승인하고자 한다. 이때의 '죽음'은 릴케가 말한 '낯설은 죽음'이 아니라 인간의 진정한 본래성을 되찾을 수 있는 '고유한 죽음'을 의미한다. 그것은 '죽음에 이르는 존재'로서 유한한 자신의 실존을 순간순간마다 새롭게 수용하는 것이며, 자유의 결단과 양심의 소리를 듣고 죽음을 향해 스스로 몸을 던짐을 의미한다.

> 여기 통상의 내가 현존의 나와 접속하려는 역승이 밖으로 돋아날 때 존재론은 다시 그 일을 '탈아(Zeitekstase)'라 불렀으며, 마침내 그 일은 지금에 있는 나를 떠남이 아니라 지금에 있는 나를 넘으려는 아무런 가정도 용납하지 아니하는 것이었다.(……) 저항은 지금의 나를 바로잡고 지금의 나를 다시 넘으려는 지향 끝에서만 죽음이란 것을 앞으로 세운다. 지금의 나는 곧 죽음의 나로 전주하는 것이다.(……)모든 나의 탈아. 그리고 저물어가는 형상의 노을들. 지금에 있는 나란 어디까지나 무에 걸려 있는 무로 돌아오는 아니 무로 장래 하는 시간성 그것이 되어야 한다. 하이데거에 의하면 그러한 "시간은 있는 것이 아니라 익어가는 것이다."353)

고석규의 '죽음'을 극복하기 위한 던짐의 행위는 바로 죽음을 역설적으로 인식하는 것이다. 이것이 의미하는 것은 죽음을 파악하기 위해서 죽음보다 앞서 죽음에게로 달려가, 죽음이 낯설고 불안한 것이 아니라 자신의 본래적인 존재 가능성이라는 것을 깨닫는 것이다. 이러한 행위에는 죽음은 아무것도 존재하지 않는 것이 아니라, 그것은 오히려 비어 있음으로 해서 더욱 충만히 채워질 수 있는 존재의 가능성이라는 인식이 깔려 있기 때문이다.

고석규는 자신의 의지와 상관없이 외부 세력의 압력으로 인하여 전쟁이라는 사지로 끌려갔다. 전쟁의 상황 속에서 그에게는 기댈 만한 것이 아무것도 없었다. 전쟁은 집단적이며 국가적인 힘의 과시였기 때문에 그

---

353) 고석규, 「지평선의 전달」, 앞의 책, p.52-54.

는 개별자로서 가져야 할 존재의 가치와 자유 의지를 박탈당하고 말았기 때문이다. 이는 자연스럽게 고석규로 하여금 '나는 왜 살아 있는가?'라는 실존의 물음을 떠올리게 하였다. 그에게 있어서 유일한 실존은 '왜 살며 무엇을 지향하는가?'라는 하나의 존재에 대한 물음이었으며, 그러한 물음을 구체화한 것이 글쓰기였다. 글쓰기를 통하여 그는 자신의 본래적인 자기를 되찾고 자신의 본질이 죽음으로 향한 것이라는 깨달음을 얻게 되었다. 따라서 그가 적극 수용한 '죽음의 역설'은 삶의 역설이며, 자기 존재 가치를 찾기 위한 실존의 결단이었다.

> 싸움의 의의는 여기에 대답을 못하여 오히려 자체를 감추어 숨겨버렸다. 무의 사유도 대답할 수 없어 그대로 가버려 남은 것은 저항하지 못하는 육체만이어서 총성이 평화를 갈구하는 천사의 음성이었다고 비명에 보태어 새길는지 나도 모른다.
>
> 그러나 싸우는 자신이 비열하게도 전쟁의 성공을 바라지 않았고, 오히려 진통 없는 종군이 계속되는 것을 양심 있게 체험하였을 뿐이다.
>
> 싸우는 일은 끝끝내 악몽의 피력이며 행복 없는 생별의 단애와도 같이 번민된다. 전장에서는 평화신의 군림을 갈구하지 않는다. 피 터지는 자각이 이것을 제패하는 것이다.
>
> 오히려 사신이 쫓는 가벼운 싸움의 의미를 나는 해득하지 못하였다.
>
> 부러진 비목이 침묵하고 범연히 세상이 감사하지 않는 불시의 죽음을 나는 노래하고 싶다. "투신投身은 자살과 다른 것이다."354)

전쟁이라는 악몽은 성별을 가리지 않고 인간 위에 군림한다. 그리고 "피 묻은" 자각은 번번이 파산하는 시간에 패배당하고 만다. 윤리적인 삶을 추구하라던 신神은 그 어느 곳에도 존재하지 않으며, 부조리한 현실에 내던져진 시인은 침묵을 익힐 수밖에 없다. 이처럼 '전쟁'으로 인한 고석규의 '공포 체험'은 그의 이성과 사유를 패배로 몰고 갔다. 이러한 패배

354) 고석규, 「청동일기 I」, 앞의 책, p.31.

의식은 역설적으로 전쟁과 죽음이라는 현상에 대하여 더욱 깊이 생각하게 하는 근원이 되었다. 이러한 인식의 밑바탕에는 공포와 죽음의 인식을 통하여 이성의 비합리적 근원을 천착하려는 통찰력[355]이 깔려 있다고 할 수 있다. 그러므로 그는 “투신”이든 “자살”이든 스스로 주검이 되어 ‘죽음’을 노래하고자 한다.

메멘토 모리memento mori[356]라는 선언적 명제는 인간에게 유한성의 각성과 존재에 대한 본질적 물음을 제기한다. 이를 두고 하이데거는 “죽음을 향하고 있는 본래적인 존재야말로 현존재가 지니고 있는 하나의 실존적 가능성을 의미한다.”[357]고 말한 바 있다. 또한 모리스 블랑쇼는 죽음을, “시간이 흐르면 맞이하게 되는 자연사가 아니라 인간 세계에서 가장 궁극적이며 형이상학적인 기반”으로 한 한계경험, 즉 극한의 경험이자 경계의 경험[358]이라고 말한다. 또한 라캉에 의하면, 죽음충동은 결여에서 비롯되며, 상징계를 덮고 있는 가면[359]이라고 말한다. 주체는 불가피하게 죽음충동을 느낄 수밖에 없으며, 그것이 욕망을 지속하게 만든다고 말한다. 프로이트는 죽음충동을 삶의 충동과 대립시키면서 죽음충동은 쾌락원리를 넘어서고자 하는 본능적 경험이며 죽음충동은 쾌락 원리의 극단[360]이라고 말한다. 특히 한국전쟁은 죽음에 대한 성찰의 토대가 된 실존주의와 휴머니즘 사상을 적극 수용하고 모더니즘 시 속에 형상화시킴으로써 한국 문학에서 죽음의 문제를 진지하게 다룰 수 있게 된 바탕이 되었다고 할 수 있다.

실상 나는 던져진 것이다. 하이데거의 가슴을 헤치지 않아도

---

355) V. 데콩브, 방성창 역, 『동일자와 타자』, 인간사랑, 1990, p.25.
356) 메멘토 모리memento mori는 ‘죽음을 기억하라’는 의미를 지닌다.
357) M. 하이데거, 이인석 역, 「현존재의 가능한 전체존재와 죽음을 향한 존재」, J. P. 사르트르 외, 앞의 책, p.174.
358) M. 블랑쇼, 앞의 책, p.164.
359) 김 석, 앞의 책, p.160.
360) 서동수, 「1950년대 소설에 나타난 죽음의식 연구 」, 건국대학교 석사학위논문, 2004, p.10.

던져진 의식에서 나는 안타까운 종말에의 눈을 뜬다. 그것이 다가오는 내일만을 뜻함이 아니라 지난 아젯날과 더더욱 지금의 오늘이라는 울뇌鬱惱에 집중되었을 때 나는 지금에 있는 나를 즉 현존Dasein인 나를 저버리지 못한다.361)

이 글은 고석규의 「지평선의 전달」에 나오는 일부분이다. "나는 던져진 것"이란 의미는 태어나면서부터 자신의 의지와 상관없이 세계 속에 내던져진 자신의 실존 상태를 말한다. 이러한 실존은 전쟁에 내던져진 고통스러운 의식 속에서도 자신이 죽음이라는 가능성으로 향하고 있다는 내면으로부터 터져 나오는 양심의 소리를 듣는 것이고, 그 소리로 인하여 결단을 내리는 것을 말한다. 그는 이러한 결단을 통하여 죽음의 가능성을 깨닫고 과거와 현재와 미래를 통합하여 그 자신의 "현존Dasein"을 발견하는 것이다. 이처럼 이 글은 하이데거의 철학을 자신의 실존에 대한 개념에 적용시키면서 동시에 자신의 실존적 성찰과 죽음의 사유를 보여주고 있다.

고석규는 이러한 성찰과 죽음의 사유를 「시인의 역설」을 통하여 드러낸다. 그는 소월, 이상, 윤동주, 이육사 등의 시를 통해서 세 시인의 역설의 정신을 탐구362)한다. 첫째, 소월에 대한 논의는 '부정의 역설'로서 규정한다. 그는, 소월의 시에서 '임'에 대한 회고는 육화되고 있지만, 부정의식의 선행 뒤에 비로소 임이 명명된 것이며, 특히 「가시리」는 불교의 종교적 세계관을 바탕으로 한 윤회의 의미가 내포되어 있다고 말한다. 또한 「진달래 꽃」에는 휴머니즘적인 비애와 체념, 혹은 의식적인 절망이 내포되어 있다고 말한다. 그리고 소월의 절망에는 자학에 아까운 억압이 들어 있으며, "죽어도 아니 눈물 흘리오리다."라는 구절에서의 최대의 부정은 파토스적인 것과 이념적인 것의 중간형으로서의 자기 서정이며, 내면성의 발현이라고 파악한다.

둘째, 이육사에 대한 논의는 '죽음의 역설'로 규정한다, 고석규는 이육

---

361) 고석규, 「지평선의 전달」, 앞의 책, p.50.
362) 고석규, 「시인의 역설」,위의 책, 참조.

사의 「교목」과 「꽃」의 역설을 예로 들면서 「교목」에 나타나는 '차라리' '말아라.' '아예' '차마' '못해라' 등 매 연의 종행의 반어적 수식어들은 교목의 죽음을 풍자하며 이는 유기성을 폐기한 교목, 그림자로서만 존재하는 교목, 비존재인 교목에 대한 부정화 된 허무의식을 드러내는 것이라고 말한다. 그리고 「꽃」이라는 작품은 절망적인 개화의 상태를 노래한다고 말하면서, 이 시 또한 유기성을 폐기한 꽃을 죽음의 풍자로 대체하고 있다고 주장한다. 육사는 '교목'과 '꽃'의 현재적 상황, 내던져진 상황을 교목 아닌 교목, 꽃 아닌 꽃으로, 즉 비존재 혹은 죽음으로 발현하고 있다는 것이다. 이러한 육사의 죽음에 대한 역설적 인식은 키에르케고르가 말한 '심미적 단계'에 머물고 있는 것에 불과하며, 그러므로 육사는 심미적 실존을 교목과 꽃을 통하여 개시했지만 다음의 단계인 윤리적 실존 단계나 종교적 단계에까지 이르지 못하였다는 것이다. 육사는 다만 죽음을 자연적 순리로서만 보았다는 것이다.

셋째, 이상李箱에 대한 논의에서는 그의 시를 '반어의 역설'로 규정한다, 고석규는 이상의 문학에 나타나는 반어적 역설을 '방법적 아이러니'와 '성격적 아이러니'로 구분한다. 전자는 이상이 추구한 시의 형태상의 변혁이며, 후자는 이상의 현실적 상황에 적응하지 못하는 파괴적 성격으로서의 신경증적 공포로부터 발현되는 아이러니를 말한다. 또한 고석규는 이상 시의 산문화 경향을 형태로서의 포에지로 규정한다. 이상의 소설과 희곡적 산문과 같은 반 운율적, 반 형식적 형태는 이상의 잠재적인 욕구에서 비롯된 것이며, 이러한 시적 형태의 변혁, 즉 방법적 아이러니는 이상의 의식의 변혁과도 공존한다는 사실을 환기한다. 이러한 이상의 형태의 절망은 "절망이 기교를 낳고 기교 때문에 또 절망한다."는 것으로 나타나며, 이것이 바로 이상의 아이러니며 역설이고, 이러한 아이러니와 역설은 이상 자신을 위로하고 가장하는 방패에 불과한 것이라고 결론짓는다.

넷째, 윤동주에 대한 논의는 '어둠의 역설'로 규정한다, 고석규가 파악하는 윤동주는 어둠의 시인이다. 여기서 어둠이란 죽음을 의미하며, 죽음 속에서 익어간 죽음에의 사상을 말한다. 이는 윤동주가 부끄러움의 성찰이라는 실존의 윤리적 단계에는 올랐지만 죽음에 대한 역설의 단계에는 오르지 못하였다는 것을 의미한다. 이러한 역설 정신은 윤동주가 시인으로서 혹은 종교인으로서의 한계를 드러내는 것이라고 말한다.

고석규는 이처럼 '역설'의 양상을 '부정', '죽음', '반어', '어둠'으로 설정한다. 이러한 역설 정신에 대한 추구는 고석규의 모더니즘이 50년대 후반에 이르러서는 존재의 부조리를 인식하고 그것을 끝까지 추구하며 현실에 응전하는 자세를 보이는 과정의 산물이기도 하다. 고석규는 역설의 정신을, '부정'은 소월에게서, '죽음'은 이육사에게서, '반어'는 이상에게서, '어둠'은 윤동주에게서 각각 찾으면서, 부정 속에서 긍정을 보고 죽음 속에서 생명을 보며, 반어 속에서 강한 긍정을, 어둠 속에서 빛을 확인하는 작업이 곧 '역설'이라는 성찰을 이끌어낸다.

고석규에 따르면, 소월은 부정의식으로 시를 쓰지만 그 부정의식으로서의 역설을 견디지 못하여 죽음을 맞이하게 된다. 부정의식이 서정을 통하여 자신의 내부에서 극대화 되어 나아갈 곳을 찾지 못하자 한계에 부딪쳐 죽음에 이르렀다는 것이다. 그리고 이상李箱은 실존과 죽음의 문제에의 역설로 현실을 대한다. '고뇌'는 이상李箱의 정신이 역설적이라는 증거로서, 그것은 갈등과 초조, 허약한 생리와 부조리 의식, 아이러니컬한 투기와 부정으로서의 도전과 모험을 통해서 나타난다. 여기서 이상李箱은 기교와 절망 사이의 아이러니 속에서 죽음을 대하게 되며 그는 이 아이러니를 지배하지 못하였다[363]고 말한다. 결국 이상李箱은 30년대의 상황적 비극에 의해 죽음을 맞이한 '침윤된 의식의 장애자'이며, '아이러니컬한 패배자'인 것이다.

고석규의 이러한 평가는 작가의 개인적 측면과 작품상 주인공 또는 화자를 동일시하는 오류를 지니고 있다는 비판을 면하기 어렵지만, 전후의 공간 속에서, 작품을 면밀히 분석하는 일례를 보여주고 있다는 점에서 문학사적인 의의를 확보[364]하고 있다고 할 수 있다. 고석규는 세 시인의 역설의 인식에 대한 논의를 통하여 자신의 실존에 대하여 의문을 갖는다.

---

363) 고석규, 「시인의 역설」, 앞의 책, p.256.

364) 문혜원, 앞의 책, p.283.

그리고 실존 자체가 역설이라는 키에르케고르의 사상을 수용하여 '부재'는 역설적으로 존재를 증명하는 것이며, 부재의 이면에 감춰져 있는 '죽음'의 실체, 죽음의 존재 가능성을 깨닫게 된다.

고석규는 「시인의 역설」에서 '역설'은 '실존'한다고 믿어지는 한 상태라고 주장하면서 역설을 '의식적 반박'이라고 파악한다. 이는 '모순(이율배반)'은 상대적 반박이지만 '역설'은 의식적 작용이 지나치게 두드러지기 때문이다. 따라서 그가 주장하는 '역설'은 모순이나 이율배반의 상대적인 반박이 아니라 보다 넓은 전체로서의 '실존'의 상태, 초월적 '반박'[365]에 근접한다고 볼 수 있다. 그러나 보다 중요한 것은 그는 역설의 기능 자체보다 역설의 가능성, 즉 역설의 정신을 문제시하고자 한다. 그것은 그가 시에서의 역설을 작가의 치열성의 근원으로 파악했기 때문이다.

> 모더니즘의 본질적 내용에 온전히 투기할 것을 거부한 저들의 「오프티미스틱」한 안이성에는 미구에 돌아올 자신에의 위기가 더욱 더 누적되지 않을 수 없었다. 위기의식의 실천에 비겁한 자들이 어찌하여 「현대적 상황」의 전부를 실천하였다 하겠는가. 지나치게 탁월한 결정론자들을 냉소해 마지않던 箱의 뼈저린 자학적 반항 속에서 우리는 보다 더 성실한 인간성의 뿌리를 포착할 수 있을 런지도 모른다. 모더니스트로서의 실천을 애오라지 침묵으로만 수행한 인간 이상에게서 역설적인 「건강」과 역설적인 「새로움」을 발견하려는 나와 우리 시대의 희망이란 차라리 모더니즘의 극복을 동시대적인 것으로 분담하려는 의지와도 일치될 것이다. 속성을 상실한 모더니즘의 보편화란 믿어볼 수가 없다.[366]

고석규는 이 글에서 전후 세대의 모더니스트들을 "본질적 내용에 온전히 투기할 것을 거부한" 자들로 규정한다. 여기서 "본질적"이란 인간

---

365) 고석규, 「시인의 역설」, 앞의 책, p.193. 참조.
366) 고석규, 「이상과 모더니즘」, 앞의 책, p.181.

의 본래적 가능성을 말하며, 자신의 내부로부터 들려오는 양심의 소리를 듣고 결단하여 스스로의 본래성을 찾기 위한 던짐의 행위를 의미한다. 그리고 고석규는 이상李箱의 "뼈저린 자학적 반항"을 통하여 성취하게 되는 "성실한 인간성의 뿌리"에 대하여 예찬한다. 그리고 이상李箱은 모더니티를 "침묵으로만 수행"하였으며 그로 인하여 그는 역설적인 건강과 역설적인 새로움을 발견하였고, 당대의 문학인들에게 하나의 "희망"이 되었다고 말한다. 이러한 이상李箱에 대한 고석규의 긍정적 논의는 고석규의 인간 실존에 대한 인식을 구체적으로 알 수 있게 해준다. 고석규는 자신의 본래성을 찾기 위한 던짐의 행위만이 50년대 폐허의 현실을 딛고 새로운 실존의 글쓰기를 마련할 수 있다고 주장하고 있는 것이다.

김윤식이 말했듯이, 고석규의 비평은 임시수도 항도 부산의 문학적 현상을 대표하는 동시에 폐허의 전후 문학의 중심부[367]이기도 하였다. 고석규가 스스로의 시대를 '청동시대'라고 명명한 것도 결국 이런 사정을 되비쳐주는 것이기도 하다. 로댕에서 차용된 그 원초적인 인간 창조라는 의미의 '청동시대'란 바로 전후 문학의 원점이 폐허 그 자체였음을 전제로 한 것이기 때문이다. 진정한 삶이란 '죽음'을 견디며, 지탱하고 그것 안에서 스스로를 유지해나가는 것이다. 전후의 현실 속에서 공포와 불안과 죽음의 세계에 함몰하였던 고석규는 부조리하고 부정적인 현실 앞에서 유폐되고 무기력한 자아의 모습에서 환멸을 느끼며 보다 근본적이고 적극적인 삶에의 지향을 모색하기 시작한 것이다.

> 정신의 부재로서 정신을 증명하고, 사상의 부재로서 사상을 증명하고, 생의 부재로서 생을 증명한다. 이것이야말로 예술작품의 역설적인 사명이 아닐까.[368]

죽음은 삶에 대하여 멀리 떨어져 있는 것이 아니다. 죽음은 삶을 완성

---

367) 김윤식, 「고석규와 더불어 범어사에 가다」, 앞의 책, p.253.
368) 고석규, 「청동일기 II」, 앞의 책, p.303.

하는 하나의 요소이다. 그것은 인간 삶 속 어디에나 배어 있다. 그러므로 실존의 과제는 죽음을 실존적으로 체득함으로써 죽음을 삶 속에 이끌어 넣는 데 있다.[369] 위의 글에서 고석규가 강조하는 것은 바로 죽음의 "정신"이다. 그러나 이 정신은 '부재'하는 '정신', '부재'로서의 '생'을 증명하는 '정신'이다. 즉 부정의 부정을 통한 긍정의 '정신'을 의미한다. 이러한 부정의 부정을 통한 죽음의 '역설'은 바로 그의 시의 정신이자, 그의 시의 사명이었다. 주지하다시피 죽음의 구분을 뛰어넘기 위한 조건으로서, 그는 '내면성'을 들고 있다. 이때 '내면성'이란 불확실하고 모순된 진리 속에서 고립된 인간이 끊임없이 자신과의 관계를 만들어가는 주체의 정열을 일컫는다. 그는 이러한 주체의 열정과 내면의 지향성을 릴케가 말한 '심연'에서 발견한다. 릴케는 감동의 파문을 침묵으로 엿듣고, 그러한 파문을 내는 물상의 주변을 하나의 심연[370]이라고 생각하였다. 그에게 심연은 두려움이고 절망이었다. 그러나 릴케는 그 심연에서 절망을 보지 않고 신비로운 음률, 즉 새로운 시를 발견하였다. 이러한 내면성의 지향은 윤동주의 시에서도 발견되는데, 그는 윤동주의 실존이 종교적 단계로까지 닿지 못한 것을 식민지 시대의 '어둠'과 싸웠던 갈등에서 찾는다. 윤동주가 참회의식을 강조하였던 것 역시 그의 역설이 실존의 윤리적 단계에 머물러 있음을 증명하기 때문이다.

> 나의 공포는 자유이다. 그리고 또한 내 자유의 표명이다. 나는 온 나의 자유를 나의 공포 속에 집어넣으며, 동기로 말미암은 결정적 행동을 떠나서만 자유롭다. 그리고 주어진 환경 속에서 공포에 휩싸이기 위하여 선택한다.[371]

위의 글에서 고석규는 공포를 자유라고 선언한다. 여기서 자유는 어떠한 준열한 결단을 의미한다. 따라서 그는 자신의 고유한 존재 가능성을

---

369) O. F. 블로우, 앞의 책, p.123.
370) 고석규, 「지평선의 전달」, 앞의 책, p.12
371) J. P. 사르트르, 정소성 옮김, 『존재와 무』, 동서 문화사, 1994, p.520-521.

찾기 위하여 현재의 자신을 바로잡고 그 자신을 다시 뛰어넘으려는 던짐의 행위를 시작한다. 이러한 행위는 "죽음의 나로 전주"하는 것이며, 이것은 바로 하이데거가 말한 '죽음에의 선구'를 의미한다. 이를 통하여 그는 던져진 존재에서 던져가는 존재로 변환되어 자신의 본래성을 되찾고자 한다. 그러므로 그에게 있어서 죽음은 실존이며 새로운 글쓰기로서의 가능성을 향한 던짐의 행위라고 할 수 있다.

고석규에게 있어서 '죽음'은 매순간마다 덮쳐오는 불안감이었다. 그럼에도 불구하고 고석규는 유폐의 상황 속에서도 환상을 통하여 "어머니"를 되살리고 고향을 되살렸다. 이러한 의식은 '공포'와 '불안'과 '죄의식'이라는 즉자의 세계에서 '자연'과 '모성'과 '사랑'에 눈뜨는 대자의 세계로의 이행을 암시한다. 이것은 존재 가능성으로서의 결단을 의미하며, 그 결단은 자신의 내면에서 들려오는 양심의 소리에 의하여 죽음을 겸허하게 받아들이기 위한 '죽음의 역설'로 나아가는 것이다. '죽음의 역설'이란 죽음을 두려움이나 공포로 여겨 그것으로부터 도피하고자 하는 것이 아니라 죽음을 인간 삶의 고유한 존재가능성으로서 적극 수용하는 것을 의미한다. 그리고 죽음의 역설을 통하여 그는 비로소 자기 자신의 본래성을 찾기 위한 결단을 내릴 수 있게 된다. 그리고 언제 죽음이 찾아올지 모른다는 사실을 항상 인지하면서 현재의 삶에 주목하고 '나는 왜 살아 있는가?'라는 실존의 물음에 주목한다.

결론적으로 고석규의 내면세계의 부정성과 반항의식은 그의 시에서 죽음의식으로 형상화되지만, 결국 그것은 '역설'이라는 방법론을 통하여 죽음을 수용하는 '죽음의 역설'로 완성된다. 고석규의 '죽음의 역설'은 정신의 부재로서 정신을 증명하고, 사상의 부재로서 사상을 증명하며[372], 그리고 죽음의 적극적 수용으로서의 글쓰기를 통하여 죽음을 증명하는 것이다. 이러한 맥락에서 그는 진정한 '죽음의 역설'을 이상李箱에게서 찾는다. 그것은 이상李箱이 자신의 존재가능성마저 버리고 시를 위하여 자신의 실존마저 던졌기 때문이며 시적 기법 혹은 현실의 부조리에 대

372) 고석규, 「청동일기 Ⅱ」, 앞의 책, p.303.

하여 반항하였기 때문이다. 이상李箱의 반어의 역설은 바로 이러한 반항의 열정 그 차제였던 것이다. 그러나 그는 이상李箱에게서 결핍된 것을 발견한다. 그것은 사랑과 희망이다. 따라서 고석규는 릴케를 통하여 혹은 현실의 부조리를 통하여 새로운 가능성으로서의 사랑과 희망을 발견한다.

3. 타자에 대한 사랑과 '여백'의 사상

실존이란 인간이 타자와 함께 세계 내에 공존하면서 자신만의 고유하고 독특한 방식으로 살아가는 삶의 양식을 말한다. 하이데거에 의하면, 타자란 현존재인 인간과 함께 세계 내에 공존하는 '공현존재'이다. 이 타자가 집단을 이루는 것을 '세인'이라고 하는데,[373] 즉 이는 '대중'이라고도 한다. 타자에 대한 인식은 인간이 스스로 자신의 마음을 열고 타자를 향하여 이해와 관심을 주는 것으로부터 시작된다. 이해는 타자의 존재를 인정하는 것으로서, 타자에 대한 관심으로 연결된다. 관심은 타자를 자신과 같은 실존자로 위치시키고 그의 실존을 수용하는 것을 말한다. 타자에게 마음을 열 때 우리는 비로소 실존하고 타자 또한 실존하게 되기 때문이다. 이처럼 타자라는 인간 존재는 실존에 아주 중요 위치를 차지한다. 인간은 세계 내에 홀로 존재할 수 없고, 자신의 힘만으로 미래의 길을 헤쳐 나갈 수 없기 때문이다. 이에 따라 인간에게는 타자에 대한 관심이 요구되고 이러한 관심은 인간의 적극적인 행위로 실현되어야 할 중요한 가치가 되는 것이다.

---

373) M. 하이데거, 앞의 책, p.181-184.

'사랑의 실험' 사랑의 관념은 살아 있는 믿음이요, 고통을 떠난 허구의 충만에 진실한 과시가 아닐 수 없었다. 울면서 바라던 '행동의 긴요한 신조'를 나는 작품에 형상할 수 있겠는가를 의문한다. (……) 계절 없이 충돌하는 '사랑의 탄성彈性'을 억제하는 대상이 보이지 않는 경우에서도 불문하였다. 에고이즘을 초월한 이 '과시'는 그 역시 기쁨이었고 위로함이었다. 그들 세계의 자존의 신조였다.374)

위의 글은 고석규의 타자에 대한 사랑의 신념이 드러나는 글이다. "사랑의 실험"과 "사랑의 관념"은 타자에 대한 관심과 이해의 행위로서, 이것은 고석규로 하여금 살아야 할 당위성을 불러일으킨다. 이러한 타자의 실존범주를 이해와 관심으로 품어 안은 그는 그것을 작품으로 형상화시켜, 삶의 초월의 기쁨과 위로를 느낀다. 따라서 그의 글쓰기의 목표는 "에고이즘을 초월"하는 고유한 실존이 된다. 그에게 있어서 사랑은 전쟁에서의 타자의 죽음과 그로 인한 인간의 폭력성의 발견, 그리고 휴머니즘 상실로부터 비롯된다고 할 수 있다. 고석규 시의 밑바탕에 깔려 있는 휴머니즘은 이러한 타자의 실존을 인정하고, 타자의 자유를 수용하는 것으로 나타나기 때문이다.

또한 타자에 대한 관심과 고려가 그의 시 곳곳에 배어 있는 것은 그가 분단의 현실로 인해 극심한 상실감을 겪으면서 스스로를 유폐시켰을 때 느꼈던 극도의 고립감을 통해서 발현되었을 것이다. 하이데거에 따르면, 타자에 대한 사랑은 그에 대한 관심을 타자에게 자유롭게 돌려주는 것이다. 이러한 관심은 타자를 기쁘게 하고 타자가 긍정적인 인간으로 변모할 수 있게 해주는 계기가 되어 주기 때문이다. 이것이 타자에 대한 사랑이며, 고려375)이다. '고려'는 타자를 자신과 같은 실존자로 인정하고, 그의

374) 고석규, 「청동일기 I」, 앞의 책, p.59.

375) 하이데거는 '고려'를 타자에 대한 마음 씀이라고 규정한다. 이는 다른 의미로 '보살핌'이라고도 하는데, 타자에 대한 '고려'는 두 가지로 나뉘는데, 하나는 현존재의 타자에 대한 과잉보호이고, 다른 하나는 타자에 대한 마음 씀을 타자에

자유와 가능성까지 인정해주는 것을 말한다. 그것은 타자에 대한 '마음씀'이며, '공감'이다. 인간은 이러한 타자에 대한 '고려'와 '공감'을 통하여 진정한 사랑의 양식을 체득한다. 또한 공감은 완전한 소통과 양해를 바탕으로 하기 때문에 '나'와 타자는 사랑의 세계, 평화의 세계를 이룰 수 있게 되는 것이다.

> 공포의 일각이 나에게 차라리 귀하다.
> 나는 일주일에 무수한 시를, 마음과 피를 짠 아름다운 선물을 꼭 간직하자.
> 그러면 나의 마음이 헛되지 않으리라.
> 걱정이 물러가리라. 나에게 너무나 많은 피가 용렬하고 사랑이 있는 것이다.[376)]

> 나는 나의 이웃이 흘리는 피를 씻어주기 위하여 적어도 그러한 피를 바라보려 그러한 강물로 달음치기 위하여, 지금인 여기에서 일어서는 것이다. 일어서는 것(Aufstand). 아무런 협약도 없이 나의 지평선을 바라보며 일어서는 것은 아아 남아 있는 나의 실존이다. 우리들의 시다.[377)]

위의 글에서 고석규는 자신의 실존의 지평을 이웃의 피를 씻어주는 타자에 대한 사랑이라고 말한다. 타자에 대한 사랑은 그에게 공감으로서의 글쓰기를 가능하게 하며, 동시에 글쓰기를 통한 타자에 대한 사랑을 실현하는 것이다. 이러한 사랑의 실현은 그가 시를 쓸 수 있는 하나의 힘이 되어주며, 그는 시를 통하여 타자에 대한 사랑을 완성하는 것이다. 이것이 고석규의 글쓰기의 핵심이고, 사랑의 실체이고, 그의 "실존"이다. 이처럼 고석규는 타자에 대한 관심과 이해를 적극 수용하면서 이러한 수용을 통

게 온전히 돌려주어 공현존재인 타자의 자유로운 실존을 가능하게 하는 것이다. M. 하이데거, 앞의 책, 참조.

376) 고석규, 「청동일기 II」, 앞의 책, p.242.

377) 고석규, 「지평선의 전달」, 앞의 책, p.62.

하여 타자 각각의 실존이 사랑이라는 고유한 삶의 양식을 획득할 수 있을 것이라고 생각하였다. 고석규의 이러한 인식은 책임성과 사랑으로 연결[378]되는 것이다. 인간은 시간성과 영원성, 유한성과 무한성으로 구성되므로 인간은 매 순간 시간성과 유한성의 차원에 뿌리를 내리고 있다.

인간은 순간순간의 삶의 과정 속에서 무한성과 유한성 간의 일치를 실현할 수 있고 자신의 현실적 존재 방식을 초월할 수 있다. 무한성과 유한성 사이의 빈 공간이 바로 '여백'이다. 이 여백의 순간은 바로 침묵으로서, 자신의 '내면'의 소리를 듣는 순간이고 '자기 자신에게 집중하는 순간이다. 이러한 자기 집중은 양심의 소리를 듣고 자신을 반성하여, 타자와의 대립적인 긴장관계를 타자에 대한 관심과 사랑으로 전환하는 것이기 때문이다. 그러므로 '실존'이란 끊임없는 사유와 성찰의 여백이고, 이 여백이 내면적 성찰을 유도하고 새로운 근대적 주체를 형성한다고 할 수 있다.

고석규의 비평에서 중요한 점은 부정의 정신이다. 그의 부정성의 사유는 전쟁과 공포, 불안으로부터 배태된 것이지만, 한편으로는 인간 존재의 근원적이고 원초적인 부정적 사유를 함유한다고 할 수 있다. 이러한 부정적 사유는 개별적인 사실들을 배제하는 동일성의 사유를 비판하면서 부정 속에서 긍정을, 부재 속에서 형상을 찾는 것[379]으로부터 시작된다. 그것은 또한 여백의 존재성을 드러내는 행위로 규정될 수 있다. 이때 '여백'이란 실재에 대한 대립 개념인 동시에 정적 또는 무한이라는 개념과 동일한 것으로서, 전후의 상황을 초극할 수 있는 유일한 공간으로 부각된다.[380] 고석규는 「여백의 존재성」에서 부정에 의한, 부정을 위한, 부정의 메타포를 긍정으로 받아들이며 그 부정 속에 내재된 새로운 긍정을 발견하고자 염원한다. "정신 그 자신의 부정이란 하나의 진리를 낳기 위하여 정신이 죽는 장소"[381]에 다름 아니라는 제밀라의 말처럼 그것은 그 자신의 '내면'을 들여다보는 것으로부터 비롯된다.

---

378) 문혜원, 앞의 책, p.48.
379) 이미순, 앞의 논문, p.565.
380) 문혜원, 앞의 책, p.268.
381) 고석규, 「청동일기 Ⅱ」, 앞의 책, p.296.

‘내면성’은 근대문학의 핵심을 차지하는 중요한 메타포이다. 전통적인 시적 방법은 자연과 주체의 서정적 동일성을 추구하는 것이지만, 근대에 들어서면서 주체는 문명의 발달과 그것이 가져다주는 소외와 불안의식을 벗어나기 위하여 자신의 ‘내면’을 깊숙이 들여다보게 된다. 이 ‘내면’은 현재와 과거의 기억으로 채워져 있으며, 이러한 현재와 과거를 함축하고 있는 고석규의 내면은 외부와의 대립적 긴장과 정적을 내면화시켜 반성적인 자의식의 통로를 마련하고 있다. 특히 고석규의 모더니즘의 주체는 박슬기의 논의[382]처럼 문자의 반복, 부정의 반복, 음악의 반복, 역설의 반복을 통한 여백으로서의 가능성을 펼치는 하나의 근대의 장場이라고 할 수 있다. 다시 말하면 고석규의 문학에서의 문자의 반복은 부정과 부재의 반복을 통해 내면과 외부의 통합적 세계의 장을 열면서 동시에 그것은 여백의 자유를 획득하게 하는 근대 주체의 존재 이유라고 할 수 있다.

고석규에게 있어서 ‘여백’은 영원한 갈망의 표적이며 존재를 증명하기 위한 부재의 표현, 즉 부재의 존재를 말한다.[383] 고석규의 ‘여백’의 사상은 그가 행동적인 인간이었다기보다는 내성적이고 사색적인 시인이었다는 데서 뚜렷이 부각된다. 이러한 내성적인 특성이 다른 어느 시인보다도 그를 어둠의 시대 한가운데 서게 만들었으며, 암흑기의 현실을 극복하는 ‘역설의 시인’으로 빛나게 하였다. 고석규의 시는 ‘하늘’, ‘바람’, ‘별’, ‘구름’, ‘바다’, ‘강’ 등의 자연 상징과 ‘어머니’, ‘누이’, ‘전우’, ‘사랑’ 등 따뜻한 휴머니즘의 이미지들로 가득 차 있다. 그것은 감성·인격·세계가 서로 긴밀히 작용하는, 침묵과 여백으로 형성되는 인간 존재의 가능성의 세계이다.

인간은 죽음의 순간을 뛰어넘기 위하여 무언가를 선택한다. 우리가 선택하는 것은 항상 선善한 것이어야 하며, 동시에 그것은 당대에 받아들여

---

382) 박슬기는 고석규가 전통적인 서정의 논의를 ‘주체’의 차원으로 돌려 놓은 이유를, ‘문자의 반복’이 창출하는 음악성에 의해서라고 말한다. 이 반복은 부정의 반복이며, 이것이 시의 방법/형태와 의식을 내면 속에서 통합시키는 고석규의 새로운 서정의 기원이라고 말한다. 박슬기, 「1950년대 시론에서 ‘서정’ 개념의 논의와 ‘새로운 서정’의 가능성」, p.336.

383) 고석규, 「여백의 존재성」, 앞의 책, p.15.

질 수 있는 개념이어야 한다. 선택은 자신과 모든 사람에 대한 책임이며, 스스로를 선택함으로써 스스로 진정한 주체가 되어가는 것을 말한다. 이 때 나타나는 '지향'은 선택으로 이루어지는 행동 이전의 마음의 움직임을 뜻한다. 인간은 주관적으로 자기 삶을 이어 나가는 지향적인 존재이기 때문이다. 고석규의 '실존'은 이러한 마음의 움직임의 '여백'과 삶의 지향으로서의 '내면성'을 동시에 찾고자 노력하는 실천의 과정이었다. 이러한 내면성의 지향과 실천의 과정은 '여백'이라는 존재의 가능성, 즉 침묵과 정적의 여백 사이에서 자유를 느끼고 자유를 실천 하는 것에 다름 아니다.

근대인에게 '성찰'이란 '내면성의 발견'이자 '자아 찾기'의 과정이다. 라캉이 '나는 시인이 아니라 시詩이다'라고 말한 것은 언어적 기호로 구성된 시, 즉 주체의 진면목을 의미하는 것이다. 라캉의 주체는 언어에 의해서 분열되고 말하는 주체이다. 인간은 언어에 의해서, 언어 속에서만 주체를 부여받는 언어의 피동적 존재이기 때문이다. 그러므로 인간은 언어의 결과이고 효과이다. 이러한 언어의 효과로서 주체가 탄생[384]한다. 언어의 피동적 주체로서 고석규의 '내면성'은 '성찰'의 글쓰기로 이어진다. 주체의 '성찰'은 근대적 '인간'의 진정성과 내면성을 가진다. '성찰'은 자신의 내면세계를 들여다보는 것으로부터 출발한다. 반복적인 '내면세계 들여다보기'의 '성찰'은 현실의 부조리를 직시하고, 자신의 주체를 새롭게 정립하는 데 기여하기 때문이다.

프로이트는 인격을 작용시켜 일을 하게 하는 에너지의 형태를 '정신적 에너지'라고 말한다. 이 에너지는 생명의 에너지가 정신적 에너지로 변한 것으로서, 이 에너지를 저장하는 곳은 이드이다. 이드의 에너지는 삶과 죽음의 본능을 관장하면서 동일시의 메커니즘에 의하여 그 에너지를 자아와 초자아가 활동하도록 이끈다. 자아와 초자아가 사용하는 에너지는 '집중'과 '반 집중'인데, '집중'은 현실의 긴장을 해소하고 '반 집중'은 오히려 긴장해소를 방해한다.[385] 고석규의 경우 그의 주체의 정신적 에너지는 '집중'의 형태를 띤다. 그 '집중'은 언제나 시와 삶의 동일 선상에서

384) 박찬부, 『라캉: 재현과 그 불만』, 문학과지성사, 2006, p.68-74.
385) C. S. 홀, 앞의 책, p.86.

수용되고 추구되는 것이다.

> 너는 진실한 리얼의 행복을 아느냐./(……)이것은 울부짖음이요, 이것은 나를 희생하고자 하는 성심한 토로이다. 그러나 나는 성장하여야 한다.(……)항상 내가 정의를 찾기 위하여 혹은 정의적 울감을 살리기 위하여 이 눈물겨운 성장의 결심을 하는 것이다./(……)그러기 위하여 나는 진실을 배우고 더 많은 진실의 움직임을 보아야 한다./(……)나는 불온한 세상의 뒷이야기를 무덤까지 안고 갈 것이다.[386]

> 부정은 부정으로서만 그칠 수 없고 부정 이상의 것으로 언제나 흘러가며 번지고 있다는 엄연한 진리(……)나는 무언으로 개입된 부정의 유동성을 '부정의식'이라고 불러보는 것인데 물론 부정의식은 부정을 지지한다. 그러나 부정을 부정 이상의 것으로서 매개하는 것도 역시 부정의식이다./(……)끝으로 청취할 것은 "부정판단은 적극판단의 존립을 예상하는 우리들의 사고기능이다"는 점과 부정의 본질은 "부정의 부정이 무엇을 의미하는가"를 생각할 때 가장 명확히 알려진다는 또 하나의 사실이다. 이리하여 부정을 지탱하는 부정의식이야말로 '부정의 부정' 즉 긍정을 예상하는 우리들의 고도한 사고기능이라는 뚜렷한 결론을 얻게 되었다.[387]

위의 글은 고석규의 내면적 성찰과 정신의 집중으로 획득한 양심의 소리를 스스로 발화하는 글이다. 앞의 글에서 그는 "진실"하고 "리얼한 행복"에 대해서 말한다. 전쟁이 휩쓸고 간 폐허에서 진실이나 행복을 말한다는 것은 아이러니한 것이다. 그러나 그는 인간성을 상실하고 타자를 불신하는 현실 속에서도 진실과 행복을 추구해야 한다고 주장한다. 그것만이 인간이 자신의 존재 가능성을 다시 되찾는 길이라는 것이다. 따라서 그는 "진실을 배우고 더 많은 진실의 움직임을 보아야 한다."고 말하고

386) 고석규, 「청동일기 I」, 앞의 책, p.128.
387) 고석규, 「시인의 역설」, 앞의 책, p.196.

"더욱 성장하여야 한다."고 말한다. 이러한 내면의 성찰은 "부정의 부정"으로서의 긍정의 길, 즉 자유로 가는 길이다. 따라서 부정의 부정으로서의 자유는 "고도한 사고기능"과 부정에 대한 지지와 적극인 판단을 필요로 한다고 그는 말한다.

고석규의 비평에 나타난 부정과 갈등의 대립적 세계는 고뇌하는 지식인의 주체성을 드러낸다. 성찰적 사유는 외부와 타자와 관계를 맺는 사유의 방식이다. 이러한 '사유'는 가만히 자신을 돌아보고 자신의 무능을 '사유'의 대상으로 삼으며, 사유되지 않은 것과의 부단한 성찰적 관계를 유지하게 하는 힘으로 작용한다. '사유'가 무능함을 드러내는 곳에서 '사유'는 자신에게로 돌아올 수 있으며, 바로 그러한 조건에서만 역설적으로 '부정의 부정', '사유에 대한 사유'[388]가 가능한 것이다. 고석규는 「여백의 존재성」에서 칼 샤필로가 「시인의 심판」에서 말한 "우리는 전쟁 속에 전쟁을 하고 원인 속에서 원인을 찾아 헤매었다"라고 말하면서, 전쟁 속에 실존하는 인간 실존을 '여백의 존재성'에서 찾고자 한다. 다시 말하면, 고석규에게 있어서 존재의 '여백'은 전쟁 속에서 자신의 존재를 망각한 인간이 자기 자신과 끝없이 전쟁을 하고, 그 혼돈 속에서 '존재의 부재'를 새롭게 자각하는 인간의 '내면의 공간'이자 또 다른 '실존의 공간'이다.

> 저 물상의 주변에서 주변과 주변의 교착에서 불가시로 인식되는 여백의 진동을 나는 정녕 거절할 수가 없는 것입니다. 그것은 차라리 반한 혈전의 모습이올시다. 그것은 신과 인간의 아득한 지대일 것입니다. 나는 여기에서 내가 보지 못한 그리고 느끼지 못한 모든 것을 다시 발견해야 합니다.(……) 여백은 존재를 증명하기 위한 부재의 표현에 지나지 않습니다. 우리들 부정 속에 내재되는 새로운 긍정을 위하여 L이여! 우리는 다만 진실한 우리들의 작업을 멈추지 않아야 할 것입니다.(……) 나는 나의 여백을 한동안 믿어야 할 것입니다. 그것이 이 절박한 시간을 극복하는 나의 안정이라 할 것 같으면 나는 나의 불투명한 여백과 부재의 사고에서 새로운 투명과 새로운 존재를 다시 발견할 것이 아닙니까.[389]

---

388) 김홍중, 앞의 책, p.281.

위의 글에서 고석규는 "물상의 주변과 주변" 사이에서 하나의 정적을 발견한다. 그것은 침묵이고 여백이다. 자연의 사물들은 언어를 발화하지 못한다. 처참한 전쟁의 현장에서 자연의 사물들은 침묵하고 있지만 그것은 침묵하는 것이 아니라 견디고 있는 것이다. 그들은 침묵을 통하여 자신의 부재를 긍정으로 변환시키고 있는 것이다. 침묵은 그들의 부재를 증명하는 것이 아니라 그들이 살아 있음의 여백을 현시하는 것이다. 따라서 여백은 "신과 인간의 아득한 지대"라고 볼 수 있다. 그는 신의 부정을 통해서 생의 여백을 절감한다. 고석규에게 있어서 '여백'은 신을 잃어버린 자리로서의 상실의 흔적이며, 부재의 존재[390]를 의미한다. 그는 여백의 공간을 통하여 새로운 존재 가능성을 발견하고자 한다. 고석규의 여백의 글쓰기는 시대적 혼란과 겹쳐서 발생한다. 자연의 사물과 외부적인 자극은 고향을 잃은 슬픔으로, 내부적인 자극과 내면적 성찰은 과거로 회귀할 수밖에 없게 하는 시간의식의 비극성으로 나타난다. 그로 인한 '분열'과 '갈등', '성찰'은 여백의 글쓰기를 통해 획득되는 것이다.

고석규는 「서시」에서 "불"과 "피 묻은 바다"는 죽음을 의미하는 것이 아니라 "목숨"을 의미한다는 점을 강조한다. 「서시」에서 "화상火傷"은 전쟁에서의 폭탄에 맞아 불붙고 피 흘리는 주검을 의미하면서 동시에 불처럼 출렁이는 바다의 '생명'을 의미하기도 한다. 그러므로 "화상火傷"은 "파란 상화傷花"와 동궤에 놓인다. 또한 그것은 '반 고흐'의 해바라기이고, '랭보'의 '태양'과 동일성을 이루고 있다[391]고 할 수 있다. 흔히 '죽음'을 '돌아가다'라고 표현하는 것은 완전한 종말로서의 죽음보다 '회귀로서의 죽음'을 강조하는 것이다. 따라서 그는 죽음을 '죽음에의 선구'(하이데거)로 자각한다. 그러므로 그는 '죽음'을 자각하면서 '초극'의 길을 내딛

389) 고석규, 「여백의 존재성」, 앞의 책, p.15.
390) 졸고, 「고석규의 죽음의 세계와 여백의 사상」, p.237.
391) 고석규는 그의 평론 「해바라기 인간병」에서 고흐와 랭보의 예술 세계를 해바라기의 항일성에서 비롯된 디오니소스적 정열로 파악한다. 고석규, 「해바라기 인간병」, 위의 책, p.16-23.

게 되는 것이다. 이것이 바로 고석규의 삶과 문학의 '여백'의 사상이며, '초극의 의지'이다.

흔히 '죽음'을 '돌아가다'라고 표현하는 것은 완전한 종말로서의 '죽음'보다 '회귀'로서의 '죽음'을 강조하는 것이다. 하이데거는, '죽음'은 결코 사실로서 경험하지 못하고 다만 가능성으로만 경험할 수 있다는 사실을 강조한다. 이것은 불가능의 가능성이요, 무無의 가능성이다. 불가능의 가능성을 경험하는 데 바로 자유의 핵심이 있다. 왜냐하면 '죽음'이라는 극단적인 가능성에 직면할 때 우리는 '죽음'에 대항해서 자신의 존재를 자각하고, 스스로 자신의 존재에 대해서 책임져야 하는 강요를 받는다. 이런 의미에서 인간은 불가능의 가능성, 즉 무의 가능성에 직면해서 스스로 자신의 자유를 되찾을 수 있는 것이다.

반면, 레비나스는 '죽음'을 밖에서 오는 '폭력'으로 이해한다. '죽음'은 우리의 자유를 제거하고, '죽음' 속에서 우리는 절대적 폭력에 우리 자신을 맡길 수밖에 없다. 그러므로 '죽음'에 접근하는 길은 고통의 경험이며, 우리를 무력하게 하는 힘을 경험하는 것이다. 레비나스는 "죽음은 하이데거에게는 자유의 사건이지만, 우리에게는 고통 속의 주체가 가능한 것의 한계에 도달하는 사건"이라고 주장한다. '죽음'은 인간의 무기력과 부자유에 대한 경험이며, '죽음' 앞에서 인간은 주도권을 완전히 상실한다고 말한다. 따라서 '죽음'은 본질적으로 알 수 없는 신비요, 절대적 타자로서 나를 지배하는 미래일 뿐[392]이라는 것이다. 따라서 이 지점에서 우리는 고석규의 죽음의식의 흐름을 유추해 낼 수 있다.

고석규의 초기의 죽음의식은 고통 속에 직면해서 주도권을 상실한 죽음인 레비나스의 죽음의식으로 경사되고 있지만 전쟁에서 타자의 죽음을 간접체험하고 '죽음'의 덧없음과 공포를 월경하면서 '죽음'을 긍정하는 가능성으로의 '자유'를 인식하게 된다. 그리고 그의 죽음의식은 점점 하이데거의 죽음의식으로 옮겨가고 있음을 확인할 수 있다. 고석규는 자신이 '죽음에 이르는 존재'임을 직관하면서, 불안에 대한 용기를 갖게 되고,

392) E. 레비나스, 앞의 책, p.142-143.

모든 영원한 진리를 단념할 때 비로소 역사적인 여러 가능성 가운데서 하나를 선택하는 결단을 내릴 수 있었기 때문이다. 그는 하이데거가 말한 '죽음을 향한 자유'를 '유한한 인간의 자유'로서 인식하였으며, 한계를 지향하는 자유로 수용하였다. 이것은 한계와 끝을 알고 있는 자유이며, 자기 한계를 향해 육박하는 자유이고, 불가능한 지점까지 자신을 몰고 가는 자유이다. 다시 말해 그에게 '죽음을 향한 자유'는 창조를 위해 죽을 수 있는 '자유'[393]를 뜻한다.

니체는 인간은 초극되어야 할 존재[394]라고 말한다. 초극은 인간의 유한성을 뛰어넘고 자기 자신조차도 뛰어넘어 죽음을 수용하고 새로운 무엇인가를 창출하는 것이다. 그는 참된 주체를 인식하는 높은 정신의 단계를 세 가지로 규정한다. 첫째는 자기를 버리고 타자에 철저히 복종하는 '낙타의 정신'이고, 둘째는 낙타의 정신에 철저히 복종하는 자기 자신과 타자에 대하려 철저히 부정하는 '사자의 정신'이다. 셋째는 정신과 육체가 참된 주체로 통합되는 최후의 단계인 '어린 아이의 정신'[395]이다. 그가 '어린 아이의 정신'을 최고의 통합의 단계로 규정한 것은 어린 아이의 천진무구함과 새로운 시작으로서의 쾌락과 시원의 운동성, 그리고 신성한 긍정성이 새로운 창조를 열고 새로운 인간의 정신세계를 획득할 수 있기 때문이다. 어린 아이처럼 정신과 육체가 참된 주체로 통합 되는 것, 이것이 바로 고석규가 궁극적으로 추구하고자 한 초극의 세계이다. 따라서 초극은 결코 죽음의 불안에 굴복하는 것이 아니라 바로 죽음을 극복하는 것[396]이다.

고석규는 '여백'의 사상을 통하여 처참한 전쟁의 현실 속에서 타자의 죽음을 목도하고 그 죽음을 떠나보내고 또 다시 새로운 죽음을 맞이할 수 있었다. 그리고 그들의 죽음을 통하여 자신의 죽음을 자각하고 죽음에 대

---

393) 김동규, 『멜랑콜리 미학』, 문학동네, 2010, p.233-235.
394) F. 니체, 앞의 책, p.12.
395) 위의 책, p.29.-32.
396) O. F. 블로우, 앞의 책, p.128.

한 역설의 길을 내딛게 되었던 것이다. 고석규가 절망의 끝에서 체험하는 죽음의식은 죽음 속에 침몰하여 죽음으로 치닫는 것이 아니라 자신의 내면을 깊이 들여다보면서 새로운 창조성을 발견하는 과정이었다. 이러한 과정은 '내면성의 발견'과 '시인의 역설'을 통한 성찰의 사유로 더욱 성숙해지면서 고석규는 결국 '죽음'을 초월하는 '초극'으로 나아가게 되었다. 그러므로 고석규는 릴케가 말한 자기 작품에 아름다움을 걸 수 있는 시인으로서의 사명을 적극적으로 받아 들여 삶의 방향을 '초극'[397]으로 전환한다. 6·25 전쟁이 그의 미래와 희망에의 의지를 여지없이 쓰러뜨리고 그를 스스로의 유폐로 갇히게 하였지만 그는 그 유폐와 폐허의 세계 속에서 죽음의 여백을 발견하고, 자신의 '내면'의 침묵 속에서 다시금 "파란 상화傷花"을 피워 올리게 된 것이다. 그것은 죽음 속에서 짐승 같은 삶을 견뎌냈던 자의 자의식이자 '죽음의 역설'과 '여백'의 사상을 뛰어넘는 '초극'의 가능성이었다.

397) 고석규에게 '초극'은 죽음의 심연을 통과한 자, 즉 늪 속에 발이 빠질 때도 재빨리 성채 속으로 도피하고 성채 속에서 파란 상화를 피우기, 그로 인한 숨막히기 직전에 다시 모더니티를 향해 성채를 탈출하기, 그러한 반복행위이자, 위기극복 방식을 말한다. 김윤식, 앞의 글, p.45.

Ⅴ. 나가며

이 글은 고석규 시에 나타나는 공포와 불안, 죽음의 세계를 고찰하고자 하였다. 고석규는 고향인 북에 밀려들어온 공산주의 이데올로기에 대한 극심한 거부감으로 인하여 어린 나이에 고향을 등지고 월남하였고 군인으로서 직접 전쟁에 참전하였다. 고석규가 전쟁을 통해서 체험한 공포와 불안과 죄의식은 피 비린내 나는 전장에서 죽어가는 타자의 죽음을 목도하면서 자신도 그들처럼 곧 죽을지 모른다는 두려움으로부터 발생된 것이다. 이러한 전쟁 체험에 대한 공포의식은 그의 시 속에 내면화되어 그는 공포와 불안, 그리고 죽음을 극복하고자 하였다. 그러나 전쟁에서 체험한 인간의 폭력성과 휴머니즘의 상실은 고석규의 내면 깊이 각인되어 끊임없이 그를 고통스럽게 만들었다. 이러한 고통은 세계에 대한 부정의식으로 전이되어 그는 전쟁에서 죽어간 자와 살아남은 자신 사이에 존재하는 부조리한 현실 속에 내던져졌다. 이러한 부조리 의식은 그에게 극심한 불안감을 야기하였는데, 이러한 불안은 웃음과 울음의 양가적 양상으로 표출된다. 그 양상은 자기 방어, 카타르시스, 광기 등으로 다양하게 발현된다. 고석규는 불안 속에서 자신이 죽음으로 향하고 있는 존재라는 사실을 깨닫고 인간의 유한성인 죽음에 대한 허무와 자기 소외감을 체감한다.

고석규는 남북 분단이 고착화되자 고향의 어머니와 연인을 떠올리며 상실의 고통을 겪는다. 그는 실향의 주체가 되어 폐허가 되어버린 도시와 거리를 방황하며 극심한 정체성 상실감을 느낀다. "나는 왜 살아 있는가?"라는 물음은 그에게 가장 중요한 실존의 문제였다. 이러한 실존의 문제는 그에게 죄의식을 느끼게 하는 중요한 요인이 되었다. 고석규의 죄의식은 '월남'이라는 이기적인 행동으로 인한 것이었으며, 이러한 죄의식은 자기 스스로를 수인囚人으로 만들었고 스스로를 유폐하게 만들었다. 이러한 유폐는 자기 자신을 세계로부터 소외시킴으로써 자신의 죄의식의 근원들을 타자에게 들키지 않기 위함이었으며, 그것은 은폐의 욕망에서 비롯된 것이었다. 그러나 그의 유폐는 더욱 확대되어 고향을 잃고 타지에 버려졌다는 고아의식으로까지 가닿았다.

그러나 고석규는 유폐와 자기형벌의 절망과 죄의식의 과정을 거치면서 대자적으로 세계를 바라보기 시작하였다. 그 세계는 전쟁으로 폐허가 된 세계였으며, 문명이 자연을 파괴하는 세계였고, 황무지와 다름없는 폐허의 세계였다. 그 폐허의 세계에서 그는 수많은 주검과 공포와 맞닥뜨리게 되었다. 그리고 자신의 육체를 파편화된 상태, 불구의 상태로 인식하면서 자신의 정신은 이미 죽어 있으며, 육체 또한 망가질 대로 망가진 상태로 인식하였다. 그리고 그는 삶이 무엇인지, 죽음이 무엇인지에 대해 골똘히 사유하기 시작하였다. 그러한 사유 속에서 그는 자신의 내면에서 침묵의 형식으로 들려오는 양심의 소리를 듣게 되었다. 그것은 이제는 일어서서 반항하라는 외침이었다. 이 외침으로 인하여 그는 죽음으로부터 도피할 것이 아니라 죽음과 정면으로 대면하여 죽음에 대해 반항해야 한다는 결단을 내리게 되었다. 그리고 그는 시의 길을 뛰어넘어 비평의 세계로 나아갔다. 그것은 시에서 이루지 못한 공포와 죽음의 세계를 재인식하기 위함이었다. 그의 비평의 역작인 「시인의 역설」은 죽음에 대한 공포를 역승하기 위한 가능성으로의 던짐의 행위였다. 그는 이 비평 글을 통해서 소월과 이상, 육사와 윤동주의 역설에 대하여 논하였다. 소월은 부정으로, 이상은 반어로, 육사는 죽음으로, 윤동주는 어둠으로, 그들의 역설의 핵심과 삶의 부정의식을 들여다보았다. 그는 그 중에서도 이상李箱의 반어적 역설에 주목하였다. 이상이야말로 시를 위해 자신의 실존을 기꺼이 기획투사 하여 누구도 달성하지 못한 새로운 모더니티를 완성한 것이라고 평하였다.

고석규의 비평은 죽음을 중심 테마로 삼았다. 그는 죽음이 아무 것도 없는 무無가 아니라 침묵으로 존재하는 '여백', 부재로 존재하는 '여백'으로 파악하였다. 이 '여백'으로 인하여 인간은 그 여백을 채울 수 있는 존재의 가능성을 획득할 수 있기 때문이다. 이러한 '여백'의 사상은 결국 타자에 대한 사랑으로 나아갔다. 따라서 고석규의 초극 의지는 탈아脫我적 인식으로부터 출발하여, 죽음(무)의 수용과 '여백'의 사상으로 나아감으로써 비로소 완성된 것이었다.

본 연구 결과를 정리하자면 다음과 같다.

첫째, 고석규 시의 특성은 6·25 전쟁으로 인한 공포와 불안, 그리고 죄의식의 세계, 공포체험의 내면화와 산문형식의 서술방식, 특히 산문시의 장중하고 극적인 묘사와 육체의 일그러진 모습, 그리고 섬뜩함에 대한 묘사를 들 수 있다. 전쟁에 대한 묘사는 '폭탄', '포성' 등과 같은 용어로 구체화되고 있으며, 전쟁은 자연적인 삶과의 대립이나 그것을 억압하는 기제로 표상되고 있다.

둘째, 고석규의 시에 나타나는 공포 체험은 전쟁의 직접적인 체험으로 인한 공포이기 때문에 더욱 극심한 공포감을 유발하며, 그로 인해 그는 시 속에 공포체험을 내면화한다. 또한 전장에서의 인간의 폭력성과 휴머니즘의 상실로 인한 절망과 부정의식을 웃음과 울음의 양가적 이미지로 구체화한다. 이러한 이미지는 전쟁의 상황을 더욱 효과적으로 표출하는 데 기여한다.

셋째, 고석규는 분단이 고착화되면서 고향의 혈육과 연인을 그리워하고 죄의식에 시달리면서 상실감에 괴로워한다. 이러한 상실감으로 인하여 그는 죄의식을 느끼고, 스스로를 처단하는 자기형벌의 수인이 된다. 또한 그는 스스로를 '고아'라고 인식하게 되며, 이러한 인식이 더욱 심화되면서 유폐의 길로 나아간다.

넷째, 고석규는 죽음의 실체를 자각하고 유한한 삶 속의 죽음을 직시한다. 그리고 즉자적으로 바라보던 세계를 대자적으로 바라보면서, 문명의 자연 파괴현상과 휴머니즘을 상실한 인간의 모습을 통하여 폐허와 허무의식에 사로잡힌다. 그 속에서 그는 자신을 불구자로 인식하며 죽음을 자아화 한다. 그리고 삶과 죽음이 공존하는 세계의 부조리와 불안을 통하여 결단을 감행하고 반항으로서의 기획투사를 하게 된다.

다섯째, 반항으로서의 기획투사는 고석규로 하여금 과거의 세계로 회귀하고자 하는 본능을 끝없이 추구하게 하고, 이는 실존의 글쓰기로 이어진다. 그에게 실존의 글쓰기는 공포와 죽음을 재인식하는 것이며, 이를 통해 자신의 본래적인 존재 가능성을 재인식하는 것이다.

여섯째, 실향의 주체로서 촉발된 고아의식은 타자에 대한 관심과 사랑으로 전환되면서 고석규는 죽음을 능동적으로 수용하는 '죽음의 역설'이라는 사유에까지 이른다. '죽음의 역설'은 곧 그의 비평의 핵심인 '여백'

의 사상의 출발점이자 지향점이 된다.

인간은 선택의 여지없이 세계에 내던져진 '세계내존재'이다. 현존재인 인간은 공현존재인 타자와 더불어 살아가면서 더 나은 공동체의 세계를 함께 노력하여 만들어 나가야 한다. 현존재인 인간은 주어진 것을 그대로 받아들이는 수동적인 존재가 아니라 주어진 것을 자신이 떠맡아야 할 과제로 받아들여 그것을 좀 더 나은 것으로 바꾸어 나가는 능동적인 존재이다. 인간은 끊임없이 자기 밖에 있으며, 자기 외부로 스스로를 투사하고 스스로를 잃어버림으로써 존재한다. 고석규에게 있어서 시는 단순한 문학작품을 넘어선 '자신의 영혼을 담은 그릇'이다. 그가 추구한 내면성의 발견은 자신의 내부로 향하는 내면세계의 심화이며, 실존의 글쓰기이다. 고석규의 시 정신은 주체에게 반성의 의미를 부여하고 그것을 통하여 자기주체성을 확고히 형성해 나가는 것이다. 고석규의 시는 부정적인 현실공간이 촉발하는 대립과 화해라는 시적 사유의 과정을 함축한다. 이러한 시적 사유를 통하여 시적 긴장을 높이고 불안과 공포와 죽음으로부터 벗어나 보다 높은 정신적 세계를 모색한다. 이러한 모색의 지향점이 그가 한국 시문학사에 기여한 공로라고 지적하지 않을 수 없다.

그러나 고석규의 문학은 부산이라는 지역적 한계성을 가지고 있으며, 동시에 그의 시에 나타나는 한자어 조어造語들의 무분별한 사용은 시에 대한 이해도를 현저히 낮추고 있다고 판단된다. 그의 시에 나타나는 색채이미지나 시·청각적 이미지에 경사된 모더니티의 특성은 새로운 모더니즘을 보여주기에는 역부족으로 보인다. 특히 후반기 동인들의 시와 비교했을 때 그의 시는 유폐적 성향을 강하게 드러냄으로써 독자와 함께 공유할 수 있는 공감의 기반을 잃고 있는 듯 보인다. 또한 그의 시에서 자주 나타나는 환상의 기법은 그 환상을 통하여 새로운 미적 모더니티를 보여준다기보다 그로 하여금 더 깊은 유폐의 상황으로 빠져들게 하고 있다는 점에서 문제적이라고 할 수 있다. 그럼에도 불구하고 고석규의 시에 나타나는 순연한 시정신은 현실의 부정성을 회피하지 않고 직시하려는 노력의 결실이다. 이것이 고석규의 시편이 우리에게 던지는 삶과 죽음에 대한 실존의 '물음'이자 '응답'이다.

시지시평선 2

1950년대 공포와 죽음의 시학

- 고석규 론 -

초판발행 2016년 5월 30일

지 은 이 정원숙
펴 낸 곳 시지시

등 록 제2002-8호(2002.2.22)
주 소 ㊚10364
고양시 일산동구 호수로 688. A동 419호
전 화 050-555-22222 / 070-7653-5222
팩 스 (031)812-5121
이 메 일 sijis@naver.com

값 15,000원

ISBN 978-89-91029-54-5 03800